批評王

終わりなき
思考のレッスン

佐々木敦

工作舎

批評王――終わりなき思考のレッスン

佐々木敦

目次

第一章 批評の絶体絶命

第二章 批評の丁々発止

第三章 批評の虚々実々

第四章

批評の右往左往

第五章 批評の荒唐無稽

第六章

批評の反射神経

批評王の「遺言」

本書の題名『批評王』は一種のアイロニカルなジョークとして受け取っていただきたい。私は自分のことを「王」だなどとはもちろん思っていないし、どこかでそう呼ばれているわけでもなければ、誰かにそう思われているのでもないことは重々承知している。

私はただ、それなりの長きにわたって、肩書きを問われれば批評家と名乗り、自分がやっているのは批評であるという自認と自覚のもとに、あれこれの文章を書いてきただけである。その限りにおいて、私は批評家という呼称／称号に矜持を抱いてきたし、批評という営み／試みに今も確信を持っている。

批評家として長年仕事をしてきて、気づいてみたら結構な数の単著を上梓していた。私は王どころか自分が相当にマイナーな存在であることをよくわかっているが、その割には恵まれていたと思う。複数の領域に関心があるので、個々のジャンルのマイナー批評家何人か分、ということだったのかもしれないが、それにしても有難いことである。

物書きになって三〇年、批評家を名乗って（たぶん）十数年、思い返してみれば色々なことがあったが、苦労や苦悩よりも良い想い出のほうがはるかに多い。私の批評家人生は、それは欲を言い出したら切りがないけれど、率直に言ってかなり幸福なものだったと思う。悔いは無い。

そう、私は今、長年掲げてきた「批評家」という看板を下ろそうとしている。いや、実際にはもう下ろしたのだが、言葉の綾的なタイムラグということで、どうかご容赦願いたい。いうなれば私は批評王を退位したのである。やっぱり王を僭称してるじゃないか、と誹られそうだが、私は、もしかしたらほとんど私ひとりしかいなかったのかもしれない批評というささやかな国の孤独な王として、これでもだいぶ頑張ってきたつもりなのである。

豪奢とは言えないが輝きを放っていないわけではない王冠を頭から取り去り、古ぼけた、だが座り心地の良い安楽椅子に腰掛けて、ふと後ろを振り返ってみたら、折々の機会に書かれ、どこかの媒体に発表されたきりの批評文が意外なほど沢山あることがわかった。私はほんとうに、ずいぶんとよく働いてきたのである。自分でもちょっと驚いたくらいだ。これらを一冊に纏められないものだろうかと私は考え始めた。そして出来上がったのが本書である。

編纂の方針として、時間軸もジャンル分けも思い切って取っ払い、批評としての構えというか佇まいというか様態に則して章立てを行なった。たぶんに直観的な分類ではあるが、なにしろ私は批評王なので、さまざまな技を有しているのである。私の考える批評とは、単なる分析とも価値判断とも違う。批評対象との遭遇体験がトリガーとなって思考が起動し、文章そのものがそれについて考えるプロセスをトレースするような、言語で構成されたロジックとレトリックの交叉体のことである。

何よりもそれはまず第一に、ただそれだけを読んでも面白いものでなければならない。ここに収められたテクスト群がそうなっているのかどうかは読者の判断に委ねたいが、少なくとも私は常にそのつもりで書いた。心して読まれたい。

第一章 批評の絶体絶命

批評とは何か？　この問いはすぐさまこう言い換えられる。私の批評とは何か？　たぶんそれは一般に批評だと思われているものとは、少しばかり、いや、かなり違っている。批評とは何をするのか？　批評は何のためにあるのか？　これらの問いに対する私の答えも、おそらく些か独特なものだと思う。そしてこれはもちろん、批評云々以前に、私の思考のあり方、私の世界への対し方、私の感性や知性の動き方、などに起因している。本章には、そんな「私の批評」のマニフェストとして、あるいはサンプルとして読まれ得るだろう文章を集めた。

ところで私は、ある時期から、私の批評、私の信じる批評という営み／試みが、絶体絶命のピンチにある、と考えるようになった。むしろ私は、迫り来る危機を感じたからこそ「批評家」を名乗るようになり、やたらと「批評」と口にするようになったのだと言ってもいいかもしれない。それはおおよそ二〇〇〇年代＝ゼロ年代後半以降のことである。（私の）批評が置かれている絶体絶命の状況は、さまざまな意味で、時代の、社会の、より広範な視座における思想的な問題と繋がっている。しかし私は、あくまでもそれらを、大上段に構えたトップダウンの立論ではなく、個々の批評対象への応接の作業の中から、ボトムアップで探り当てたいと思った。

批評の絶体絶命は現在も継続しているが、気づいた頃からすると思っていたよりも持ち堪えているようにも見える。理由はもちろん、私が頑張ったからである。

先生、それって何の役に立つんですか？

思想
有用性

幾つかの大学であれこれ教えるようになってからかれこれ一〇年以上になるが、時々、というか、しばしば、と言ってもいいのかもしれないが、いささか、というか、かなり、悩ましいのは、まず一言で言ってみるならば、有用性の問題である。

私はもともとフリーランスの物書きであり、それも芸術とか文化とか呼ばれる分野において複数のジャンルにまたがって仕事をしてきた。したがって大学での講義もあれこれ多岐にわたっているわけなのだが、総じて言えることは、それらはいずれも、普通の意味では特に何かの役には立ちそうにない、というか立たない、いわばあってもなくてもいいような類いのものだ、ということである。

こう書くと、いささか、というか、かなり、自虐的なようだが、私はそもそも、芸術や文化と呼ばれている営み自体、大袈裟に言えば人類にとって、あってもなくてもいいものなのだ、と考えている節がある。そして、あってもなくてもいいのに何故だかある、ということにこそ、それらの価値とか存在意義とか呼び得る何かが宿っている、そのように思っているのである。しかし、このことを、わかっていないしわかる必要も感じていない学生たちにわかってもらおうとすることは、実にむつかしい。有用性の無さの有用性を理解させることは、大変に困難なことなのだ。

これは逆説でも詭弁でもない。私は別に、役に立たないこと、立ちそうにもないことにこそ意味がある、などと言いたいわけでもない。また、一見すると役に立ちそうもないことだって役に立つことがあったりするのだ、などと主張したいのでさえない。ただ、有用性と教養(この言葉にも問題なしとは言わないが)とは別ものであり、役に立たなさそうなこと、いや、はっきりと役に立たないであろうことでさえ、学ぶ意味はなくはない、いや、あるのだと、私からしたらごく当然と思えることを言っておきたいだけである。

繰り返すが、役に立たないなどと誰が決めたのか、立つかもしれないじゃないか、という物言いと、これは違う。そうではなくて、私が言いたいのは、要するに、役に立つとか立たないとかはそりゃまああるだろうが、それは大学と呼ばれる場所のありようとは本当は全然関係がない、と言ってしまいたいのだと思う。だがしかし、これが(さほど極論であるとは思っていないのだが)なかなかわかられず、そしてますますわかられなくなっている、ということなのである。

先生、それって何の役に立つんですか？

こう真正面から問われたことがあったかどうか記憶がはっきりしないが、しかし問われたも同然な感じになったことは確かにある。そしてこの身も蓋もない問いに対するさしあたりの答えは、たぶん役には立たない、というものである。しかしそれでは話が終わってしまう。そもそも、私が講じているようなことは、いや、私がやってきて、これからもやっていくだろうことは、おしなべて無用な事どもであり、しかし自分は他でもないそれらによって（この「によって」こそがポイントなのだろうが）生きてきたのだということを、この私自身が誰よりもよくわかっている。

ならばいっそ自分のようになればいいのだ、と返せばいいのかといえば、それはいくらなんでも無責任だとも思う。だから結局、ちょっと嘘をつくみたいな感じにしかならない。つまり、いやいやもしかしたら役に立つかもしれないよ、という理屈を捻り出したりするわけである。そのつもりになれば、有用性なんて幾らでもでっち上げられる。そもそもが有用だと思われていることの大方だって、ほんとうは特に役になど立たないというのが真実であり、ただ役立つふりをするのが上手だったり、そういう錯覚が長年の間に常識に近いところにまで至っているというだけかもしれないのだから。しかしそうして「それって何の役に立つんですか?」をかわした後で、やはりどこか後ろめたいような、残念なような、負けたような心持ちになってしまったりもするのである。

私が大学で教えるようになったのは、いわゆる「ゼロ年代」の始めあたりからだが、その頃、学生によく言っていたのは、かつては情報や知識をどれだけ貯め込んでいるかが人を選別した。そういう時代があった。物知りとかオタクとか知識人などと呼ばれる存在は、基本的にはそうした人々であった。それは、情報や知識の獲得と蓄積に、色んな意味でコストがかかりまくったからである。主として経済的、そして時間的に、他人以上にコストを掛けられた者だけがアクセス出来る、いわば埋蔵された/秘匿された知識/情報があった。

だがしかし、言うまでもなく、インターネットの登場とその全面化によって、そうした優越性は著しく後退した。ひとより速く、ひとよりレアな知識/情報を、ひとより大量にストックする、ということで(それがどんなゲームにせよ)勝てる時代は、はっきり言ってもう終わった。ネットがあるのだから、それを敢えて使わないなどという選択肢はない。使えるものは、なんでも使えばいい。だからいうなれば、これからは記憶が脳外にあるようなものである。必要に応じてネットにアクセスして検索すればいい。わざわざ「私」の内に貯めておかなくても、必要な情報や知識は、常にそこに、どこかにある。

こういう言い方をすると、インターネットを過信妄信し過ぎだ、という意見があるだろうことはむろんわかっている。もちろんネットは全てではない。あるわけがない。むしろネットが「全て」という幻想を可視化することにこそ問題はある（ということを、私は以前『未知との遭遇：無限のセカイと有限のワタシ』という本に書いた。いま書いていることも同書の主張の展開である）。しかし言いたいのはそういうことではなくて、ネットによって個人のさまざまなコスト負担が軽減したのは良いことであり、それはつまりコストを掛ければいいわけではないという実は当たり前のことがやっと自明になったということでもあり、そしてもっとも重要なことは、だからこそ、これからは本当の意味でのアタマの良さがはかられる、ということなのだった。馬鹿みたいな言い方をすれば、知っている、ということの優位性が低下したおかげで、いつもその下に押し込められていた、わかっている、ということの意義がやっと顔を出してきたのである。

ネットにアクセスすることも、検索エンジンを使うことも、誰にだって出来る。だから問題はその後だ。以前とは比較にならないほど簡単に得ることが可能になった膨大な知識や情報を、では君はどう使うのか、そしてそれらから、君は一体何を考え出せるのか。そもそももともと重要なことはこちらであったはずである。だから君たちよ、ネットによってラクになったと思ったら大間違いだ。むしろ今後の方がずっとシビアなのだ。

と、まあこんなことを口走ってみてから、はや十余年。その後どうなったかというと、実のところは、どういうわけだか、あまり昔と状況は変わっていないような気もする。むしろ何と言うか、

先生、それって何の役に立つんですか？

私が言ったようなこと以前に、ネットを酷使する気にな（れ）るかどうか、そして実際に酷使出来るかどうか、いや酷使とまでは言わないまでも、ネットを適当に上手に使えるかどうか、考えてみれば、その行為自体にもコストはかかるわけで、そこで既にして分かれ目が生じてしまっている、という気がする。果たしてネットの後にやってくるはずだったアタマの良さは、どこに行ってしまったのだろうか。

検索エンジンは、瞬時に結果を表示する。優先順位は勝手に上から並べられている。ウィキペディアには大体、それについての確からしいことが書かれてある。私は、そういうことを上手く処理することをアタマの良さと呼んだわけではなかったのだが、そこで留まってしまうことも可能だし、それで済んでしまえることも、ままあったりするのもおそらくは事実だ。それに、ネットによって、その存在が触知される情報や知識はあまりにも膨大なので、本気でやっていたらマジでキリがない、と思ってしまう。適度なところで切り上げて必要なヴォリュームに収め、あとは間違ったことさえ書かなければ大丈夫。こう書くと、それはお前の学生の出来が悪いだけだ、とお叱りを受けそうだが、しかしこういう次元でさえも、もちろん出来不出来はある。それは多くの場合、さしあたり有用な知識／情報と、そうではないものを腑分けする作業の優劣になりがちであり、当然ながら、そこにもスマートさの相対評価は歴然と出てくるわけなのである。

だから、これは今は要らない（もしかしたら、ずっと要らない）という判断を、如何に素早く、かつあやまたずに下せるか、ということが、今や、もしかしたら最重要な能力（のひとつ）になっていると言えなくもない。言いかえればそれは、何かを「役に立たない」と認定する能力のことである。そして、こうしたネット時代のありさまに加えて、こと日本の場合は、長く長く続く不況不景気ゆえの、最早漠たるなどとは到底言えない、ごくはっきりとした将来不安という要素が重ねられる。役に立たないことをやっている余裕だか意志だかがあるとかないとか以前に、あれは、それは、これは、役に立たない（から要らない）と名指すことに積極的な意義があるかのようになってしまった。

だから「先生、それって何の役に立つんですか？」と思わず訊いてしまうような学生は、何も悪くはない。しかし、だったらば、どうしたらいいのであろうか。なにしろ私には、最初にも述べたように、自分が教えられることは役に立たないという自覚が、敢えて言うならば一種の自信さえも、紛れもなくあるのだ。

どうしたらいいのか。この自問に対する解答は、今のところは、見つかっていない。と書くと如何にも救いがないようだし、どうも愚痴っぽくなってしまっていけないが、ともあれ私が思うことは、今後は出来る限り、ありもしない有用性をでっち上げたり妙に取り繕うような真似はしないようにしていこう、ということである。役に立つか立たないかという選別とは無関係な場処を、どうにかして切り拓くこと。そこから広がる光景を、学生たち、若者たちに、半ば無理矢理にでも見せていこうとすることが、教育の現場で自分に出来ること、するべきことだと思うからだ。

有用性に反論したり挑戦するのではなく、敢然と背を向けること。有用性をスルーすること。「先生、それって何の役に立つんですか?」と問われたら、笑ってやり過ごすこと。そして私は私が面白いと思うこと、驚きを感じること、思考を刺激されること、世界の豊かさとかけがえのなさを感じさせてくれることを、それらをまだ知らない者たちに向かって、どうにかして語っていこうと思う。それは、そうするしかないから、なのかもしれないが、それでも希望や展望が全然ないわけではない。

繰り返すが、役に立つか立たないかが、過去にも増して重要案件になってきてしまったかに思われるのは、いわば歴史的な必然(?)であり、仕方がないというか、無理もないことである。そして私は、このことを十二分に認めた上で、しかし自分は、有用性の判断とは切り離された言説を提示していきたい。もちろん、向こうから勝手に「役に立たない」と宣告されてしまったりもするのだが、それならばそれでよい。なんなら自ら進んで無用を認めよう。だが、これは芸術とか文化とかにカテゴライズされることに限らず、おしなべて学問(この言葉にも問題なしとは言わないが)というものは、本来的には、まず第一に頭脳と感覚の快楽(という言葉も一通りの意味ではないのだが)のためにこそあるのであって、それらを使って何がやれるか、などということは、あくまでも、その後に出てくる問題のはずである。そう私は思っている。

どうして世界には、こうも歴然と「役に立たない」ようなモノやコトが溢れかえっているのか。

それらは何故に創造され産出されているのか。これこそが謎であり、神秘であり、奇跡のような事実である。私は教壇から、たまたま自分が知り得た、そんな謎や神秘や奇跡のようなモノやコトを、彼ら彼女らに向けて、これからも思い切って放っていきたい。それはほとんど、投げつけていきたい、という気分だと言ってもいい。時には思いがけず、投げ返されたりすることだってあるかもしれない。

先生、それって何の役に立つんですか?

美味しいという字は美の味と書くのだが、

思想
B級グルメ

美味しいという字は美の味と書くのだが、はたして自分は食に美を求めているだろうか？たぶん求めてはいない。なにしろ日高屋のラーメンもすき屋の牛丼もココイチのカレーも大好物の私である。グルメとは美味の探究者という意味ならば、完全に失格である。

いやもちろん、自分にだって美味しい料理を出されれば元気よく舌鼓を打つ用意はある。ゆったりと時間を掛けて、あれこれと文化的芸術的な、だが気取ったところのないエレガントな会話を楽しみながら、次々とテーブルに運ばれる逸品の数々を賞味し、必要とあらばウィットや含蓄に富んだ感想の一言二言だって漏らしてみせよう。

だが今の自分にとって最も貴重なのは時間だったりするので、何かの理由で海外に居て変に暇のある時ならばまだしも、ここニッポンのトウキョウでは、もっぱらファストフードが専門だったりする。料金にはあまりこだわらないが（これはすべてに貧窮していた若い頃からそうだった）、食事に時間を掛けるのがキライなのである。

ひとりで外食をするようになって約三〇年、基本的に「美の味」とも「味の美」とも無縁である。仕事絡みでもプライベートでも、まずフォーマルなパーティ的集まりには極力顔を出さないようにしているので（だってスーツもネクタイも持っていないのだ。この年で嘘のようだが本当のことだ）、高級ホテルのビュッフェとかにもほとんど縁がない。

ではB級グルメならばどうだろうか？　言葉の定義がよくわからないのだが、値段も高くなければ店の佇まいもフツウ（もしくはそれ以下）だが、その世界の一部の粋人たちからマニアックな評価を受けていて、たまたま自分も行ってみたらハマってしまい、以来機会あれば通っている「A級とは言えない店」は確かにある。たとえば神保町の覆麺智。知る人ぞ知るがんこ系列の店であり、私が初めて行った時にはすでに素顔を晒しまくっていたが、かつては店主以下カウンターの向こうの全員がルチャリブレばりのマスクをしており、何を聞かれても「アンガーラ！」しか言わなかったそうである。濃い目のスープに細麺。私はラーメンはどちらかといえば太麺の方が好きなのだが、ここだけは例外。大学の教え子たちと呑んでいて、「もしもこれからの一生、ラーメン一店でしか食べられないとしたら、どこにする？」という馬鹿みたいな会話をしていた際に、私が挙げたのは

美味しいという字は美の味と書くのだが、

この店だった。更に連鎖反応で今思い出したが、特に名を秘す新宿の某ラーメン店に一時期ハマり、うまいうまいと触れ回っていたら教え子たちが連れ立って食してきて、あとで「先生、あそこの麺はケシゴムの味がしました」と言われたことがあった……。

あるいはたとえば五反田のスープカレー屋うどん。うどん屋ではない。名前はうどんだがうどんは出さない。スープカレーとカレーだけ。ここは逆に学生から教えられた。サラサラした辛口のスープが本当に美味い。ライスにスープをかけずに、スプーンでスープを飲む／ライスを食べる、を交互に行なうのが通である（というかそうやって食べなさいと書いてある）。ここはおそらくかなり有名だが、とにかく凄いのはホームページである。「五反田カレーうどん」で検索すればすぐ出てくる。サイケデリック＆ストレンジ。ただし、その色彩感覚＆レイアウトから予想するほどヘンな店ではない。

カレーといえば、また神保町になってしまうが、まんてんのカツカレーも好きである。昔ながらの黄色いルーを、ホカホカの大盛り（普通盛りでも常識的レベルからすると大盛り）ごはんにたっぷりとかけて、揚げたてのサクサクカツを載せて、更にその上からルーを二度がけしてくれる。ここはいつ行っても満員である。近くのサラリーマン＆学生たちの憩いの場になっている模様。

そうそう。自分はカレーが大好物なのだ。というか、激辛好きなのである。激辛といえば蒙古タンメン中本だろう。ここはチェーンだからあちこちにあるが、渋谷に出来てからは一時期、週に二

〜三度くらいのペースで通っていた。オーダーするのは蒙古タンメンではなく、いつも一番辛い北極ラーメンである。とにかく辛い。猛烈に辛い。だが美味しい。美しい味ではまったくないが、とても美味しい。そういえば同様にスープが唐辛子で真っ赤っ赤の高田馬場のつけ麺屋、高木やにも或る時期、ハマった。あまりにハマって大学の講義がない日まで、わざわざ食べるためだけに馬場に行ってしまったくらいである。

激辛好きというのは、グルメとは別であろう。思うに、辛い、が極まると、熱い、になり、更に極まると、痛い、になる。この三段階でもわかるように、そもそも辛さとはおそらく味ではない。それは刺激なのである。自分にとっては、メルツバウのハーシュ・ノイズを聴くのと同じなのだ。

空腹になると何も出来ない、何も考えられない、という人がいるが、私はまったくそうではない。ふと気付いたら夜まで何も食べてないことが今でもあるし、一日一食でも平気である。だが小食ではない。食べる時にはよく食べる。ただ食べるという行為にさほど特別な価値を見出していないことは確かだ。

さて前説（?）も済んだので本題に入ることにする。グルメとはひとつには蘊蓄であろう。自分でも気付いておらず他人にも知られていない食通という方も居るのだろうが、基本的には「美味しさに拘りがあること」が言動に表出されている必要があり、それはおおむね自身の経験と知識と情

美味しいという字は美の味と書くのだが、

報と分析などなどの開陳、すなわち蘊蓄によって披瀝される。もちろん、それ以前に、自らの舌の感性に基づいた価値判断というものがある。つまり「この店はあそこの店より美味しい」とか「この店ならこの料理が一番」などといったことである。個人的な価値判断を蘊蓄によって彩り、それを他人たちに表明し、あわよくば客観的（とされるよう）な価値判断の指標にしてしまおうとするのが、いわばグルメの行動様式である。そしてすぐにわかるように、これはもっと一般的な意味における、批評と呼ばれる行為の多くに言い得ることである。何がよくて何がよくないか。これとあれならどちらが上か。それを審判し、説得力を持たせることこそ、ひとが批評というものに求めている機能であるらしいからだ。

だが、これは『「批評」とは何か？：批評家養成ギプス』という講義録の中でも喋っていることだが、実を言うと、私はそういうことを自分の批評だとは思っていないのである。前段落の定義（？）を更に言い換えると、私の好き嫌いをみんなの良い悪いに変換するのが批評だ、とは考えていないのだ。むろん、そのような変換にも才能や技術や研鑽が必要であって、その巧拙が批評家の評価を決定するという見方もあるだろうし、私自身、受け手／読者としては、そういう目利きの方々のご高説をおおいに参考にしていたりもする。それに私もしばしば一見すると似たようなことをやっている／やろうとしてるように映ったりもしていることだろう。

だが私は、批評という営みの本義は、価値判断にも蘊蓄にもないと本気で思っている。いや、価値判断は誰にだってあるし、蘊蓄も読んだり聞いたりするのは面白いのだが、自分にとって特権的価値の付与と相対的価値判断、すなわち選別と排除や、それを正当化するための何らかオーソライズされた種々の参照系の発動は、こういう言い方は誤解を招くかもしれないが、荷が重い。私が批評でしたいのは、ふたつのこと、ここにこれがあるよ、と告げること、それから、それは何をしているのか、を記すこと、なのだ。

ここにこれがある、と述べることは、価値の付与とは違う。発見や遭遇はいずれ個人的なものであるから、そこには常に、私が、という前提が隠されているわけだが、しかし、私が私だからそれがあることがわかったのだ、とは言わないし、言いたくもない。もっと言えば、言うべきではないと思っている。確かに、そこにあるそれ、は私にとって意味のあるものである場合が多いが、それが他者たちにも妥当し、一般性へと展開されることを、願ってはいるかもしれないが狙ってはいない。たまたま自分は、それがそこにある、ことを知った／わかったので、それを言ってみている。それはすでに誰かが言ったことかもしれないし、そもそも誰にだって見れば見えるはずのものであるし、それにそのことがどのくらい自分以外にとって意味があるのかもわからないのだが、そうしたいと思って、そうしている。それだけである。

そしてそれから、では、それは何をしているのか、と考え始める。これを私はプログラムとかエフェクトとか呼んでいる。そこには趣味的価値判断は介在していない。何をしているのか、という

美味しいという字は美の味と書くのだが、

のには二種類の方向性がある。すなわち、内向きと外向き、である。それの内部では一体どのような仕組みが働いているのか、システム＝プログラムの駆動ぶりを解析したい。そして、それはそれの外部に対して、いかなるエフェクトを発揮しているのか、それは外部の枠取りによって、色々なレヴェルがある。ジャンルやシーンや時代や世代や社会や世界や何やかやといった諸々の枠取りに沿って、それがしていることを言葉で示してみたい。大まかに言えば、私が私にとっての批評だと思っているのは、こんなようなことである。従って、私の批評観はグルメ的批評観とは相容れない。

要するに、そもそも自分は、何が美味しいのか、わかっていないのだ。いや、自分にはわかることが出来ると思っていない。いや、誰にそれがわかるのだろう、とさえ思っている。というか、何が美味しいのかわかる、ということ自体が、甚だ怪しいと感じているのである。

このことは、美味しい、の反義語である、不味い、という言葉について考えてみればわかる。不味いとは、どういうことなのか？　自分は大体、食べたものが不味かった、という記憶はあまりない。それはお前が味オンチだから、と言われそうだが、美味しいとされるものを美味しいと認識可能であることと、不味いとされているものの不味さを認識不能であることとは、共存し得るのではあるまいか。確かに好みというものはあるだろう。しかしそれは私の身体的精神的その他諸々のスペック／パラメータが成せることであって、それだけのことでしかない。私が私でなかったら、覆麺にハマっていなかっただろうし、彼らが彼らでなければ、某店をケシゴムラーメンとは感じなかっただろう。味付けというものが全く無い、ということは事によるとあり得るが、そうでなければ、ありとある味は、美味しいと不味いとの両極の間で、ふわふわと浮遊しているのだと思う。フレームを人種とか文化とか国家とかにまで拡げたら、この差異は果てしなく広がっていく。人間である以上、誰もが多少なりとも美味しいと感じられる味というものも、事によるとあるのかもしれないが、その場合はヒトという条件付けが、そうさせているだけの話ではないか。

では、B級グルメについてならどうであろうか？　そもそもB級とはどういうことか？　この用語を蔑称から救い出した言説として、すぐに思い当たるのは、映画における一連のB級映画礼讃であろう。蓮實重彥や山根貞男、吉田広明に至るシネフィリーなB級映画論の系譜が存在する。そこでの厳密な定義に当たるなら、B級映画とはまず第一に、二本立て興行の二本目、AがメインでBがサブ、という意味である。もちろんそれ自体に「Aではない」という評価があらかじめ共示されているわけだが、興行収益目標を主として担わされた、不特定多数の大衆向けに作られるAよりも、むしろ予算を除けば相対的にフリーな条件下で製作されるBの方から、作家的な映画が結果としてより多く登場してきたということは、端的な事実であろう。つまりこの場合、BはAに次ぐ／劣るものというよりも、Aに対立するもの、Aを補完するものとして措定されている。だがB級グルメは、A級グルメの対立物／補完物ではない。それはむしろ、もっと単純な意味で

美味しいという字は美の味と書くのだが、

「高級ではない」「より大衆的な」ということだと思われる。ふたたび映画を例に取れば、八〇年代から九〇年代前半にかけて、映画を好んで沢山観る行為が、文化的／芸術的に特権的な例外性の獲得足り得る時代があった。シネフィルの時代と呼んでもいいだろう。フランスのヌーヴェルヴァーグによって発明された、いわゆる作家主義が輸入され、ミニシアターや特集上映の映画がメディアでも猛威を振るっていた時代である。この頃、B級という称号付きで多くのシネフィル達が上映に駆けつけた作品群は、たとえその出所がプログラム・ピクチャーであり、その本質がまちがっても芸術映画などではなくエンターテインメントであり、その本来の想定観客層が一般大衆であったのだとしても、受容のされ方としては明らかに「作家の映画」であった。つまり、あの頃、そのようなB級映画を好んで観るということは、紛れもなくセンス・エリート的な行為だった。そしてそれゆえに、そのような特権的例外性への偏向を鼻持ちならないとする批判や非難も映画観客の中には潜在していた。そこで、そのようなシネフィリー的映画受容へのあからさまな対抗軸として九〇年代以降に台頭してきたのが、『映画秘宝』に代表される、いうなれば「真のB級映画ファン」たちだったのだと思う。わかりやすく言ってしまえば、『カイエ・デュ・シネマ・ジャポン』と『映画秘宝』が、綺麗に反目し合っているかに見える状況が、そこにはあった。それは、BのフリをしているがホントはこちらがAなのだ、という暗黙の主張と、BはBなのであり、だからこそいいのだ、同様にAがAであって何が悪い？　というあっけらかんとした（だが時として強圧的な）心理との闘い、であった。

すぐわかるように、この闘いにおけるAとBの対立は二重になっている。いつのまにやらメジャー／マイナーという二項と、ハイブロウ／ロウブロウという二項が、絡み合って混乱しているのだ。もちろん問題をややこしくしているのは後者である。二本立ての二本目としてのBであっても作品としてはAであるものが存在する、というだけならまだしも、この論理はやがて必ずA＝メジャーへの差別／侮蔑を導き出すか、最初からそれを暗に含んでいる。すると、ただAというだけで嘲弄する倒錯したエリーティズムへの反撥が生じてくるのは致し方ないことだろう。ハイかロウかというのは、芸術的価値判断である。それは価値の転移を惹き起こすし、価値を支える権威性を要請する。だが私に言わせれば（私が言うまでもなく）、それはそもそも無根拠なのだ。

ところでしかし、その後のゼロ年代を通して起こっていったことは、先の闘いの双方が次第に歩み寄り、いつのまにか一緒になっていた、という事態である。それはおそらく「映画を沢山観る」という行動様式が、数量的にも、世間におけるプレゼンスという意味でも、失墜したからである。分母がそれなりに大きければ、主義主張の異なりに即した分派やセクショナリズムも機能するだろうが、大変残念なことに、もはやそういう時代ではない。映画が好きである、という共通項だけで、肩を寄せ合い頷き合い生きてゆくしかないのだ。そして、このようなことは、たとえば音楽においても洋楽ファンと呼ばれる存在についても、ほとんど同じ形で起こっていることだと思う。

美味しいという字は美の味と書くのだが、

B級グルメに話を戻せば、いまやA級グルメの存在意義は甚だ頼りない。常識人の常識として、高いお金を出せば美味しいものが食べられるのは当然だとしても、だがしかしそのお金がないのだから、プライス的に高級ではない、もっとずっと大衆的な食の中に、悦びや愉しみを見つける他はない。こうしてかつての倒錯的センス・エリーティズムとはまったく違った回路で、BはAを凌駕し、蔓延している。しかし同時に、Bの後ろにはCが、Dが、Eが……と控えているのだろう。AとBだけしかないのなら、まだいいのだが、アルファベットが上から順番に欠番になっていく、というのが、これから起こることなのかもしれない。そのプロセスの過程で、グルメという言葉も、その意味をますます変質させていくことだろう。

しかし私はグルメではないので別段困らないし、たぶんZ級グルメでもそれなりに美味しく戴くだろうと思う。そしておそらくこれは私の批評家としての強みでもある。

リトルピープルよりレワニワを

文芸
村上春樹『1Q84 BOOK 1／BOOK 2』（新潮社、二〇〇九）

正式な発売日よりも二日ほど前の日の夕方だったと思うが、渋谷の書店で一心不乱に『1Q84』を立ち読みしているオジサンを見かけた。見た感じちょっとヤバめというか、あまりフツウではない空気を醸し出していて、ホームレスとまでは言わないまでも服装も結構くたびれかかっていて、あんまりその本屋では普段見ないタイプだった。暫く観察していた（というかオジサンが棚の真ん前に立ちはだかっているせいで『1Q84』を手に取れない）のだが、とにかくひたすらページを繰って黙々と読み耽っていて、何と何と、僕が発見した時には、すでに「BOOK1」を読み終わりかかっていた！　たぶんあのオジサンは、あのままあの調子で「BOOK2」まで読破しただろう。おそるべき立ち読み根性というか何というか。しかし案外、全国の書店でも同じような光景が見られたのかもしれない。事実、そのすぐ後にも、若い知人のひとりから「梅田の本屋で『1Q84』を立ち読みで読破しました！」とメールがあった。

立ち読みオジサンを見た時には、僕は自分自身は立ち読みという行為がまったく出来ないタイプの人間なので、オイオイこいつえんえんとタダ読みかよウゼエ的な、微妙な不快感を感じた。と同時に、いかにスイスイ読めてしまうとはいえ、二分冊の、あれだけの厚さの小説を、立ち読みで読破しようという意気込みとパワーには、正直、感心せざるを得なかった。僕はあのオジサンが、『1Q84』を買えなかったのか（買うお金がなかったのか）、或いは単に買いたくなかった（お金を使いたくなかった）のかはもちろん知らない。けれども彼はまちがいなく、読みたくはあったわけだ。そして彼は実際に、もっとも早い段階で『1Q84』を読み終わった「読者」のひとりであるはずである。しかしオジサンは、現在百ウン十何万部だかに達しているという『1Q84』の「購入者」には当然カウントされていない。

立ち読みで最初から最後まで読破してしまうという行為は、リーガルな万引きとでも呼べるようなことであり、そのような行ないをする者は書店と出版社にとって敵である。一円の金銭とも引き換えることなく本を読んでしまうなんて、そんな輩が居るから出版不況が悪化するのだ、という意見はしごく尤もだと思う。だが、あの日以降、『1Q84』の驚異的な売れ行きを伝えるニュースを傍目で眺めながら、あのオジサンのことが僕はずっと妙に気に懸かっていた。それはたぶん、僕が『1Q84』が出るよりも前から、ずっとつらつらと考え続けていたことと、あのオジサンその人が、ではなくて、いうなればオジサンが象徴している（と僕には思える）存在が、ふとした形でリンクしたからだと思う。それはつまり、オジサンは『1Q84』の「購入者」ではないが、明らかにひとりの「読者」ではある、という紛れもない事実を、どう捉えるべきなのか、ということである。

当たり前のことではあるが、一冊の本を受容するということは、大概の場合、それを買って、読む、という一連の行為を含意している。だがもちろん、それ以外にも、ひとに借りるとか、図書館で借りるとか、万引きするとか、或いは立ち読みするとかいったアナザー・チョイスも幾つかある。つまり書物を「買う」と「読む」とは、そのまま完全に一致しているわけではなく、そこには切断がある。それは「商品」と「作品」のあいだの「切断」でもある。一冊の本は、多かれ少なかれ「商品」であると同時に「作品」でもあるのだが、あのオジサンは『1Q84』の「商品」としての属性は無視して、ただ「作品」としてのみ受容したわけである。

もちろん、オジサンのような存在は、『1Q84』が誰もが読みたがる超話題作である、ということを証明しているだけのことかもしれない。けれども、どうしてこのことに僕がこだわってしまうのかといえば、「買ってないのに読んでしまったオジサン」という困った存在の反対側に、「買ったのに実は読まない人々」という存在が、けっこう大量にほの見えているような気がしてしまうからなのだ。「商品」として購入することが「作品」として受容することよりも何故かはるかに上位にあり、ことによると後者が無意識のうちに切り捨てられてしまっているという事態が、どこかで生じてはいまいか、ということなのだ。

確かにそれは今に始まったことではなく、そもそもベストセラーというものは「読まなくても（読めなくても？）買ってしまうひと」をいかにより多く獲得するかがカギである。だからむしろ、僕はあのオジサンに、いわば一種の「純粋読者」を見出した、ということなのかもしれない。本を「買う」ということは、必ずしもそれを「読む」ということに直結しない。だがオジサンはともかく「読んだ」のだ。繰り返すが、彼は書店にも出版社にも利益を齎さず、むしろ迷惑千万な存在でしかない。そしてそれは『１Ｑ８４』の著者である村上春樹にとっても同様だろう。だがしかし、仮に『１Ｑ８４』を買い求めたまま半永久的に本棚に差しっぱなしにしてしまうような人と、金を払わず立ったまま最後の一語まで読み切ったあのオジサンの、どちらがほんとうの意味で「村上春樹の読者」だと言えるだろうか。僕がもしも村上春樹だったら、買ってはくれても読んでくれない「消費者」よりも、買ってなくとも読んだ「読者」の方が、嬉しい存在なのではないかと思ってしまう。もちろんお金を払って買い、ちゃんと読んでくれるひとが一番良いのは確かだけれど、究極の選択（？）だったら、やっぱりオジサンだと僕は思う。しかしもちろん、オジサンみたいな輩ばかりになったら出版業界はすぐさま崩壊する。だからこれは程度問題というか、たまたま見かけた立ち読みをきっかけとした思考のウダウダに過ぎない。でも僕にはどうしても、あのオジサンと百ウン十何万部だかが、奇妙な形で釣り合っているように思えてしまうのである。

「読む＝買う」というイコール、「作品＝商品」というイコール、「読者＝消費者」というイコールには、常に或る「切断」が潜在している。その「切断」の中に、大袈裟に言うならば資本主義の陥穽がある。そこには不均衡があり、バランスが取れていることは殆どなく、必ずどちらかに偏っている。そして僕は、とりわけ自分が長年関わってきた音楽という分野において、「買う＝商品」という様相ばかりが肥大化し、「聴く＝作品」という様相が無残なまでに軽視されてゆくさまを見てきた。そしてそれは音楽産業が不振を極めてゆくのと完全にパラレルな出来事だったのである。僕の見聞した限りでは、今回の『１Ｑ８４』の異常なまでの売れゆきについては、出版関係の人間は（別に新潮社の人じゃなくても）基本的にきわめて肯定的である。なんというか、他人事ではあっても、ひさびさに景気の良い、めでたい、夢のある話だ、という感じなのである。そしてそれは実際にそうなのだろうと僕も思う。

先日も、とあるイベントの壇上で、豊﨑由美さんが『１Ｑ８４』に言及されて、あれだけ売れてしまうと、とやかく言われてしまうだろうが、しかしこれはやはり良いことなのだ。なぜならば『１Ｑ８４』を買いに本屋に走ったひとが、ついでに他の本も買うということがあるかもしれないから、というようなことを言われていた。それは確率論的にはもちろんありえることだろう。だが僕にはどうしても、それはやはり最早少しばかり理想主義、楽観主義だと思えてしまう。ミもフタもない意見かもしれないが、『1Q84』の購入者の大半は、おそらく『1Q84』だけにしか興味がないし、他の本を買ったりはしない。なぜなら彼ら彼女らは、実のところ本が読みたいのでも、小説が読みたいのでもないからだ。ある意味では『1Q84』を読みたいのでさえないかもしれない。これは穿った見方だろうか？（むしろ僕はこれが「穿った見方」であれば、どんなにかよいだろうと思う）

本が売れない、小説が売れないといわれる昨今、今回の「『1Q84』現象」は確かに歓迎すべき出来事かもしれない。だが問題はむしろ、『1Q84』しか売れない、ということなのではないか。それに「現象」の煽りで、ヤナーチェクのCDが売れたり、チェーホフの、よりにもよって『サハリン島』も売れているなどと聞くと、率直にいってうんざりしてくる。僕にはどうしても、『1Q84』だけが死ぬほど売れてしまうという事実と、その他の本＝小説がとにかく売れず、ますます売れなくなっている、という事実が、表裏一体であるように思われてならない。

ふたたび音楽を引き合いに出すならば、この『1Q84』現象と似たような一種のバブルが最後に起こったのは、宇多田ヒカルのファースト・アルバム『First Love』である。『1Q84』から約一〇年前の一九九九年三月にリリースされた同作は、日本国内だけで約八〇〇万枚ものセールスを記録し、海外も入れるとテンミリオンに迫るほどの途方もない売り上げとなった。僕はかねがね宇多田ヒカルを「最後の国民歌手」と呼んでいて、彼女のシンガーソングライターとしての天分にはおおいに敬服している次第なのだが、しかしそれよりもここで指摘しておかなくてはならないことは、『First Love』以後、それを超えるメガ・ヒットが生まれていないばかりか、ちょうどこの年以降、日本のCD売り上げは明確な右肩下がりを始め、その下降線は今も下げ止まっていない、ということなのである。

『First Love』は素晴らしい作品だと僕も思うが、しかしそのことと、あれほど売れてしまうということは、けっしてイコールではない。良い「作品」だからといって売れる「商品」であるということにはならない、という哀しむべき事実は、実際のところ全然良くなくても売れてしまうものがある、という忌むべき事実によって何度となく証明されている。今から思えば、『First Love』への一極集中は、日本の音楽産業にとって、最後のバブルであっただけではなく、いわば「とどめ」でもあったのだと思う。小室哲哉の牽引によって、九〇年代後半には次々とミリオン・ヒットが生まれ、その波が静まりかかった頃に『First Love』が出てしまったことにより、メジャーのレコード会社はビジネス・モデルを変革するタイミングを逸した。彼らはいつまでも、二度目の『First Love』を夢見てしまっているのだ。そして、それがどうやら起こらないだろうとようやく感づいたゼロ年代の暮れ方には、もはやほぼ完全に手遅れになってしまっていたのである。

だから僕はKYを承知で、こう言わねばならない。『1Q84』現象は、日本の出版界も小説も文学も、何も救ったりはしない。それはただ、それだけがひたすら売れるだけである。確かに短期的にはちょっと盛り上がるかもしれないが、中長期的に考えるなら、このバブルは完全に危険な兆候であり、これに安易に乗った者は必ず後悔することになるだろう。むろん、ここまで売れてしまうとは、版元だって、作者だって、おそらく思ってはいなかったに違いない。まちがいなく、このバブルをフレームアップしたのは、マスメディア、つまりテレビと新聞とインターネットである。大衆資本主義社会では、とりわけ日本という国では、とにかく売れてしまったものがもっと売れるという法則がある（だから一時期、音楽のシングルＣＤリリースでは、とにかく無理矢理にでも「売れた」という事実を作り上げる仕掛けが流行り、しかもそれはけっこう成功した）。最強のセールス・コピーは「もう皆が持っている（あなただけがまだ持ってない）」である。発売以前から、一部のマスメディアは完全に購買意欲を煽っていた。僕が「版元も驚くほどの売れ行き」というニュースを知ったのもマスメディアによってである。一〇〇万部を突破してから報道は更に加熱し、それ以後のセールスの暴走ぶりは周知のとおりである。マッチポンプだと批判しているのではない。というよりも、今回に限らず、マスメディアというものは常にマッチポンプをやらかそうとするのだ（そもそも二分冊の部数を足して一〇〇万部と謳ってみせた数字のマジックもマッチポンプではないか）。ただ、それが成功する場合としない場合があるだけである。少なくとも、あるポイント以後の『１Ｑ８４』の売れゆきの原因は、やたらと「すごく売れている」と報道されたからであり、それ以外の理由ではない。

お断りしておくが、僕は『1Q84』がどれだけ売れても、全然構わないし、むしろ結構なことだと思っている。しかし繰り返すが、問題は、ただ『1Q84』だけが狂ったように売れてしまうということ、とにかく『1Q84』しか売れないということが、他の本や小説が、どうにもあまりにも売れないという事実へのヘルプになるどころか、むしろそんな窮状への「とどめ」になってしまいかねない、ということなのだ。残念ながら、この「現象」は「購買者＝消費者」を一時的に大量生産しても、真の意味での「読者」の育成に寄与することはないだろう。大半の人たちは、単に「村上春樹の新刊」が読んでみたかった＝買いたかった＝買うという行為をしたかった、だけなのであり、なにか優れた小説を読みたい、素晴らしい文学を読んでみたいと思っているわけではないからである。

とか書くと、そんなのは根拠のない大衆蔑視であって、『1Q84』を買っている沢山の人たちが、幾らなんでもそこまで愚かであるわけがない、というような批判を戴くかもしれない（少なくともそういうことを言いたがる人はいそうだ）。僕は「大衆」を構成している個々人の殆どは本来は愚かではないと思う。だが、愚かではないはずの人間に愚かであるとしか思えないような行動を惹き起こすメカニズムこそが「大衆」と呼ばれるのだ。そして何よりも、ここまで僕が書いてきたことが、KYであることは重々認めるが、果たして誤った認識であるのかどうかは、残念ながら時間が証明するだろうと述べておく。

さて、とはいうものの、以上述べたことは、『1Q84』現象にかんする物言いであって、『1Q84』という小説にも、村上春樹という小説家にも、何ら罪はない。僕は百ウン十何万部の、たった一割でもいいから、他の小説に廻してあげられたらと切に願う者であるが、それも『1Q84』が、百ウン十何万部も宜成(むべな)るかなと思わせるほどの途方もない大傑作であったならば、まあ当然だし仕方ないよね、で済む話なのである。いや、たとえそこまで売れなくても、全然売れなかったとしても、自分が読んで素晴らしい作品だと思えたなら、それで全然構わないのだ。しかしこれもKYということになってしまわないことを祈るが、『1Q84』を読み終わって（お断りしておくが僕は「購入者＝読者」である）、率直に言って僕にはたくさんの疑問と不満が残った。村上春樹はこの作品で変貌した、という声もあるみたいだが、僕はほとんど変わっていないと思う。むしろ近年の村上作品に対して僕が抱いてきた不満と疑問を、より強化し拡大した形で、この小説は身に纏っていると感じる。僕がこの文章で書きたかったこと、書いておくべきだと思ったことは、すでに述べた「現象」に釘を刺しておく、ということだったので、以下は蛇足である。

あらかじめ自分でどこかの土の下に宝を埋めておいて、誰かを連れてきて、それをふと掘り当ててみせる、というようなことをやっている印象を、僕はある時期以後の村上作品から受けてきた。しかもこのひとは、自分が宝を埋めたことを半ば本気で忘却しているので、そこに不誠実という咎が生じることもない。あるいは、別の喩えで言うと、実際のところあまり何も考えていない男が、無表情なまま彼女の悩みに耳を傾けていて、とりあえず話の接ぎ穂として「わかるよ」とだけ口にしたら、彼女はその寡黙な一言に隠された多くの想いを勝手に感じ取り、深く感動して彼のことがますます好きになってしまう、というような印象。彼は彼女を騙そうとしているわけではないし、実際騙してはいない。だが、彼女の方は騙されているのだ。

　これは過去にも書いたことがあるのだが、村上春樹という小説家の最大の特徴は、彼にはひと（他者）の気持ちが全然わからない、という点に尽きると僕は思う。これは貶しているのではない。むしろ誉め言葉である。彼の本質は、徹底的に反=共感的な、アンチ・ヒューマニスティックな感覚にあり、普通に思われているような、その逆ではない。一般的には、何も起こらない居心地の良い自我の内に自閉し自足していた「僕」が、他者や「世界」とのアクシデンタルな触れ合いによって、外へと開かれてゆく、というパターンだと思われているのかもしれないが、そうではなくて、それでも「僕=彼」が、実はいつまでもどこまでも自閉したままだということに、村上春樹の、こういってよければ文学的な可能性の核心がある。

　ひとの気持ちがわからない人間は、自分がそうであるらしいことに気づいている。しかし彼が変わろうとして行なう振る舞いも、やはり根本的にセルフィッシュな圏域から一歩も抜け出てはいない。これではいけないと彼は思う。そこでまた色々するのだが、しかし彼は変わることはない。なぜ彼は変われないのか、それはつまり、実のところ、彼には何故「これではいけない」のかさえ、本当はまったくわかっていないからだ。というか、それが「ひとの気持ちがわからない」ということなのである。だから彼には、わかったふりをしてみる、わかったことにしてみる、というようなことしか出来ない。そうすると、何だか自分でも、わかったような、わかってるような気がしてくるから不思議だ。そしてここがポイントなのだが、そこに誰か（他者）がやってきて、こう言ってくれるのである。「やっとわかったわね」と。でも本当は、彼はやはりわかってなどいないし、わかりたい気持ちがあったとしても、どうしてもわかれないのだ。そして、だからこそ村上春樹は村上春樹なのだ、と僕は思う。彼を「倫理的な作家」などと評するのは、決定的に間違っている。彼は「倫理」と呼ばれるものとは、もっとも縁遠い小説家であり、だからこそ存在意義があるのだ。

　ところが、多くの「読者」が、ここを履き違え、彼の「わかったふり」に対して、何故だか「わかってくれた」と頷いてしまう。私見では、村上春樹が現在のごとき巨大な作家になっていったのは、このいわば「錯覚された共感」がエンジンである。そしてこの錯誤は、やがて作家本人にもフィードバックしてゆく。僕はこれは村上春樹にとって、けっして幸福なプロセスではなかったと思うのだが、そこはよくわからない。

　『1Q84』にはふたつのテーマが描かれている（「テーマ」なんて陳腐な言葉を持ち出すのは話をわかりやすくするためだ）。「愛」のテーマと「悪」のテーマである。どちらも村上作品ではお馴染みの主題だ。たとえば「悪」について言うなら、この物語の（ひとつの）入り口には、ドメスティック・バイオレンスに対する、誰もが首肯するだろう否定的な感情が置かれている。それは一見、まさに「倫理的」な態度のように見える。しかし、あたかもＤＶの究極的な権化のような存在として描かれていた「悪」は、その正体が明らかになるにつれて、必ずしも「悪」とは名指せないような、複雑な（そして不可解な）内面を抱えていることがわかってくる。そこで「倫理」は強力に相対化＝ズラされる。「読者」は自分が抱いた素朴な「正義」をいきなりズラされて戸惑うとともに、このズラしこそが、より「倫理的」な姿勢なのだと思い込んでしまう。しかし僕には、この一連の回路自体が、先の「わかったふり」を仮構するための、極めて人工的な仕掛けだと思える。ごく初期から村上作品には、このような巨大で卑小な、浅薄で深遠な「悪」が、たびたび登場する。この矛盾に満ちたありようを「悪」の本質として評価することも、おそらくは可能だろう（福田和也などはこのパターンだ）。しかし僕には、これは作者が自分でも気がつかずに弄している詐術のひとつだと思われてならない。

「愛」についても同様のことが言える。『１Ｑ８４』を『ノルウェイの森』以来の「恋愛小説」だとする意見もある。実際、ここには一種の「運命の愛」が描かれている。けれども、この「愛」は、ふたつの意味で非常に人工的だと思う。まず第一に、「愛」が誕生するエピソード、すなわち「運命」の生成の端緒となる出来事の、明らかに意図的に繊細さを欠いた物語られ方において（「それは起こった」から起こったのだ、というトートロジカルな断定）。第二に、その「愛」の「成就」が、「読者」の素朴な期待を裏切って、「悪」と同じくあからさまにズラされる、という点で。いずれにしても、そこで行なわれているのは、本当は無いものを有ると思い込む/思わせるために、そこに無いはずのものを最初から隠しておく、という作業である。『1Q84』の「読者」には、「宝」を掘り当てることしか許されない。そこには「悪」や「愛」をめぐる、同義反復的に強調された「正しさ」と、それを更にズラすことで巧妙に演出される「正しさ」の相対化との往復運動しか存在していない。

ここで最初の話に戻るが、それでも僕は『1Q84』を結構面白く読んだのだ(立ち読みではないが一気読みだった)。しかし敢えて言うと、『1Q84』の直前に出た伊井直行の久々の書き下ろし長編『ポケットの中のレワニワ』の方が、ずっと感動したのである。実はいろんな意味で、この二作の小説は、ちょっとしたコントラストを成している(が、それを書くスペースは最早ない、ので是非読んでみて下さい)。しかしおそらく『レワニワ』の部数は『1Q84』とはまるで比較になるまい。僕はこのことを、心の底から残念に思う。

弱い接続と別の切断

思想
東浩紀『弱いつながり：検索ワードを探す旅』(幻冬舎、二〇一四)
千葉雅也『別のしかたで：ツイッター哲学』(河出書房新社、二〇一四)

偶然にもタイミングを合わせて刊行された東浩紀の『弱いつながり』と千葉雅也の『別のしかたで』は、グーグルとツイッター、検索とSNSという、現在の日本社会の心性を少なからず規定しているふたつの重要なインターネット・ツールをそれぞれ足掛かりにしつつ、しかしそのような状況にかんする分析や論評よりも、彼ら自身の他ならぬ「現在(の日本社会)」を生きる術のごときヴィジョンを(東は直截に、千葉は婉曲に?)提示しているという意味で、明らかに相通じているように思われる。

言わずもがなのことではあるが、そもそもこのふたりは浅からぬ縁で結ばれている。年齢はやや離れているが、ともに東京大学大学院(表象文化論)で博士号を取得しており、千葉は東が主宰する

『思想地図』に何度か論文を寄稿している。東は千葉のデビュー作『動きすぎてはいけない』に浅田彰と並んで推薦文を書いている。東が経営するゲンロンカフェにも千葉はたびたび出演している。しかしそれでも千葉雅也は、いわゆる「ゼロアカ」の時代に東浩紀の導きによって世に出た何人かの書き手たちとは、どこか一線を画す存在であるように見える。それは「ゼロアカ」の殆どの評論家は名称とは異なり狭義のアカデミズムに属していないが、千葉はフランス現代思想、ジル・ドゥルーズを研究しながら大学人としてのキャリアを歩んでいるという点によるばかりではなく、ある意味では千葉の哲学/思想そのものにかかわっているとも思える。だが、ここでのミッションはあくまでも二著の書評である。

かつて「衆愚」という言葉があった。誤解を畏れずに言ってしまえば、東浩紀の人間観、日本人観とは、基本的にこれだと思う。ひとびとは愚かであり、愚かであるしかない。そしてひとびとは、そう簡単には変わらないし、変われない。それゆえひとびとは、変えたいとか変えるべきだとか考えているだけでは、けっして世界や社会を変えられはしない。東が特別なのは、こうした認識を、いささかもペシミスティックには捉えていないということである。彼はむしろ衆愚(という言葉を絶対に彼は使わないが)が、たとえいつまでもそのままの状態であったとしても、さまざまな事が以前よりも上手くいく(マシになる)にはどうすればいいのかと思考する。この意味において彼は徹底したリアリストだと言える。そんな東のひとつの到達点が、たとえば『一般意志2.0』だった。また、自ら株式会社ゲンロンを率いて取り組んでいる諸々の事業やプロジェクトも、同じ視点によって貫かれている。

『弱いつながり』もまた、そのような（言葉は悪いが）衆愚的人間観を前提にしている。冒頭から彼は、とにかく人間は環境に規定された生き物であり、今やその「環境」とはネットのことで（も）あるので、たとえばグーグルの検索機能を駆使して自分の知見を拡げようとしたとしても、それは所詮あらかじめ予測可能な結果しか齎すことはない、と喝破する。確かにネットには膨大な、無限とも言えるほどの情報が蓄積されている。そこには原理的に、未知なる何ものかとの価値ある出会いが無数に潜在している。だがしかし、実はそうはならない。なぜならば、あなたがグーグルのエンジンに打ち込むワードが既にして限定されているからだ。では、どうすればいいのか。グーグルが予測出来ないワードを打ち込むのである。そのためには、具体的現実的に、環境を変えてみることだ。今いる環境を変えることが不可能であるなら、この環境から別の環境へと移動すること。こうして『弱いつながり』は、いわば一風変わった「旅行のススメ」の様相を呈することになる。海外旅行先でふと目にした意味不明の言葉をグーグルに打ち込むことで、あなたは新たな視界を手に入れることになる。つまり、ここではないどこかにただ赴くだけでは駄目なのだ。ネットを手放すことなく、外に出ること、旅をすること。そして必ず（ここが肝要なのだが）また戻ってくること。

このアドバイスは、たとえば小田実『何でも見てやろう』の、あるいは寺山修司『書を捨てよ、町へ出よう』の、半世紀以上を経たヴァージョン・アップであると考えられるかもしれない。スマホを捨てず、見知らぬ国に出掛けていき、何でも検索してやろう。そこで登場するのが「観光」という概念である。東は次のように述べる。「世のなかの人生論は、たいてい二つに分けられます。ひとつの場所にとどまって、いまある人間関係を大切にして、コミュニティを深めて成功しろというタイプのものと、ひとつの場所にとどまらず、どんどん環境を切り替えて、広い世界を見て成功しろというタイプのもの。村人タイプと旅人タイプです。でも本当はその二つとも同じように狭い生き方なのです」。そこで彼は第三の「観光客タイプ」の生き方を差し出す。「村人であることを忘れずに、自分の世界を拡げるノイズとして旅を利用すること。旅に過剰な期待をせず（自分探しはしない！）、自分の検索ワードを拡げる経験として、クールに向き合うこと」。これは、東が現在継続している、この本でも何度となく言及されている「福島第一原発観光地化計画」のひとつの根拠にもなっている。ゲンロンから刊行した同名のムックの序文の中でも、東は「人間は忘れやすい動物であり、また驚くほど軽薄な存在である」からこそ、フクイチを「観光地」にすることで忘却に抗うべきであると書いていたが、ここではそれがよりジェネラルな「生き方」の問題として主張されている。忘れやすく軽薄であることから脱しようとするのではなく、そうであるがままで、世界／社会をより良くしていくこと。

そして、この「観光客」としての生き方から、書名でもある「弱いつながり」という、もうひとつのメッセージが導き出されてくる。ストロングタイではなくウィークタイ。観光客的なコミュニケーション／コミットメントを、（海外）旅行のみならず日常や社会生活においても実践すること。絆はたとえばＳＮＳによってどこまでも強化される。それはむしろ多くの問題や障害を生んでいる。さればこそ、絆を意識的に弱めることが、むしろ必要なのではないか。こうして東浩紀の論議は、千葉雅也が『動きすぎてはいけない』で展開した「接続過剰の切断」「中途半端の顕揚」に繋がってくることになる。

『別のしかたで』は、千葉雅也が自身のツイッターで発信した一四〇字以内の呟きを再構成した書物である。ツイートは『動きすぎてはいけない』刊行前後にまたがっており、同書の覚書として読める部分もある。だが時期や順序をバラバラにされた上で並べられた呟きたちは、個々に印象的であったり啓発的であったりはしても、けっして群体もしくは連体となって、まとまった論を構成することはない。或る呟きと或る呟きのあいだには、たとえすぐ隣に置かれていたとしても、弱いつながりしかない。だがそれは同時に、単なるランダムということでもない。弱いつながりには弱さという、強さにはないポジティヴな属性が宿っている。

あとがきで千葉はこう書いている。「世界においてどのように一個のまとまりが、切りとられるか」「ものごとについて、自分自身について、或る輪郭をとりあえずそれでいいとすることを、私たちは、様々に意味づけ、正当化する。しかし、とりあえずその輪郭であるということ自体は、根本的に『非意味的』である」。ここで言われる「とりあえずの輪郭」、その描出を「弱いつながり」と言い換えることは可能だろう。弱さ、すなわち「非意味的な有限性」に留まろうとすること。そう努めること。グーグルと同じように、ツイッターもまた「観光客」的に用いること……『弱いつながり』と『別のしかたで』の著者たちは、このように、個として「現在」に対応している。それは彼ら自身の「生き方」の表明であると同時に、同じ「現在」にあるしかない者たち、愚かであるしかない者たちへの、有益なサジェスチョンでもある。

「例外社会」の例外性

思想

笠井潔『例外社会：神的暴力と階級／文化／群衆』（朝日新聞出版、二〇〇九）

1

大著である。雑誌連載分に加えて、単行本化に当たって原稿用紙四〇〇枚もの膨大な加筆を経て出版へと至った本書は、かなりの長きにわたってその批評行為の対象分野を自らが担い手のひとりでもある「ミステリ」に敢えて絞ってきたかに見えた笠井潔が、よりマクロなヴィジョンに立って、「社会」と「時代」を、総括的かつ徹底的に論じたものである。笠井自身が「あとがき」で本書を『テロルの現象学』『国家民営化論』に続く「社会思想領域での第三の主著」と呼んでいるが、その途方もないヴォリューム（頁数）といい、そこで扱われている事象の数・量といい、前二著を大きく上回るものとなっており、「連赤」への（自己）批判のパトスを強烈な思弁の内に閉じ込めた『テロル〜』、ラジカルではあるが現実的視座からはユートピックという評言を避けられなかった『国家民営～』に対して、よりアクチュアルでリアリスティックな論点の提示が特徴的である。

では、まず「例外社会」とは何か？　笠井は「序章」で次のように述べている。

> 例外社会とは、例外状態を構造化した社会である。二一世紀的な例外社会には、二〇世紀の例外国家が先行した。また両者ともに、例外世界という外部環境との相互関係を無視することができない。二〇世紀的な例外世界は世界戦争、社会主義の崩壊以降のそれは世界内戦として戦争という例外状態を恒常化してきた。また例外社会は例外状態を個人化し、そして人格化する。付属池田小事件の宅間守から秋葉原事件の加藤智大にいたる大量殺人者は、二一世紀的な例外人として捉えることができる。

笠井はそれ自体が長大なこの「序章」のなかで、このような「二〇世紀の例外状態」から「二一世紀の例外状態」へのドラスティックな変質を、世界‐国家‐社会‐個人といった幾つものレイヤーにおいて、多層的かつ網羅的に詳らかにしてゆく。この「例外状態」とは、言うまでもなくカール・シュミットが『政治神学』『政治的なものの概念』『大地のノモス』等の書物で提起したタームであり、更にその淵源はトマス・ホッブズが『リヴァイアサン』で論じた「万人の万人に対する闘争」

としての「自然状態＝戦争状態」である。笠井はシュミットがホッブズを踏まえて「国家論の一般概念」として抽出した、自然化された「闘争＝国家」の臨界点としての「例外状態」に、『暴力批判論』のヴァルター・ベンヤミンによる「法の起源」としての「神的暴力」を接続したうえで、更にそこにミシェル・フーコーの「監視社会」「生政治」や、スピノザの「異例性」を扱った『野生のアノマリー』のアントニオ・ネグリ、『例外状態』のジョルジュ・アガンベンなどの思考を流入させて、「例外状態」という概念を「二一世紀」に生じた諸問題に耐え得るものへと鍛え上げていく。

笠井の論述を無理矢理パラフレーズすれば、「人間＝人類」と呼ばれる存在にとって価値判断や倫理を超えて根源的な「闘争＝暴力」のアクシデンタルでパラドキシカルな発露としての「例外状態」が、とりわけ「戦争」と「資本主義」というふたつのエンジンによって「二〇世紀」を通じて前景化し全面化してきたあげく、グローバリズムの完成とその失調、そして「9・11」が一挙に露出させた「世界内戦」をトリガーとして、「二一世紀」に入ると急速に「社会」へ「構造化」され、それはそのまま「個人」にも「内面化」されていった。そうして、このいうなれば「例外世界の例外国家の例外社会の例外人」なるものが、「例外」と呼ばれていながらも、われわれが生きる「現在」の或る種の「典型」として浮上してくることになる。笠井は本論で「例外状態」を「階級」「文化」「群衆」の三つのアスペクトから縦横に論じてゆくのだが、本書のポイントは、以上のような歴史的で巨視的な観点に立ちつつ、実際に論議の契機として取り上げられていくのが「二一世紀」というよりも

「ゼロ年代」の、それも「日本」というローカルな場において表出された、たとえばワーキングプアの問題であるとか、サブカルチャーの変容の話題などといった、直近の事象であるという点である。つまり本書は高度な理論的背景を持つ思想書であると同時に、一種、かなりジャーナリスティックな「ゼロ年代の日本論」でもあるのだ。

そのいちいちの内容については、ここでは立ち入らない。それを書いていたら本稿は書評ではなくて要約になってしまう。それよりも書いておきたいのは、本書のあらゆる記述と論述に、そしてそもそもかくのごとき膨大な記述と論述とによって本書が形成されているという端的な事実自体に現れている、疑うべくもない著者の誠実さと真摯さ、このような猛烈な思考と執筆という紛れもない重労働を突き動かしているエネルギーと、それを支えている責任の意識についてである。率直に言って、笠井にこれほどの言葉の生産を可能にしているのは、一体どのような義務感、どのような欲望なのだろうか。まず単にこのことを問うてみるだけでも、本書の存在意義は明らかだと思う。笠井潔の生真面目さは現在の広義の批評界、論壇において、まさに「例外的」なものである。誰もが恣意的に設定された「批評＝思想」の「ゲームボード」上の優劣や、「思想市場」におけるサヴァイヴァルのみに腐心しているかに映る現状のなかで、笠井はほとんどただひとりだけ、「社会」を批判することの旧来的な意味を信じ、その責務を負おうとしている。この敢えて言うなら堅物な態度は貴重であり、真に尊敬に値する。冗談でも皮肉でも褒め殺しでもなく、本書の第一の読後感は、「ゼロ年代」末の「日本」に、これほどのコストをかけた「社会思想」の書物が登場したことへの感動だった。笠井潔は明らかに本気なのである。そうでなければ、到底こんなことはやれやしない。

だが、彼が論じているのは、まさしく彼のような姿勢こそが、本書のターミノロジーとは違う、もっと身も蓋もない「例外」とされてしまうような「社会」なのではないか。ここには本書の分析と主張（私はそれは概ね正しいと思う）とは別次元での倒錯がある。それは本書が、その巨大さと真摯さと正しさにもかかわらず、おそらくは笠井が望んでおり、それに本当はそうであるべきでもあるような正当な反応を、当の「社会」からはけっして得られはしないだろう、という残念で残酷な事実によって、すでに証明されつつある「倒錯」である。この「倒錯」には「リアル」というルビをふることも出来るかもしれない。この「倒錯」は本書をいわばメタ視点から襲っており、これ自体が「例外社会」の問題として考えるに足るものだとも思われる。だが、ここでは、この「倒錯」を本書の「底」から照射していると思える点について、最後に指摘しておきたい。

「あとがき」でも述べられているように、実は本書の原型となった雑誌連載の第一回だけが単行本からは外されている。つまり本書は連載評論の二回目以降を母体とする少々特異な構成になっているのだ。そのいわば「幻の第一回」は独立した論考として、笠井が先に上梓した『探偵小説は「セカイ」と遭遇した』に収められている。「環境管理社会の小説的模型」と題されたその文章は、実質的に東野圭吾の『容疑者Xの献身』論である。ミステリ論壇では一時期、『このミステリーがすごい！』『週刊文春』『本格ミステリ・ベスト10』で二〇〇五年度のベストワンを総なめし、更には直木賞まで受賞してしまった、この小説の是非をめぐって侃々諤々の論争が繰り広げられた。その顚末は『探セカ』で丸ごと一章が当てられている他、笠井が率いる探偵小説研究会の機関誌『CRITICA』等に詳しい。「本格ミステリ」としての評価にかかわる論争も私はかなりナンセンスだと思っているが（それは論理と倫理の単純な両立不可能性の問題でしかないのではあるまいか）、『容疑者Xの献身』で描かれている「ホームレスの不可視性」という設定を笠井は極めて重要視し、そこから現今の「社会」が抱える「問題」を牽き出してみせる。そして実際のところ、それはある意味では、本書が抱え持つ問題意識の（消去された？）出発点とさえ言えるものなのだ。

だが正直にいって、それはほんとうにそこまで重要なことなのだろうか？　いや、そう考えれば重要なのはわかるのだが、『容疑者Xの献身』がベストセラーになり、のみならず各方面から高い評価を受けたという事実と、その「問題」の「問題」性を論理的に繋げていくことは、単純に針小棒大というものではないかと、どうしても思えてしまう。そしてむしろ、このような「問題意識」の些か不可思議な生じ方の方にこそ、笠井潔の『例外社会』という書物の存在をも含み込んだ、いわば「例外」なき「例外社会」の真の「問題」が、ほの見えているのではないかと思ってしまうのだ。

2

本書について、たったの二〇〇〇字で何事かを述べることは一体可能なのだろうか？　それ自体が「ただ丸ごと読むしかない」という要約への強烈な拒絶の意志をありありと帯びたこのような異様な書物について。

疑いもなく、現実として可能でもなければ又そうすべきでもないのだが、成り行きで何かを書かなくてはならないので、どうにかしてみよう。少し前にジョルジュ・アガンベンの『例外状態』という本が出ており、本書でも引かれているが、この「例外」という語には、カール・シュミット、後期ではなく全域のミシェル・フーコー、とりわけ『野生のアノマリー』のアントニオ・ネグリ、そしてアガンベン等といった政治理論・社会思想の文脈が総じて流れ込んでいる（関係ないが私はアガンベンをあまり評価できない。彼は常に「政治的に正しい」ことを除けば単なる知的ペダンティスト&ディレッタントではないのか？）。笠井が「例外状態を構造化した」というのは「内面化した」といっても同じことである。前世紀に（専ら「資本」×「戦争」という形式で）蓄えられてきた諸々の「例外性」が、今世紀に入ってはっきりと前景化・全面化し、我々の「社会」と「個人」に「内面化」されることによって一挙に生じてくることになった数々の事象をサンプルに、本書は「階級」「文化」「群衆」という三つのアスペクトから、今日的な「例外性」の輪郭を照射しようと試みる。その外延は驚くほどの広がりを有しており、しかも（ここが肝心なのだが）、先にも述べたとおり、本書の真骨頂は先のようなサマリーにではなく、その広汎に過ぎるほどの膨大な例証と執拗な分析にこそある。だから「例外」という或る意味では分かり易すぎるキーワードに思考を収斂させることなく、とにかくこのおそるべき厚みの本を一頁ずつ捲ってみなくてはならない。「丸ごと読むしかない」とはそういう意味である。

さて、以下は蛇足である。「現在の社会はどのようなものか?」「なぜ現在の社会はこうなっているのか?」というような設問に差し当たりの正答を与えようとして、それにほぼ成功していると言える書物は、本書に限らず内外に数多く存在している。というよりも、おそらくむしろ問題なのは、それが最早誰にとっても誤りようのない設問としてあり、そしてそうでしかない、ということなのではあるまいか。それは、実のところ「現在の社会」として誰某によって提起されている何かが、どうしようもなく単一な像にまで縮減してしまっているという事実を意味している。一定以上のレヴェルの参照系とアーカイヴを発動させて結ばれる像は誤差と偏差を限りなく抹消し、やがては誰にとっても同じひとつの「現在の社会」なるものを表象する。そしてそれは正しい。

とすれば後に残るのは、ではそんな「社会」を(あなたは?/わたしは?)認めるのか、それとも認めないのか、というミもフタもない振り分けだけになってくる。見えているものが同じであるという点では、笠井潔だって東浩紀だって宮台真司だって宇野常寛だって、ほとんど変わらないのだ。違うのは、見えているものを(とりあえず?/どこまでも?)肯定する(しかない)と思うのか、見えているものへの批判や否定の身振りを優先させる（べきだとする）か、である。そしてその違いはイデオロギーであったり、世代であったり、経済状態であったり、色々な次元の差異によってもたらされる。しかし、けれどもそれは結局のところ、首を縦に振るか横に振るかの別であって（その別は重要かもしれないが）、目の前にしている（つもりの）「現在の社会」なるものは寸分変わらないのだ。

だから思うに真の問題は、なぜ誰もが「見えているものが同じ」になってしまうのか、ということなのではないだろうか？

もしかしたら、そこから既に、どこかがまちがっているのではないだろうか？　私はいま、そのようなことをうだうだと考え始めているところだ。

小松左京のニッポンの思想

文芸
小松左京

初めて小松左京を読んだのは、一〇代前半くらいのことだったから、七〇年代の半ばを過ぎたあたりということになる(一九七三年に『日本沈没』が大ベストセラー／社会現象になった時のことは覚えているが、まだ小学生だった)。ご多分に漏れず、まず星新一に遭遇し、次いで筒井康隆にハマり、そしていわゆる「御三家」の三人目として小松左京を知ったのだ。一冊目は『日本アパッチ族』だったのではないか。確か実家にあったのだ。続いてたぶん『復活の日』、そして『エスパイ』『題未定』と読み進んでいった。その流れで『日本沈没』も読んでみたと思う(これも実家にあった)。いささか変なチョイスというか、あんまりSFぽくない作品が先行しているようだが、実際、その頃の自分はSFのいかにもSF的な部分にはあまり惹かれていなかった(そしてそれは今も多少ともそうである)。ハードSF的なタイプの作品よりも、たとえば眉村卓の諸作であるとか、あるいは平井和正の『超革命的中学生集団』であるとか(その主人公でもある)横田順彌のハチャハチャものとかを好んで読んでおり、山田正紀でも当時一番好きだったのは『謀殺のチェス・ゲーム』だったりした。つまり割と普通小説に近いものが好きだったのだ。同時期に都築道夫や小林信彦のオヨヨ・シリーズを愛読していたりしたので、そういうテイストの作品を求めていたということだと思われる。

だから本格的(?)に小松左京にぶつかったのは高校生になってからだった。『果しなき流れの果に』『継ぐのは誰か?』『神への長い道』『結晶星団』『時の顔』『ゴルディアスの結び目』と読んでいった。特に『ゴルディアス』には、山田正紀の『地球・精神分析記録』や『チョウたちの時間』などと並んで、強い衝撃を受けた。だが、これも今思えば、そこに氾濫するSF的ガジェットと華麗なるレトリックにいわば雰囲気萌えしていただけで、実はよくわかっていなかったと思う。ようやくSFらしいSFの魅力に取り憑かれつつあったとはいえ、しかしまだ幼かった。SFが提示する世界観よりも、もっぱらそこで使用されている特殊な用語/造語や言葉遣いに刺激を受けていたのだった。

もう少し思い出話を続けると、映画『さよならジュピター』が公開された年、私は二〇歳だったが、かなり期待して映画館に馳せ参じたはいいが、どうにも消化不良な気持ちになって帰ってきた記憶がある。そしてそれ以降、SF読者としての興味は小松左京から離れていった。その後の『首都消失』も『日本沈没 第二部』も、今に至るまで未読のままである。花博の時、私は仕事を辞めてフリーの物書きになるかならないかでバタバタしていた時期で、テレビの報道で小松左京の名前を見ても、へえと思っただけだった（もちろん花博にも行かなかった）。

そして八〇年代半ばに、あのサイバーパンクのブームが訪れると、ウィリアム・ギブスンやブルース・スターリングをすぐさま読んではみたが、いまひとつ乗り切れずに、やがてSFというジャンル自体から遠ざかってしまうことになる。海外SF読者としては、コードウェイナー・スミス、ロジャー・ゼラズニイ、ラリー・ニーヴン、ジョン・ヴァーリイという流れで読み進めてきたが、自分は明らかにサイバーパンクで躓いたのだった（なぜなのかは今もよくわからない。『ニューロマンサー』だって面白く読んだのだ。カッコいいのが苦手なのかもしれない）。それ以後、かなり長い間、私はSFをジャンルとして読んでいなかった。だから九〇年代SFは、ほぼ丸ごと無知なままである。ゼロ年代に入って北野勇作を知り、そこからゆっくりとSFをまた読むようになって、現在もまだリハビリ中である（読んでいない作家作品が数多くあるのだ）。

『虚無回廊』は、一巻と二巻の徳間文庫をゼロ年代に入ってから新古書店で纏めて買って一読し、かなり経ってから、割と最近に三巻をハルキ文庫で読んだ。そして前後して『果しなき流れの果に』『継ぐのは誰か？』『ゴルディアスの結び目』を読み直したりもした。昔とはずいぶん印象が違って思えたのは、もちろんこちらが年を取ったからである。更に今回、この原稿を書くために、これら四作をざっと再読してみた。

以上が身上報告である。

現時点で『果しなき流れの果に』『継ぐのは誰か?』『ゴルディアスの結び目』『虚無回廊』という、小松左京の膨大な作品群の中でも、とりわけハードコアな一連の小説を読み返してみると、あらためてこの作家の耐久度に驚かされる。なにしろいちばん古い『果しなき』は一九六六年の刊行である。だがそれは全然古くなっていない。いや確かに細かい設定や状況認識は、その後の約半世紀の間に変化してしまったところが多々あるが、それ以上に、そこで描かれたヴィジョンの遠大さとイマジネーションの途方もない広がりに、現在はまだまるで追いついていない、追いつくことなどありえまいとさえ感じる。しかし、それと同時に、そこには幾つかの時代的な刻印が遺されているとも感じる。

それはまず第一に、これほど破格のスケールの世界認識を有した作家でありながら、時間と空間を果てしなく凌駕するその作品において、しかし物語の中心に座しているのが、ほぼ例外なく「日本人」であるということである。『果しなき』のふたりの主人公(?)である野々村と松浦は日本人だし、多国籍/多民族の学生が集うアメリカの大学都市が舞台となる『継ぐのは』も、主要登場人物の内で語り手の「ぼく」だけは日本人である。『虚無回廊』でAE=人工実存を開発する科学者の名前は遠藤秀夫だ。『ゴルディアスの結び目』に収録された四つの短篇の内、少なくとも表題作と「岬にて」で描かれる人物もまた日本人である（精確に言えば「岬にて」の「私」は自分が「日本人」であることを完全に認めてはいないが）。これはいったいどういうことなのだろうか？

どういうことも何も、日本の小説家が日本語で書いた小説に日本人が主に出てくるからといって、別に取り沙汰することではないという意見もあるだろう。私も基本的にはそう思う。また、それは別に小松左京に限ったことではなかろう、という反論も尤もである。だがしかし、これらの作品の地理的／空間的スケールと、登場人物の（地球生命体以外も含めた）多様さを鑑みれば、ちょっと意地の悪い言い方になってしまうが、やはりこの日本人度の高さは特異だと言うべきではないか。たまたま語り手として採用されたのが日本人ヤマザキタツヤだったに過ぎないと解することも可能な『継ぐのは』はともかくとして、他の多くの作品では、他の誰であってもよかったが便宜上選ばれた視点人物に「日本人」という属性が与えられているというよりも、何らかの意味で極めてスペシャルな存在が「日本人」であるという設定になっているからである。そして、このことの特異さは、しかしだからといって、これらの小説において「日本人」と「日本」ということが殊更にテーマ（のひとつ）になっているわけではない、という点によって、いわば逆向きに強調されている。つまり、その物語において、その世界において、決定的に重大な役割を演じる存在が、特に明示された説得力のある理由はないまま、どういうわけか皆「日本人」なのである。

繰り返すが、このことは別段、異常なことではない。だがそれでも、ほんとうは「日本人」でなくてもまったく構わないはずであるのに、そして「日本人」であることの意味もさして明らかではないのに、たまたま「日本人」が主役を務めることの多い小松左京の、だが歴然と地球的／宇宙的スケールを持ったSFのありさまは、やはりそれらが書かれた時代と無縁ではないと思うのだ。

無論、このことは、『果しなき』の六〇年代半ばから、『継ぐのは』と『ゴルディアス』の七〇年代、そして『虚無』が書かれた八〇年代半ばから九〇年代初頭という時期が、ごく大まかに言って、日本が高度経済成長期からバブル経済の絶頂へと至る、おそらく日本国の歴史で最後の飛躍的な右肩上がりの数十年であったことと無関係ではない。小松左京は徹底した進化／進歩主義者だったと思うが、その「進化／進歩」は、地球の、世界の、というだけでなく、やはり他ならぬ日本の、ということでもあった。花博に象徴される社会的／政治的コミットメントも、このことから説明出来る。ハルキ文庫版『虚無回廊Ⅲ』に渾身の長文解説を寄せている瀬名秀明は、その中で、あの感動的と言うしかない書物『小松左京自伝 実存を求めて』を幾度か引用しているが、とりわけ印象的なのは、小松左京の全作品を貫く問いが凝縮された以下のフレーズである。

宇宙にとって生命とは何か、知性とは何か、それから文学とは何か。

だが、それは同時に、「日本にとって」そして「日本とは何か」という問いを潜在させていたのだと思う。もう少しライトな作風の小説／エッセイや、『日本沈没』『首都消失』のようなポリティカル・フィクション的な傾向の作品において、「日本＝ニッポン」という主題は、よりはっきりと前景化されているが、むしろ時空間の制限が取り払われたハードSFの内にこそ、「日本」「日本人」へのこだわりが逆接的に透けて見えるといったら、穿（うが）ち過ぎだろうか？

『虚無回廊』が中断したのは一九九二年のことだった。直接的な理由は雑誌休刊のせいだったが、しかしその後、場所を移して書き継がれることのないまま、約八年が経ってから既刊二巻の続きとして連載分の残りが三巻として出されて、結局そのままになってしまった。二〇〇〇年に刊行された『虚無回廊Ⅲ』の「あとがき」の中で、小松左京は二〇世紀の人類の「稀有なる飛躍」について述べた上で、次のように記している。

しかし、人類の理想は、これですべて実現したといえるのか？
そんな事はない、というのが私の考えである。人類は常に何かにチャレンジする存在ではないのか？　何かが達成されたとき、さらに上の段階を目指していくのが人間であり、そうでなければ、人間からは「精神的な健全さ」「バイタリティ」というものが失われてしまうのではないか？

こうした考えはすでに、『虚無回廊』を執筆している時から常に私の頭の中にあった。しかし同時に、このような問いは、あるおそれのようなものを私に抱かせた。つまり、人類の築き上げてきた基礎科学、数学基礎論、宇宙像その他諸々の科学概念がこの先、ドラスティックな変化を遂げてしまうのではないか、と。また、社会的には九一年のソヴィエト崩壊による冷戦構造、すなわち地球上の大きな対立要因の消滅があった。こうした数々の「変動」が『虚無回廊』に対する、ある種の迷いを生じさせたのだった。

そして「だが、二十世紀が終りを告げようとしている現在、再び人間の姿を見つめ直すことで、宇宙の果て、この宇宙そのものの全未来を、SF的な飛躍をまじえて描きたいという気持ちは、以前にまして強くなってきているのも事実なのである」と書き付けているのだが、しかし『虚無回廊』の続きが書かれることはなかった。その理由については、先の引用に書かれてあったこと以外に、九五年の阪神淡路大震災と、その精神的ショックが挙げられるが、ちょうど連載中断の頃にバブル経済が崩壊し、日本が出口なしの不況に陥っていったということも一因だったのではないかと思う。先のあとがきを書いた時は、世紀の変わり目ということで、変化と進歩への新たな期待が、少なくともそれを鼓舞しようとする気持ちが、多少なりとも復活していたのかもしれない。小松左京はそれから一〇年余り後の二〇一一年の七月に亡くなったが、日本が『虚無回廊』執筆時の栄華を取り戻すことはなく、それどころか……という状況にあるということは言うまでもない。

さて、ところで、こうやって書いてくると、あたかも小松左京というSF作家の存在様態は、いわばニッポンのコンディションと表裏一体であった、などと言いたいみたいだが、確かにひとつにはそうであると思うものの、ではそこで暗に表象されている「ニッポン」とは、如何なるものだったのか、と言うと、実はなかなか一筋縄ではいかない。こう言ってよければ、そこには単なる進歩主義では片付かない暗渠が開いている。なぜならば、『果しなき』から『虚無回廊』に至るまで、その小説世界には明らかに、或る隠しようもないニヒリズムのような感覚が流れているからである。

小松左京は、「人類の理想」を、その「稀有なる飛躍」を、「宇宙にとって生命とは何か、知性とは何か、それから文学とは何か」という究極的な問いへの解答を、つまりありとあらゆる意味での「希望」を、おそるべき知識と知性を総動員して見つけ出そうとしながら、しかしその小説世界において、その探究の結果が掛け値無しの成功などと呼ばれることはほとんどなく、おおむね混沌や迷宮やカタストロフといった望ましからざる姿へと収束してゆき、多くの場合、ほとんど中絶に近い形で、とりあえずの終わりを迎えることになる。それはあたかも、そのような結論ありきで物語が紡がれているというよりも、なぜか、どういうわけか、そうなってしまう、といった風でさえある。ニヒリズムとは、そういう意味である。おそらくここには、小松左京というひとりの人間の内面と、それが対峙しようとした外部への認識が覗いている。つまり彼は、希望を見出そうとして、実際には虚無を見ていたのだ。

『虚無回廊』の「序章」の前に置かれたふたつのパッセージには、（1・i）（2・i）というナンバーが振ってあり、この「・i」は虚数＝Imaginary Numberのことだとされている。その含意はともかく、イマジナリーのアイが虚の意でもあるという一種の言葉遊びの中には、小松左京という小説家を理解しようとする上で、極めて重要な鍵が隠されていると思える。彼は紛うかたなき進歩主義、知性主義、科学主義の信奉者、いや、体現者だったと言えるが、しかしそうでありながら、そこには常に虚無的な視線が、真摯なニヒリズムが同居していた。それは疑いとは違う。小松左京は人類の進歩と進化を心から信じていただろう。だからそうではなくて、彼が抱いていたのは、進歩と進化の果しなき流れの果にあるものこそ、実のところは虚無なのかもしれない、という予感だったのではないか。それは「ゴルディアスの結び目」のあの「部屋」のように、縮潰を続けてマイクロ・ブラック・ホールと化し、すべてを巻き込んで消滅する……。

そして、私はこの推論もまた、ニッポンへと接続／変換してみたい誘惑に駆られている。宇宙的虚無と日本的空虚。たとえば『虚無回廊』の記述のすべてを、その途絶という出来事も含めて、小松左京による「ニッポン論」として読み直してみること。だが残念ながら今の私には、それをやる時間もなければ、その勇気もない。

「人間原理」の究極

文芸

グレッグ・イーガン『万物理論』（創元SF文庫、二〇〇四）

『万物理論』は、現在最高の（と書いても誰からも反論が来ないと確信出来るのが、まずスゴいところなのだが）SF作家グレッグ・イーガンによる、『宇宙消失』『順列都市』に続く三冊目の邦訳長編である。原著の刊行は九五年。ちなみに日本語になった順番は原著の刊行順に沿っていて、本書以後、二〇二〇年までに更に七冊の長編が翻訳されている。

「万物理論（TOE＝Theory of Everything）」とは文字通りに、あらゆる自然法則の根底に位置し、すべてを説明する究極的な原理ということであり、イーガン自身も参考文献として挙げているスティーヴン・ワインバーグの『究極理論への夢』を始め、J・D・バローの『万物理論』、デイヴィッド・ドイッチュの『世界の究極理論は存在するか』など、優れた解説書が日本でも何冊か紹介されている。

二〇五五年の近未来、南太平洋に浮かぶ生きた人工の島であり、一種の「反＝国家」でもあるステートレス（State-less）において開催される国際理論物理学会で、三人の物理学者がそれぞれ独自の「万物理論」を発表し、唯一にして真正の「理論」を決定しようとする。物語の主人公は自分の網膜をヴィデオキャメラとして使用する映像ジャーナリスト。彼は「理論」提唱者のひとりで、若くしてノーベル賞を獲った女性物理学者のドキュメンタリー番組を作るため、ステートレスへと赴く。だが、信仰上の或いは政治的な理由で「理論」の確定を拒むカルト集団が、島に続々と集結し、事態は急速に暗転する。折しも、地球上のあちこちで、ディストレス（これが原題）と呼ばれる原因不明の奇病が蔓延しつつあった……これでもかとばかりに詰め込まれた膨大なアイデアと、最先端のテクノロジー／サイエンスに裏打ちされた詳細なディテールに圧倒されながら、一気に読み通すことが出来る。また、ステートレスの設定に顕著だが、高度な思弁と超論理を駆使するあまり現実世界からあっけなく離脱してしまうことも多いイーガンとしては珍しく、本書が執筆された九〇年代半ばの国際状況を踏まえた、彼自身のポリティカルな主張（のようなもの）がほの見えるのも興味深い。参考文献としてエドワード・サイードの『文化と帝国主義』やエメ・セゼール『帰郷ノート』も挙げられている。

しかしやはり何と言っても本書最大の魅力は、『宇宙消失』の波動関数収縮ネタ、『順列都市』の

「塵理論」に続く、イーガンにとって第三の「可能世界論＝多世界解釈論」とも言うべき、物語中盤から登場するトンデモなくブッ飛んだ「人間宇宙論」（これぐらいならネタバレじゃないですよね？）だろう。物理学や数学の最新の成果から導き出される緻密極まるロジックが、いつの間にか荒唐無稽な奇想にすり替わっているのがイーガンのパターンだが、それはまた同時に、ほとんど常にすこぶる哲学的な相貌を帯びてくる。哲学と言っても、別に小難しいものではなくて、それはいわば「世界とは何か？」「私とは何か？」「存在する、とはどういうことか？」といった幼稚だが重要な問いに収斂するような、始まりの哲学もしくは哲学の始まりとでも呼ぶべきものだ。そしてイーガンの場合、そうした問いは最終的には必ず「人間」の「意志」の問題になってくるのである。

イーガンはしばしば「人間原理」の作家だと言われる。彼の作品はどれほど奇抜な設定を描いていても、いつもギリギリの部分でどこか人間中心主義的であり、その点に対する批判もあるようだ。しかし、僕はそのような批判は本質的に当たっていないと思う。ＳＦというジャンルは何らかの意味で「人間」の「知の限界」を扱おうとすることが多いが、それらは実は次の二種類のステートメントに大別される。

（Ａ）「人間」には〝まだ〟わからない（or 知らない）ことがある。

（Ｂ）「人間」には〝けっして〟わからない（or 知り得ない）ことがある。

この〝まだ〟と〝けっして〟の間には、決定的な違いがある。イーガンがどちらの立場であるかは言うまでもないだろう。だが実のところ、〝けっして〟わからないことを書くことなど〝けっして〟出来はしないのだ。(B)を平然と言い立てるような態度は、イマジネーションを神秘主義に、フィクションをファンタジー/ウソに短絡させている。不可知論へと安易に逃げ込むことへの反撥は、イーガンの全作品を貫いているテーマでもある。

僕たちは「人間」であり「人間」でしかなく「人間」以外ではありえない。その端的な事実に真摯に向き合うこと。それは「人間」を擁護することではまったくない。むしろ逆に、「人間原理」と「万物理論」が通底してしまう必然に立ち向かおうとすることなのだ。そしておそらくこのことが、グレッグ・イーガンが「現在最高のSF作家」である所以でもある。

ヤンキー論は、なぜ不可能なのか？

思想
斉藤環『世界が土曜の夜の夢なら：ヤンキーと精神分析』（角川書店、二〇一二／角川文庫、二〇一五）

のっけから私事で恐縮だが、私は一九六四年名古屋市生まれなのだが、記憶を遡ってみると、遅くとも高校の時には「ヤンキー」という語を耳に（口に）していた。「〇〇はヤンキーだから」みたいな使い方であったと思う。私が通っていたのは、学力的には中の上程度の学校だったから、素行のよろしくない生徒は結構いた。「元ヤン」というのもよく聞いたと思う。八〇年前後のことである。私は不良でもヤンキーでも優等生でも（ついでに言えばいじめっ子でもいじめられっ子でも）なかったが、ヤンキー的な同級生には何故か好かれた。彼らは髪型をリーゼントにしたり剃り込みを入れたり、学ランのカラーやボタンを派手なものに変えたり、ボンタンを穿いたりして、言葉遣いは乱暴で、勉強はさっぱり出来ず、先生に反抗したり授業をサボったりしながらも、体育祭になると妙に張り切ってクラス対抗リレーの選手に立候補したりしていた。私は足が速かったので、彼らと一緒にリレーの練習をしたのも仲良くなった理由かもしれない。しかし彼らはけっして私を仲間にしようとはしなかった。たぶんこいつは違うと最初から見切られていたのだろう。時々、彼らの内の誰某が、警察の補導を受けたとか、対立する高校の連中とタイマン張ったとか、そういう不穏な情報も齎（もたら）されはしたが、まあ全体としては、ヤンキーとはいえ可愛いものだったと思う。そういえばひとりだけ、先生にもクラスメイトにも、はっきりと「ヤクザになるので退学する」と告げて高校を中退していった男がいた。しかし彼は、見た目は多少そういう感じではあったものの、物腰やアティチュードはあまりヤンキーぽくはなかった。

　私の個人的な思い出話などどうでもよかろうし、そもそもなんでお前が解説を書いてるのだと訝（いぶか）る向きもおありだろう。実は依頼の理由は私にも謎のままなのだ（尋ねそびれたまま〆切（しめきり）になってしまった）。ともあれ、ひとまず言いたいことは、本書でも触れられていることだが、ヤンキーという特殊用語の発祥には諸説あるものの、それは一九八〇年までにはすでに日本各地で流通していたということである。記憶を探ると、最初に聞いた時は、やはり米国人を表すスラングのYankee、「Yankee Go Home！」のYankeeと重なって聞こえたが、すぐにこれは全然違う意味で、見た目をそれらしく武装（？）した不良を意味する言葉だとわかった。そもそも米国人のYankeeとはまったく無関係という説もあるらしいが、異人（外国人も不良も一種の異人である）をカジュアルに言い換えた言葉、みたいな意味で、Yankeeとヤンキーは関係があるのじゃないかと私は長年思っていた。

本書は『野性時代』に二〇一〇年春から二〇一一年秋まで連載され、二〇一二年六月に単行本として刊行された。発売直後から各所で話題となり、きわめて好調な売れ行きを示した。本書はそれからちょうど三年後の文庫版である。まず「ヤンキー現象」というか「ヤンキー文化にかんする言説の小ブーム」について整理しておく。本文で何度も触れられているように、本書以前に「ヤンキー」ないし「ヤンキー文化」を論じたものとしては、速水健朗『ケータイ小説的。〝再ヤンキー化〟時代の少女たち』(原書房、二〇〇八)、難波功士『ヤンキー進化論』(光文社新書、二〇〇九)、五十嵐太郎編『ヤンキー文化論序説』(河出書房新社、同)があった。『ヤンキー文化論序説』には斎藤氏も寄稿しており、本書の前哨戦と位置づけられるだろう。

では本書刊行後は、まず何と言っても姉妹編である斎藤環編『ヤンキー化する日本』(角川新書、二〇一四)を挙げなくてはなるまい。前著(本書)の問題意識を簡潔に整理した斎藤論文「なぜ今、ヤンキーを語るのか」を巻頭に据え、村上隆、溝口敦、デーブ・スペクター、與那覇潤、海猫沢めろん、隈研吾の各氏と斎藤氏の六つの対談を収めたものである。その他、書名に「ヤンキー」とあるものとしては、原田曜平『ヤンキー経済：消費の主役・新保守層の正体』(幻冬舎新書、二〇一四)、熊代亨『融解するオタク・サブカル・ヤンキー：ファスト風土適応論』(花伝社、同)等が出ている。

だが、特筆すべきはやはり、二〇一四年四月から七月にかけて、広島県福山市の鞆の津ミュージアムで開催された展覧会「ヤンキー人類学」であろう。鞆の津ミュージアムは「アール・ブリュット」＝「アウトサイダー・アート」を専門とする美術館であり、その母体は知的障害者のための福祉施設である。同展は多数の媒体で取り上げられるなど評判を呼び、カタログを兼ねた書籍『ヤンキー人類学：突破者たちの「アート」と表現』（フィルムアート社、二〇一四）も刊行されている。そこにはデコトラ／アートトラック、デコチャリ、暴走族グッズなど展示作品や出品作家の紹介に加えて、斎藤氏を筆頭に、椹木野衣、都築響一、石岡良治、増田聡、飯田豊、卯城竜太（Chim↑Pom）等が寄稿している。斎藤、都築、飯田の三氏は前出『ヤンキー文化論序説』とも重なっており、アウトサイダー・アートとしてヤンキー文化を捉えようとする視線の系譜が、ここには垣間見える。私は展覧会には行っていないが、カタログを眺めるだけでも、そのキッチュさ、過剰さ、バッドセンスさは伝わってくる。

が、しかし、本書を読み終えた方にはすでにおわかりだと思うが、この「アウトサイダーとしてのヤンキー」という枠組は、斎藤氏のヤンキー論と、微妙な、だが無視出来ない齟齬を来している。そして、そのことに著者自身も意識的なのだ。前に挙げた先行する幾つかの「ヤンキー言説」を踏まえつつも、斎藤氏のヤンキー論には際立った特徴がある。それはまず第一に、イントロダクション代わりの第一章で明確に宣言されているように、斎藤氏が「ヤンキー」と「不良」をカテゴリー的に峻別している点にある。本書が問題にするのは、あくまでも「美学としての『ヤンキー』」

であって、かつて高校生の私が付き合っていたような「不良」の一ヴァージョンとしての「ヤンキー」ではない。「美学としての」とは、言い替えるなら「理念としての」ということである。つまりそれは「ヤンキーそのもの」というより「ヤンキー的なるもの」なのであり、極端に言えば、現実にヤンキーと呼ばれていたりヤンキーの自覚(?)を持つ者たち、何をマーキングの条件とするかはともかく「ヤンキー層」と呼べるような集団とは、実のところ別個のものなのだ。

この点において、本書は他のヤンキー言説、ヤンキー論とは一線を画している。各章ごとに理路を丁寧に掘り進めながら、取り上げられる人物や作品の中に、一般的にヤンキー(的)とは思われていないような固有名詞が登場したり、自分自身はまったくヤンキーではないと明言し、ヤンキーへの違和感や時には厳しい批判をたびたび記しながらも、それと並行して幾度となく「自らの内にあるヤンキー」に言及するという一見パラドキシカルな態度は、斎藤氏が相手取っているのが、具体的な「ヤンキー」ではなく「ヤンキー的なるもの」であるからである。「不良」であれ「アール・ブリュット」であれ、「ヤンキー」を何らかの意味で「アウトサイダー」とした上で、分析したり擁護したりする姿勢と、本書のスタンスはまったく異なるものだ。

ならば「ヤンキー的なるもの」とは何なのか。本書の射程は非常に幅広く、それゆえに多方向的に散開しているところもあるが、議論の焦点は明快である。「ヤンキー的なるもの」は、丸山眞男が日本文化と日本人の歴史意識の「古層」に見出した「つぎつぎになりゆくいきほひ」、すなわち絶えざる「現在」の連続が突き動かす生成のありさまを、本文からそのまま引用すれば「気合とアゲアゲのノリさえあれば、まあなんとかなるべ」と書き換えた際に立ち現れる。ここで重要なのは「気合とアゲアゲのノリ」それ自体よりも、むしろ「なんとかなるべ」の方である。どういうことか。

「気合が入っている」と「気合を入れる」は違う。「アガる」と「アゲる」も違う。ここで俎上に載せられているのは、後者なのだ。丸山の「つぎつぎになりゆくいきほひ」は、しばしば日本的な（無意識の）自動生成、自然（じねん）の説明として使われる。しかしヤンキー語に翻訳された「気合とアゲアゲのノリさえあれば、まあなんとかなるべ」には、明らかに意志的な、能動的なニュアンスが加わっている。実際、ヤンキーたちは「気合」や「アゲ」を積極的に肯定し、口に出して実践してみせる。それは、ほんとうは「つぎつぎになりゆくいきほひ」に乗せられているだけかもしれないのに、自分は「気合」や「アゲ」で行っていると思っている、ということなのだ。

本書において、斎藤氏は何度か「ヤンキー文化にはメタレベルがない」と述べている。その後の『ヤンキー化する日本』や『ヤンキー人類学』所収論文では、この見解に追補が成されているのだが、次のようなことは言えるのではないか。ヤンキー自身には基本的に「メタ」はない。だが「ベタ」はある。メタレベルから反省的に自己や自己が属する「ヤンキー」を捉える視線は持たないが、そのような反省／反射を欠いた、それゆえにすこぶる強力な自覚や矜持としてのベタレベルは、むしろ他のひとびとよりも猛烈に持っているのだ。これが本書が摑み出した「ヤンキー的なるもの」の本質である。他者やシステムによって操作され、事によったら強制されているのかもしれない何ごとかを、自ら進んでやっているのだと信じ、それが求める目的へとひたぶるに邁進出来る心性。そのような「ヤンキー的なるもの」は、誰の中にもある。むろん私の中にも。われらの内なるヤンキー。

「つぎつぎになりゆくいきほひ」の引用元である丸山眞男の論文「歴史意識の『古層』」の初出は一九七二年である。それから数年後に「ヤンキー」という言葉は生まれてきたことになる。ここに日本ないし日本人の心性の持続と変容を見て取ることは可能だろう。だが、ここで留保を付けておかねばならない。斎藤氏自身が本書の最終章において、かくのごとき「ヤンキー論、すなわち日本人論である」に釘を刺しているからだ。「しかし注意しよう。この種の『日本人論』なるものもまた、どこかに隠蔽されているはずの起源を捏造したいというナルシシスティックな誘惑に基づいている。むしろ本書で僕がしてきたことは、つまるところ『ヤンキー論の不可能性の中心』を解き明かすことだった」。言うまでもなく「ヤンキー論の不可能性の中心」という文言は、柄谷行人の『マルクスその可能性の中心』（一九七八）のもじりである。同論において、柄谷はマルクスの「彼らは意識していないがそう行う」という表現に着目している。本書が描き出す「ヤンキー」ないし「ヤンキー的なるもの」は、いわば「彼らは意識してそう行っている（と自分では思っている）」というようなことである。柄谷＝マルクスの「意識していないがそう行う」は丸山の「つぎつぎになりゆくいきほひ」と、明らかに繋がっている。これが意図的な目配せだとするならば、斎藤氏は「ヤンキー論の不可能性の中心」のみならず「日本人論の不可能性の中心」をも、暗に主張していることになるだろう。

実を言えば私はずっと、斎藤環氏も含めて、なぜ日本の名だたる論客、知識人たちが、ヤンキーでないにもかかわらず「ヤンキー論」を書きたがるのか（先に挙げた論集のそうそうたる顔ぶれ！）という素朴な疑問を抱いてきた。だが、要するにそれは、ヤンキーのメタレベルなきベタが、いわば誘惑する空虚としてメタな思考を引き寄せるということなのかもしれない。そしてヤンキー論者たちは、メタのつもりで、いつの間にやら自らのベタレベルに駆動されている、ということなのではあるまいか。ヤンキー論は、なぜ不可能なのか、にもかかわらず、なぜヤンキー論は、こうして書かれ、かくも読まれるのか、という問いへの答えは、おそらくここにある。

グルーヴ・トーン・アトモスフィア

――『ニッポンの思想』と『ニッポンの音楽』の余白に。或いはテクノ／ロジカル／カラタニ論――

思想・音楽

イエロー・マジック・オーケストラ／柄谷行人

柄谷行人とYMO

柄谷行人に「リズム・メロディ・コンセプト」という文章がある。ごく短いもので、まず『隠喩としての建築』（一九八三）に収録され、現在は同書と『批評とポスト・モダン』（一九八五）からテクストを半分ずつ採った文庫アンソロジー『差異としての場所』（一九九六）で読むことが出来る。初出一覧には「掲載拒否」とあって穏やかではないが、調べてみると、これはもともと『新潮』の一九八二年三月号に掲載される予定だったもののようである。『隠喩』も『差異』も、このテクストの前に「サイバネティックスと文学」と「凡庸なるもの」というふたつのほぼ同じ長さの文章が置かれていて、それぞれ初出は『新潮』の一九八二年一月号、二月号であり、前者の初めに「ここ二三年、いわゆる文学の現場から遠ざかって（実はすこしもそう思っていないが、常識的にいえば極端なほど遠ざかって）いて、『文芸時評』というものを突然やろうとすると、どんな風にやればよいか」という述懐が読まれることから、おそらくは『新潮』での文芸時評の三回目が何らかの理由で掲載不可となり、そのまま連載自体も中絶したということではなかったかと思われる（最初から三回連載だったという可能性もあるが）。

時評という性格上、枚数の割には対象があちこちに跳んでいるのだが、この中で柄谷は彼としては珍しく音楽というジャンルに言及していて、それがタイトルの由来にもなっている。一部でよく知られたネタではあるが、まずはこの話から入りたい。

たとえば、イエロー・マジック・オーケストラの坂本龍一はこういっている。《このまいって、音楽の世界にsynthesizerがもっと普及して、音楽のつくり方が、私なんかが今やっているようなデジタル的な方法に変化していくと、耳が変ってしまう。決していい方にではなくて。そうなると伝統的な感性の文化的拘束力が勝つか、テクノロジーが勝つかの戦いになる》。
この場合、むろん坂本龍一は、伝統的な感性（耳）もまたテクノロジーにほかならないことを承知しているのであって、いまだに小林秀雄の「感性」に追従している音楽評論家がいうような「音楽の危機」、たとえば文化とテクノロジーとの「戦い」のようなことをいおうとしているのではない。[*1] その逆に、この「戦い」が、「文化」や「感性」として内面化されたテクノロジーとの戦いであり、のみならず、テクノロジー自体の、蛇がその尾をのみこむような戦いだということを意味している。また、それは「決していい方」に向かうことを意味していない。たんに事実としてそうならざるをえないということなのだ。

（「リズム・メロディ・コンセプト」[*2]）

「文学者からどうしてこういう言葉がでてこないのだろうか」と柄谷は嘆いてみせる。説明が必要だろう。この前のところで、柄谷は「文学の危機」を話題にしている。絓秀実が「『文学の危機』という紋切型の『問題』がどんな権力装置として働くかを示そうと」したことに基本的には同意しつつ、しかし「この種のレトリカルなはぐらかしはやはり物足りない」と注文をつけた上で、次のように述べている。

私は、自分が無知であることを知っているという、あのソクラテス的論法が嫌いである。「文学の危機」が過去に幾度もくりかえされてきた紋切語だということは事実だが、その紋切型の問題によってそのつど何が意味されていたか、また今は何を意味しているか、は別の話である。要するに、知りうることは知るべきであり、はっきりできることははっきりさせるべきなのだ。文学者が書いているものから、私はほとんど何も「知る」ことがない。無知はたんに無知であって、無知であることを知っていることは、いささかも事態を変えるものではない。（同[*3]）

そして坂本龍一へと繋がるわけである。これはいかにも柄谷行人的な態度表明と言うべきだろう。「たんに事実としてそうならざるをえない」のだと「知りうることは知るべきであり、はっきりできることははっきりさせるべき」。「文学の危機」も「音楽の危機」も、そもそもがいつだって紋切型以外ではあり得ない。だからこそ、それを紋切型と指摘するだけでは何も言ったことにはならない。そのような訳知り顔には、なぜいま紋切型であるしかない「危機」が「問題」にされているのか、そのような「危機」意識の共有（蔓延？）が何を結果することになるのか、という問いが抜け落ちている。

いうなれば、ここで柄谷は原理的なリアリストとして振る舞っている。原理的であろうとするからこそ現実を精確に認識せざるを得ないのだし、現実を相手取るためにこそ、抽象的／形式的な議論が要請されるのだ。そして柄谷は、このような姿勢を、文学者ではなく、音楽家の坂本龍一に見出している。

「リズム・メロディ・コンセプト」は、この後に登場する。

同じグループの細野晴臣は次のようにいっている。《現在、音楽はくさる程つくられているが、三拍子そろったものはあまりない。その三拍子とは、①下半身モヤモヤ②みぞおちワクワク③頭クラクラである。①②はざらにある。①は端的にいえばリズムであり、②は和音、メロディということだが、③はクラクラさせるようなコンセプトである。これはアイディアの領域を越えた内からつきあげてくる衝動のようなものであり、私の最も大事とするもので、これを感じたものには、シャッポを脱いで敬礼する事にしている》（同[*4]）

そして柄谷は、続く記述で、安岡章太郎の『流離譚』への大江健三郎の感想に触れ、大江が小林秀雄による同作の書評を盛んに引用し、それを「一番強い批評」などと呼んで高く評価していることに対して、小林の書評は「いわばリズムとメロディだけで成り立っている」と指摘した上で、「『流離譚』が刺戟的なのは、そこに私小説的なリズムやメロディだけではなく、一種のコンセプトがあるからだ」と述べている。「このコンセプトは、小林秀雄が空疎なものときめつけて排除して行くような『概念』ではなく、『……内からつきあげてくる衝動のようなもの』である。それをいわゆる『概念』と混同してはならない。むしろ初期の小林秀雄の批評が画期的だったのは、そのようなコンセプトがあったからだ」[*5]。

むしろ、ここで言われる「衝動」こそ小林秀雄的と呼べなくもない気もするのだが、まあそれはよい。ともあれ柄谷は、そのまま細野晴臣による「リズム・メロディ・コンセプト」という三つのタームを駆使して理路を継いでゆく。「実際には、大江健三郎自身も、『理論』や『概念』でもなく、リズムやメロディでもなく、何かしら『アイディアの領域を越えた内からつきあげてくる衝動』としてのコンセプトによって書いているはずなのだ」。

少し背景説明をしておこう。この文章が書かれたのは（文芸誌の「三月号」は二月頭刊行なので）おそらく一九八二年一月のことだが、この時期、柄谷行人は、前年三月に二度目のアメリカ、イェール大学滞在を終えて帰国して以降、各種媒体に次々と評論や随筆を寄稿していた。『隠喩としての建築』の表題論文は一九八〇年の末から八一年の前半にかけて断続的に『群像』に連載されており、これとともに同著の中核を成す論文「形式化の諸問題」と「鏡と写真装置」は「リズム・メロディ・コンセプト」の前後に書かれている。

『隠喩としての建築』単行本には、編集を担当した三浦雅士の強い意向で、この期間に柄谷が発表したあらゆるテクストが網羅的に収録されていた。柄谷自身はこれに実は不服だったようで、同書の「あとがき」でエクスキューズしており、また文庫化の際にもこう書いている。「この本を出そうとしたとき、私は衰弱の極にあり、文字どおり『決定不能』の状態にあったので、『あとがき』にあるように、他人に編集を任せるほかなかった。〔中略〕これはやはり不本意なことだった。しかし、今となっては手を入れることはできない。そこで、文庫版を出すにあたって、せめて数編を取り除きたいと思った」。そして実際、文庫版『隠喩としての建築』（一九八九）はオリジナルから六編がカットされているのだが、「リズム・メロディ・コンセプト」は他の二編ともども生き残っており、更に『差異としての場所』にも再録されているので、柄谷にとっても読まれるに足るものという自己評価があったのではないかと考えられる。

では、イエロー・マジック・オーケストラ＝YMOはどうだったか。彼らは一九八一年三月に『BGM』、一一月に『テクノデリック』という二枚の野心的なアルバムを発表したが、その後、バンドとしての活動を実質的に休止し、翌八二年はYMOとしての作品はリリースされていない。坂本龍一は、八一年一〇月に三枚目のソロ・アルバム『左うでの夢』をリリース、八二年二月に忌野清志郎とのコラボレーション・シングル『い・け・な・いルージュマジック』でスマッシュ・ヒットを飛ばし、また公開は八三年だが、サントラを手掛け自ら出演もした大島渚監督の映画『戦場のメリークリスマス』の撮影も八二年に行なわれている。

細野晴臣は、八二年五月にYMO結成後初となるソロ・アルバム『フィルハーモニー』をリリース、こちらは坂本の『B-2ユニット』(一九八〇)の向こうを張る実験的な音作りだったが、この頃からはっぴぃえんど時代の盟友・松本隆の作詞で松田聖子などアイドルへの楽曲提供も旺盛に行なうようになる。YMOが再び結集するのは、一九八三年三月、『BGM』『テクノデリック』から一転してコマーシャル・ヒットを狙ったシングル『君に、胸キュン。』を待たなくてはならなかった。そして周知のように、YMOはその年の秋に解散ならぬ「散開」を突然宣言し、実際に翌八四年の春までにはバンドとしての活動を(ひとまず)終了するに至るのである。

柄谷が引用している坂本、細野の発言には出典が記されていないが、要するに「リズム・メロディ・コンセプト」が書かれた頃、YMO自体は活動休止状態にあったものの、すでに彼らは日本の音楽シーンの最先端にして中枢部に位置していた。柄谷が、どのような経緯でYMOに興味を持ったのかはわからないが、彼も当時はまだ四〇歳そこそこだったので、ごく自然に流行りの音楽を耳にした、ということだったのかもしれない。周知のように、YMOのふたり、坂本龍一と細野晴臣は、のちにいわゆる「ニューアカ(デミズム)」と深い関係を結ぶことになるのだが(そして柄谷行人自身も「ニューアカ」にフックアップされることになるのだが)、この時点では「ニューアカ」は、まだ影も形もない。浅田彰の『構造と力』が世に出るのは一九八三年九月のことであり、同書と中沢新一『チベットのモーツァルト』のベストセラーがきっかけとなって巻に「ニューアカ」現象が巻き起こるのは実質的に八四年に入ってからなので、つまり「リズム・メロディ・コンセプト」から丸二年も後なのである。浅田は坂本と、中沢は細野と、タッグを組んで色々と仕事をするようになるが、柄谷がふたりに言及したのは、それよりもかなり前のことだった。

決定不能という「病い」

あまりこのような言われ方をすることはないのかもしれないが、柄谷行人は、少なくとも或る時期までの彼は、クロスオーバー型、かつマイブーム型の批評家である。彼は当座の論究の対象が属しているのとは全く別のジャンルから発想を引っ張って来ることを好んで行ない、またひとつのアイデアをさまざまな対象に——それに飽きるまでは——繰り返し適用していく。たとえば『日本近代文学の起源』(一九八〇)は、表題通り「日本」の「近代文学」を扱った論考であるにもかかわらず、かなりの頻度で「絵画(美術)」や「演劇」が引き合いに出されている。それらはもちろん「日本近代文学」の諸問題を逆照射するために導入されているわけだが、それにしてもその領域横断ぶりは過激なものであり、明らかに意識的に行なわれている。柄谷はすでに、これに先立って、カール・マルクスをいわば「文芸批評」的に読むという『マルクスその可能性の中心』(一九七八)を書いていた。複数のジャンルから共通する問題を抽出し、そこからメタレベルの(或いは基礎論的な)議論を展開する柄谷の批評スタンスは、『隠喩としての建築』で更に強められることになる。

二十世紀において顕在化しはじめた文学や諸芸術の変化、たとえば抽象絵画や十二音階の音楽などは、互いに平行し関連しあっているだけでなく、物理学、数学、論理学の変化にも根本的に対応している。一般的に、この変化を形式化（フォーマライゼーション）と呼ぶことができる。［中略］この現象は各領域でそれぞれ考察され歴史的に跡づけられているが、それらがパラレルなことが明らかであってみれば、この変化の性質は、より一般的に「形式化」ということそのものに見出されねばならない。

（「隠喩としての建築」第三章「基礎論」[*6]）

「二十世紀の知において生じた事態は、さまざまな個別領域における変化だけでなく、またそれらが諸関係の網目をなすということですらもなくて、そのことについての知がもはやそこから超越的ではありえないということなのである」。言うまでもなく、このような知見は、数学者クルト・ゲーデルの「不完全性定理」から引き出された「決定不能性」、というよりむしろ、これを芸術論に敷衍したダグラス・ホフスタッターの『ゲーデル、エッシャー、バッハ』（原著出版一九七九）に多くを負った、いわゆる「ゲーデル的問題」に立脚している。これが「マイブーム型」の所以なのだが、本人も「あのころはなんでもゲーデルでやってたから」と語っているように[*7]、この時期の柄谷は何を論じても最終的には「ゲーデル的問題」に至るようになっていた（『日本近代文学の起源』では、パノフスキーの遠近法論がこの位置にあったと言えるだろう）。

一九八〇年代のディコンストラクションの流行以前に、私はその問題をコンストラクション（建築）から検討しようとしてきた。そして、それが本質的には「ゲーデル的問題」に帰着することを見いだした。しかし、これは同時代の西洋の思想的文脈とはまた別の問題である。私は、日本の思想にはコンストラクションへの意志が希薄であること、むしろディコンストラクティヴであることを自覚していた。したがって、私は西洋の傾向とは逆に、先ず建築的・形式的でなければならないと考えていた。

（『隠喩としての建築』「文庫版へのあとがき」）[*8]

「しかし、こういう『一人二役』は、『ゲーデル的問題』にもましてひとを疲労させる」と柄谷は続けて、前に引用した「この本を出そうとしたとき、私は衰弱の極にあり、文字どおり『決定不能』の状態にあったので……」へと連なる。日本の思想が「コンストラクションへの意志が希薄であること、むしろディコンストラクティヴであること」は、本居宣長であれ西田幾多郎であれ、或いは丸山眞男であれ、よく言われることであり、それはそうなのだが、ここにはそれとはまた少し別の事情もあったのではないかと思われる。

七〇年代後半から八〇年代初頭にかけて、日本の思想市場には、構造主義とポスト構造主義が、すなわちコンストラクションとディコンストラクションが、さほどの間を置かずに、ほとんど同時にやってきた。そのため、他ならぬ浅田彰の『構造と力』が題名からしてそうだったように、ポスト構造主義の理解の前提として構造主義の紹介があらためて（というか初めて？）必要とされるような事態も生じた。「一人二役」は柄谷行人だけではなかったのである。むしろ「ニューアカ」そのものが、構造主義からポスト構造主義への移行プロセスを丸ごと「一人二役」的に引き受けたものだったのだと言っていい。

のちに「ニューアカ」は吉本隆明から「輸入業者」と揶揄されもするが、柄谷には自分が「同時代の西洋の思想的文脈」とはまったく無関係に同様の主題に突き当たったのだという自負があり、それは右の引用にも表れている。実際には柄谷はイェール大学滞在中にアメリカのデリダ派の領袖ポール・ド・マンと親しく接しており、『隠喩としての建築』執筆以前にジャック・デリダ自身とも面識があった。だが柄谷には、デリダやド・マンからの影響ではなく、自分が文芸批評家として長年考え続けてきた問題の渦中から、ひとが脱構築などと呼んだりもする思考が独自に立ち上がってきたのだという自己認識があったのだし、それはその通りだった。

だからむしろ、柄谷にとって不幸だったのは、彼が殊更にその事実を繰り返し表明しなくてはならなかったことである。間違いなく彼には自分が「輸入業者」ではないことを証明したいという欲望があった。これはこの時期の柄谷の発言のあちこちから色濃く感じられる（同時に彼は自らの文章が英訳されることに非常に拘泥するようになる。つまり「輸出」に強い動機を抱くようになっていく）。そして重要なことは、東浩紀が『存在論的、郵便的』（一九九八）で喝破してみせたように、「ゲーデル的問題」こそがコンストラクションとディコンストラクションをシームレスに連結するための、いや、コンストラクションから必然的にディコンストラクションを導き出すための、デリダとはまた異なる強力な理屈であったのだという点である。だからむしろ柄谷は、形式化を追究していった果てに「ゲーデル的問題」に行き着いたのではなく、逆に「ゲーデル的問題」というものを知ったからこそ「形式化の諸問題」を問題にするようになったのだ。

だが、端的に言って「ゲーデル的問題」は、とりわけ柄谷によって思うさま拡大解釈されたそれは、あらゆる「形式化」の試みにあらかじめの（そしてとどめの）無効を宣告する。それは全ての基礎論の底を抜く、ある意味ではデリダよりも徹底した脱構築の最終兵器のごときものである。こんな怪物に捕まってしまったら、柄谷が「衰弱の極」を病み、文字通りの「決定不能」に陥ったのも無理からぬことだろう。もとよりそれが柄谷自身によってそのようなものとして召喚されたのであったとしても、である。この「病い」は、雑誌『海』の一九八三年四〜一〇月号に連載された「言語・数・貨幣」ではより深刻度を増したものの、三度目の滞米（コロンビア大学）とポール・ド・マンの死

（一九八三年一二月二一日没）、そして「ニューアカ」ブームの絶頂時にそれを内側から批判してみせた「批評とポストモダン」（『海燕』一九八四年一一～一二月号）を経て、『群像』の八五年一月号から連載が開始された『探究』において、ようやくブレイクスルーが見つけ出されることになる（ゲーデルの後に柄谷の「マイブーム」に選ばれたのは『哲学探究』のウィトゲンシュタインだった）。

テクノロジー

ここで話を戻すと、つまり「リズム・メロディ・コンセプト」は、柄谷行人という批評家の歩みにおいて、あからさまな「危機の時代」の真っ只中に位置する文章ということになる。しかしなんとも興味深いのは、これを含めた一九八一年末から八二年の頭にかけて書かれた「文芸時評」には、柄谷の「病い」の片鱗がほとんど感じられないということである。ちなみに三編のどこにも「ゲーデル」という固有名詞は記されていない。代わりにあるのは「テクノロジー」への関心である。たとえば最初の「サイバネティックスと文学」は、いうなれば「サイバネティックス、マクルーハン、コンピューター」の三大噺である。全てを「差異＝情報」に還元するサイバネティックスの思考が称揚された後、柄谷は「去年死んだ」マクルーハンが初期印象派の絵画とテレビ画面に共通性（「点の集積」）を指摘していたと述べる。

近代絵画や文学はテクノロジーと関係しているどころか、それ自体テクノロジーなのである。いいかえると、文芸批評や言語学から出てきたと思われている形式主義（フォルマリスム）・構造主義は、基本的にテクノロジーであって、ヤコブソンやレヴィ＝ストロースはそのことを知りながらわざと戦術的に隠していたように思われる。「二項対立」はonとoffのことだといってしまえば身もふたもなくなるし、エクリチュールは遺伝子の文字（エクリチュール）のことだといえば、およそ文学者や哲学者は眼をそむけるだろうから。しかし、それに眼をそむけるべきではないし、現実に眼をそむけてすむような状態ではもはやない。

（「サイバネティックスと文学」[*9]）

そして話題は「日本のある出版社では、コンピューターによって構成された少女向けの小説を次々と出版しているが、まさにそれは『構造主義』の成果である」と続いていく。これはたぶん時期的に見て（実際にコンピュータを使っていたかは不明だが）マーケティング・リサーチに基づいた「コバルト文庫」などのことを指しているのだと思うが、それはともかく、芸術文化を一種の「テクノロジー」として捉えようとする視座は、三編に一貫している。続く「凡庸なるもの」でも、メインで取り上げられるのは当時まだ雑誌『現代思想』に長期連載中だった蓮實重彥「マクシム・デュ＝カンまたは凡庸な芸術家の肖像」なのだが、その前に各文芸誌の新人賞に触れて、こんなことを書いている。

たとえば、新しい「感性」などというものはない、それは新しいテクノロジーにすぎないと考えてみたらどうなのか。ひとびとが感性とか感覚といった言葉で語りたがるものは、きまってラジオとか無声映画、蓄音機といったテクノロジーと結びついている。初期の「新感覚派」はそれを明瞭に自覚していたが、いつのまにか感性（感覚・感受性）はテクノロジーと対立する根源的な何かを意味するようになり、「自己」にとってかわる主体のようにさえみなされている。だが、ビートルズらに六〇年代の「感性」を見出して物語る位なら、電気（エレキ）ギターについて考えた方がよいし、新しい「感性」について物語る位なら、シンセサイザーについて考察した方がましである。

（「凡庸なるもの」[*10]）

「リズム・メロディ・コンセプト」におけるＹＭＯのいささか唐突にも思える登場には、このような前段があったのである。もちろん、ここで柄谷が言っていることは、今からすれば特に目新しい論点ではない。それどころか、ほとんど「凡庸」とさえ映りかねないものである。だが、私にとって面白いのは、柄谷行人が「ゲーデル的問題」に捕獲され、紛れもない「病い」の只中にあったはずの時に、実のところ「テクノロジー」という名の出口（？）がほの見えていたのではないかと思われることである。現実に彼を救い出したのは『探究』で持ち出される「他者（性）」や「命懸けの飛躍」「対話」「交通」などといった「コンセプト」であったわけだが、事によったら「テクノロジー」だって、そのような「コンセプト」であり得たのではないか。

そもそも柄谷が右のようなことを考えついたのは、当時始まったばかりの日本の八〇年代が、日々刻々と新たなテクノロジーが現れてはひとびとの生活を鮮やかに変化させていく時代であり、またそのことを自己肯定的に標榜し、謳歌してゆく時代であったからである。むろん、このような言い草は、楽観的な技術礼讃主義の紋切型に過ぎない。だが「紋切型の問題によってそのつど何が意味されていたか、また今は何を意味しているか、は別の話である」。坂本龍一と細野晴臣の発言が引かれているのは、取りも直さず、ＹＭＯこそが、そのような「テクノロジー」の時代の突端を走る音楽家であったからである。なにしろ彼らの音楽は「テクノ」と呼ばれていたのだ。

じつは柄谷行人はもうひとつ、そのものずばり「テクノロジー」と題したエッセイを書いている。朝日新聞の一九八五年一月八日夕刊に載ったもので、まず『批評とポスト・モダン』（一九八五）に収められたのち、先の三編と同じく『差異としての場所』に再録されている。その中には、次のような一節が読まれる。

テクノロジーについて考えると、われわれの盲点があらわになる。たとえば、われわれが「自然的」とよぶのは、きまってひと昔前のテクノロジーである。その意味で、われわれが「人間的」とよぶものも、ひと昔前のテクノロジーにすぎない。とりわけ、今日のハイ・テックは、音楽・美術・文学などの領域で、その根本的な見直しを強いている。その分析性は、「自然的」や「人間的」なものの根拠を奪ってしまう。いいかえれば、文学・芸術がなにか自立した特権的な領域であるかのような幻想を滅ぼしてしまう。

（「テクノロジー」*11）

「むろん私は、テクノロジーの発展に楽観的な期待を抱いているのではない、ただ、テクノロジーへの紋切型の批判において、生きのびてしまう諸観念に対して、異議をとなえたいだけだ」と付け加えることも柄谷は忘れていない。そしてこの文章はここから、坂口安吾の『堕落論』、トマス・クーンのパラダイム論、スティーヴン・トゥールミンのコスモロジー、クロード・シャノンの情報理論など、短い文字数の中で矢継ぎ早にアイテムを連ねてゆく。そして結論はこうである。

われわれは、一つの哲学から解放された瞬間に、もう一つの哲学（文学といっても同じことだが）にのりうつることになる。究極的な〝根拠〟を求めるからだ。われわれは、その手前で立ちどまることができないだろうか。いいかえれば、今日のハイ・テックが「自然的」・「人間的」なものの根拠を奪うならば、われわれは安吾のように「もっと堕ちよ」というべきではないだろうか。（同[*12]）

テクノロジーは、哲学・文学・芸術の「根拠」を手を替え品を替え探し当て証し立てようとする、きりのない試みの、その手前でひとを立ちどまらせるがゆえに、けっして「眼をそむけるべきではないし、現実に眼をそむけてすむような状態ではもはやない」のだと、柄谷行人は言っている。

繰り返すが、この文章が書かれたのは一九八五年の初めである。この年の九月に、浅田彰と坂本龍一は「つくば科学万博」の一環として、大規模なオーディオ＝ヴィジュアル・ショー『TV WAR』を行なう。「ステージに設置されたジャンボトロンと呼ばれるSONYの巨大モニターではラジカルTV（庄野晴彦＋原田大三郎による映像ユニット）によるポリティカルでクリティカルなビデオ・コラージュがめまぐるしく展開し、坂本の音楽も非常にアッパーでダンサンブル、バブル景気と情報化が急激に進行しつつあったニッポンを象徴するかのようなパフォーマンスでした」（拙著『ニッポンの音楽』）。浅田彰は、宣言文「TV EV MANIFESTO」で、メディアの進化（EVOLUTION）を高らかに謳い上げた。つくば万博自体がまさに「テクノロジーの祭典」であり、『TV WAR』はその象徴的なイベントだったと言っていい。坂本は八四年一〇月に、ＹＭＯ時代から着手していたソロ・アルバム『音楽図鑑』を発表、それからちょうど一年後の『TV WAR』直後には『エスペラント』をリリースしている。

細野晴臣は、柄谷が「テクノロジー」を書く少し前の八四年一二月に、ＹＭＯの「散開」後初のソロ・アルバム『Ｓ・Ｆ・Ｘ』をリリースしている。ＹＭＯ時代から正式発売以前のシンセサイザーやコンピュータをいち早く録音やライヴで使用していたし、メンバー各々も先を争うようにその時々の「ハイ・テック」を採用してきたが、これも最新のデジタル・シンセサイザーを駆使してレコーディングされており、インナースリーヴには使用機材のリストが載っていた。八五年には『Ｓ・Ｆ・Ｘ』から発展したユニット、フレンズ・オブ・アース（Ｆ．Ｏ．Ｅ．）としての活動も開始、アンビエントの『マーキュリック・ダンス』『エンドレス・トーキング』、ＣＭ曲集『コインシデンタル・ミュージック』など複数のアルバムも発表している。また前年に設立したノン・スタンダード・レーベルから、ピチカート・ファイヴをレコード・デビューさせている。シングル『オードリィ・ヘプバーン・コンプレックス』時点でのピチカートは、まだテクノポップなユニットだった。

私見では、一九八五年は、日本における「テクノ」の臨界点の年である。この年を境として、少なくとも音楽テクノロジーの刻々の進化がイコール音楽そのものの進化にもなり得るという状況は、一旦減衰してゆく。テクノ（ポップ）に代わって音楽の「最新流行」の前面に登場したのは、ワールド・ミュージックとヒップホップだった。再びテクノロジカル・アップデートが音楽を根本的に更新するようになるのは、これまた私見だが、九〇年代半ばまで待たなくてはならない。[*13] そして柄谷行人は、坂本龍一が『音楽図鑑』を、細野晴臣が『S・F・X』を世に問うて間もない八四年末から『探究』の執筆を開始する。この連載は一九八八年秋まで続き、『探究I』(一九八六)と『探究II』(一九八九)の二冊に結実することになる。そこではもはや「テクノロジー」が話題にされることはない。

下半身モヤモヤのリズム、みぞおちワクワクのメロディ、そして頭クラクラのコンセプト。いちばん大事なのは「アイディアの領域を越えた内からつきあげてくる衝動のようなもの」としてのコンセプトであると細野晴臣は宣った。けれどもこれは、リズムとメロディをないがしろにしていいということではない。強いコンセプトなくしてはリズムもメロディもその魅力を全う出来ない、細野が言いたかったのはそういうことだろう。坂本龍一の発言から柄谷が汲み取ったのは、テクノロジーが人間の「耳」を「決していい方にではなく」変えてしまうのだとしても、「事実としてそうならざるをえない」のだから、われわれはそれを引き受けていくしかない。たとえそれが「もっと堕ちよ」ということだったとしても、それが「新しい耳」なのだから、ということだろう。

ふたりのテクノ(ロジー)ポップの雄から柄谷行人が学んだのは、リズムとメロディ、そして何より重要な「コンセプト」を、ともども可能足らしめるテクノロジーへの、価値判断を越えた能動的受容だった。しかし柄谷が、そちらに向かうことは、それきりなかった。そして『探究』以後の柄谷は、いま現在の柄谷行人に、紆余曲折あるように思えたとしても、実のところは真っ直ぐに繋がっている。現時点から振り返ってみれば、彼を死ぬほど悩ませた「ゲーデル的問題」を解消したのは、テクノロジーではなくて、アソシエーション（交換様式D）だったのだ。

技術の自然

さて、時代は移り変わり、今年（二〇一五）で一九八五年からちょうど三〇年の歳月が経過している。「リズム・メロディ・コンセプト」は、今ならさしずめ「グルーヴ・トーン・アトモスフィア」になるだろうか。第一に、単なる拍の連鎖ではない、九〇年代のダンス／クラブ・ミュージックの流行を経たからこその、踊れる／踊れないという二項対立を越えた、ミクロな揺らぎを孕んだノリ。第二に、情動を操作する旋律性よりも、生理学‐心理学的なフェティッシュを起動する音色／音響。第三に、内奥からつきあげてくる思考の胚胎以上に、雰囲気＝空気＝コンテクストを精確に読んで即座に最適値を出せる聡さ。そしてそれらを取り巻くテクノロジーとは、もちろんインターネット（とそれに付随するあれやこれや）ということになるだろう。実際、それは今や単なる比喩を越えて現実的／具体的に『自然的』や『人間的』なものの根拠を奪って」いるとも言えるし、また「文学・芸術がなにか自立した特権的な領域であるかのような幻想を滅ぼして」しまったことも、確か

グルーヴ・トーン・アトモスフィア

なことではないだろうか。

　三〇年前のＹＭＯのような存在は、現在のシーンには見当たらない。音楽というジャンルを越えて、同時代の他の文化・芸術・サブカルチャーとさまざまに関係を切り結んだ音楽家の代表といえば、八〇年代はＹＭＯ、九〇年代は小西康陽（ピチカート・ファイヴ）、ゼロ年代は菊池成孔ということになるだろうが、テン年代も半ばになりながら、右の系譜に連なるようなミュージシャンは――少なくとも前の三組と同等のプレゼンスの強度では――見つけられない（渋谷慶一郎？　宇多丸？　或いは菊地成孔の時代がまだ続いている？）。しかしそれは音楽家たち自身の問題というよりも、音楽を底支えする下位構造や社会状況の変化によるものだ。ゼロ年代を通して、日本の音楽市場は縮小の一途を辿った。そのことばかりではなく、おおよそこの一〇年ほどの間に、音楽というジャンルの地位は、敢えて強い言葉を使うなら、無惨に沈没してしまったのだ。

　しかも、音楽以外の芸術文化が取って代わったわけでもない。世紀の跨ぎ目あたりを境として、音楽のみならず、表現とその伝播＝流通にかかわる諸条件は、作家／作品から状況／環境（＝アーキテクチャ）へと重心を移動させた。それに伴い、広義の思想、批評と呼ばれる営み／試みの焦点も、それ以前とは大きく異なるスタンスを余儀なくされていった。東浩紀の『動物化するポストモダン』（二〇〇一）が先鞭をつけた、このような問題意識は、少なからぬ紆余曲折を経て、それぞれに『動ポモ』を部分的に継承／進化させた濱野智史『アーキテクチャの生態系』と宇野常寛『ゼロ年代の想像力』がともに出版された二〇〇八年には、すでに後戻り出来ない坂道に滑り落ちていた。その後、あっという間に、特権的固有名の時代は去り、無数の交換可能な名前の選択と配列のゲームが替わって登場した。[*14] 特定の誰かを論じることが、ただそれだけの意味には留まらず、理論や思想と呼ばれ得る次元へと上昇してゆくこと自体、甚だ困難になってしまった。

「グルーヴ・トーン・アトモスフィア」を体現しているミュージシャンは、今ではむしろ無数に居る。問題は、それらが何ら特別なことではなく、というよりも単なるデフォルトの属性でしかなく、それゆえに思考／批評のトリガーになるべくもない、ということなのである。繰り返すが、これは個々のアーティストの才能や魅力が低下しているということではない。或る意味では、その逆なのだ。

ＹＭＯがそうであったように、その時々の最先端のテクノロジーを次々と取り入れることによって、音楽それ自体も刷新され得るという信念もしくは幻想は、二〇世紀が終わるぐらいまでは維持出来ていた。いやむしろ、その最後の数年間、すなわち九〇年代後半に、テクノロジカル・アップデートは暴走状態と言ってよいほどに加速してゆき、その結果、それまで辿ってきた幾筋かのベクトルに内在する可能性を見事に蕩尽するに至った。ＤＴＭ（デスクトップ・ミュージック）は利便性、汎用性、スペックを果てしなく進化させ、その気になれば誰もがそれを使って、それなりに良質の「グルーヴ・トーン・アトモスフィア」を拵えることが可能になった。端的に言って、音楽の平均値は飛躍的に向上した。だがもちろん、それは平準化、均質化の別名でもある。

同様のことは一般的にも言える。インターネットからSNSへ、携帯電話からスマートフォンへ、という、この十数年のメディア・テクノロジーの変化と進捗は、三〇年前の柄谷行人は予想さえしなかったであろう凄まじい「ハイ・テック」の産物であるが、それらは僅かな時間で、いわば「環境」そのものになってしまった。言い換えるなら、それはもはや一種の「自然」なのであり、ほとんどの人間がそれがどうして動いているのかさっぱりわかっていないにもかかわらず、誰もがごく簡単に使用可能であり、実際に使用している。

技術は、それが大方の人間の理解を踏み越えた瞬間からブラックボックス化＝神秘化し、すぐさまその神秘を自ら隠蔽して自然化する。それは疑いなく「『自然的』や『人間的』なものの根拠を奪って」いるが、そのことを指摘することも批判することも、もはや「紋切型の危機」を構成することさえない。

退屈な結論と言うべきかもしれない。だが、これもやはり「たんに事実として」そうであるに過ぎない。しかし私たちには差し当たり、そこから眼をそむけない、という選択肢がある。グルーヴ、トーン、アトモスフィア、テクノロジー／インターネット。「もっと堕ちよ」とは、要するにヴァージョン・アップせよ、ということである。断わっておくが、それはもちろん、やみくもに現状を能動的受容＝肯定してみせることではないし、テクノ／ネットに全面的に依存することを善しとするのでもない。
そうではなく、或る意味で、私たちは三〇年前と変わらぬ問題を生きているのだ。八〇年代前半の柄谷行人の「テクノロジー」論は、ほとんど「凡庸」であるからこそ、現在の、これからの「批評」に、ささやかではあるが重要なヒントを与えてくれる。

*1――「小林秀雄の『感性』」なるものにかんしては、筆者には別考がある。小林秀雄も音楽とテクノロジーの関係を、彼なりにわかっていたのではないか。以下を参照のこと。「『モオツァルト』・グラモフォン」および「小林秀雄の／と『耳』」、ともに『(H)EAR：ポスト・サイレンスの諸相』(青土社、二〇〇六)

*2――柄谷行人「リズム・メロディ・コンセプト」『隠喩としての建築』(講談社学術文庫、一九八九) p.315

*3――同書 p.314－315

*4――同書 p.316

*5――柄谷行人は或るところで次のように書いている。「小林の批評がマルクス主義あるいは現代の批評の観点からみて正確且つ新鮮に見えるのは、一九三五年までである」柄谷行人編「近代日本の批評 昭和前期1」『近代日本の批評 昭和篇(上)』(講談社文芸文庫、一九九七) p.38－39

*6――柄谷行人「隠喩としての建築」『隠喩としての建築』p.50

*7――『〈批評〉のトリアーデ』(トレヴィル、一九八五)所収のインタビューでの発言など。

*8――柄谷行人「文庫版へのあとがき」『隠喩としての建築』p.320

*9――柄谷行人「サイバネティックスと文学」『隠喩としての建築』p.305－306

*10――柄谷行人「凡庸なるもの」『隠喩としての建築』p.310

*11――柄谷行人「テクノロジー」『批評とポスト・モダン』(福武文庫、一九八九) p.306－307

*12――同書 p.310

＊13――拙著『テクノイズ・マテリアリズム』（青土社、二〇〇一）を参照。

＊14――この点で、濱野智史と宇野常寛が、ともに「アイドル」へと急激に傾斜していったことはいかにも興味深いのだが、本稿はそれを論じる場ではない。

第二章 批評の丁々発止

音楽　偏見と偏愛の平成Jポップ10選
平成Jポップ

音楽　「音楽に何ができるか」と問う必要などまったくない
復興支援ソング

音楽　「歌」の「禁」など不可能である
竹中労制作 復刻CD『日本禁歌集一～五』

音楽　発生としての歌
矢野顕子

音楽　幸宏さんについて私が思っている二、三の事柄
高橋幸宏

音楽　「ひとり」が「みんな」になる方法
蓮沼執太

映画　映画の野蛮について
イエジー・スコリモフスキ監督『エッセンシャル・キリング』／アッバス・キアロスタミ監督／『ライク・サムワン・イン・ラブ』／北野武監督『アウトレイジ ビヨンド』／真利子哲也監督『ディストラクション・ベイビーズ』／大森立嗣監督『タロウのバカ』

映画　タイムマシンとしての映画
映画の原理

音楽　パラレルワールド・ライナーノート
リリー・アレン『イッツ・ノット・ミー、イッツ・ユー』／ニール・ヤング『フォーク・イン・ザ・ロード』／グリーン・デイ『21世紀のブレイクダウン』／エミネム『リラプス』／マックスウェル『〝ブラック〟サマーズナイト』

批評は多くの場合、〇〇について論じてください、〇〇を評してください、などといった具体的な依頼や要請によって書かれる。その意味において批評とは常に対象との格闘であり、対象が属する状況や文脈への応答である。批評は批評対象およびそのコンテクストと丁々発止の渡り合いを演じる。しかしそれは勝負ではない。馴れ合いや戯れ合いとも違うが、最終的に批評家と批評対象のいずれかに軍配が上がるというものではない。それは確かに一種のコミュニケーションではあるが、いわば出会いの新鮮さをひたすら微分してゆくような、鑑賞体験を動的なプロセスとして追体験する／させるようなものであるべきだと私は考えている。

私の場合、まったく興味がなかったり、どうしても良いと思えるところが見つけられないようなお題の依頼は、それなりにキャリアを積み、年齢を重ねるにつれて段々と少なくなっていった。だがその一方で、何ごとかを書ける対象、書きたい対象、書くことがある対象の依頼が必ず来るとは限らないし、思いがけないお題であっても、やってみたらなかなか愉しく上手くやれた、ということだってある。私は出自がフリーランスのライターなので、結局のところは依頼者任せの部分が大きい。似たようなネタばかり振ってくる媒体よりは、多少ともチャレンジングな依頼をしてくれる編集者の方が実は好きだったりする。なぜコレをオレに？　というクエスチョンに答えることが、そのまま原稿になったりもする。

丁々発止には批評対象への理解とリスペクトが欠かせない。私はいつもそう思っている。

偏見と偏愛の平成Jポップ10選

音楽
平成Jポップ

「Jポップ」の歴史と「平成」という時代は、ほぼ重なっている。一九八八年一〇月一日に開局したFMラジオ局J-WAVEが、洋楽リスナー（同局は当初洋楽専門だった）の耳でも聴けるジャパンのポップ・ミュージックという意味合いで「Jポップ」というワードを使い始めたのが、今や完全に日常語になっているこの語の発祥という説が濃厚であるからだ。「昭和」が「歌謡曲」の時代だったとしたら、「平成」とは「Jポップ」の時代だったのだと言ってもいい。

ここには少なくともふたつの軸がある。ひとつは先行する「歌謡曲＝昭和的なるもの」との差異化、もうひとつは、この語の誕生エピソードに端的に示されている「洋楽＝海外（この時点では主にイギリスやアメリカ）のポップ・ミュージック」との関係である。この二点は連関している。一言でいえば、Ｊポップとは日本の輸入文化の突出した現れのひとつだった、少なくとも或る時期までは。そしてそれ自体が「歌謡曲／昭和」との明確な違いとして機能していた、或る時期までは。

昭和の半分とはいえ平成だっておよそ三〇年もあったわけで、それは三つのディケイドということだから、十把一絡げに「平成のＪポップはこうだった」と纏めることなど出来ない。筆者はかつて「Ｊポップ」誕生の前後二〇年ずつに及ぶ（六〇年代末〜ゼロ年代末の）日本のポピュラー音楽の歴史を著したことがあるが（『ニッポンの音楽』）、そこでは繁雑さを避けるため、九〇年代を「渋谷系」と「小室哲哉」、ゼロ年代を「中田ヤスタカ」で代表させてしまった。平成Ｊポップ10選はそう簡単ではない。単純計算でも三年に一枚しか選べない。無理である。だが無理を承知でちょっとやってみることにする。

フリッパーズ・ギターは外せない。平成元年リリースの一枚目は全曲英語詞で、当時のイギリスのギターポップの影響をあからさまに公言していた。しかしここは一転して日本語で歌ったセカンド①『Camera Talk』（一九九〇）を挙げる。周知のようにフリッパーズは三枚のアルバムを出して突然解散し、小沢健二と小山田圭吾＝コーネリアスはソロになり、それぞれに長く曲がりくねった道を歩むことになる。彼らが旗頭とされた「渋谷系」とは要するに「渋谷等のレコード屋で輸入盤を買い漁ってた音楽マニアがやってみた音楽」のことだ。フリッパーズと並ぶもう一方の雄であるピチカート・ファイヴは、八〇年代半ばにデビューしメンバーチェンジを複数回経て、平成には小西康陽と野宮真貴の二人体制となり、黄金時代を迎える。アルバムは悩むが、名曲「きみみたいにきれいな女の子」を含む②『プレイボーイ プレイガール』（一九九八）で。ヒット曲「東京は夜の七時」を含む『オーヴァードーズ』（一九九四）も好き。渋谷系と同時代、九〇年代＝平成初期に登場したユニットでは、電気グルーヴとスチャダラパーは最重要だ。彼らはテクノとヒップホップという海外の新しい音楽フォームを日本の土壌に軽やかに、単なる摸倣とはまったく違う、いわば「終わらない日常」的なアプローチによって移植してみせた。電気はアンセム「虹」を含む③『DRAGON』（一九九四）を、スチャはアンセム「サマージャム'95」を含む④『5th wheel 2 the Coach』（一九九五）で。

小室哲哉の最盛期がどれほどすごかったか、直に体験していない者にはどうしたってピンと来ないだろう。海外のダンス・ミュージック、それもレイヴ（大規模パーティー）でかかるようなイケイケの音を絶妙に日本化させたTK（TETSUYA KOMURO）印のプロデュースものは、あの頃、というのは九〇年代後半、好き嫌いを超えて「現在」を覆い尽くしていた。当然挙げるべきは安室奈美恵の⑤『SWEET 19 BLUES』（一九九六）だが、作品としてはTK自身もメンバーのglobeのデビューアルバム『globe』（一九九六）も捨て難い。安室が出産のために活動を休止していた一九九八年の末にデビューし、瞬く間にスターダムを駆け上ったのが、言わずと知れた宇多田ヒカルである。安室を超えるスーパーメガヒットとなった⑥『First Love』（一九九九）は、宇多田を日本のポピュラー音楽史における「最後の歌姫」にした。宇多田の半年ほど前にデビューした椎名林檎の『無罪モラトリアム』(一九九九)は、多くの点で超時代的な作品と言える『First Love』よりも「九〇年代の終わり」が刻印されたアルバムだった。

中田ヤスタカはこしじまとしことのデュオ、CAPSULEとして一九九七年にデビューしていたが、ゼロ年代後半に大ブレイクしたPerfumeのプロデューサーとして一躍名を馳せる。Perfumeのアルバムを一枚選ぶとしたら当然⑦『GAME』(二〇〇八)だろう。これときゃりーぱみゅぱみゅの『ぱみゅぱみゅレボリューション』(二〇一二)によって中田は小室哲哉、モーニング娘。のつんくと並ぶJポップ史上に残る名プロデューサーとなった。小室と同じく中田の参照項も海外のダンス系のトレンドだが、ゼロ年代になるとスタイルとしては何でもありのEDMが主流になっている。フロア向けになり過ぎない点が中田のサウンドを「Jポップ」に留めている。

ゼロ年代の終わりの二〇〇九年、相対性理論の⑧『ハイファイ新書』とサカナクション⑨『シンシロ』が同月(一月)にリリースされた。音楽的には対照的と言っていい二枚のアルバムは、しかし共に「平成二〇年」を表象していたと今は思える。そしてその後のテン年代、二〇一一年三月一一日があり、SNSが常態化し、「Jポップ」はさまざまな意味で拡散し、ということは薄まって、もちろん数々のニューカマーが出てきたし、愛聴盤は沢山あるのだけれども、売り上げ的にはもちろん、カルチャーとして、ここまで挙げてきた人々と同一平面上で語ることはむつかしくなってしまっている。実はあと一枚分だけ空席が残っている。必然的にそれはテン年代、すなわち平成最後のディケイドを代表する作品ということになるわけだが、そういうものはない（そしてないのは必ずしも悪いことではない）。そういうものではないが、私はtofubeatsにしたいと思う。アルバムは⑩『First Album』（二〇一四）で。これに限らず、tofuの楽曲には、過ぎ去った時間、体験したことさえない時間への思慕と、海の向こうの音楽たちへの憧憬が、アイロニーを乗り越えた率直さとしぶとさで息づいている。そう、つまりそれが、平成のニッポンの音楽、すなわちJポップだ。

「音楽に何ができるか」と問う必要などまったくない

音楽
復興支援ソング

「復興支援ソング」にかんして論じて欲しい、というのがオーダーである。けれども僕は、おそらく相当数に達しているだろうその種の曲のほとんどを知らないままだし、またこの原稿のためにあらためて纏めて聴いてみる気にもならなかった。当然ながらそれらの中にもいろいろなものがあるだろう。だが困ることは、たとえばそうした曲をあれこれ聴いてみたとしても、それぞれについて「音楽としてどうなのか?」をはかってみせることは、おそらくとてもむつかしくなってしまっているということだ。

いや、それは確かにやれるのかもしれないが、たとえば「音楽として」はほんとうにくだらないのだが、しかしまぎれもない善意と誠意によってなされており、なおかつ歴然と「復興支援」の役に立っている曲があったとして、それを「音楽としてはくだらない」と言い立てることに、どれほどの意味があるのだろうか？

だからこの意味で、僕はあらゆる「復興支援ソング」を肯定する。ネットの巨大掲示板の住人たちの格言に、「しない善より、する偽善」とかいうのがあるそうだが、その観点に立てば、たとえ売名行為であったとしても、その曲が売れることで「復興支援」に具体的に貢献できているなら、それを目的としている限りは、何の問題もない。つまり彼らは、募金箱を持って街角に立つかわりに、より効果的な方法としてオーディオデータなりＣＤなりを売っているのであって、それはやりたいならやればよいし、結果的に善をなすなら尚の事よい。それだけのことだと思う。

だが、もうひとつ言えることは、しかし音楽（家）は、そういうことを（したくなければ？／そういうことを考えもしないのであれば？）別にしなくてもいいのだし、そうしなければならない、ということではまったくない、ということだ。それは、街角で募金をやっていたら、とりあえず手持ちのお金を箱に入れる者が、かといってみずから募金箱を手に路上に立たなければいけないわけではない、ということと同じだ。

あの日以後、ニッポンの至るところで持ち出されるようになった、ひとつの問いの形式がある。それは「〇〇に何ができるか」という問いである。ほんとうにこの問いは、ありとあらゆるところで発されている。政治に何ができるか、企業に何ができるか、ネットに、テレビに、芸能界に、ス

「音楽に何ができるか」と問う必要などまったくない

ポーツに何ができるか、わたしたちに何ができるか、そして、音楽に何ができるか？

「○○に何ができるか」という問いを目にするたび耳にするたびに、僕はなんだか妙な居心地の悪さを感じてしまう。いや、こういう時のためにあるようなものは、確かに今こそ「自分に何ができるか」を問い直し、できることをするべき時だろう。だがしかし、芸術と呼ばれるもの、そこに属する者たちから、この種の問いが発されていると、僕はどうしても違和感を抱いてしまう。

その違和感の理由は大きくふたつある。

ひとつは、そもそも芸術と呼ばれるものは、別の何かのために何ごとかをする（べき）ものなのだろうか、という根本的な疑問があるからだと思う。僕の考えでは、芸術とは本質的に、有用性というか、役に立つかどうかという審判ではかられるものではない。はっきり言えば、芸術とは、人間にとって、あってもなくてもいいものなのであり、だが、あったらあったで、時としていいことがありもする、というものなのだと僕は思っている。そこには、客観的なレベルで正当な存在理由など、最初からどこにもありはしない。たとえば、音楽をやろうがやるまいが一切自由だし、それを聴くかどうかも個人の勝手だ。だがそれでも、音楽を作り奏でる者たちがいて、それを聴くことに大きなよろこびやしあわせを感じる者もいる、そういうことなのだと思う。

だから、あの日以後の出来事によって、音楽なら音楽というものの存在意義が、あらためて俎上に載せられた、ということではなくて、それ以前から、それはそもそも無根拠なものだったのだ。

にもかかわらず、あれ以後、自分たちがやってきたことの意味が決定的に損なわれてしまったと思って、したたかにダメージを受けて、どうにかしなければならないと苦悩したり、何かしなければなるまいと焦る者があるのだとしたら、申し訳ないけれど、そういう人は、もともと何か勘違いをしていたのである。音楽は、他のあらゆる芸術と同様、何ごとかの役に立つ必要などまったくない。

　断っておくが、これは「役に立たないのが正しい」「役に立たないほうが良い」と述べているのではない。結果として役に立つことがあるのなら、それはそれでいい。だが、「〇〇に何ができるか」という問い方は、何らかの役に立つことを最前提／最重要の目的として掲げてしまっている。それは転倒した考え方であって、それを何よりも大切だと思うのならば、むしろ別のことをした方がいい。芸術の、音楽の無根拠、ナンセンスに耐えられない者だけが、その欠落（と彼らが思ってしまうもの）を埋めるために、たとえば「音楽に何ができるか」という問いを発し、拙速にそれに答えようとする。そこには一種の疾しさのような感覚がある。存在理由のない存在は疾しさを抱きがちだが、そんな風に思うことなどない。音楽の、芸術のかけがえのなさは、むしろそんな無根拠とナンセンスにこそあるのだ。

　もうひとつは、それでも「〇〇に何ができるか」と問わずにはいられない心性が理解できないわけではないとしても、なぜ、どうして、わざわざその問いを表明するのか、という振る舞いへの疑

「音楽に何ができるか」と問う必要などまったくない

問である。これはあきらかに、先の疾しさと繋がっていると僕には思える。あれだけの出来事があったのだから、ニッポンのありとあらゆる表現は、否応無しに、意識するとしないとにかかわらず、大なり小なり、何らかの影響を受けることになるのは間違いない。一見まるで無関係で無関心に見えるものであったとしても、けっして「あの日以後」であることから逃れられはしない。むしろ、あからさまにそのことを問題にしているものよりも、もしかしたら影響は深刻かもしれないのだ。

「あの日以後」を自分なりに受け止めて、内面化し、これから自分がやっていくことに繋げてゆこうとすることと、そのことを他者に対して公的に宣言することのあいだには、やはり大きな違いがある。どうして、わざわざ問いを口にしなければならないのか。それは、問いに答えようとする以前に、すでに一種のパフォーマンスなのではないか。そう思うと、僕はそこに微かな欺瞞の芽を感じ取ってしまう。しかもそれは、今や或る絶対的な正しさによって保証されているパフォーマンスであり、真っ向から批判することがどうにも許されないような欺瞞なのだ。

だから今、書いていても実に気色が悪いのだが、とりあえず言いたいことは、まったくそのようには思えない、「復興支援」とは何の関係もなさそうな、まちがっても「音楽に何ができるか」などと問おうとはしていない音楽にだって、何かができていることはある、ということなのである。そんなの当然じゃないか、と言われるかもしれないが、ほんとうにこのことは、ちゃんとわかられているだろうか？

おおよそこんなふたつの理由により、僕は「〇〇に何ができるか」、音楽に何ができるか、などと言われると、違和感を禁じ得ないし、正直に言えば、少々引いてしまう。そこにあるだろう真摯さや必死さを揶揄するつもりは毛頭ない。だが僕はどうしてもそこから、利己的な不安と疚しさと、そしてそれらを解消するための無意識の方便を聞き取ってしまうのだ。

もちろん、それだけではないことは重々承知している。だからこんなことを書くことは不要な敵をこしらえてしまうだけかもしれない。そんなことはまったく望んでいないのだが。

僕は、音楽をやっている者たちに「できること」は、あの日以前と変わらず、変えようとはせずに、自分の音楽を、自分なりにやり続けること、それだけだと思うし、それでいいのだと思っている。この非常時に、この未曾有の危機に、こんな状況に、いったい何ができるのか、と問うてみせることの裏側には、必ず、だからこんなことはするべきではない、こんなことをやっている場合ではない、それをしてはならない、などといった自粛や禁止へのベクトルが生じる。むしろそんなベクトルに抗いがたいと思ってしまった者が、無理矢理に「何ができるのか」という問いを発することで、どうにかバランスを取ろうとし始めるのではないか。

音楽にできることはある。それは確実に、たくさんある。だがそれは、音楽に何ができるか、と問うてみせることとは、こう言ってよければ、まるで無関係にあるのだと思う。無理に変わろうと

「音楽に何ができるか」と問う必要などまったくない

しなくとも、このことによって、音楽は変わっていくだろうし、変わっていかざるを得ないだろうし、すでに変わってもいるだろう。だから問題は、それが良く変われるのかどうか、でしかない。変わらなければならない、変えていかねばならない、というあからさまな、あるいは暗黙の強制は、そこにかえって好ましからざるバイアスを持ち込むことになってしまうのではないか。そうではなくて、ただ、前と変わらず音楽をしてゆくだけでも、どこかは変わっているのだし、繰り返しになるが、何かができることはある。

最後に、或る曲の歌詞を引用しておきたい。これは「復興支援ソング」ではないし、僕はこの曲が「あの日以後」に書かれたものかどうかは知らない。だが重要なのは、そんなことではないと思う。

〈紙芝居〉by detune.

作りかけの紙芝居に
期待を込めて夢の中
そう　完成を間近にね　控えていたのに

君はまずまずの環境に
愛想を尽かし夢の中
大きすぎる月がまだ　照らしているのに

三週間経っても終わらないよ
世界を壊しきるなんて
それより大好きな唄にまみれて
最後の街を遊ぼうよ

三週間経っても終わらないよ
世界を壊しきるなんて
それより大好きな唄にまみれて
最後の街を遊ぼ！

来年のトレンドも再来年のフレンドも
指をくるりでなんとでも

「音楽に
何ができるか」
と問う
必要など
まったくない

フライデイにフライデイにフライデイされるのも
フライデイをテューズデイに変えるのも自由

君を揺さぶり起こそうと
揺さぶっても起きなかった
もう　退屈な時間なら　さよならしたいのに

作詞：郷拓郎、アルバム『オワルゼンド』(HEADZ、二〇一一) 収録

「歌」の「禁」など不可能である

音楽
竹中労制作 復刻CD『日本禁歌集一〜五』（メタカンパニー、二〇一四）

子どもの頃に、たぶんテレビかラジオで偶然耳にしたのだろう「ヨサホイ節」を、ふたつ下の妹とふたりで元気よく歌っていて、母親に咎められたことを憶えている。「それはオトナのウタだから歌ってはいけない」と母親は言うのだった。だがもちろん当時の僕には、その歌のどこがどう「オトナのウタ」なのか、まるでわからなかったし、むしろそれ以前にそのような禁止を親から言われたことなどなかったので、心秘かに大層驚くとともに、逆に「オトナのウタ」というものへの興味が、どこかゾクゾクとするような肌触りを伴いつつ、俄に頭をもたげてくるのを感じていたのだった。

その後、記憶にある限りではあと二度、母親から同様の咎めを受けたことがある。それはもう少し年を取ってからのことだったが（といってもまだ小学生だったと思うが）、野坂昭如の「黒の舟歌」と沢田研二の「時の過ぎゆくままに」であった。いずれの場合も母親が言うのは「オトナのウタだから」という理由であって、それ以上の説明は一切無し。この頃にはどうやら「オトナ」というのは何か男女の間の事に関係があるのだろうとぼんやり推察はできていたものの、やはりよくはわからなかった。

「禁歌」という言葉からすぐに思い出したのはこんな想い出だった。今となっては笑い話でしかないが、それでもここには、或る「歌」と、それを「禁」じる者／「禁」じられる者という、「禁歌」を構成する三項が明確に現れているように思う。「歌」はどんなものであれ、最初から「禁」じられるために生まれてくるわけではないから、それはまず誰某達によって「歌」われて、それを聴く別の誰某達も居るのだが、だがある時、また別の誰某がそれを「禁」ずる。僕の場合は母親だったが、それは社会のこともあれば国家であることもあるだろう。

ところで、この「禁」は常に、範囲の違いこそあれ特定の誰某に対して向けられているのであって、その「歌」そのものに対してのものでは本当はない。存在したものは消せないからだ。幼い僕が「ヨサホイ節」を「歌」うことを「禁」じられたのは、そもそも僕がそれを耳にする機会があったからなのだが、それが「オトナのウタ」だからいけない、という母親の言い分は、では「オトナ」になればその「禁」は解かれるのかという当然の疑問を招き寄せる。つまり「禁」には条件と線引きがある。そして納得度はどうあれ「禁」を受け入れるということは、その往々にして突然に導入されたルールに従うということだ。僕らは二度と親の前で「ヨサホイ節」を朗唱することはなかった。だが、だからといって、その「歌」をそのまま忘れてしまったわけでもなかったのだ。

　存在したものは消せない、最初から無かったことにはできないが、しかし忘れられることはあるし、忘れさせることは可能である。嘗て人口に膾炙した幾つもの「歌」が、誰からも「禁」じられることなく忘れ去られていっただろう。「禁」によって実のところ「歌」はビクともしていないのだとしても、忘却の磁場から逃れることは難しい。だから『日本禁歌集』の復刻は、「禁」じられた「歌」を解放するというよりも、いつか誰かによって「禁」じられたことのある「歌」が、時間の堆積の内に埋没していってしまうことから救い出すということ、そうすることで、「歌」を「禁」じるということの無意味さを、「禁」じようとする側に思い至らせる、という意義を持っている。「禁」の権能を帯びた者に、それでも存在したものはやはり決して消せはしないのだ、という真理を思い知らせる為に。

　「歌」は歌われて初めて「歌」と呼ばれる。つまりそれは誰かが咽と舌と唇で空気中を振るわせることでこの世界に誕生したのであり、それはしかし放っておいたらあっさりと大気に溶け入ってしまうのだが、幸いにも録音されることで永遠に近い生命を獲得する。そうなってしまったらもう、本質的に「禁歌」など不可能なのだ。そのことをこの五枚のディスクは鮮やかに証明している。

「歌」の「禁」など不可能である

発生としての歌

音楽
矢野顕子

矢野顕子は音痴なのか。そんなわけないじゃん、というのが正解である。だがしかし、彼女が「普通の意味で歌の上手いシンガー」では全くないということも、多くのひとが首肯するところだと思う。昔、というのは私が一〇代の頃なので相当に昔だが、なので記憶も曖昧だが、テレビの音楽番組で、矢野顕子の歌を音声分析してみたら同じ曲を歌っても他のひとと全然違っていた、というのがあった。確かそのあと、ハイファイセットが出てきて、不協和音でハモるみたいなことをやってみせ、アナウンサーが「音が外れて聴こえると思いますが実はそんなことはないんですねー」とか言っていた。矢野顕子の歌もそういうものだと。そういうものってどういうもののことなのか。別に音律や調性の話をしようというのではない。もっと誰にでもわかる話である。

たとえばデビュー・アルバム『JAPANESE GIRL』(一九七六)を聴き直してみると、最初期の代表曲「電話線」に続いて、津軽民謡(「ホーハイ節」)が下敷きの「津軽ツアー」と、青森県のねぶた祭で詠われる民謡を元にした「ふなまち唄PartII」が続くのだが、どちらもいわゆる民謡的な歌唱とはまったく違っている。当時のパートナーでプロデュースを担当した矢野誠(小東洋)がもたらしたセンスということもあるだろうが、更にその次に置かれた、録音時期としてはアルバム中もっとも古い「大いなる椎の木」もやはり民謡風の曲であり、こうした姿勢はジャパニーズ・ガールというアルバム・タイトルに端的に示されている。だが、そこで聴かれるサウンドは結果としてジャパニーズと西欧的なポップスの折衷というようなものにはなっていない。いや、言葉にすればそういうことになるのだろうが、和風と洋風の掛け算という数式の範疇に収まるような音楽性をそれは不思議なかたちで踏み越えてしまっているように思える。

しかし、となると気になるのは、それが意図的な結果であったのかどうか、ということである。むしろ制作陣の狙いとしても矢野顕子本人としても、何と言うかもっとマトモ(?)に和洋を折衷するつもりだったのではないだろうか。このアルバムには藤山一郎のカバー曲「丘を越えて」も入っているのだが、そこで聴けるのはファニーではあっても割とマトモな和洋折衷感である(この感覚は今だと星野源に引き継がれていると思う)。マトモというのはわかりやすいということだ。だが「津軽ツアー」や「ふなまち唄PartII」や「大いなる椎の木」はわかりやすくない。簡単に言えばそれらは和でも洋でもないように聴こえるのである。

矢野顕子と相前後して、日本のポピュラー音楽には何人もの才能ある女性アーティストが登場してくる。矢野顕子よりひとつ年上の荒井由実（松任谷由実）は『JAPANESE GIRL』に先立つ一九七三年にファースト・アルバム『ひこうき雲』を発表していた。シュガーベイブを経てソロに転じた、荒井由実よりひとつ年上の大貫妙子の最初のアルバム『Grey Skies』は『JAPANESE GIRL』と同年の一九七六年リリース。ほぼ同時期にデビューしたこの七〇年代ジャパニーズ・ポップスを代表する三人の歌姫に共通しているのは、明らかに三人ともが「普通の意味で歌の上手いシンガー」ではないことだと言ったら語弊がありまくりかもしれないが、実質的に彼女たちが現れる以前、歌い手であるだけでなくソングライターでもあるという重大な条件をカッコに括ったとしても、日本には演歌／民謡／ムード歌謡の文脈に属する女性シンガーしか居なかったと言っていいのだから（言うまでもなくその最大の存在が美空ひばりである）、ある意味で、日本的な、トラディショナルな歌唱から有意味な距離を取る必然が時代の無意識の要請としてあり、それぞれの有効な偏差が、矢野、荒井、大貫のいずれ劣らぬ独特なシンギング・スタイルとなって表出するに至った、ということかもしれない。

重要なことは、彼女たちの歌唱の特殊さが、いわゆる西欧的なスタイルとも相当に違っていたということである。和でも洋でもないとはそういうことだ。この事実は、のちの時代が証明することになる。ユーミンのあの鼻にかかりまくった歌声、大貫妙子のノンビブラートの異様にホーリーな歌唱、そして矢野顕子の歌の音痴と勘違いされかねないユニークネスは、今にして思えば、ある時代、ある時期に限定された、なかば突然変異的なものだった。というか、彼女たちの歌い方は、その後にやってきた波によって、突然変異にされてしまったのである。

そもそも「歌が上手い」とは、どういう意味なのだろうか。こんにち言われるそれは、主に次の二点によってはかられていると言ってよい。第一に、音高(ピッチ)の精確さ。第二に、声域(オクターブ)の広さ。つまり、譜面に書かれた音と発声された音が音高として完璧に一致しており、そのうえ何オクターブも出せれば、その人は「歌が上手い」ことになるのである。

そのようになった理由ははっきりしている。まずはカラオケBOXのせいであり、そして小室哲哉とエイベックスのせいだ。つまりそれは九〇年代に起こったことである。カラオケ機材は七〇年代から存在していたが、当初はスナック等の水商売の店に付設されていただけだったのが、歌うことだけに特化した個室のカラオケBOXが乱立するようになったのは九〇年代に入ってからのことである。そこでは、ただ単に歌って愉しむという牧歌的な段階を超えて、一種のコンペティション状況が現出する。その場に居合わせた者の中で、誰がいちばん歌が上手いかを、暗黙に、あるいは歴然と競うような事態がおのずから生じてしまうわけである。そこでは自然と客観的な判断基準が必要とされる。それは個性であってはならない。また天才であってもならない。いわば単純明快に数値化出来るようなものでなくてはならないのだ。そしてやがてカラオケ機材自体に、その数値を弾き出す機能が搭載されることになる。そこではあからさまに音符と声の一致が判定される。

こうした条件の下に、小室哲哉を中心とするエイベックス系の「プロデューサー＋（女性）シンガー」というカップリングの大量発生が始まる。そこで起用された女の子たちの多くはまったくの新人もしくは隣接ジャンル（俳優やアイドルなど）からの再生組であり、そうであるがゆえにこそ「新人らしからぬ完成度」が——たとえイメージだけのものであれ——必須とされた。アマチュアリズムと伸び代が善しとされたのは八〇年代の悪しき習慣だった（周知のようにそれはゼロ年代後半から再び回帰することになる）。成長を見守らせるのではなく、デビュー即、結果を出さなくてはならない。そのための成立要件、構成要素のひとつに「歌が上手い（かのように思わせる）」ということがあった。デビュー前に彼女たちは皆、しかるべき教師たちにボイストレーニングを受けることになった。だが歌唱というのは持って生まれた能力の部分も強いし、時間がたっぷりあるわけでもない。そこでボイトレの焦点は、ピッチとオクターブに絞られる。ともかく音がピッタリ合っていれば下手ということにはならないし、特に高い音が出せれば出せるほどカッコ良いとされた時代だったのだ。数ある小室プロデュースの中でも、もっとも際立ったケースは華原朋美だろう。彼女がハイトーンで歌いながらマイクを持ってない腕を上下させるのは、ボイトレのピッチコントロールの産物である。

もちろん例外もある。九〇年代に登場した女性シンガーの中で、私が飛び抜けて「歌が良い」（「上手い」ではない）と思ったひとはふたりいる。ひとりはUAであり、もうひとりはご存知宇多田ヒカルである。ふたりとも声そのものが良い。声に魅力的な周波数成分がノイズ的に含まれているとでも言ったらいいか。このふたりにかんしては、ピッチとオクターブを云々すること自体、ナンセンスに思える。ふたりは世間的にも間違いなく「歌が上手い」とされているだろうが、彼女たちが「上手い」の見本なら、ボイトレ系は本来全滅である。しかし、そうはならなかったのだ。

というわけで、九〇年代以後、もっぱらピッチとオクターブが「歌の上手さ」の計測基準になってしまった。そしてそれは今も続いている。その結果、どうなったのかといえば、それ以前のような歌の「個性」は、ともすれば単なる「下手」や「音痴」にされてしまうようになった。これはとても困ったことである。では、いまやかつての矢野顕子やユーミンや大貫妙子のような歌唱は有効ではないのだろうか。ご本人たち自身は当然問題はない。だが、もしも彼女たち的なシンギング・スタイルの新人が居たとしたら、それはせいぜいがエピゴーネンだと言われるのである。大概はそうでさえなく、おそらくは黙殺のつもりもなく黙殺、スルーされて終わるのがオチである。要するに「個性」が忌避される時代なのだ。普通でないこと、変わっていることは罪なのである。いや、罪を宣告されることさえないと言うべきかもしれない。

なんとも話が暗鬱になってしまった。矢野顕子に戻らなくてはならない。差し当たり私が言いたいのは、矢野顕子という超個性的なシンガーの登場には、彼女自身とはまた別に、いわば時代の条件のようなものがあったのだろうということである。彼女のデビュー時期は、言うまでもなくはっぴいえんどを議題とする「日本語ロック論争」の時期と重なっている。はっぴいえんどとその周辺のミュージシャンは『ひこうき雲』以下、初期ユーミンのアルバムでバックを務めている。大貫妙子のレコーディングには最初期から坂本龍一が参加している。『JAPANESE GIRL』に続く矢野顕子のセカンド『いろはにこんぺいとう』(一九七七)も矢野誠のプロデュースだが、セルフ・プロデュースでニューヨークで録音されたサード『ト・キ・メ・キ』(一九七八)には松武秀樹が参加しており、徳間ジャパン移籍第一作の『ごはんができたよ』(一九八〇)では坂本龍一がコ・プロデュースを務め、YMOが全面的に参加することになる。YMOは最盛期に入っており、矢野顕子は松武秀樹ともどもライヴ/ツアーに加わっていた。すでに娘・美雨が産まれていた坂本と正式に結婚したのは一九八二年のことである。私がテレビで特集を見たのはこの時期だったろうか。

翻れば、詰まるところ「日本語ロック論争」とは洋楽ロック/ポップスの「日本」という文脈への輸入と同化と変質をめぐる議論だったわけだが、その近傍にありながら、おそらく矢野顕子という存在は、そのような問題機制からは最初から自由な場所に居た。この問題からは坂本龍一も(間接的に)無関係ではなかったが、しかし矢野顕子だけは、海の向こうで誕生して発展し、日本語とは異なる言語をベースに進化してきたポピュラー音楽の諸要素を、それ以前にそれなりの「洋楽」の受容史を擁しつつ、また「邦楽」としての独自性も維持してきた「ニッポンの音楽」に移植するという難儀について思案することはなかったのではないか。矢野顕子「だけ」というのは、同じ時代にあって、ユーミンや大貫妙子はやはりその問題の圏内にあったと考えられるからだ。矢野顕子だけが明らかに例外なのである。繰り返すが、彼女の歌は「洋楽」と「邦楽」といった対立軸とは無縁というか、そういうことと関係がなく聴こえる。それは両極を含んでいるというよりも、どちらでもない、という感じがする。そしてこのことは、むしろ「津軽ツアー」や「ふなまち唄PartII」のような「民謡」をベースにしている曲であればこそ明瞭に思える。

私が昔に見たテレビの特集番組で、矢野顕子の歌声を分析して何と言っていたのか、残念ながら記憶にないのだが(それとも、この記憶自体が錯覚、いや捏造だろうか?)、この話は先ほどのUAと宇多田の件と繋がる。歌 - 声と書いたが、結局のところ「歌」と「声」は分離出来ない。それを分離出来ると考えたのが、カラオケ/エイベックス的な浅はかさというものである。ピッチとオクターブに数値化された「歌」は「声」の肌理(きめ)という次元を欠落もしくは都合良く失念している。たとえばUAや宇多田の「声」の質感は、ソウルフルと呼べるようなものと言っていい。それは言うなれば日本人らしからぬ「声」である(従って二項対立が機能する)。だが、矢野顕子の「声」はこのふたりともまた全然違う。彼女の「声の肌理」はある意味で、もっと即物的な、あるいはもっと原理的なものであるように思われる。その「肌理」は、テレビでやっていたように、可視化／数値化することは可能である。だが、それは解析出来ない。説明出来ないのだ。

よく知られた文章だが、ロラン・バルトに「声の肌理（邦訳では「きめ」）」というテクストがある。このごく短いエセーでバルトは主に「歌曲」にかんして語っている。それは「ただ歌われる音楽」すなわち「言語が声と出逢う」ということをめぐる議論である。「声が、言語と音楽という二重の立場、二重の生産にある時の、声の肌理だ」。

歌にも、ジュリア・クリステヴァの語った二つのテクストが現れる。現れとしての歌とは、歌われた言語の構造、ジャンルの法則、メリスマのコード化された形式、作曲家の個人言語（イディオレクト）、演奏のスタイルに属するすべての現象、すべての特徴である。要するに、演奏において、伝達、表現、表情に役立つすべてのものである。人々が普通語るもの、文化的諸価値（公認された趣味、流行、批評的言述の素材）の織物をなすもの、時代のイデオロギー的アリバイに直接分節されるものである。発生としての歌とは、歌い、かつ、語る声の量（ヴォリューム）である。意味作用が、《言語の内部から、そして、言語の物質性そのものにおいて》芽生える空間である。それは、伝達や（感情）の表現や表情とは無縁の能記の戯れだ。メロディーが真に言語を加工する生産活動のあの先端（あるいは、奥底）——言語が語るものではなく、その能記＝音の官能、その文字の官能だ。
（ロラン・バルト「声のきめ」沢崎浩平訳、『第三の意味』、みすず書房、一九八四所収。但し一部省略した）

「声の《肌理》は響きではない――あるいは、響きだけではない――。それが開いてみせる意味形成性は、音楽と他のもの、すなわち、音楽と言語（メッセージでは全然ない）との摩擦そのものによって定義するのが一番いい。歌は語る必要がある。もっと適切にいえば、書く必要がある。なぜなら、発生としての歌のレベルで生み出されるのは、結局、エクリチュールだからである」とバルトは言う。これはほとんど矢野顕子のことを書いているように私には思える。「私は自分の選択を、ポピュラーをも含めた、声楽の全ジャンルにまで押し広げるだろう。ポピュラーの中でも、現れとしての歌と発生としての歌の区別は簡単に見出せるだろう（ポピュラーでも、ある歌手たちは、有名な他の歌手たちでさえ持っていないような《肌理》を持っている）」。

矢野顕子の歌声は「発生としての歌」である。こう書くといかにも紋切型に思えるが、それはつまり、メッセージでは全然ないのだが、しかし一回ごとに生起する意味作用なのだ。だから彼女が音痴なのかどうかというのは全くの愚問でしかない。だってある意味で矢野顕子の歌は「音楽」ではないのだ。

幸宏さんについて私が思っている二、三の事柄

音楽
高橋幸宏

私は音楽ライター稼業が長かったので、ＹＭＯのお三方とは過去何度かお話しさせていただいたことがある。それぞれのソロ活動にかんして折々の機会にインタビューすることもあったし、ＹＭＯとして、あるいはまだそう名乗ることをしていなかった、まだＹＭＯとは名乗れなかった頃に（最初にそう名乗っていた頃には勿論会っていない。私はまだ高校生だった）、三人全員に取材ということもあった。それは比較的最近のことだが（それでも五、六年くらい昔だ）、その時の話をしたいと思う。でもまずは別のことから始める。

編集部からの依頼はニューアルバムをきっかけに、ということだった。『LIFE ANEW』だ。とても素敵な作品で、入手してから何度も聴いた。この作品のレコーディングに当たって、幸宏さんは

Yukihiro Takahashi with In Phaseというバンドを組んだ。メンバーは、pupaの一員でもある堀江博久（キーボード）と権藤知彦（ユーフォニウム他）、GREAT3／HONESTY／Curly Giraffeの高桑圭（ベース）、ニューヨークから呼び寄せられた元スマッシング・パンプキンズのジェイムス・イハ（ギター）。一見ラフな、だがよく聴けば流石に細部へのこだわりが感じられるバンド・サウンドで、遂にYMOで最後に還暦を超えた幸宏さんの達観と童心が同時に溢れている。前後して発表された細野さんの『Heavenly Music』にも言えることだけれど、とにかく「歌うこと」の単純にして深遠なよろこびが端々から感じられるのがいい。そういえばこの二枚は、自分の曲と他人の曲にもはやほとんど区別をつけてない感じも共通している。

今も音楽ライターの仕事をもう少し続けていたら、たぶんこのアルバムについても幸宏さんにお話を伺う機会はあっただろうと思う。でもそうはならなかった。だが昔はアルバムが出ると大概どこかの媒体でインタビューをしていた。幸宏さんはいつもおおらかで、穏やかで、ダンディで、質問に丁寧に答えてくれた。彼が自らの音楽に向ける視線はきわめて透明で、職人的と言ってもいいようなところがあった。よく聴けば聴くほどに、よく知れば知るほどに三者三様であると思えるYMOが共に備えているのは、彼らと同世代の日本のミュージシャンがおしなべて持ってはいるが、彼らが特に強く帯びていたと言えるすぐれてコンセプチュアルな発想と、しかしけっしてコンセプチュアルなだけではない（時としてコンセプトをポジティヴに裏切ることさえある）センスとテクネーだ。その中でも幸宏さんは、今度はこういう作品を創るのだ、何故かといえば前のアルバムがああだったから、ここに至るまでにこういうような流れがあったから、などといった連続的な論理の感覚、自分のディスコグラフィを常に（これからの未来に創るだろう作品も含めて）その全体像から眺めているような感じがそこはかとなくあって、それは表面的には相当サウンドが変わっていたりしても言えることだった。それはセオレティカルなようでいて実は情動的なランダムネスの色濃い坂本さん、インスピレーションの人と思われがちだが本当はその進みゆきには直感的な要素がおそらく全くない細野さんとはやはり違っている。

『LIFE ANEW』は全体としてアーシーな雰囲気が濃く、pupaやスケッチ・ショウのようなエレクトロニカ的なフレイヴァーは希薄だが、しかしそれはバンド・サウンドへの回帰とか転向とか路線変更とか呼ばれるような事とはちょっと異なっていて、電子音／響に限らず、このアルバムには幸宏さんが過去にやってきた音楽の何もかもが流れ込んでいる。だからといって濃密さや豊饒さとは無縁で、むしろかなりシンプルな仕上がりになっている。In Phaseのメンバーも作詞作曲を手掛けていることもあって、曲ごとの狙いがクリアで、何はともあれ「高橋幸宏が歌う」という当て書きが成功している。そう、このアルバムの聴きどころは何と言っても、シンガーとしての幸宏さんの魅力だ。

ＹＭＯを他の何でもない「ＹＭＯ」足らしめた要素は数あれど、高橋幸宏のあの癖の強いヴォーカルは間違いなく必須条件だったと思う。以前から持論があって、それは「ヴィジュアル系ヴォーカルの（贋の？）起源としての高橋幸宏」というものなのだが、どういうことかというと、ヴィジュアル系独特のあの粘っこい歌唱スタイルのルーツを辿ってゆくとYMOの高橋幸宏に辿り着くという説であり、もちろんその奥にはデヴィッド・シルヴィアンとかゲイリー・ニューマンとかトム・ヴァーレインとかブライアン・フェリーとかデヴィッド・ボウイ等といった系譜が存在しているわけだが、つまり大まかに言うとグラム・ロックからパンク〜ポスト・パンクを経てニューウェイヴへと展開する流れの中で培われた或る種のシンギング・スタイルを、日本でおそらく最初に意識的にやってのけたひとりが高橋幸宏であり、一方その後に登場したヴィジュアル系はというと、その（主としてイギリス音楽の）流れの一部に好んで派手なメイク（お化粧）をする者が多々居たという事実によって、おそらく音楽性とはまったく別の動機付けから、その流れの歌唱法からも影響を受けてしまったのだったと私は推察している。YMOもお化粧はしていたし、幸宏さんには『NEUROMANTIC』（一九八一）というアルバムもある（言うまでもなく「ニューロマンティック」はヴィジュアル系の重要な参照系のひとつである）。これは要するにヴィジュアル系がニッポンのポピュラー音楽史における洋楽の誤訳の一種であるという事実を示しているわけだが、結果としてその多くの人気者のヴォーカルはどこか幸宏さんに似ている。嘘だと思ったら聴き較べてみればいい。けれどもそこには当然だが差異がある。その差異とは、ナルチシズムと客観性の問題にかかわっている。

ヴィジュアル系とは基本的にナルチシズム、すなわち自己愛と自己陶酔と他者へのその感染の音楽である。悪口を言っているのではない。そのファンはまさにそのナルチシズムにこそ共振し、没入させられる。この感覚は、先の洋楽の流れにもはっきりと刻印されているものだと思う。ボウイもデビシルも明らかにナルシストだ。だけれども、そこには同時にそんなナルな自分を突き放して見ているかのようなクールで客観的な視線も存在している。これがイギリスのポップ／ロック音楽におけるメンタリティの特徴である。日本のヴィジュアル系は、後者を受け継ぐことはなかった。そこにはセルフな美学しかない。繰り返すがそれが悪いと言っているのではなくて、単にそうであると述べているのである。ところで、ならば高橋幸宏（ＹＭＯは、と言っても同じことだが）はどうだったか？　明らかにそこにはクールで客観的な視線が備わっている。往年の幸宏さん（とＹＭＯ）のメイクとヴォーカルは、多分に戦略的、コンセプチュアルなものであり、ほとんど（オリジナルの英国音楽の流行に対して）分析的でさえある。その代わりそこにはナルチシズムが希薄である。つまりヴィジュアル系とはおよそ真逆な様相になっているのだ。このように考えてみると、テクノポップとヴィジュアル系は、いわばほとんど似ていない兄弟のようなものに思えてくる。

初めて『音楽殺人』を聴いた時の興奮は忘れられない。ソロ・デビュー作の『サラヴァ！』は後からだった気がするが、こちらはオンタイムだったと思う。まず何と言ってもタイトルがカッコいい。曲名が「MURDERED BY THE MUSIC」なのにも（直訳だが）痺れた。このアルバムを聴くと、幸宏さんがＹＭＯに持ち込んだポップネスがどれほどのものだったのかよくわかる。細野さんがイエロー・マジック・オーケストラを創るに当たって、他のふたりが坂本龍一と高橋幸宏に決まるまでに多少の経緯があったことはよく知られているが、結果としての三人のバランスは絶妙と言うしかない。とりわけドラマーである幸宏さんがヴォーカルも執るという判断は、それ以前から歌い始めてはいたにせよ、ＹＭＯのポップな側面を決定づけ（たとえばメイン・ヴォーカルを細野さんがやっていたら、まったく違った感じになっていたはずだ）、ともにシンガー高橋幸宏のチャームを開花させたと言っていい。必ずしも美声とは呼べない。どちらかといえば一種のダミ声でさえある幸宏さんのヴォーカルは、しかし不思議な明朗さを湛えている。いや、それはやはり明るいとまでは言えないが、しかし暗鬱ではない。たとえすこぶる内省的な、ダークだったりブラックだったりする歌詞を歌っていても、声の表情がどこか健やかなのだ。そういえば高橋幸宏はムーンライダーズの鈴木慶一とビートニクスを組んでいるが、慶一氏を始めライダーズのメンバーのヴォーカルには幸宏さんと同質の雰囲気がある。だが、ムーンライダーズの歌はクラい（もちろんそこが良いということも言うまでもない。それにだからこそビートニクスのふたりの相性は抜群とも言える）。

肝心のドラマーとしての高橋幸宏は、精確に同じビートをひたすら延々と叩き続けられる、つまり機械（ドラムマシーン）のようなドラマーであり、これは実はなかなか出来ることではない。といってもサディスティック・ミカ・バンドでのプレイはそうとも言えないので、これもやはり

ＹＭＯへの参加によって導き出されたものだと言えるかもしれない。九〇年代の、テクノポップとは断絶しつつ連続しているテクノの流行が一段落ついた頃に、ドラムマシーンやシークエンサーの代わりに生ドラムが入る、いわゆる「人力テクノ」と呼ばれるものが出てきたが（たとえばＲＯＶＯ）、ＹＭＯはいわば元祖テクノにして人力テクノだった。しかし後のそれとはベクトルが逆である。人力テクノはマシン・ミュージックの人間化だが、ＹＭＯは人間のマシーン化なのだから。幸宏さんはＹＭＯ加入時点ですでに豊かなキャリアを有していたわけだが、にもかかわらず、その無機質極まりないドラムは、ほぼ同時期にニューヨークでＤＮＡとしての活動を開始していた「ドラムの叩けないドラマー」ことモリ・イクエにむしろ近い（周知のようにイクエさんは後にドラム・セットを捨ててドラムマシーン奏者となり、現在はコンピュータを使っている）。テクニック的なことを脇に置いて聴いてみるならば、両者に共有されているのは一言でいうなら「非人間性」である。ＹＭＯでの幸宏さんのドラムにはニュアンスというものが全くない。それは機械のようにしか聴こえない。そのことがむしろおそろしくラジカルだったのだ。

と、まあとりとめもなく書き連ねてきたが、この辺で最初に予告しておいた話をしたいと思う。ＹＭＯがふたたび三人での活動を少しずつ始めていた頃、二〇〇七年の五月一九日のことだが、細野晴臣、坂本龍一、高橋幸宏は、ＨＡＳ名義でパシフィコ横浜国立大ホールでライヴを行なった。これは「財団法人がんの子どもを守る会」への支援を行なう「Smile Together Project」の一環としてのチャリティ・ライヴだった。このとき、ライヴ（はもちろん観に行った。素晴らしかった）の前か後かは忘れてしまったが、私は三人へのインタビューを行なった。その席で幸宏さんから伺った話に、私は非常に感銘を受けた。ＹＭＯの他のふたりには子どもがいるが、高橋幸宏にはいないはずである。だが「Smile Together Project」への参加を言い出したのは幸宏さんだった。そう聞いて私は、彼にそのことを尋ねてみた。すると幸宏さんはおおよそ次のようなことを言ったのだ。

「僕には子どもがいない。これから自分の子が生まれることもおそらくないだろう。しかしだからといって、僕が子どもたちの病気に無関係ということにはならない。むしろ自分の子どもが存在しないからこそ、この世界のすべての子どもたちを自分の子どもと同等の存在として考えるようになったんだ」。精確にはこんな言葉遣いではなかったかもしれないが、幸宏さんは大体こんなことを語ってくれた。私はこの発言に、ほとんど静かな衝撃と言ってもいいほどに強く揺さぶられた。ともすれば、これは単なる綺麗事に聞こえるのかもしれない。だが、私はそうは思わない。いわゆる博愛主義、べったりとしたヒューマニズムともまるで違う。「子どもがいないので関係ない」でも「子どもがいないのに関係ある」でもなく「子どもがいないからこそ関わろうとする」ということ。私の考えでは、これこそがもっとも純粋で真正な他者愛のかたちだと思う。他者愛とは文字通り自己愛の反転である。思うに、自己の延長線上で他者と出会うひとと、自己から切断された場処で他者を見出すひとがいるのだ。どちらが良いとか悪いとかを言うのではさしあたりない。だが高橋幸宏は明らかに後者であり、だからこそ彼は「がんの子どもを守る」ことにコミットしようと考えた。そしてYMOの他のふたりに話して、チャリティ・ライヴを実現させたのだ。

実をいえば、このエピソードは、私がずっと前から温めている、いつか書くかもしれないし書かないかもしれない一冊の本、『未知との遭遇』という本の続編となる本、私なりに「正義」と「倫理」について考えてみようとする本の中で重要な役割を演じることになっている。だがここで書いてしまった。まあそれはいい。それにしても、あの時幸宏さんから聞いたことは、私にとって、高橋幸宏というミュージシャンについて考える際にも、決定的な意味を持つことになった。思えばゼロ年代後半の、あの実に自然きわまりない、まるでふと気づいたら三人でやっていたんだよとでも言いたげなYMOの絶妙な復活劇においても（それはほんとうに一九九三年の「再生」とはどれほど違っていたことか!）、幸宏さんが果たした役割はすごく大きい。そして二〇〇七年の五月一九日のパシフィコ横浜でのライヴは、後から振り返ってみれば、間違いなくその幕開けだったのだ。

『LIFE ANEW』の中で私がいちばん好きな曲は、鈴木慶一が歌詞を提供した「The Old Friends Cottage」だ。とても慶一さんらしい、そこはかとない（だが濃密な）死の薫りに包まれたこの曲は、おそらく故・加藤和彦に捧げられている。

無事なら　連絡をしてくれても　いいはずさ

湖畔の　戸がきしむ　あの小さなコテージ　いこうよ
真夜中を　通り過ぎて
さあ　朝日が昇る頃に　着けるだろう
The old friends cottage

次の日　来ることが当たり前の　嬉しさとか
引き連れて　笑いながら
さあ　話をしよう　昔の馬鹿さを
The old friends cottage

連絡　来ないから先にゆくよ　あのコテージへ
ドアをあけると　ここにいたのかい
大きな　コテージ　明日は舟が出るの　ゆくの
The old friends cottage

細野晴臣は一九四七年生まれ。加藤和彦も一九四七年生まれ。鈴木慶一は一九五一年生まれ、坂本龍一は一九五二年生まれ。高橋幸宏は一九五二年生まれ。皆、還暦を過ぎた。先に逝った者もいる。それでも高橋幸宏の歌は、今もクールで、ダンディで、そして健やかだ。

「ひとり」が「みんな」になる方法

音楽
蓮沼執太

蓮沼執太は最初ひとりだった。それから三人が加わって蓮沼執太チームになった。更に何人もが招かれて蓮沼執太フィルになった。フィルは段々人数が増えた。もしも今、開演前に客席でこれを読んでいるのなら、これからあなたが目にし耳にするのは、その最新の顔ぶれだ。

バンドではなくチームと呼ぶ。フィルハーモニックオーケストラとは言わずフィルとだけ名乗る。単なる語感の問題ではなく、このネーミングがとても彼らしいと思う。軽やかで風通しの良いイメージ。そしてこの感覚は、彼とフィル（チームは全員そこに含まれている）の演奏家たちとの関係性のありよう、そのユニークな距離感を端的に表していると思える。

フィルの一五人のメンバーとは、それぞれ一五通りのコミュニケーションの仕方が存在している。大体こんなようなことを、彼はインタビュー記事で語っていたし、直接聞いたこともある。フィルのレパートリーには、もともとは別の形であった楽曲をフィル用にアレンジし直したものと、最初からフィルのために書かれた比較的新しい曲とがある。私はそれらがどうやって作曲され、どのように編曲されて、如何にして各々の演奏家に伝達された後、全員での練習やリハーサルに繋がって、遂には聴衆の前で披露されることになるのか、そのプロセスをほとんど知らない。だが、ひとつ確かなことは、まずは一対一の関係が基盤になっている、ということだ。蓮沼執太と誰か。それらがひとつひとつ積み重ねられ織り成され連なっていって、フィルのアンサンブルが成立する。それは当たり前のことのようでいて、やはりいささか独特なことであるようにも思える。

留意すべきなのは、先の発言にも明らかなように、彼が一対一の、個と個の関係をこそ、集団の前提として重要視しているということだ。自分の曲を演奏する者たち、さしあたり自分の名の下に集った者たちを、自分とその他全員ということではなく、あくまでも個人的なコミュニケーションの重ね合わせとして考えること。そうすることによって、作曲家やリーダーとしての自身の権能と専制を出来得る限り中和しようとすること。ここには無意識的であれ、そのような姿勢がほの見えている。その結果として、蓮沼フィルという集団は、ともすれば同様の試みが（良い意味でも）身に纏いがちな凝集力や禁欲性のようなものではなく、ステージ上に心地良い風が幾筋も吹き通っているかのような、穏やかさと健やかさを獲得している。

だが、そうだとすれば、むしろここで考えてみるべきことは、一対一の、個と個の関係性の総和であることが、どうやって合奏と呼ばれる営みを、あの魅力的なアンサンブルを喚び起こすのか、ということなのかもしれない。おそらくここに、蓮沼執太の二番目のマジックが存在している。個のつらなり／つながりは、如何にして共同体に発展するのか。集団は常に個人へと分解されるが、個人を足していけば共同体としての集団になるということでもない。だから問題はここで最初に戻ってくる。つまり、やはり蓮沼執太は、個々の他者と個として相対しながらも、最終的には、それらを何らかの仕方で統率しているわけである。統率という言葉が強ければ、ともかくも彼はフィルを纏め上げているのだ。これも当たり前のようだが、そうではない。フィルと呼ばれる／名乗る集団は数多あるが、蓮沼フィルが他のどんなフィルとも違っているのは、この二重性（二段階）によっている。ひとりとひとりの関係が集まって、みんなになる。わたしと、あなた（たち）の関係が足し算／掛け算されていって、わたしたちになる。こんな当たり前のことを、今再びあらためて考え直させてくれるようなところが、蓮沼フィルにはある。だからこれは音楽だけのことではない。だからこれは音楽以外の、蓮沼執太が、さまざまな状況において他者たちと結ぶ関係性のありようの話でもある。言いかえれば、演奏の場ではなくても、フィルのメンバーたちとではなくても、彼がやっているのはフィルと同じことなのだと思う。誰かと何かをすること、何かを生み出すこと、みんなになること、わたしたちになること。

私は以前、今や『あまちゃん』によって国民的音楽家となった大友良英が、山口情報芸術センターで行なった、その名も『ENSEMBLES』というタイトルの展覧会にかんする文章の中で、次のように書いていた。

大友良英にとって「合奏」とは、他者同士（その一方が「人間」でなくても構わない）による「共同＝協働」の可能性と、それが実現される「機会（時空間）」という問題、すなわち「社会性」のテーマへと収斂する。しかし大友の言う「アンサンブル」とは、嘗てのように、ただ単に同じステージ上で互いに音を出し合う、という行為のこと（だけ）では最早ない。寧ろそうした従来の意味での古典的な「合奏」が、あからさまな過飽和とデッドエンドに直面して以後、そこに横たわる紛れもない断層を越えて、ふたたび新たに模索される「アンサンブル」を彼は志向しているのだ。従って、それは「社会性」のみならず、一種の「政治性」も帯びることになる。

（『即興の解体／懐胎』）

これはそのまま蓮沼執太についても言えることだと思う。もちろん、彼には「社会性」「政治性」などといった強めの言葉は似合わないが、しかし他者との「共同＝協働」すなわち、その都度の好ましき「共同体」の生成を模索している点では、大友良英の言う「アンサンブル（ズ）」と蓮沼執太の「フィル（的な集団）」は、ほとんど同じものなのである。いや、かつて大友良英が即興演奏において追究した、それ以前とは根本的に異なるコミュニケーションのあり方を、蓮沼執太は作曲された楽曲の新しい「合奏」の場に引き継いでみせたのだということかもしれない。そして繰り返すが、それは極めて汎用可能性の高い、一種のメソッドとも言える。他者とのかかわり方をアップデートすること。そこから共に何事かを立ち上げてゆくこと。

ところで、先の私の文章の前には、大友良英による同展のステイトメントからの引用が置かれていた。「テーマは『アンサンブル』。様々なコンテクストの中で生まれるインタラクティブなアンサンブルは、現代の社会情勢を映し出す鏡のように、人と人との関係、人とオブジェ、人と機械との関係の可能性、不可能性を見据え、より開かれた未来に向けてポジティブな展示になるでしょう。また単に一方通行の展示ではなく、これらの素材を生きたものにするのは、会場にこられた一般の人たちです。作品の多くは観客との相互作用の中ではじめて、アンサンブルとして成り立ちます」。そう、あなた（たち）と呼ばれる存在、わたしたちへと紡ぎ上げられるべき存在は、ただステージ上の音楽家たちのみではないし、蓮沼執太と直接かかわる者たちだけのことでもない。もちろんのこと、観客-聴衆も、つまりあなたもまた、来るべき「合奏」の一員として最初から考えられている。「観客との相互作用の中ではじめて、アンサンブルとして成り立ちます」。これもまた、蓮沼執太が言いそうなことである。そしてやはりここでも、この言葉の当たり前さに惑わされないことだ。大友良英も、蓮沼執太も、これを比喩として言っているのではない。その時その場の、一度きりの機会（チャンス）を、けっしてリバースすることもリプレイされることもない時空間を、共に生きる／生きた者は、誰もが「アンサンブル」の一員なのであり、重要なことは、そのことに気づいているかということと、そのつもりでやれているか、ということでしかない。演奏とは、音楽とは、ただ楽器を操る者によってのみ為されるわけではないのである。それは、どこまでも拡張され得る可能性を秘めているのだ。

この意味で実に興味深く思えるのは、二〇一三年秋に神戸アートビレッジセンターで開催された蓮沼執太『音的→神戸｜soundlike 2』展である。タイトルでもわかるように、この個展は東京のアサヒアートスクエアで行なわれた『音的｜soundlike』のパート2なのだが、展示作品はかなり更新されていた。その中に、こんな題名の新作があったのだ。『いつかのライヴをくつろいで観る楽しさ』。友だちの部屋を思わせる妙に居心地の良さげな空間で、蓮沼フィルのライヴ映像が流れている、ただそれだけのインスタレーションである。ただそれだけ、と言えば正にそうなのだが、しかし私は、この作品にこそ、蓮沼執太のユニークネスが突出して現れていると思った。それは単なる「演奏の記録」ではない。鑑賞者自身は体験していないのかもしれない（この作品が神戸で展示されたことを思い起こそう）、いつかのライヴをくつろいで観る楽しさを差し出すこと。その時その場に居なかった者でさえ、「アンサンブル」に、「みんな」になれてしまう、そんな気持ちになれるということが、あの作品の狙いだったのだと思う。それは、フィルの生演奏に立ち会っている時の、あの押し付けがましさの一切ない多幸感が、デジタルなオーディオ＝ヴィジュアルのデータとしてパッケージされてもなお、多分にしっかり残されていることの証明でもある。

さて、ところがしかし、と続けつつ、もうすぐこの文章は終わるのだが、蓮沼執太は今後これから、一五通りを一通りに変えていくことを宣言している。だから私がここまで述べてきたことは、すでにして過去の考察に過ぎない。だが無論のこと、それはけっして、旧来的な意味での「ひとり」への回帰を意味するものではないだろう。それは、あの新たなる合奏、新たなるコミュニケーションのあり方を踏まえての、更に新しいアンサンブルになっているに違いない。では、それは如何なるものなのだろうか？　それはもちろん、まだ私にもわからない。だが、もしも今、開演前に客席でこれを読んでいるのならば、それをあなたが目にし耳にするのは、もうまもなくのはずである。

映画の野蛮について

映画

イエジー・スコリモフスキ監督『エッセンシャル・キリング』(二〇一〇)/アッバス・キアロスタミ監督『ライク・サムワン・イン・ラブ』(二〇一二)/北野武監督『アウトレイジ ビヨンド』(二〇一二)/真利子哲也監督『ディストラクション・ベイビーズ』(二〇一六)/大森立嗣監督『タロウのバカ』(二〇一九)

イエジー・スコリモフスキ監督『エッセンシャル・キリング』ヒロイズムの終わり

イエジー・スコリモフスキという一九三八年生まれのポーランド出身の映画作家は、これまでのキャリア自体がひとつの伝説と化している。だがそのことについてはここでは触れない。キリがないから。どこかの本かネットでも当たれば、基本的なことは知れる。もしもあなたがまだ一度もスコリモフスキの映画を観たことがないのなら、まずは彼が二〇〇八年に『アンナと過ごした4日間』で驚くべき〝復活〟を遂げ、続く作品として矢継ぎ早にこの『エッセンシャル・キリング』を撮ったのだということを知ってくれればいい。『アンナ』は日本で公開され、DVDも出ている。

だが、ここではとにかくこの映画だ。

主演はヴィンセント・ギャロ。しかし彼は映画全編を通して一度として言葉を発さない。何度か獣のような叫びを上げるだけである。資料によると彼には〝ムハンマド〟という名前が与えられているが、そう呼ばれることは一度もない。『エッセンシャル・キリング』は、ギャロがただひたすら砂漠を、荒野を、雪原を、必死で、まさに必死で逃げ回る、逃げながら何人もの〝敵〟を殺す羽目になる、ただそれだけの映画である。

舞台はアフガンであるらしい。延々と広がる大地。地上とヘリコプターで、米軍がひとりの男を探している。男は洞窟に身を隠し、迫ってきた米兵たちをバズーカで粉砕する。だが彼は敢えなく捕まり、米軍基地で拷問に遭う。男の脳内には過去の記憶らしき断片的な映像がフラッシュバックする。コーランが流れ、戦いの教えが聞こえ、女が赤児を抱いている……男は移送中の事故により再び逃亡し、そして彼の孤独な戦いが始まる。

こう書くと、まるで『ランボー』みたいな映画を想像してしまうかもしれない。実際、物語の設定だけを取れば、これはハリウッドのよくあるアクション映画そのもののようではある。しかし、当然のことながら、いや、不思議なことに、と言うべきなのか、確かにギャロはスタローンさながらに、まさに体を張って激しいアクションを演じているし、内容を説明しようとすれば「男が逃げながら闘う」という如何にもなことになってしまうのだが、だが映画全体の印象は全然違う。一言も台詞を話さない男の心中は最後まで全くわからない。時折挟み込まれる回想らしき映像もほとんど意味を成さない。そして彼のアクションは、次々とあっけなく人を殺してゆくのだが、とにかくどうしようもなくみっともなくカッコ悪い。だが同時に、彼の姿はほとんど神話的と呼んでもいいような輝きを帯びているのだ。

いや、輝きというのは当たらない。男は終始くすんだ存在感を漂わせており、映画はどこまでも殺伐としている。だがしかし、喩えようもなく深いリリシズムがそこにあるのも間違いないのだ。スコリモフスキはこの映画にかんして「英雄性の剝奪」ということを述べている。そう、ここにはヒロイズムはかけらもない。あるのは、生き延びるためには殺さなければならないという残酷な世界の真理と、そこに無意味に投げ込まれた独りの人間の極限的な生、ただそれだけである。

イエジー・スコリモフスキ監督『エッセンシャル・キリング』
ムハンマドとレオンのスラップスティック

『エッセンシャル・キリング』は、イエジー・スコリモフスキ監督の前作に当たる『アンナと過ごした4日間』と、一見したところ、かなり違ったタイプの映画であるように見える。片やポーランドの片田舎で淡々と進行する、非モテ中年男レオンの哀しい純愛物語。片やアフガニスタン（?）の荒涼とした光景の中を、〝ムハンマド〟ことヴィンセント・ギャロがひたすら逃げ回り殺しまくる、一風変わったヴァイオレント・アクション。ほとんど正反対とさえ思われるかもしれないが、だがしかし両作を観た者ならおそらく同意されるだろうことに、このふたつの映画から受ける感触は、実はとてもよく似ている。なぜならば、賭けてもいいが要するに、スコリモフスキがこだわっているのは、同じひとつのことなのだ。それは何か？　一言で述べよう。それは必死さ、である。

レオンがアンナに寄せる限りなくストーカーに近い慕情。″ムハンマド″が披瀝する生への執念。どちらも必死であることに変わりはない。二本の映画はいずれも、主人公の極度の必死さを、丹念に、執拗に描くことで、ほぼそれのみで成立している。敢えて言ってしまうなら、それ以外の要素はいわばオマケのようなものである。確かに『アンナと過ごした4日間』においては、レオンがどのような過去を持っているか、なぜ彼がアンナに惚れたのか、ということにかんして説明が成されており、そしてその説明はすこぶる切実なものであるし、『エッセンシャル・キリング』の場合も、なにゆえに″ムハンマド″は逃げているのか、いったい彼は何者なのか、という当然の疑問に対して、かなり意図的な曖昧さと謎めかしに覆われてはいるけれども、幾つかのヒントが仄めかされている。

けれども、ほんとうはそんなことはどうでもいいのではないか。つまり、前者であれば或る種のトラウマ、後者ならば正義の在処であるとか国際政治の矛盾であるとか、などといった、それ自体を取ってみれば個々に深い説得力を備えてもいるだろう背後の主題のようなものは、まちがっても最終的にはそれをこそ語りたいのだということではなくて、いうなれば口実に過ぎず、そしてその口実は他ならぬ主人公の必死さを準備し起動するためのものなのだ。ひとは時として、自らの、そして世界の限界を超えて必死になることがある。ならざるを得ないことがある。ただそれだけを、スコリモフスキは描きたいのだ。

『エッセンシャル・キリング』についてのインタビューの中で、監督は「英雄性の剥奪」という言い方をしている。この言葉はすこぶる興味深い。ヒロイックではなくエッセンシャルであること。ほぼこれだけで、この映画のメッセージは言い尽くされている。〝ムハンマド〟の振る舞いはランボーと酷似しているが、にもかかわらず両者は全然似ていない。ギャロが演じる人物にはスタローンが扮するキャラクターとは異なり「英雄性」のかけらもない。だが、生き延びるために、自らの内側にある語られざる大義のために、一秒でも未来に生き延びようとするその様子から、ありとあらゆるカッコ良さをマイナスしたら、そのあとに残されるものこそ、人間が何ごとかを為そうとする時のギリギリの芯のようなもの、つまりエッセンシャルなもの、なのではないか。だから〝ムハンマド〟=ギャロはカッコ悪いが、次第にその姿は聖人のごとく輝いてくるのだ。そしてその輝きは、あの惨めなレオンがそこはかとなく身に纏っていた輝きでもある。

けれどもしかし、間違えてはいけない。それでもやはり、レオンも〝ムハンマド〟も、ヒロイズムを僅かなりとも持ち合わせていない以上は、カッコ悪いし、みっともないし、ドタドタ、バタバタしている。そう、彼らの振る舞いはスラップスティックである。言うまでもなく、度を超した必死さは人を笑わせる。どこまでも逃げ続けながら敵（自分をこの世から抹殺しようとする者は全員が敵だ）をあの手この手で殺めてゆく『エッセンシャル・キリング』の主人公は、どうしようもなく笑える。だがこの笑いは、この上なく感動的なのだ。

アッバス・キアロスタミ監督『ライク・サムワン・イン・ラブ』人生へと近づく映画

『ライク・サムワン・イン・ラブ』は、一見すると、とてもシンプルな映画である。メインの登場人物はたった三人。描かれるのは、ある日の夜から翌日の午後まで、二四時間にも満たない。話のスケールも、ごくごく慎ましい。にもかかわらず、この映画が観客に差し出すものは、驚くほど豊かで、複雑で、謎めいていて、奥深い。

アッバス・キアロスタミ監督は、この作品の記者会見で「私の映画は始まりがなく、終わりもない」と言ったという。これは彼のフィルモグラフィのほとんど全てに言えることだと思うが、とりわけ本作にかんしては、その通りである。この映画はいきなり始まって、いきなり終わる。それはまるで、その始まりの以前と終わりの以後にも、物語はずっと続いているのだが、とりあえずのこととして、その間だけを切り取ってみせたかのようなのだ。だがそれはもちろん、そうであるはずはない。これは映画なのだから。これはフィクションなのだから。始まりと終わりの外には、何もありはしない。それはわかっているのに、われわれはあたかも、これが映画というフィクションではなくて、現実の出来事であるかのように、誰かの本物の人生であるかのように、錯覚してしまいそうになる。

現実と虚構の違い、人生と物語の違いとは何だろうか？　起承転結とまでは言わないまでも、物語にはその本性上、まさしく始まりと終わりの間に、何らかの構成のようなものがあり、構成を伝えるために、説明というものを必要とする。物語には常に、物語る者と物語られる者がいて、そこで交わされる行為が余計な誤解や間違いを生まないように、辻褄とか因果とか呼ばれるものが重要視され、それらを納得させるための説明が不可欠とされるのだ。説明が上手い物語はわかりやすいし、下手だとわかりにくい。説明をストーリーテリングと言い換えてもいいだろう。

だが、現実の人生にはストーリーテリングは存在しない。いや、ドラマチックな人生という言い方があるように、そこにも何らかの物語性はありはするのだが、そこには物語る者も物語られる者も基本的にはいないので、必然的に説明というファクターは介在してこない。だから人生はおうおうにして、多くの偶然に満ちていて、不可解であったり不条理であったりもするし、理由や原因のわからぬままに何かが起こってしまったりもする。むしろわれわれ全員が、そんなささやかな謎に満ちた人生を生きているからこそ、物語というものが求められるのかもしれない。人生から謎を引いて、説明を与えたものを、物語と呼んでいるのだ。

ならば、もともと虚構であり物語であるところの映画を、人生に近づけるには、いったいどうすればいいのか？　なんだか陳腐な問いのようだが、しかしこれは映画史上、数多くのシネアストたちが、それぞれに直面し、自分なりに答えを出そうとしてきた難問である。キアロスタミもまたしかり。しかし彼の答えはある意味で簡単である。人生にあって物語にないものを足して、物語にあって人生にないものを引く。そうすれば映画は人生へと近づく。

こうして『ライク・サムワン・イン・ラブ』が出来上がる。明子はどうしてデート嬢をやっているのか？　大学教授のタカシとデートクラブの男との関係は？　タカシが明子を呼んだ理由は？　ふたりのあいだに何かが起こったのか？　タカシと家族との関係は？　彼の妻と娘はどうなったのか？　そもそもタカシは何を考えているのか？　明子は恋人ノリアキのことをどう思ってるのか？　そして何よりも、あの衝撃的なラストシーンの後、三人はどうなったのか？

この映画には、他にもたくさんの謎が、ほとんどこれみよがしに振り撒かれている。謎を解くヒントらしきものもまた、それなりにちりばめられてはいるが、むしろそれらのせいでますます謎が深まっているようにも思えるし、ともかくも説明らしきものはまったくと言っていいほどなされない。だから実のところ、ほとんど何もわからない。われわれが知ることが出来るのは、目の前で起こる出来事、ただそれだけである。そしてそのまま映画は終わってしまうだろう。だが、そもそも人生とは、大体こんな感じではなかったろうか。現実の恋愛とは、得てしてこんな風に、説明抜きに展開していって、納得も解決もなされないまま、いきなり途切れたりするものではないか。けれども、当然のことながら『ライク・サムワン・イン・ラブ』は、一本の映画であって、人生そのものではない。タカシも明子もノリアキも虚構の人物であり、俳優たちが演じていて、ラストシーンの後には何もない。無数の謎はおそらく、最初から答えを持っていない。キアロスタミは、映画を人生に限りなく近づけつつも、それがどこまでいっても所詮は別物であるということも、誰よりもよくわかっている。だからこれもまた、ひとつの物語なのだ。だがこの物語は、人生そのものに匹敵するほどに、豊かで、複雑で、謎めいていて、奥深い。

北野武監督『アウトレイジ ビヨンド』
皺と襞と溝

『アウトレイジ ビヨンド』で、まず目を捕われるのは、男たちの「顔」の独特さ、である。登場人物の多くが、映画やテレビでお馴染みの著名な俳優ばかりであるのに、彼らの「顔」は、他では一度も見たことがないほどの、異様な存在感を発散している。血色というものがほとんど感じられない肌のうえに、幾筋もの皺が縦横に刻まれ、男たちが弾丸のごとく喋ったり声を荒げたり怒号を放つたびに、激しく震動し、痙攣し、歪む。それは皺というよりも、襞や溝と呼んだ方が正しいのかもしれない。それほどに異様である。不気味とさえ言ってもいいかもしれない。そしてそれはメイクの範疇というよりも、あくまでも彼らの表情＝演技によるものであると思える。『アウトレイジ ビヨンド』という物語が、監督北野武の演出が、男たちの「顔」に、いわば内側から襞を穿ち溝を掘っているのである。もちろんそれは『アウトレイジ』でも同じだった。だが本作では、その襞と溝はますます深まり、度を超しているように思える。とりわけ本シリーズ初登場の西田敏行の、あの「顔」の恐ろしさといったら！

男たちの「顔」の襞と溝、その異様さが、この映画の異様さをそのまま表している。『アウトレイジビヨンド』では、前作で生き残った男たち、前作で死んだと思われた男たち、新たに登場した男たちが、更なる完膚なき仁義なき戦いを演じる。前作にも増して非道で卑怯で悪辣なその戦いに、もはや人間味はかけらもない。私利私欲を極限まで突き詰めた世界。罠しか存在しない世界。暴力と裏切りのみが原理となった世界が、ダイナミックかつ、クールなタッチで描かれる。次々と展開する情け容赦ゼロのエピソード、冷酷な暴虐の場面の数々は、『アウトレイジ ビヨンド』という映画に穿ち刻まれた「皺」、すなわち「襞」と「溝」である。男たちの「顔」と同じように、この「映画」そのものも、その内側から、強度の捻れと歪みを浮かべているのだ。

この映画は、全編クライマックスとも言えるが、観方を変えると、終始極度に淡々としているとも言える。『アウトレイジ』同様、激しい恫喝と罵りあいが延々と続くのだが、それにもかかわらず、全体から受ける印象は、どこか静謐としているのだ。前作が公開された時、それ以前までの北野武映画を支配していた「静けさ」に対して、一転して「騒がしさ」が強調されていることが指摘されていたが、私にはむしろ、やはり北野武の作品世界は至極一貫していると思える。のっぺりとしたムードの中で、瞬発的にバイオレンスが噴き出たかと思うと、また何事もなかったかのように続いてゆく。それはまるで、目を覆うほどの残酷さがまざまざと描かれていながらも、しかし実のところ、表面に現れていない、描かれなかった場面にこそ、まだまだもっと惨い出来事が山ほど隠されているかのような気がしてくるのだ。

スクリーンに映し出されるあからさまな暴力と、そこには描かれていない、だが確かに存在する見えない暴力とのコントラストが、この作品に尋常ならぬ緊張感を齎(もたら)している。男たちの「顔」の襞と溝の異様さが、その内側に潜み、今にもはち切れんばかりの負のエネルギーを示唆していたように、この作品もまた、映画それ自体が浮かべる襞と溝の背後に、より禍々しいポテンシャルを感じさせる。つまり「顔」にしても「映画」にしても、ほんとうに恐ろしいのは、見えているものだけではないのだ。

『アウトレイジ』および『アウトレイジ ビヨンド』は、いわゆる「リアルな作品」なのだろうか。確かに暴力団同士の血で血を洗う争いと、殺伐を極めた人間関係は、限りなくリアルに描かれている。だが、それと同時に、私にはこの二部作は、一種のファンタジーでもあると思える。ファンタジーと言っても、もちろんそこには夢も希望もありはしない。しかし、よく考えてみよう。あんな「顔」の男たちが現実にいるだろうか？　本物のヤクザは、おそらくあそこまで凄まじい「顔」をしていない。現実には存在しないものたちが跳梁する世界がファンタジーと呼ばれる。あれはリアルというより、いわば「悪」という観念が襞や溝という姿で露出した「顔」なのである。そしてそれゆえに、それは目に見えない「悪」をも感じさせる。

映画自体についても同じことが言える。二本の映画が描いているのは、ヤクザたちのリアルな抗争ではない。それは平成日本の「仁義なき戦い」ではない。いや、もちろんそうなのだが、それは――あの『仁義なき戦い』シリーズ（一九七三～七六）だって実はそうだったように――リアルよりもファンタジックであることによって、つまり写実性よりも荒唐無稽へと大胆に足を踏み出すことによって、「ヤクザの世界」を通して、同時代の日本社会を照射しているのだ。

『アウトレイジ』が公開されたのは一〇年六月のことだった。その続編である『アウトレイジ　ビヨンド』は、いったん翌年秋の公開に向けて製作が発表されたが、一一年三月一一日の東日本大震災によって約一年延期され、一二年四月にあらためてクランクインし、ようやく完成した。重要なポイントは、いわゆる「ゼロ年代」の終わりに、この作品が構想されたらしいということである。「ゼロ年代」を通して進行し、いまや誰の目にも明らかな日本という国の停滞と低迷、〇八年九月のリーマンショック以後、更に打撃を受けた日本の経済と社会の姿が、監督北野武の構想の出発点に横たわっていることは間違いない。これはただの「ヤクザ映画」ではないのだ。

二本の映画に結果として挟まれることになった「震災」と「原発事故」が、思いがけず抉り出し、さらけ出すことになった「日本」の隠された「顔」も、たとえ表面には現れていなくとも、確実に『アウトレイジ ビヨンド』に影響を与えているように、私には思える。男たちの「顔」の襞と溝、この「映画」の襞と溝は、つまり「日本」の襞と溝でもあるのだ。

真利子哲也監督『ディストラクション・ベイビーズ』ディストラクションとは何か?

彼は何故、殴るのか?

彼は何故、次々と見ず知らずの人間に挑みかかり、殴り、殴り続け、殴られ、殴られ続けて、地面に倒され、失神するまで、死ぬ寸前まで蹴りまくられても、なお挑みかかることをやめないのか?

この映画の中心に置かれた謎は、このようなものである。

いや、謎という言い方はふさわしくないかもしれない。必要最小限の理由らしきものは、いちおう描かれてはいるからだ。両親がおらず、弟とふたりで、ある紛れもない極限状態の中で生きてきたこと、それゆえに学校でトラブルが絶えなかっただろうことが、彼の闘争本能に火をつけたのかもしれない。やらなければやられるし、やられたままになっていたら、いつまでもやられるからだ。確かに冒頭、彼が突然、街に出ていったのは、いわば武者修行でもあるかのように、最初は思える。だが、それにしても、と、この映画を観る者は思うだろう。それにしても、こいつはやり過ぎじゃないか?

ストリートファイト、いや、ただの喧嘩は延々と続き、それどころか更にどんどんエスカレートしてゆく。私は、試写でこの映画を初めて観た時、あまりのやり過ぎ感、ほとんど不条理劇の域に達した、いつ終わるとも知れぬ暴力また暴力の数珠繋ぎに、思わず呆れ、つい笑ってしまい、それでも彼がやめないので笑いを通り越して空恐ろしくなり、それがまた高次元の笑いの発作を生み出し、それを越えて前よりももっと怖くなり、そうやって爆笑と恐怖が入れ替わり立ち替わり、なんなんだこれは?という強烈なクエスチョンマークで頭がはち切れんばかりになって、気づけば夢中になっていた。どうして彼は喧嘩をやめないのか。殴ること、蹴ることが、相手の絶命や、自分の事切れに直結しようとしても、どうしてやめようとしないのか?

彼は答えている。「楽しければええやん」と。

そう、彼は楽しいのだ。実際、彼は喧嘩の間、ほとんどずっと笑みを浮かべており、はっきりと嬉しそうである。自分が優勢な場合はもちろん、殴り倒されても、ズタボロにされても、彼は陶酔と呼んでもいいような表情を変えることなく、まだやれる、まだまだいけるとでも言いたげなのだ。だが、その陶酔は加虐の悦びではないし、もちろん被虐の快感とも違う。そういうSM的な感覚と彼は無関係である。彼の楽しさはそういうものではない。しかしかといって彼の楽しさは、いい汗かいた的なスポーツのそれとは全然違うし、峻厳な格闘のストイシズムとも無縁である。彼はただひたすらに殴り、殴られ、また殴り殴られ続けることに自分の全存在を傾注し、要するにただそれ自体が目的なのであって、そのことが彼にはこの上なく楽しい。

この映画の凄いところは、何よりもこの無意味さ、である。彼のマネージャー(?)を買って出る少年も、彼らと行動を共にすることになる少女も、彼を探し続ける弟も、それぞれの事情、行動の意味を抱えており、その分だけ彼に較べて不純に見える。彼は「マネージャー」とは違い、女に暴力を振るわないが、それはおそらく歴然と自分より弱いからであって、それでは楽しくないからだ。もし猛者のような女が目の前に現れたなら、躊躇なく彼は殴り掛かることだろう。彼が体現しているのは純粋にして真正なる暴力、いや、破壊である。ディストラクション。純度一〇〇%の破壊は、自らの破壊も除外しない。いや、もちろん彼は破壊されるつもりなどない。そして彼は破壊をやめるつもりも一切ないのだ。

真利子哲也監督の過去の映画――『イエローキッド』や『NINIFUNI』――には、或る独特な無常観が漂っていた。しかし彼はこの作品で、その段階を突破し、生死の分別を破壊し、善悪の彼岸を破壊して、暴力という行ないの結晶、純然たる破壊そのものとしての映画という前人未到の領域に躍り出た。この映画は『ファイト・クラブ』や『CUT』とは全然似ていない。むしろ『ピーターパン』や『オズの魔法使い』のような映画と同種の作品だと私には思える。

大森立嗣監督『タロウのバカ』暴発の不在と暴力の不発

『タロウのバカ』は、一丁の銃にかんする物語である。宗教ぐるいの母親にネグレクトされて育った、一度も学校に通ったことのないタロウ、柔道選手として期待されながら、膝を痛めて将来を諦めざるを得なくなり、非道なヤクザの下っ端をしたりしながら、遂には高校も退学してしまうエージ、ごく平均的な家庭に生まれながら、エージやタロウの影響で道を踏み外し、だが同級生の少女（彼女は援助交際、いや売春をしている）に純粋な恋心を抱いているスギオ、いつもつるんでいるこの三人組が、偶然にピストルを手に入れてしまったことからストーリーは破局へと走り出す。

タロウたちは本物の銃をオモチャのように扱う。互いに銃口を向け合い、撃つぞと脅し、巫山戯合う。たまたま出会った他人の目の前に銃を出して引き金に指を掛けてみせたりもする。私は映画を観ながらずっとヒヤヒヤしていた。いろんな映画で描かれてきたように、いつ銃が突然暴発して思いも寄らぬ事件が訪れるか、気が気でなかったのである。なぜなら映画における銃は暴発することになっているからだ。だがしかし、この映画では四度、銃弾が人間の肉体に刺さるのだが、暴発は起こらない（厳密に言えばスギオの場合は暴発であった可能性もゼロではないが、やはりあれは違うだろう）。一度目は誰かもわからない瀕死の肉体への冷酷なとどめであり、二度目はその後始末のついでの射殺であり、三度目は暴力の応酬の果ての追い込まれた覚悟の発射であり、最後は自殺だ。いずれも暴発ではない。映画における銃は「あと何発残っているか」が問題になるが、この映画では弾は中途半端に残っており、タロウは最後の場面で川に向けて何発も撃つ。その音はひどく空疎に、さびしげに響く。

この映画を観た時、私はふたつの作品を思い出した。観客の多くはマイケル・チミノ監督『ディア・ハンター』（一九七八）を思い浮かべるのかもしれないが、あれではない。ひとつは、阪本順治監督の『トカレフ』（一九九四）である。もうひとつは、映画ではなくて小説なのだが、阿部和重の『シンセミア』（二〇〇三）である。文字通りの意味で「映画的小説」というべき『シンセミア』は、原稿用紙千枚を優に超える、登場人物五〇名以上の巨編だが、冒頭に登場する一丁の銃の行方が、複雑怪奇な物語の隠れた縦糸になっていた。もちろん『シンセミア』の舞台である山形県神町と『タロウのバカ』の町（架空の設定だがロケは主に足立区で行なわれたという）は全然違うのだが、銃という非日常的な道具が投入されただけで、秘められた凶暴な素顔を剥き出しにする、という点は同じである。

『トカレフ』でも、一丁のトカレフをたまたま見つけてしまった男が、ある計画を思い立ったことから映画が起動する。ひとりの女をめぐるふたりの男の葛藤と闘争は、運命の歯車を軋ませながら衝撃的なラストに行き着く。銃が出現しさえしなければ、平穏で平凡な日々を送っていたはずの男の人生が、あっけなく狂っていく。阪本監督の初期の傑作であるとともに、一九九〇年代前半の、バブルの崩壊を皆がまだ真に受けていなかった時期の、ぽっかりと開いたエアポケットみたいな感覚を封じ込めた作品である。『シンセミア』の連載開始は一九九九年であり、物語の舞台は二〇〇〇年の夏に設定されている。つまりあの小説もまた阿部和重にとっての一種の「一九九〇年代」論だったことになる。

では『タロウのバカ』はどうだろうか。プレス資料によると、大森立嗣監督は、この映画の基になったシナリオをデビュー作『ゲルマニウムの夜』(二〇〇五)以前、それどころか二〇代前半に書き上げていたのだという。大森監督は一九七〇年生まれなので、それはまさに『トカレフ』が撮られた時代、すなわち九〇年代前半だったことになる。大森監督が『トカレフ』を観ているのかどうか私は知らないが、重要なことは、実際に映画化されたのはそれから四半世紀が過ぎた二〇一九年だったということだ。もちろん大森監督はシナリオを大幅に書き改める必要があっただろう。しかしこのことは、一九九〇年代前半と二〇一〇年代末というふたつの時間に股がって『タロウのバカ』の物語が存在しているのだという推察を可能にする。そう、この作品は、いわば「一九九〇年代の銃」と「二〇一〇年代の銃」の差異についての映画なのである。

銃は「暴力」の象徴と言ってもいい。『タロウのバカ』の暴力描写は凄まじい。しかし同時にそれはひどく虚しく映る。瞠目すべき運命劇だった『トカレフ』における銃＝暴力のありようと比べると、あまりにも無意味なのだ、タロウもエージもスギオも、彼らの敵となる吉岡も、吉岡に映画のど頭であっけなく殺される老ヤクザも、ただただ空しく、虚しい。それはつまり、もうあの一九九〇年代からさえ、遠く遠く、二度と戻れないほど遠く離れてしまった、ということだ。

だが大人たちとタロウたちは違う。彼らの暴力もまた空回りするばかりだし、銃はもう暴発さえしてくれない。はるかに状況はどん詰まりであり、だから彼らはああする／ああなるしかないのであり、つまりどうしようもないのだが、しかしそれでもタロウの瞳には絶望しか映っていないわけではない。彼が川に向けて撃った銃弾は、水面に映った自分自身に向けられたものだったのかもしれない。つまりタロウは以前の自分を殺して、二〇二〇年の未来に歩み出したのだ。

タイムマシンとしての映画

映画
映画の原理

複数のジャンルにまたがって仕事をしているので、各ジャンルの違いやそれぞれのジャンルの独自性のような事について考えさせられることが多い。たとえば映画は、他のジャンルとはどこがどう違っていて、なにゆえに映画であるのか。同じひとつの物語が、小説になったり演劇になったりマンガになったり、映画になったりする。しかし或るジャンルが選択されて、その物語が描かれた時、それはやはり他のジャンルで描いた場合とは必ずどこかが異なっている。つまり映画ならば映画にしか出来ないことと映画には出来ないことがある。映画にしか出来ないことは確かにあるのだが、それだけを掘っていってもあまり展望はない。映画に出来ないことは（もし出来るなら）他のジャンルでやればよい。それでも映画を選ぶというのならば、やはり映画である意味というか理由のようなものが必要とされる。それは個人的なものであっても構わない。たとえ他人にわからないような理由や意味であったとしても、そこに必然性と強度が備わっていれば、説明抜きに観る者は納得するだろう。ああ、これは映画だ、まぎれもなく映画だ、他の何でもない映画だ、と。

映画は、フィクションであれドキュメンタリーであれ、基本的には目の前の現実を撮影録音して記録し、それからそれらを断片的に繋ぎ合わせてひと続きの流れに纏め上げ、そしてスクリーンやディスプレイに映し出して観客と呼ばれる誰かに差し出す、そのようなものである。このごく当たり前な映画の原理にこそ、映画が映画であることのすべての秘密が隠されているのだと私は思う。現在を摑まえ、バラバラにして組み替え、再生するたびに何度でも反復される或る有限の持続するレイヤーに変換すること。それは、読者の脳内でイメージが立ち上がる小説や、常に現在と時空間的に地続きで上演される演劇とは違う。映画には私たちが行ったことのない場所や誰ひとりとして行ったことのない場所が映っており、この世に本当は存在したことのない虚構の人物をもうこの世には存在していない俳優が演じていたりすることもある。観客が見つめる映画は常に過去であり、だが見ているのは常にその時々の現在である。つまり映画においては、複数の過去と複数の現在が複雑に絡み合っている。この当たり前を当たり前だからと忘れてしまってはならない。映画とは、一言でいうなら一種のタイムマシンなのだ。一時間の映画には、幾つかの過去の時間が編み上げられて映っている。そしてそれを観終わった時、私たちは一時間後の未来に居る。

この当たり前の映画の原理に立ち返るならば、映画とは物語を語る方法のひとつなどではあり得ない。もっと豊かで厄介で切実な何かである。映画が誕生して百十数年が経過したが、いつだって素晴らしい映画、忘れられない映画、未来へと残ってゆく映画は、この原理、真理に触れている。映画が映画であるということ、映画が映画でしかありえないということは、このようなことだと思う。

少なくとも私は、タイムマシンとしての自己をちゃんと意識している映画を観たい。そしてそれはけっして難しいことではない。ただほんの少しだけ、捉えつつある現在と、写し取った過去と、映し出される未来の、それぞれの時間と空間を、大切に感じてみればいいだけのことなのだ。

パラレルワールド・ライナーノート

音楽

リリー・アレン『イッツ・ノット・ミー、イッツ・ユー』(EMI Music Japan、二〇〇九)／ニール・ヤング『フォーク・イン・ザ・ロード』(Warner Music Japan、二〇〇九)／グリーン・デイ『21世紀のブレイクダウン』(Warner Music Japan、二〇〇九)／エミネム『リラプス』(Universal International、二〇〇九)／マックスウェル『ブラック〟サマーズナイト』(SMJ、二〇〇九)

以下のテキストは二〇〇九年、『STUDIO VOICE』編集長（当時）松村正人氏が独断でチョイスした洋楽日本版CDを、筆者が近所のレコード屋で自費で購入し、「もしも自分がライナーノートを頼まれていたら?」というあり得ない仮想の下に、無理矢理自分なりに解説を書いてみる、というチャレンジ企画として発表された。

第一回：リリー・アレン『イッツ・ノット・ミー、イッツ・ユー』

二〇〇六年の『オーライ・スティル』から約三年、ようやっとリリー・アレンのセカンド・アルバムがこうして届けられた。このインターバルは現在のシーンのトップ・ミュージシャンとしては長いとも短いとも言えるものだろうが（つまり矢継ぎ早に出す人も居ればじっくりと時間を掛けるタイプも居る）、圧倒的な大成功を収めたデビュー作に続く作品であること、また彼女＝リリー・アレンが、まだ二〇代前半（『オーライ・スティル』の時は二一歳！）であることを考え合わせると、三年というのは結構、いや、かなり長い。はっきり言って、いかなる変化が起こっても、全くおかしくはない年月と言える。そして実際、本作『イッツ・ノット・ミー、イッツ・ユー』には、彼女の変化と成長の印が、実に鮮やかに刻み付けられている。

まず第一に、何と言っても最も大きな前作との違いは、サウンド・プロデューサーをグレッグ・カースティンひとりに絞り込んでいるということだろう。カースティンはデヴィッド・バーンの〈ルアカ・バップ〉からリリースしていたゲギー・ターの元メンバーで、近年はローウェル・ジョージの娘イナラとのポップ・デュオ、ザ・バード＆ザ・ビーとして活動する一方、ベックやフレーミング・リップス、レディホーク等のプロデューサーとして名を上げまくっている才人である。彼は『オーライ・スティル』にも参加していたが、あくまでも総勢五名のプロデューサーのひとりとして、であった。今回は完全にアルバム全体をリリー・アレンと共にイチから作り上げていったとのことで、その結果として、前作のカラフルさとは打って変わった、一枚の作品としての強度を纏うことに成功していると思える。まあ、とはいえカースティンのセンス自体も、ゲギー・ター／ザ・バード＆ザ・ビー／本作と並べてみると、一筋縄ではいかないヴァラエティを持っているのだが。

ともあれ、このグレッグ・カースティンへの一本化によって、『オーライ・スティル』の際立った特徴であり、リリー・アレンという新進シンガーの個性を世間に向けて決定付けたとも言えるレゲエ、スカ、ラヴァーズ・ロック的な要素は、本作からは一掃されてしまっている。これはすなわち、全英チャートNo.1に輝いた大ヒット・シングルで、アルバムでも冒頭に据えられていた「スマイル」のような曲をやらない、ということであり、極めて大きな決断であったと言えるだろう。ある意味、もっともウケる方向性を自ら封じてみせたわけだから。その辺の具体的な事情については僕は無知なままなのだが（リリーがインタビュー等で語っているのかもしれないが）、しかし本作を一聴すれば、その狙いはクリアに理解出来るし、その成果もはっきりと出ていることがわかる。

このアルバムでリリー・アレンがグレッグ・カースティンと作り上げてみせたのは、一言で述べてしまえば「レトロ・エレポップ」のヴァリエーションである。たとえば、コケティッシュなPVが印象的なリード・シングル「ザ・フィアー」。打ち込みのビートときらびやかなシンセにアコースティック・ギターの爪弾きを絶妙にブレンドさせた、シンプルでコンパクトだが効果的なアレンジは、ザ・バード&ザ・ビーでもお馴染みのカースティンの得意技だが、本作ではザ・バード&ザ・ビーの『ナツカシイ未来』以上に、この線を突き詰めている。アルバム全体を通して、カースティンが弾くピアノ（およびギター）の軽やかな旋律と、音色だけ取ったらかなり派手とも思える、いかにも電子音的な電子音とのコントラストが、さまざまなパターンで試されているのだが、ゴージャスさや豊穣さへのベクトルは意図的に回避されており、音のパーツを敢えて思い切って制限した、ほとんど簡素とさえ呼べるようなサウンドが、リリーの膨らみを増した歌声に非常に巧く溶け合っている。どこかで聴いたような(?)ピアノのイントロとサビのヒネクレたユーモア感覚が冴える「ファック・ユー」や、意表を突いた西部劇風ポップ・ソングの「ノット・フェアー」、アルバム末尾を飾る(この日本盤にはボーナス・トラックが二曲追加されているが)ヴァーチャル・オールド・タイミイな「ヒー・ワズント・ゼア」なんかは、ジャズ・ピアニストとしてのキャリアもあり、アメリカーナへの造詣も深いカースティンのアイデアが光る、本作ならではのユニークな新境地と言えるだろう。

先ほど、つい「レトロ・エレポップ」という奇妙な造語をデッチ上げてしまったのだが、ここでの「レトロ」とは、実のところ結構複雑な意味合いを持っている。『オーライ・スティル』にかんして寄せられた反応の多くは、肯定的/否定的の違いこそあれ、七〇年代末~八〇年代初頭の音楽のかなりあからさまなリ・クリエーションではないか?というものだった。本作ではすっかり消滅してしまった、あのアルバムを彩っていたレゲエ的要素は、言うまでもなくUKのポスト・パンク=ニューウェイヴ・シーンにおいて、リリー自身も度々リスペクトに挙げているザ・スリッツ(ちなみに今更ながら、リリーの母親で映画プロデューサーのアリソン・オーウェンがスリッツのメンバーだったという情報はガセです)やニューエイジ・ステッパーズ、マキシマム・ジョイ、或いはクラッシュ(というかジョー・ストラマー）等が盛んに試みていたことである。もちろん、エイティーズ・リバイバル的なアプローチは別段リリー・アレンのみに限ったことではなく、音楽を含むカルチャー／サブカルチャー全般において、ゼロ年代に入ってから急速に台頭してきた、いうなれば時代のモードであり、端的に言えば「流行は二〇年周期で繰り返される」という定説の証明に過ぎない。けれども、リリーは正に当時二〇歳そこそこだったのだから、彼女自身には生まれる前に終わっていた「ポスト・パンク＝ニューウェイヴ」へのノスタルジーなどあるわけもなく、つまり「レトロ」な視点は実は存在していないことになる。彼女にとっては、ああしたサウンド的な趣向は、単にクールで新鮮なものだったのだ。

先にも触れたように、本作では、トータルなアルバムとしての音楽性は、「イギリスのニューウェイヴに続くエレポップ的展開（～セカンド・サマー・オブ・ラブ到来まで）」と「ロックンロール以前の古き良きアメリカ音楽」という、時代と場所の異なる二種の要素の掛け合わせによって成立している。強引な喩えでいうと、ヴィンス・クラークかジョン・フォックスがプロデュースしたペギー・リーというか、ＯＭＤをバックに従えたジュディ・ガーランドのようなことになっている。このリ・クリエーションの時代設定が、前作『オーライ・スティル』でのそれを絶妙に外していることに注目して欲しい。リリー・アレンは賢明にもデビュー作でのサクセスを反復しようとはしなかった。だが彼女は「反復」というサクセスの技法自体はしっかり反復している。ノスタルジー抜き、レトロスペクティヴ抜きに「まだ自分が存在していなかった過去」を掘ってみせる仕草が、そのまま「新しさ」へと反転するゼロ年代的なマジックを、何故だか彼女はよくわかっているようなのである。

もっとも、ますますもってブログ的言いっぱなし感が痛快であり戦慄的（?）でもある歌詞を読んだり（「ファック・ユー」なんて最高です：笑）、二枚のアルバムの間にメディアを賑わせたリリーの波乱に富んだ私生活を知れば知るほど、このような深読みにどれだけの妥当性があるのかは甚だ怪しいとも思えてくる。実際には彼女は多分に無意識というか野性のカンみたいなものによって動いているのだろう。しかしこのアルバムを聴くと、とりあえずそのカンの鋭敏さにはひれ伏さざるを得ない。

第二回：ニール・ヤング『フォーク・イン・ザ・ロード』

大概の音楽は、音＝サウンドによる表現であると同時に、何ごとかを（物）語っている。それは「歌」ということだけではなくて、粗い言い方でいうならば「曲想」というものの中には、純粋に音楽的な要素と共に、音楽とはまた別の考えや意思に基づいた何らかの発想が初めから入り込んでいるということである。というのはまったくもって当たり前のことだと思われるかもしれないし、事実当り前なのだが、しかしここであらためて確認しておかなくてはならないのは、実際のところは、そのふたつ（以上？）のアスペクトを切り離して捉えていいものと、そうでないものがある、ということだ。たとえば、ある一曲の「音楽」と「それ以外」とが、すごく根本的なところで、分かち難く結びついているミュージシャンと、そういうわけでもない人とが居て（ひとりのミュージシャンにおいても曲によって違う場合もある）、それはどっちが良いとか正しいとかいうことではなくて、ただ前者の場合には、単純に歌詞の問題とかテーマなどと呼ばれるもののみならず、もっとほんとうに根っ子の所で、その曲がなぜそのような音で奏でられる、そのような音楽であるのか、ということと、その曲がどういうことを言おうとしているのか、何を成そうとしているのか、ということを、まさに一体となったものとして共に同時に受け止めようとすることが、聴く側にとっても、とても重要なポイントになってくる。

さて、というわけで、ニール・ヤングである。この稀代のギタリストにおいては、「ロックンロール」ということと、この「世界」で「生きること」について自ら考えリスナーにも考えることを促す、ということが、完全に繋がり合っている。それはバッファロー・スプリングフィールド〜クロスビー、スティルス、ナッシュ&ヤング時代の「プロテスト・フォーク」から、この『フォーク・イン・ザ・ロード』まで一貫している。近年を遡ってみても、あの強烈なアンチ・ブッシュ・アルバム『リヴィング・ウィズ・ウォー』（二〇〇六）や、架空の町を舞台に、環境保護と反戦を（かなりシニカルな視点から）訴えてみせた『グリーンデイル』（二〇〇三）などは、典型的な「プロテスト」型の音楽であると言える。ヤングにとって、「ロックンロール」の快楽と、「プロテスト」の真摯さは、敢えて言えば同じものなのだ。

では本作では何が語られているのか？　それはヤング自身が開発に参画したエコ・カー「Linc Volt」である。これはフォード社製のリンカーン・コンティネンタルMk IVコンバーチブルの一九五九年型モデル（2.5トン、全長19.5フィートで当時としては最長）に改造を施すことで、ガソリン車からプラグイン・ハイブリッド（PHEV）・エコカーへと再生したもので、ヤングはジョナサン・グッドウィン、ウリ・クルーガーとのチームで、二〇〇七年以来、このプロジェクトに携わっている。ホームページによると、「Linc Volt」の最終目標はゼロ・エミッション（無廃棄物）のクリーンエネルギーによる駆動であり、「この新しい動力技術の開発で、国家的な石油資源の需要を、戦争の必要性が排除されるほど、エネルギー供給によって抑制できることを望み、その結果、アメリカと世界の他のあらゆる国の安全が増すことを希望する」（HPより）。

二〇〇八年、「Linc Volt」の「Automotive X PRIZE」へのエントリが決まった。「Automotive X PRIZE」は量産可能（年間一万台生産可能）で100MPG（燃費100 mile/gallon）以上、200g/mi以下のGHG（温室効果ガス）排出量を実現する次世代低燃費カーの開発コンテストで、賞金総額は一〇〇〇万USドル、一次レース（資格テスト）は二〇〇九年に行なわれ、二〇一〇年にカリフォルニアからワシントンD.C.への本レースが予定されている。ヤング達は「Linc Volt」を引っさげてこのコンテストに挑み、レースを含めたその過程のすべてをドキュメンタリー映画として撮影した。監督は『グリーンデイル』同様、バーナード・シェイキーことニール・ヤングである。

「Automotive X PRIZE」への「Linc Volt」のエントリ決定が、今回の思いがけないアルバム（とりあえずファンは巨大なベスト盤ボックス『Neil Young Archives, Vol.1:1963–1972』のリリースを待っており、当時、本作はアナウンスされてさえいなかった）を一気に産み出したのだと、端的に言ってしまってもかまうまい。ジョナサン・グッドウィンに捧げた「ジョニー・マジック」や、そのものズバリな歌詞の「ヒット・ザ・ロード」等、本作の多くの曲では「Linc Volt」が直接的なテーマとなっている。完全自画撮りによるタイトル・トラック「フォーク・イン・ザ・ロード」の超ローコストPVといい、そのスティル画像をそのままジャケットにあしらったブートレグと見紛いかねない超ラフなアートワークといい、いかにも「思い立って直ぐ制作」された感を伺わせる。全九曲で『リヴィング・ウィズ・ウォー』よりも更に短いトータル三九分という収録時間にも強烈なベクトル感がある。PVでは、表題曲とペギー・ヤングが映っている「ライト・ア・キャンドル」を除いて、全てのクリップが車中で独りカラオケ状態で歌うヤングをフィックスで撮った映像になっている。レコーディング・メンバーはベン・キース（ラップ・スティール・ギター他）、アントニー・クロフォード（ギター他）、ペギー・ヤング（ヴァイヴ、ヴォーカル）、リック・ロサス（ベース）、チャド・クロムウェル（ドラムス）という近年のソロ作品／ツアーと同様の編成で、プロデュースはヤングと『リヴィング・ウィズ・ウォー』や

『クローム・ドリームス2』も手がけたニコ・ボラスによるヴォリューム・ディーラーズである。

最初の話に戻る。「Linc Volt」なくしては本作は生まれ得なかった。このことは確かである。だがしかし、実をいえば、僕の言いたかったのは、そういうこと（だけ）ではない。エコカーの開発と、その前提である環境保護への関心は、ニール・ヤングにとってはシリアスな現実的課題であり、その点は疑うべくもない。だが、その更に前には、クルマに乗って路上を走ることの、そうして町から町へと経巡っていくことの、快感と享楽、興奮と安堵の感覚が、まぎれもなく在るはずである。クルマという乗り物（ヴィークル）、自動車という機械（マシン）を介して、道／路と、アスファルトと、土と、大地と、地球と、つまり「世界」と触れ合うこと。ヤングにとって、それはギターというマシンで「世界」に触れること、ギターというヴィークルに乗って「世界」と出会うことと、ほとんど同義なのではあるまいか。

このアルバムの、いかにも一気呵成に録り上げられたと思える風情は、そんなヤングの身体感覚と、なぜ彼がギタリストでありミュージシャンであるのか、という本質的な問いへの或るひとつの答え方の、驚くほどに率直な、いうなれば丸裸の証明であるように思われるのだ。そう、ニール・ヤングほど「路（Road）」にこだわってきたロックンローラーは、他にはいないのだから。

第三回：グリーン・デイ『21世紀のブレイクダウン』

ビルドゥングス・ロマン（教養小説）と呼ばれる小説形態は、主人公がさまざまな経験や他者とのかかわり、知識や思想の摂取などを通して、社会的にも人間的にも自立した一個の人格へと「成長＝成熟」してゆくさまを描くものである。だがしかし、この形態は現代においてはかなり成立し難い。ビルドゥングスが志向する「人格」が指示する像が近代以後は確定しがたいまでに分散してしまっているということもあるし、そのありうべきゴールとしての「成長＝成熟」が何によって支えられ証明され得ているのかもよくわからなくなってしまっていることもあるが、それ以前にそもそも人間は「成長＝成熟」するべきなのか、そんなことが可能なのか、という根源的な問いが現れてきてしまったからだ。

　個人的な感覚としてもそう思う。ある程度トシを取ってきてからわかった（？）ことは、おそらく人間というものは「変化」はしても実は「成熟」はしないのかもしれない、ということだ。時間が経てば生物としての老化は不可避だし、経験値や記憶も溜まってはいくだろう。だけれども、だからといって俺は「成長」してきたのだろうか。一〇代の初めぐらいから全然変わってなどいないのじゃないだろうか。そしてこのままビルドゥングス抜きに死ぬことになるのではなかろうかと、特に落胆や慨嘆の思いもなく、そう思うようになったのだ。そして自分のことだけでなく、だいたいにおいてヒトというのは、そういうモノなのではないか、とさえ思ったりするのである。

　さて、ではバンドというものにビルドゥングスはあるのだろうか。たぶん普通はあるということになっているのだろうけれど、以上の考えによって今の僕にはよくわからない。だが、ロック・バンドのビルドゥングス・ロマンという物語はある。たとえばこのグリーン・デイが物語り、物語られている「物語」がそうだ。

二〇〇四年に発表された前作『アメリカン・イディオット』は、全世界で一二〇〇万枚という、まさに空前と言うにふさわしいメガ・ヒットを記録した。全米/全英チャートで初登場一位を射止め、グラミー賞の「最優秀ロック・アルバム部門」を受賞したあのアルバムは、グリーン・デイというバンドの歴史のなかで、まちがいなくエポック・メイキングな作品だった。それから四年半の歳月が流れ、遂に登場したのがこの『21世紀のブレイクダウン』である。バンドには当然かなりのプレッシャーがあったと思われるが、それはしかし、単にセールスに関することではなかっただろう。グリーン・デイはすでに九四年のアルバム『ドゥーキー』でも一〇〇〇万枚の売り上げを達成している。ある意味で、アルバムを出せば途轍もなく売れるということは、彼らにとっては最早既定路線なのであって、もっと重要なことはむしろ、彼ら自身が、その売れゆきに見合うと思えるような作品を産み出すことができるのか、ということなのだ。

パンク・オペラとも称されたおおらかなコンセプト・アルバム仕立てで、愛と希望と怒りと痛みに満ちた、等身大の「アメリカ批判」をやってのけた『アメリカン・イディオット』は、アメリカ合衆国のキッズのみならず、世界各国の年齢も人種も境遇も越えた人びとからの熱い共感と支持を得た。ではそれに続くアルバムで、自分たちはいったい何をするべきなのか、バンドの頭脳であるギター、ヴォーカルのビリー・ジョー・アームストロングとメンバーたちは大いに悩んだに違いない。その苦闘は前作からのタイム・ラグと、丸三年とも伝えられる本作の制作期間の長さに反映されている。

その答えが本作である。プロデュースは前作までのロブ・カヴァロからブッチ・ヴィグに変わっている。言うまでもなく、ガービッジのメンバーでもあるブッチは、ニルヴァーナやソニック・ユース、スマッシング・パンプキンズ等を手がけた、アメリカン・グランジ／オルタナ・ロックの立役者ともいうべきエンジニア／プロデューサーである。この交代劇の理由は定かではないが、ブッチの起用による変化は、サウンドのメタリック度の微妙な増加というかたちで現れているように思う。しかし少なくとも音像レベルでのグリーン・デイは、九〇年代半ばの時期にすでに完成していたとも言えるので、今更ドラスティックな変化が音楽的にあるということではない。

さて『21世紀のブレイクダウン』は、全一八曲（日本盤には例にとってボートラが一曲追加されている）、トータルで七〇分という大作である。前作に続いてコンセプチュアルな構成となっており、プロローグに当たる「ソング・オブ・ザ・センチュリー」の後、第一幕「ヒーローとペテン師」、第二幕「いかさま師と聖人」、第三幕「馬蹄と手榴弾」の三つのパートに分かれている。誰もが書けそうで実は書けない見事なバランス感覚を持ったメロディアスな旋律が、良い意味で屈曲のないストレートで軽快なロックンロールに乗せて歌われるグリーン・デイ・スタイルにはもちろん大きな変化はない(そこが変わったらグリーン・デイじゃなくなってしまう)。だが作品全体が醸し出すスケールは『アメリカン・イディオット』以上だ。歌われている内容は前作を踏まえた、正しく「アメリカの愚か者」以後の物語である。このアルバムの制作の後半は、ちょうどブッシュ政権が終わり、オバマ新大統領が誕生した時期に当たっている。第一幕の冒頭に置かれたアルバム・タイトル曲では、時にゼロ・ジェネレーションなどと呼ばれもするバンドの同世代が、中流以下の生活のなかでワーキング・クラス・ヒーローになれることもなく明日の見えない日々を過ごしてきて、更にはあの「9・11」によって始まった「二一世紀」の泥沼であえぎながら、しかし絶望ギリギリの間際で「ブレイクダウン」を果たそうとする姿が、シンプルだが独特の抽象性を帯びた、いかにもグリーン・デイらしい歌詞で綴られている。全体のテーマを示すこの曲を皮切りに、このアルバムは「アメリカで今を(アメリカの今を)生きること」の諸相を、その困難と矛盾を、そして「では、どうすべきなのか?」という問いを、さまざまな形で問うていく。そこにまざまざと映し出されるのは、英雄がペテン師に、いかさま師が聖人に、馬蹄が手榴弾に、ミサイルに反転してしまう不思議の国=アメリカのリアリティである。「大統領」の令により命を賭けて戦場に赴くことへの疑問を歌った第三幕「21ガンズ」から、冒頭のどこかノスタルジックな「ソング・オブ・ザ・センチュリー」がもう一度流れて始まる組曲「アメリカン・ユーロジー」へという展開が、本作の白眉である。けっして大仰に重いテーマをぶち上げてみせるのではなく、パーソナルな言葉とオーソドックスなロック／パンクの組合せだからこそ実現できる好ましいシリアスさが、全編に溢れている。すでに『アメリカン・イディオット』でそうなっていたという意見もあるかもしれないが、僕はこのアルバムによって遂にグリーン・デイは、たとえばU2なんかと肩を並べるバンドになったと思う。

これが「成長＝成熟」の「物語」でなくてなんだろうか。グリーン・デイというバンドは、楽観的なポップ・パンクから出発し、徐々にメッセージ色を強めていった。だがパンクとメッセージというのが元々クリシェなのだ。だから彼らは彼ら自身にとっての必然性を有した「メッセージ」のありようを探し出さなくてはならなかった。そして彼らは、それを見つけ出したのである。グリーン・デイはビルドゥングスを、今はもう存在し得ないはずの「物語」を見事に体現した。この揺るぎのなさがあれば、本作が一二〇〇万枚も売れるのかどうかは、もはやどうでもいいことである。

第四回：エミネム『リラプス』

ラップ（ヒップホップ）という音楽形態が合衆国のアフリカ系アメリカ人によって発明され育まれたことは周知の事実であり、その音楽的根幹は「ブラックであること」というアイデンティティと、あらゆる次元で結びついている。しかしそれでも、ひとたびそれが音楽のフォームとして定立されてしまったら、アフロ・アメリカン以外の人種、また合衆国以外の国の人々にとっても、それは使用援用可能となることも言うまでもない。こうしてラップは世界各国に広まった。そしてそれは別に特別なことではない。ロックだって、ブルースだって、ジャズだって、テクノだって、同じようなことが起こったのだから。

　ところでしかし、ではラップの本来的な出自とは関係を持たない者がラッパーを志した時、そのアプローチはふたつにわかれる。あくまでもラップのラップ足る所以であるところのいわば「ブラックネス」にこだわり、そうではない自らを、それでもどうにかしてそこに近づけてゆこうとするか、あるいはそれは土台不可能であることを綺麗さっぱり潔く認めたうえで、かわりにどうしたって黒くはない自らのアイデンティティの掘り下げへと赴いてゆくか。前者は無理くりの物真似に堕してしまいがちだが、それでもたとえば「肌の白い黒人」になるということだって、ある意味では成立し得ないことではないだろう。当の本物たちから、お前も仲間だよ、と認められるといったようなことだってないではない。だがもちろん、そこには永遠に超えられない断層があることは確かであり、そこをいかにして無意味化するか、あるいは忘却できるかが、ポイントになってくる。後者の方は、結局のところ、そこに収まるしかないような気もするし、それには意味があるのだとも思えるが、問題は、たとえば白人である自分が、ラップという音楽のフォームを通じて「自分が自分であること」を問い直そうとする行為には、少なくとも客観的には、何ら必然性というか根拠が見当たらない、ということだろう。ラップが自分自身とは根本的に無関係なものである以上、それはたまたまラップだったのに過ぎないのであって、べつに他の何かでもよかったことになってしまうからである。

かくしてやはり、ラップをたとえば「白人」がやるということには（もちろん「黄色人種」がやるということにも）、どこまでも本質的な困難と矛盾がつきまとう。それは「ヒップホップは黒人の文化だ」という絶対的に正しい真理を、けっして乗り越えることは出来ない。ありうべき反論として、じゃあ生まれた時から黒人の中で育って、自らも黒人にアイデンティファイし、周囲からも完全にそう認められているようなひとりの白人についてはどうなんだ、生得的な条件よりも環境の方がずっと重要であるということが、そこに示されているではないか、というものがあるだろう。断っておくが、これは実は人種間差異の問題ではない。これは究極的には「自分は他者にはなれない」という問題なのである。先の「真理」は万有引力みたいな原理法則とは違う。それはただの事実に過ぎない（この「事実」とは、ほとんど「偶然」と同じ意味である）。けれどもたとえば「俺は白人であって黒人ではない」という端的な事実は、「俺は俺であってお前ではありえない」という当然の事実と同じく、「俺」を不断にズラし引き裂き続けることになるのだ。

というわけでエミネムである。リリース・スケジュールが先送りされ続け、一時はこのままオクラ入りするのではないかという危惧さえ囁かれた待望の作品『リラプス』が遂にその姿を現した。前作『アンコール』から四年半ぶりとなる、通算五枚目のオリジナル・アルバムである。まずタイトルとジャケットのアートワークに露骨に示された薬物依存への自己披瀝ぶりが、いかにも露悪者エミネムらしい。けっして短いとは言えないブランクの発端が眠剤であったことを思うと、このギミックは少々アクセントが効き過ぎているような気もする。例によって事前にあちこち乱れ飛んでいた情報だと、さまざまな面々のプロデュース、ゲスト参加が噂されていたが、いざフタを開けてみると基本的にはドクター・ドレーがほぼ全曲のプロデュースを手がけている。

ドクター・ドレーと50セントをフィーチャーし、ビルボード・ポップチャートで全米第一位を記録した「クラック・ア・ボトル」、正式な先行シングルで全米四位の「ウィ・メイド・ユー」の二曲を聴けばわかるように、このアルバムはエミネムの面目躍如たる豊穣なエンターテインメント感覚に満ちた傑作である。リリックとラップの単調さを誤摩化すためにビートの実験とオートチューン等の音質加工に走っているかにも思える昨今のヒップホップ／R＆Bシーンにあって、エミネムはあくまでも正攻法であり、かつ大胆不適なヴァラエティ感覚を持っている。芯を捉えた変化球とでも呼べるような、この独特なバランス感覚は、ヒップホップというジャンルの外側にだって、そうはいない。アルバムの最初の山場である、脅迫的なストリングスが効果的な「インセイン」、タイトル通りの摩訶不思議なバグパイプ・サウンドが異国情緒を盛り上げる「バグパイプス・フロム・バグダッド」、僕が個人的に本作で最も気に入っているトラジコミカルでヒネリに富んだチューン「ハロー」という流れは、エミネムの他にはありえない紆余曲折ぶりだと思う。トータルにひとつの巨大な物語を語るというのでもなければ、単なるバラバラの曲の寄せ集めでもない。一曲一曲が立っていながら、一枚を聴き終わった時には、それらの印象がすべて一体となってこちらに迫ってくるような、ある意味で今や時代遅れになりつつある「アルバム」という単位の面白さを、いま一度確かめさせてくれるような作品になっている。エミネムのラップは彼が登場したときから完全に出来上がっていたので、今更そこに何らかの変化が認められるわけではない。それよりも全体にそこはかとなく感じられる、ある種の落ち着きとリラックスした雰囲気が、四年半の歳月を物語っていると言えるかもしれない。

最初の話に戻ろう。エミネムは「白人ラッパー」という刻印とともに生きてきた。彼はそのどうしたって動かし難い「事実」と向き合いながら闘い、闘いつつも対峙してきた。それは彼がどれほどヒップホップ・シーンで成功を収めようと、リスペクトされようと、けっして消えることのない「事実」であり、どこまでも彼につきまとい続ける。しかしそれはおそらく、彼がラップという音楽フォームを選ばなかったとしても、あるいは音楽を選ばなかったとしても、もっと言うならば、彼が白人ではなかったのだとしても、また別の形で、しかしやはり動かし難いものとして待ち構えているような「事実」なのである。彼の不敵で不遜な態度と、飽くことのない挑戦的な姿勢は、エミネムがエミネムであることに強い違和感を抱き（彼の「別人格」への関心もこの点で説明できるだろう）、それを凌駕するべく自分を強引に信じようとして、しかしそれでも尚、拭い去れない違和感を新たに抱え込みながら、むしろそのことによって、エミネム以外の何者でもないエミネムとして歩んで来たという「事実」の成せる業なのだと思う。『リラプス』は、そんなエミネムの不機嫌なアイデンティフィケーションをあらためて確認できる、紛うかたなき力作である。

第五回：マックスウェル「〝ブラック〟サマーズナイト」

マックスウェルが還って来た！ と、いかにもな書き出して始めてみたが、実際のところ彼がアルバムを出すのは二〇〇一年以来、実に八年ぶりのことである。八年前といえば今世紀初頭、USのR&B／ヒップホップ・シーンでは、エリカ・バドゥ、ディアンジェロ、ローリン・ヒル、そしてマックスウェルなどといった、いわゆるネオ・ソウル／ニュー・ソウル勢が猛威をふるっていた。彼（女）らに共通していたのは、ブラック・コンテンポラリー・ミュージックの遺産をフルに活用しながら、都会的で現代的なセンスと際立った個性でサウンドに見事な味付けを施し、紛れもなく「新しいソウル」を作り上げてみせたことだった。もちろんムーヴメント自体には、浮薄で一時的な流行現象としてのマイナス面もある。だが、ちょうど世紀の跨ぎ目あたりに、同様の志向を携えた才能溢れるアーティストたちが一群となって登場してきたという事実には、やはり何らかの時代的な必然があったのではないかと思える。そもそも広義のポップ・ミュージックとは、過去の、そして他者たちの、豊かな厚みを持った営みを自らの試みにさまざまな形で取り込み織り込みながら、少しずつ進化してゆくものである。だが時々、個人のフレームを超えて、ある音楽的フォーム自体が何らかの意味で変質し、それそのものが丸ごとアップデートすることがある。それはジャズでも起こったし、ロックでも起こった。そしてR&Bでそれが起こったのが、まさに「ネオ・ソウル」だったのではないかと思うのである。実際、彼(女)の、古くて「新しいソウル」、新しい「古典的ソウル」の魅力には、新しさと古さという二項対立をポジティヴになし崩してしまうような力があった。

だが、それゆえに、なのかなんなのか、ネオ・ソウル勢はその後、いずれも長い沈黙に入ってしまった。そこにいかなる困難が潜んでいるのかは僕にはわからないが、しかしそんな中、ゼロ年代ギリギリというこのタイミングで、マックスウェルがこうして還ってきてくれたことには、快哉を叫びたい。

全九曲、三八分足らずのアルバムである。日本盤ボーナス・トラックさえない。実にシンプルな、そっけないほどにストイックな作品である。八年前の前作『Now』と比較しても、今回のストイシズムは徹底している。かなり長いブランクを経て発表されたにしては、ひさびさの登場を自ら盛り上げようとするような賑やかしい姿勢は微塵も感じられない。誤解を恐れずに言うなら、ほとんど地味とさえ呼んでもいいような打ち出しである。それはもちろん、八年の歳月に見合った落ち着いたオトナぶり、と理解することも可能だろう。だが、それだけではないような気がする(それを言うならマックスウェルは最初からオトナだった）。『Now』以後の八年、つまりはほとんどゼロ年代を丸ごと通して、R&B／ヒップホップ、ないしはアメリカのショウビズの世界に、いったい何が起こったか？　一言でいうならそれは、絶えざるギミックの更新と、音楽以外のトリビアのインフレーションだった。

そもそもメロディもビートも、良くも悪くも「歴史」に拘束されているR&B／ヒップホップは、前世紀までに形式的な発展の大方を終えてしまい、あとに残されたのはただ、そこにいかにして「ねじれ」を持ち込むか、ということであったり、音質（音響）的な温故知新を導入する、ということぐらいだった。テンプレート上に乗った種々の音楽的エレメントを、時に応じて適当に組合せつつ、そこに耳新しさを喚起するようなこれみよがしな仕掛けを盛んに投入するという手法は、当初は新鮮に受け止められたが、困ったことに、成功したギミックはすぐさま他に模倣され、大量に類似作が出て来てしまい、あっという間に周知のパターンへと転化してしまう。サウンド自体が駄目なら、むしろアーティスト自身の私生活やキャラクターで話題性を醸し出すしかない。パパラッチの隆盛は、ショウビズの栄華の象徴ではなく、その没落の前兆である。だが、とにかくどうにかしてひとびとの注目を呼び込まなくてはならない、どんな方法を使ってでもいいから目立たないとやっていけない、という強迫観念は、時を追うごとに強くなっていき、今も強まっている。

そんな空気を、マックスウェルはおそらく面倒くさいとも、馬鹿馬鹿しいとも感じていたのではないだろうか。彼は周囲の雰囲気やシーンのムードとは完全に一線を画して、このアルバムを淡々と、じっくりと、時間をかけて作り上げたのだと思う。彼のスタンスは逆行の中の横顔を捉えたジャケットのアートワークにも端的に示されているし、現在の常識からすると驚くほどに短い収録時間にも現れているし、そして何よりも、このアルバムから聞こえてくる音楽に如実に表されている。

全曲、作曲とプロデュースは、Muszeことマックスウェルとホッド・デイヴィッド。前作までと同様である。だが、今回は打ち込みがまったく使用されておらず、全演奏が生楽器を用いたライヴ・レコーディングになっているのが特徴だ。ギターも担当するホッド・デイヴィッド以下、強者のミュージシャンたちがバックを固めており、これまでのマックスウェルのアルバムの中ではまちがいなく、もっとも生々しいサウンドとなっている。全体として、最近のR&B的な、隅々まで作り込まれた隙のない人工的な音というよりも、もっとスタジオの空間性を活かした、ヒューマン・タッチの感じられる音楽だ。だが、にもかかわらず、この作品のトータルな印象は、良い意味で暗く、重い。それは冒頭の「Bad Habits」を聴くだけでもあきらかだろう。どこか不穏な予感さえ湛えた音像、そこに深く漂うエロティシズムとロマンティシズム。この曲はミックスも素晴らしい。続く楽曲群も、R&Bとソウルの王道をいくような旋律を、オーガニックでいてどこかミステリアスなアレンジで彩り、マックスウェルの、あの静かにささくれだったヴォーカルが、意図的に感情のほとばしりを押さえた絶妙な表現力で歌へと変換している。たった九曲のアルバムだが、その密度と濃度は、圧倒的な賞賛を得た『Now』に勝るとも劣らない。

もはやネオ・ソウルというムーヴメントは存在しない。ただマックスウェルというひとりのアーティストが居るだけである。彼は自分自身を無理に進化させようとも、ましてやR&Bを更新させようなどとは今や（或いは最初から）まったく思ってはいない。ただ彼は生きていて、音楽をやっており、これからもやっていく、それだけのことである。しかしただそれだけのことが、どれほど難しいことか、おそらくそれも彼はよくわかっている。

第三章

批評の虚々実々

- 映画 永遠のミスキャスト ペ・ドゥナ
- 映画 Our Empty Pages 山下敦弘監督『マイ・バック・ページ』
- 映画 映画は記憶を記録する ジョナス・メカス
- 音楽 [Prince symbol]の唯名論 プリンス
- 音楽 カメラvs.峯田和伸 銀杏BOYZ DVD『愛地獄』
- 文芸・映画 「小説」の「映画」化とは何か? 村上春樹「納屋を焼く」／イ・チャンドン監督『バーニング 劇場版』 吉本ばなな「白河夜船」／若木信吾監督『白河夜船』
- 文芸 SOS団はもう解散している 涼宮ハルヒ
- コミック ふたつの時間の交叉点 岡崎京子『リバーズ・エッジ』
- 演劇・映画 「ロボット」と／の『演劇』について 平田オリザ演出・青年団／大阪大学&ATR石黒浩特別研究室『さようならVer.2』『三人姉妹』 想田和弘監督『演劇1』『演劇2』

虚構と現実、フィクションとドキュメンタリー、ドラマとリアル、嘘と本当、などなど、二項対立と思われているものが、実際にはそう簡単に分けられるものではない、ということは、経験的なレヴェルでは誰もが知っていることだし、余程の夢見がちな人でなければ、理屈の上でもわかっている。だから真の問題はおそらく、それでも虚と実は完全に同じではないし、同じにはならない、という点に存ずる。虚に宿る実の成分と、実に潜む虚の成分の配合のバランスは、もちろん個別のケースによって異なるわけであり、そこを如何にして見通すのか、どう処理出来るのかが肝要なのだ。

虚実の問題をもっとも歴然と体現し得る芸術文化が演劇である。演じるということ、ふりをするということ、ふりをしているだけであることをわかっていながら、とりあえず信じる、信じてみ(せ)るということ、かのように、という、舞台と客席の共犯関係、あるいは契約。こうした事どもは、より抽象化すれば「反実仮想」の問題となる。今は本当はこうなのだが、もしもこうではなかったとしたら、という設問と、その答え。

私はかねがね、フィクションを真に受け(られ)る人間の能力——しばしば想像力と呼ばれる——に静かな驚嘆の念を抱いてきた。それはフィクションを創り出す能力よりも、ある意味では興味深く、貴重なものだと思う。虚構の中の真実、現実の中の仮構。知性が何事をも疑おうとする/疑い得る力であるとするなら、嘘八百や絵空事を信じ(ようとす)る力は何と呼ばれるべきだろうか。それは知性と逆立するものではないはずだ。

永遠のミスキャスト

映画

ペ・ドゥナ

うっかりこの原稿を引き受けてしまったものの、どうにも自分は、そもそも女優と呼ばれる存在について、一体どういうことを書くのがいいのか、いまだもってよくわからないでいる。過去に唯一、ある長さの論考めいたことをしたためてみたことがあるのは、何を隠そうウィノナ・ライダーであって（探せばどこかで見つかるだろう）、これはでもまだ二〇代半ばの頃だから、書き仕事は何でも引き受けるつもりがあった気負いと勢いの有り余った時期の産物であって、以後はたぶん一度も、いわゆる「女優論」を書いたことはない（「男優論」は一度も書いたことがない）。

それはなぜかといえば、これは疑いもなく、僕という人間に、俗に言うファン気質というものが、ほぼ決定的なまでに欠けているということがひとつ。いや、僕だってそれなりに色々な好みはあるけれど、それを表明したいという欲望が限りなく希薄、と言ったらいいか。これは俳優ということに限らず、およそあらゆることにかんしてだと思うのだが、自分はオマージュということが出来ないタイプなのだ。好きということについては、好きと言うことしか出来ない（そして、それならば敢えて言うには値しない）。そこを更に詳らかにしようとすると、結局は意図せずして一種の自分語りになってしまうか、客観的な何事かを導き出そうとしたとしても、せいぜいが人気アンケートの結果分析みたいなことにしかならないのではあるまいか。

もうひとつ、たとえば「女優論」と呼ばれ得るものが成立するのは、彼女が出演した映画なり何なりの履歴、いわゆるフィルモグラフィーが、ある程度までは、その女優自身の意志的な選別によって決定されてきているという前提か、あるいは、そうではなかったとしたら、それぞれの映像に定着された彼女の役＝表象の連鎖が、たとえ緩やかなものではあれ、あるイメージを形成している（それは作品ごとにまったく異なる役柄を選ぶ、というイメージでもよい）という前提があって、そのうえで、女優を主体にするか客体にするか、まあそこを適当なバランスで分け合っているのが普通だとは思うが、ともかくもそのひとりの女優と、彼女を演出したり撮影したりしている者たち、そしてその映像を見る者たち、という三すくみの反射作用の中で、書き手にとって書かれるに値する何かが、その何らかのイメージに収斂したり、そこからひろがったり散らばったり横滑りしたりしながら、しかし一種のベクトルに沿って牽き出されてゆくということだろうが、端的に言って、僕にはそのようなことが、そもそも可能だとは思えないのだ。

その理由をちゃんと述べようとすると、これはいよいよペ・ドゥナについての文章ではなくなってしまうので、差し当たりは批評ということにかんする僕の個人的な信念によるもの、とだけ言っておく。ある映像の中の、ある表象としての彼女や、ある物語の中の、ある役割としての彼女、ある世界における、ある存在としての彼女についてなら、何かを語り得るかもしれない。しかしそれはおそらく、もはや「女優」の話ではないだろう。

以上のようなことを始めに書かせてもらった上で（言うまでもなく、これはあからさまなエクスキューズである）、これからペ・ドゥナのことを書く。だからこれは間違っても「ペ・ドゥナ論」ではないし、せいぜいが「感想」を記したエッセイのようなものだと受け取っていただきたい。「論＝批評」ではなく「感想＝エッセイ」だから、右で触れた禁じ手（？）もバンバンやるかもしれない。

僕が最初に観たペ・ドゥナ出演の映画は『ほえる犬は噛まない』だった。ポン・ジュノ監督の評判を聞いてツタヤでＤＶＤをレンタルした（公開時には観ていない）。一緒にチョン・ジェウン監督『子猫をお願い』も借りたのだが、これも同じ「評判」（がどういうものだったのかは忘れた。たぶんシネフィル界隈？）によるものであって、どちらにもペ・ドゥナという名前の同じ女優が出ていることは、観てから初めて知ったのだった。ポン・ジュノの映画は、その後、『殺人の追憶』「インフルエンザ（『三人三色』)」、ペ・ドゥナが出ている『グエムル：漢江の怪物』、「shaking tokyo(『TOKYO！』)」と、ほぼ全部観ていて、気になる監督のひとりと言ってよいが、敢えて一本を選ぶなら、やはり『ほえる犬は噛まない』になるのかな、と。

この原稿を書くにあたって、特に見直したりもしていないので、大方は忘れてしまったのだが、マンションの階層の高低を効果的に使っているところも面白かったし、確か後半の路上のシーンで、おお！と思わず唸った、きわめて映画的な演出があった。それ以後の作品に較べれば低予算のこじんまりとした映画であるからこそ、この監督のカメラワークの尋常ならざる的確さと、ここ一番でそんな「的確さ」を大胆に踏み越えてみせる瑞々しい感性が光っている。日本映画だったらば確実に、ちょっとヘンなキャラ(を演じる俳優たち)が沢山出てくる、昨今非常にありがちな内容になってしまっていただろうブラック・シチュエーション・コメディを、ポン・ジュノは、ある意味では俳優の力に頼ることなく、非常に見事に「作家」の映画に仕上げている。これは『殺人の追憶』が題材の社会性とは別個に映画としての存在感を獲得しており、『グエムル』がモンスター・パニック映画でありながらスペクタクルとは違う次元でも存分に楽しめる、ということとも繋がっている。

『ほえる犬は噛まない』のペ・ドゥナは、撮影時には二一か二二歳であったはずなのだが、それよりもっと幼く見えた(中学生くらいかと思った)。ボーイッシュでコケティッシュで、元気だけれどエネルギーの発露の仕方がどこかちぐはぐな女の子、という役どころを、彼女は完璧に演じている。丸顔で童顔、宮崎あおいと少し似た顔立ちだなと思ったが、あおいちゃんがあまりやったことのないアンビエントにスラップスティックなコメディエンヌとして、ペ・ドゥナは鮮やかに登場した。黄色いパーカーを着て鼻にティッシュを詰め、こちらを睨む彼女の姿は、ＤＶＤのジャケットにも一番大きく映っていたし、映画を観終わってキャストのクレジットを調べて、ペ・ドゥナという名前をネットで検索してみるくらいのことは、確かしたのじゃないかと思う。それぐらい印象的だったし、可愛い女優さんだな、と思ったわけである。

だがしかし、それでもやはり『ほえる犬は噛まない』は、あくまでも監督ポン・ジュノの映画であって、女優ペ・ドゥナのものではないと僕は思う。おそらくジュノは別の女優を使っても、この作品を変わらず魅力的に撮り上げたのではあるまいか。だからむしろ、それにもかかわらず、ペ・ドゥナは期待値以上の働きを見せつけた、と言った方がよいのかもしれない。

『子猫をお願い』の方は、若い女優が何人も出てくる一種の群像劇なので、『ほえる犬は噛まない』とはドゥナの扱いはかなり違っている。チョン・ジェウン監督の作品はこれ一本しか観ていないのだが、いわゆるシネフィル的な評価はポン・ジュノよりも高かったのじゃないかと記憶している（でも僕は『ほえる犬』の方が好き）。画面設計も含めて緻密に計算された『ほえる犬は噛まない』に対して、『子猫をお願い』の方はドキュメンタリー的と言ったらいいかヌーヴェルヴァーグ的と言ったらいいか、女優たちの演技や仕草にじっくりとフォーカスした緊密な演出が印象に残っている。

二本を連続して観たわけだが、監督の資質の違いということだけでなく、『子猫』のドゥナが『ほえる犬』とは相当に違っていたのにはかなり驚いた。彼女が演じているのは、五人の元同級生の中で、他の女の子たちのお守役というか、それぞれに若くして波瀾万丈な人生を送る皆から頼りにされている、比較的問題の少ない、いわゆるよく出来た娘、という設定である。献身的と呼んでもいいほどに友達に尽くす彼女のけなげさが、ドラマチックな境遇を負った他の娘たちよりも、よほど胸に迫ってくるのは、ジェウン監督の狙いであると同時に、やはりドゥナの演技力あってこそだろう。しかしその演技は、これみよがしな「演じてます」というものではなくて、抑えた表情の内側から隠し切れず溢れ出してくるような感じであり、それは『ほえる犬』の飄々とした喜劇女優ぶりと、出力のされ方は正反対ながら、やはり同種のものであるとも思ったのだった。

ところで、プロフィールによると、ペ・ドゥナは身長171cmということで、韓国の女優さんとしても、かなり背が高い方だと思うのだが、そう思って見ていなければ、『ほえる犬は噛まない』でも『子猫をお願い』でも、彼女がそんなに高身長だとは思わないのではないか。少なくとも僕は、後で知ってちょっと吃驚した。ドゥナ似(?)の宮崎あおいも実は割と背が高いのだが、そこまでではない(公称163cm)。あの童顔が、モデル並みの身体の上に乗っかっているかと思うと、なんだか不思議な気がしたものだ。そんな彼女の背の高さがはっきりと示されたのは、山下敦弘監督の

『リンダリンダリンダ』であった。バンドメンバーの他の女子高生を演じている香椎由宇(公称164cm)、前田亜希(公称157cm)、関根史織(非公表)と並んでいると、実際の身長差以上に、ドゥナはかなり背が高く、そしてとてもデカく見えた。実際、雑誌のグラビアなどで見る彼女は、どちらかと言えば華奢というよりは大柄なのである。だが『ほえる犬』では下手をするとちっこくさえ見えたし、『子猫』でもさほど大きくは感じなかった。この、宝の持ち腐れ的(?)なスタイルにかんしては、後でまた触れることになるだろう。

ポン・ジュノ監督の『グエムル』は、ハリウッドばりの本格モンスター映画ということだけでも度肝を抜いたが、それらしく見せ場をたっぷり用意しながらも、作品の主眼が向けられているのは、ごく平凡な一家族の愛情の回復の物語であるという点が、一本筋が通っている。この作品でペ・ドゥナは、ジュノ監督の前の長編『殺人の追憶』に出演していた名優ソン・ガンホの妹役を演じている。基本的に怪物と闘うという設定であるから、ドゥナも激しいアクションが結構あるのだが、何の違和感もなく観ることが出来た。寧ろハマっていると言った方がいいかもしれない。クライマックスでの彼女の悲壮な決意を帯びた表情は、きわめて鮮烈だ。元が童顔であるせいか、彼女は笑みを完全に消して厳しい顔をすると、殺伐とまでは言わないが、妙に酷薄に見える。この映画ではそんなところも、効果的に使われていた。

と、ここまで並べてきただけでも、ペ・ドゥナが演じてきた役柄が、その本数の割には(もちろん先に挙げた作品以外にも出演作はあるが、（トータルでも彼女のフィルモグラフィーはけっして多くない）、かなりヴァラエティに富んでいることが分かる。これはおそらく、彼女のチャレンジ精神のせいもあるのだろう。だが、俳優という仕事はそういうものなのだ、という考え方だってありえようし、言われてみればそれもそうである。だからむしろ指摘すべきなのは、ペ・ドゥナという女優が、幅広い役柄に次々と挑み、自らの個性を拡張させてきた、ということよりも、それにもかかわらず、観れば観るほど、彼女には、もっと他にぴったりした役があるのではないか、という想いが募ってくる、ということなのではないかと思うのだ。

もちろん、いずれの作品においても、彼女はすこぶる好演しているし、役に合っていない、などということではまったくない。だが、どの映画を観ても見事なまでに役柄に嵌まっていると思えるからこそ、そこには同時に、そこには映っていない、まだ見たことがない、まだ演じられていない、別のペ・ドゥナの姿というものに対する、より精確に言うならば、女優＝被写体としてのペ・ドゥナの未だ実現し得ぬ可能態に対する、奇妙な夢想と仄かな欲望が、殊更に募ってくるのである。まるで彼女は、そこには居ない別の彼女（たち）を妄想させるために、そこに居るかのようなのだ。

さて、そこで『空気人形』である。僕はこの映画を観終わった時、なんて変態的な映画だろう、と感嘆（?）した。実は是枝裕和の映画は数本しか観ていないので、監督のこれまでの作品と較べてどうこう述べることは出来ない。ただ性欲処理用の人形が心を持つ、という業田良家のマンガを原作に採用し、その設定から当然帰結することになる諸々の必然、ヌードやセックス・シーンなどを愚直なまでに受け入れ（つつも宣伝ではほぼそのことを隠し）、しかし映画全体としては、性欲処理用の人形以外にも心にさまざまな空隙を負った孤独なひとびとを登場させることで、いわゆるレイプ・ファンタジーといったような有りうる批判や非難に対して、いや本当にやりたいのはそういうことではまったくないのだというプレテクストをしっかり用意しつつ、しかしそのことのすべてが却って、要はやっぱり「性欲処理用の人形が心を持ったら？」ということ自体が徹頭徹尾やりたかったのだという、あからさまに隠された真意を逆説的に強化している、というさまが、何とも言えず「変態」的だと思うのだ。この作品は、間違っても良心的な、誠実な、ピュアな映画などではない。是枝裕和の心中は、こう言ってよければ、妖しく、捻れており、そして恐ろしく昏い。ビデオ・レンタル・ショップでペ・ドゥナ扮する空気人形の空気がプシューッと抜けてしまい、彼女が恋するARATA演じる店員が必死になって口で空気を吹き込んでやるシーンや、ふたりの壮絶（?）な猟奇的ベッド・シーンなどは、まさに「変態」の極みではないかと僕には見える。

断っておくが、変態と呼んでいるからといって、僕は必ずしも『空気人形』を批判しているのではない。あからさまな偽善性さえ剥ぎ取ってしまえば、むしろ一種の傑作だとさえ思う。男性の身も蓋もない性的妄想を、こんな風に捻れつつも直截に描いた作品は、これまであまりなかったからだ。都会の孤独とでも呼べるだろうテーマも、エロさを曖昧に糊塗しているというよりも、それでもなおエロい欲望がどうしようもなくしとどに溢れ出しているという点で、いわば倒錯的な脳内快楽のスパイスになっている。ある意味では偽善性でさえ、実はエロさのエンジンなのだ。

どういう経緯で、そしてどんな心づもりで、ペ・ドゥナがこの映画への出演を決めたのかを僕は知らないが、勇気ある決断であったことは確かだろう。彼女はもともとヌードNGの女優ではないが、それにしてもこの役は「脱ぐ必然性」があるといった程度のものとはまるで違う。何しろ映画が始まるなり全裸だし、板尾に弄られてるし。とにかく映画全編にわたって、惜しげもないヌードの目白押しで、何も知らずに試写を観た僕は驚愕したものである。性欲処理用の人形を演じるということが、どのような意味であるのかを、当然ドゥナは承知して役に臨んでいるわけだが、おそらく彼女のモチベーションは、先の「偽善」によって操られていたところ大であるだろうことは想像に難くない。とにかくドゥナは大真面目で、この映画に出演している。そしてそのことが、この映画と是枝監督のエロさを、またもや激しく強調している。つまり『空気人形』とは、「心を持った性欲処理用の人形をペ・ドゥナが演じる」映画というより「心を持ったペ・ドゥナが性欲処理用の人形を演じる」映画なのである。ほとんどそれだけのための映画であるとさえ言ってもよい。そして、その意味においてのみ、この映画は傑作の名に値するのではないかと思う。

ならば、では『空気人形』のペ・ドゥナは果たしてエロいのだろうか？　ここが興味深いところなのだが、僕が思うに、この映画自体は大層エロいのだが、そこに映っている彼女自身はというと、まったくと言っていいほどエロくないのである。もちろん「ドゥナのおっぱい見ちゃった！」的な盛り上がりがないわけではない。むしろありありなのだが、にもかかわらず、そこには何故かポルノグラフィックな興奮が皆無なのである。彼女に注がれている（キャメラの？ 是枝監督の？）視線は確実に相当にエロいのだが、その視線を一身に浴びている彼女自体は全然エロくなく、そんな欲望の視線を受け入れるでも撥ね返すでもなく、するりと擦り抜けてしまっている。そこでは、ギリギリのところでエロが空回りさせられているのだ。

このことは取りも直さず、そもそもペ・ドゥナという女優が、素材として殆どエロチックなタイプではない、という事実を示しているわけだが、それだけではない。前にも触れたように、彼女は高身長だし、やや筋肉質ながら均整の取れたボディをしており、女優以前にはモデル経験もあったりするわけだが、しかしスタイルの良さを前面に押し出した役柄を演じたことはなく、また出演した映画の中でも、その肢体に興味が向かうことは稀である。ここにはまず二重の意味がある。彼女がそういう肉体の誇示を、本人の意志としてどこかで拒んでいるのだろうということ。そして、たとえそういうつもりでキャメラの前に立ったとしても、しかしそれはけっして「肉体の誇示」にはならない、ということである。だから、『リンダ リンダ リンダ』でドゥナがデカく見えてしまったのは、山下敦弘監督のすぐれてドキュメンタリスティックな（それはしかしいわゆる「ドキュメンタリー」

とは別物であるが）映画スタンスが、はからずも彼女の生の肉体を画面にさらけ出してしまった、ということなのではあるまいか。普段の彼女ならば意識的／無意識的に自らのカラダを隠蔽し、そうとは思わせなかったはずなのだ。ペ・ドゥナは字義通りの意味で「反＝肉体派」の女優なのである。

こう考えてみれば、『空気人形』の性欲処理用の人形が、その完璧と言えるエロのお膳立てにもかかわらず、結果的にはエロく見えなかった理由も明らかである。素裸になっているのだから、もはやカラダを隠すことは出来ない。というか丸出しである。だが、それでも彼女は「肉体の誇示」をしてはいないし、仮にそういう要請や意思があったとしても、出来ていない。ドゥナはフルヌードでセックスを演じていてさえ、エロを起動しない。そしておそらく、このことはエロ云々ということを超えて、ペ・ドゥナの魅力の本質（？）とも深くかかわっているのではないかと思うのだ。

先に僕は、「まるで彼女は、そこには居ない別の彼女（たち）を妄想させるために、そこに居るかのよう」だと書いた。たとえば、ここに「『空気人形』よりもエロい設定の映画に出たら？」というけしからん妄想を抱く輩が居たとしよう。それがどんな映画でありえるのかはわからないが、たとえハードコア・ポルノにまかり間違って出演したとしても、そこで男根に貫かれ精液を浴びるドゥナは、それでもおそらく、その輩の妄想の実現とは何故だか完全に違ってしまっていて、彼は「また別の、もっとエロいペ・ドゥナ」を、ひたすら欲望し続けることになるのだ。どこまでいっても、彼は本当に見たいペ・ドゥナを見ることは出来ない。なぜならば、或る理想像としての「本当に見たいペ・ドゥナ」が何処かに措定されているわけではなく、実は、誰かがペ・ドゥナを見るごとに、そこに「そこには居ない別のペ・ドゥナ（たち）」が、具体的なイメージを欠いた純粋なる「期待」として、俄に立ち現れてくる、ということであるからだ。いつまでたっても、僕たちはその「期待」に追いつくことは出来ない。今、目の前で動いている彼女の姿に限りなく魅了されつつも、同時に常に、それとは別の彼女を見たいと思ってしまう、見ようと願ってしまう、そんな不可思議な、不可能な「期待」。

　つまるところ、これはいわば永遠のミスキャストである。ペ・ドゥナはいまだもって、彼女に完璧に合った役柄にも映画にも出会っていない。それは最期まで訪れないかもしれない。しかしそれでも僕たちは、いつか不意に現れるのかもしれないそれを「期待」せざるを得ないし、ペ・ドゥナ自身もたぶん、そうなのだ。

Our Empty Pages

映画
山下敦弘監督『マイ・バック・ページ』(二〇一一)

擬制の終焉

山下敦弘監督作品『マイ・バック・ページ』は、川本三郎の実体験を元にした同名のメモワール的著作を原作としている。ということはつまり、ここにはすでに「事実」にたいする二重のプロセシングが働いていることになる。まず原作者の川本自身が、自らの過去にかんして何らかの意識的無意識的な加工変形を行なっているだろうし、そして映画化に際して、主に脚本の向井康介と監督の山下敦弘によって更なるさまざまな虚構化が施されているに違いない。なぜ、この当然至極のことに拘るのかというと、もちろん、最初から造りごとであることを明示されている通常の物語とは違って、これが「過去の事実（ノンフィクション）」を淵源とするフィクションであるとされているからである。映画で妻夫木聡が演じる「沢田」は若き日の川本三郎のことであり、松山ケンイチが扮する「梅山（片桐）」のモデルも実在する。もちろん映画は虚構である。しかしそこから辿ってゆくと、この作品の場合は、かつてどこかで現実に起こった出来事、にいつかは辿り着く。無論、実際には誰もそうすることは出来ないかもしれないが、少なくともこれは只の虚構ではないということが、最初から露わにされている。

このことがなぜ、興味深いのかといえば、妻夫木も松ケンも、山下も向井も、そして川本でさえ、『マイ・バック・ページ』という虚構に与しながら、このことをまったく考えないというわけにはいかなかっただろうからだ。川本は原作を著すにあたって自身の記憶と書きつつある物語の差異を多少とも計測していただろうし、山下と向井はそうして書かれた「原作」とその向こうに横たわる「事実」を二重の足場として踏まえようとしつつ、それを新たに「映画」へと落とし込む作業を行なったことだろう。そして妻夫木や松ケンは、自らの身体がゼロから役柄を立ち上げているのではなく、遠くどこかに生身の誰かが実際に居て、自分はそのひとの振りをしている、そういう部分がある、そう考え（られ）ざるを得ないところがある、ということを、意識しないわけにはいかなかっただろう。そしてそれは、事の次第を知らされた観客にも、すべてが造りごとの映画を観ている場合とは僅かなりとも異なるバイアスを及ぼすことになるのだ。

いや、そうはいっても、たとえば「梅山（片桐）」という人物は、きわめてフィクショナルな属性を与えられているように見える。間違いなく『マイ・バック・ページ』という映画において、際立って複雑怪奇なキャラクターと言ってよいこの人物は、その存在感そのものが、きわめて「造りごと的」である。彼の言うことやることは最初から最後まで、すべてが嘘っぽい。真意が摑み難いというよりも、真意らしきものが最初からあまりに丸出しにされているがゆえに、それをそのまま信じる気には到底なれないのだが、にもかかわらず、その度を超した嘘っぽい真実っぽさの徹底ぶりによって、ここまで真実らしくないと逆に嘘ではないのではないかという逆説めいた気持ちを呼び寄せてしまうのだ。

つまりは虚言と演戯が「梅山（片桐）」という人物を構成している。こんな人間が現実に居たりするだろうか。だが、居たのである。もちろん「梅山（片桐）」と川本三郎が記述する「K」は別個の存在である。だが、わたしたちは「梅山（片桐）」が只の虚構ではなく、どこかで「過去の事実」に籍を置いていることも知っている。「K」は「梅山（片桐）」と、もしかするとまるっきり似ていないかもしれないのに、それでもわたしたちは「梅山（片桐）」の向こう側に「K」と呼ばれる存在をどうしても透かし見てしまうし、逆に言うと「梅山（片桐）」を通してしか「K」のことを考えることは出来ない（それは原作の読者が「K」を通してしか、本当に実在した誰かを考えることが出来ないことと同型である）。だから「梅山（片桐）」の振る舞いの嘘っぽさによる真実っぽさということは、「K」という担保を得ていることによって、その存在そのものにも言えることである。私たちは「梅山（片桐）」をいかにも虚構的なキャラクターだと思いながらも、しかしこういう人間は実在し得ると考えることを許されている。

とすると、「梅山（片桐）」を演じた松山ケンイチという俳優に課せられたものは、相当にややこしい、かなり難儀なことだったのではないか。一言でいうなら、これはリアリティをめぐる問題である。彼がしなくてはならないのは、まず、嘘ハッタリなのかマジ真実なのか判然としない言動を只管続けることで、仲間や「沢田」を巻き込み、どうしようもない隘路に陥らせていく人物、ことによると本人自身にさえ、その真偽の腑分けは不明なのではないかと疑わせるような奇妙な人物を或るリアリティをもって演じること、そうして同時に、そのような者が「事実」と繋がっているのだということにも留意すること、だっただろうからだ。そして実際のところ、映画の中の「松ケン＝梅山（片桐）」は、そのようなすこぶるパラドキシカルな存在様式を、高度な演戯によってリアライズしているように見える。

ところで、松山ケンイチという俳優は、一見すると、かなり幅広いタイプの役柄をこなしているように思われ、そして実際にもそう言えるのだが、だがおそらく誰もが思うことだろうが、そのヴァラエティと矛盾しない意味で、その演戯の質感は、どの役でもほとんど変わることがない。松ケンはいつも松ケン、誰を演じていても実のところは常に「松山ケンイチ」として画面に映っている。役者を「別人」にな(れ)るタイプと「本人」であり続けるタイプとに分けるとしたら、彼は疑いなく後者である。「梅山(片桐)」もしかり。さっき「高度な演戯によってリアライズ」と書いた筆の先も乾かぬ内にと思われるだろうが、『マイ・バック・ページ』の彼もまたいつもの松ケンであることに変わりはなく、誤解を畏れずに言うならば、これまで通りの「松山ケンイチ」として「梅山(片桐)」をやっているのに過ぎない。いや、やはり誤解は畏れるのですぐさま言い添えておくと、これは別に苦言でも難癖でもなく、彼はそういう役者なのであり、そこがいい。そしてそういう種類の俳優にも出来不出来があるわけで、彼は明らかにとても良い俳優である。

言いたいことは、「梅山(片桐)」という映画内人物のややこしさは、よくよく考えてみると、そのややこしさに見合ったややこしい演戯によってリアライズされているというよりも、むしろ「松山ケンイチ」の、いつも通りのあの感じによって、そう見える、ということなのではないか、ということだ。つまり前言を引っくり返すようだが、或る意味で彼は特別に高度な演戯などしていない。むしろ殊更に凝った役造りをしないことによってこそ、「梅山(片桐)」は紛れもないリアリティを身に纏うことになったのではあるまいか。だからおそらく、松ケンはただ台本に書かれたセリフを監督に言われるがまま口にした、というぐらいのことだったのだ。そしてこのことは「梅山(片桐)」という特異なキャラクターのあり方とも即している。虚実ないまぜ、嘘か本気かわからない、という感じは、如何にもそういう怪しい雰囲気を醸し出すことによっては表象出来ない。そのような決定不能性は、極端に言えば、何もしないことによってのみ現れるのだ。

泣かない男はいない

では「沢田」についてはどうだろう。近年ますます演技派としての評価を高めている妻夫木聡は、その童顔を残した美形のせいで、役者としては或る意味でハンディキャップを背負っているとも言える。俳優にかんする従来の見方に沿えば、彼のような容貌はおそらく役を限定する。だがたぶんだからこそ彼は果敢に新たな役柄に挑戦してきたのだろうし、それは一定以上の結果を出してきた。

「沢田」は純朴な魂の持ち主として描かれている。そしてそれゆえに彼は傷を負うことになる。彼は「梅山（片桐）」を信じ切っているわけではないのに、疑い切ることも出来ず、自らの決心として、信じてみることを選ぶ。これが彼の失敗である。「梅山（片桐）」が演戯しか出来ない男だとするなら、「沢田」には演戯をすることが出来ない。というよりか彼には「演戯」ということが本質的に理解出来ない。それが彼の美徳であり、弱点でもある。「沢田」のモデルは「川本三郎」だが、これをそのままイコールで結んでしまうなら、幾らなんでも自分のことをナイーヴに描き過ぎではないか、これは安直なノスタルジーに浸ったセンチメント以外の何ものでもないのではあるまいか、という反応が当然出てくることだろう。しかし重要なことはそういう次元にはない。確かに川本が原作を著した動機と、その筆致には、ノスタルジーもセンチメンタリズムもありありと滲出しているし、一種の転倒したヒロイズムさえ、そこには感じられもする。それは避け難いことだとも言えるだろう。だがしかし、映画『マイ・バック・ページ』にかんしては、そのような甘く切ない懐旧と感傷を、根本から疑う、とまでは言えないまでも、そこに批評的な回路を鋭く差し入れるような操作が施されていると思える。それがもっとも明確に露出しているのは、ここでは「泣く男」と呼んでおく一連のエピソードである。

「沢田」は彼の勤める『週刊東都』のカヴァーガールに選ばれた少女（忽那汐里）と映画館に『ファイブ・イージー・ピーセス』を観に行く。その帰りの喫茶店で、映画がつまらなかったと言う彼に対して、彼女の方はすごく良かったと述べ、特にラストでジャック・ニコルソンが泣くところがいい、私は男の人が泣くのを見るのが好きなのだ、と言う（記憶を頼りに書いているので精確ではないかもしれない）。彼女は『真夜中のカウボーイ』でもダスティン・ホフマンが泣くところがよかった、と言う。

アメリカン・ニューシネマたけなわだった当時の時代風俗を示すための、ちょっとした挿話に過ぎないと思われたこのシーンは、この映画のラストで思いがけない効果を発揮することになる。「梅山（片桐）」の惹き起こした事件にかかわったせいで会社を去ることになった「沢田」はその後、フリーの物書きになっている。柳町光男監督の『十九歳の地図』の試写会が描かれているということは七〇年代末だろう。既にあれから一〇年近い時間が流れている。試写の帰りに彼は何の気無しに小さな居酒屋に入る。するとその店の亭主は、偶然にも、映画の冒頭で「沢田」が『週刊東都』の連載企画で身分を偽って潜入していたドヤ街の仲間だった。その頃、明日をも知れぬドン底の境遇だったその男は、今や小さいながらも一国一城のあるじになっていて、常連らしき客と愉しげに言葉を交わし、ちょうど幼い子を連れた妻も店に帰ってくる。「沢田」の正体を知らないままの男はひどく懐かしがり、あの時お前は新聞社に入りたいとか言っていたが、夢はかなったのか、と問う。戸惑いながらも「沢田」は、結局駄目だったよ、と言葉少なに答えるのだが、そのあと彼は不意に泣き出し、どうしても涙が止まらなくなってしまうのだ。

涙でぐしゃぐしゃになった妻夫木聡の顔が、この映画のラストカットである。この終わり方をして、ちょうどわたしが観に行った試写が終わってから、どこかの誰か偉そうな老人が「ちょっとセンチメンタルだね」などと評しておられるのを耳にした。それはそうかもしれない。だが、この涙は表面的にそう見えるほど単純な涙ではないとわたしは思う。そしてそれは明らかに、あの少女との「泣く男」をめぐる会話があったからである。「沢田」はなぜ泣いてしまったのか。それは彼が「失敗」したからだ。彼は職のみならず、夢や理想と呼ばれるような何かを、あの事件のせいで確実に失った。気づいたら流れ過ぎていた短くはない時間も含む喪失感が彼を襲った。だからそれをセンチメントと呼べばそうに違いない。実は「泣く男を見るのが好き」といった少女は、その後、若くして亡くなったことがその前に明らかにされているから、尚の事そうだろう。しかし当の「沢田」自身は、彼女にそう言われてもピンと来なかったのだ。そもそも「アメリカン・ニューシネマ」とは言うなれば「夢の破綻」を通奏底音とするムーヴメントである。だが「沢田」は自分自身がその登場人物になってしまうまで、その意味がわからなかったのだ。彼は自分が泣いていることに気づいた時、遠い昔の少女との会話を思い出したかもしれない。彼は涙を抑えようとビールを流し込むが、止めることが出来ない。

ここにあるのはセンチメントであるかもしれない。だが、それとともに、いや、それ以上に、これは強度のアイロニーだとわたしは思う。「沢田」が泣いてしまうことも、泣くのを止めることが出来ないことも、単に彼が失ったものの回帰によるのではない。それだけではなく、そうではなくて、「沢田」という男は、あの時、少女が語ったことに同意することが出来ず、にもかかわらず、こうして今、ふと湧き上がってきた涙を止められなくなるような人間だからこそ「失敗」したのである。彼の涙は、だから悔恨のそれではない。というよりも、彼には自分がどうして泣いているのかわからない。しかしわたしたち観客は、それが諦念の涙であることを知っているのだ。しかもその諦念は、彼の純粋さとほとんど同義のものとして、この物語に最初から装塡されていたのである。

妻夫木聡は、このような「沢田」に正にうってつけの俳優だと思われる。なぜなら彼は明らかに

「泣き顔」を得意とする役者であるからだ。多くの観客が、過去のさまざまな映画やドラマで、彼の涙を何度かは目にしたことがあるのではないか。このラストシーンで、彼はまたもや絶妙に泣いて見せている。泣くという行為は人間がする最も感情的な仕草のひとつであるから、どのように演じたとしても、オーバーアクトになることを避けられない。言うなればそれは、クサくなることを必然づけられた演戯である。演戯とは煎じ詰めれば「〜して見せる」ということである。どれほど「〜している」だけに見えているとしても、そこには常に既に虚構としてのアリバイ、結局の所は「ふり」でしかないということ、が前提されている。中でもとりわけ「ふり」の度合が高い「泣く」という演戯の場合は、自然さとかリアリティへの配慮は最早ほとんど意味を成さない。だからそのことがよくわかっている役者は、クリシェを恐れず、ただ思い切って「泣いて見せる」。この映画の妻夫木聡もそうしている。その泣き顔はいつかどこかで既に見たことがあるものだが、それでいいのだ。この嘘泣きは、わたしたちを深く感動させる。なぜならそれは、彼が扮する「沢田」に込められたアイロニーと、見事に釣り合っているからである。

擬制の終焉の終焉

松山ケンイチは出来るだけ演戯しないことによって、妻夫木聡は逆に演戯を強く押し出すことによって、映画『マイ・バック・ページ』のふたりの登場人物を演じている。この対称性は「梅山（片桐）」と「沢田」というキャラクターの対称性とパラレルになっている。最後に、この二組の対称性が、山下敦弘と向井康介がこの映画について行なった、川本三郎の原作と、その向こうにある「過去の事実」に対する、批評的プロセシングを表している、という話をしておきたい。それはつまり、六〇年代末から七〇年代にかけての日本の「運動の季節の終わり」を、川本が私的な回顧を通してあぶり出したとも言える『マイ・バック・ページ』を、ふたりの若き映画人がどのようにして二〇一一年に公開される一本の映画として成り立たせようとしたのか、ということである。

「沢田」も「梅山（片桐）」も、当時の「運動」に共感と熱情を抱きながら、どちらもその主体にはなりえなかった若者である。同じ東大出でありながら、安田講堂の事件の際に「沢田」はもう卒業しており、「梅山（片桐）」は間に合わなかった。そのことが「沢田」に「梅山（片桐）」へのコミットメントを促し、「梅山（片桐）」にとっては彼の行動の潜在的な起動因になっている。ふたりは共に、この時代において傍系に属する存在であるかに見える。だが、果たしてそうだろうか。むしろ彼らはふたつの典型ではないだろうか。ピュアでナイーヴなシンパと、自分自身さえ騙している詐欺師。いつだって「運動」は、この二種類の「キャラ」によって支えられてきたのではなかったか？

「梅山（片桐）」が、どうにかして「ホンモノ」になりたいのだ、とのたまうシーンがある。彼の言う「ホンモノ」とは、この映画の中では東大全共闘議長（長塚圭史）や京大全共闘議長（山内圭哉）を指していると思われる。「梅山（片桐）」は、彼らのような「ホンモノ」に対して、自分が「ニセモノ」だとわかっているからこそ、世間から「ホンモノ」として認められるような行為に手を染めようとする。だが彼には、そのような動機自体が「ニセモノ」であるがゆえであり、そのようにして「ホンモノ」になろうとする振る舞いそれ自体が、救い難く「ニセモノ」的でしかない、ということがわかっていない。しかも彼のやり方は、こう言ってよければ、とことんまで「ニセモノ」の手口なのである。

しかし、かといって、山下敦弘と向井康介は「ホンモノ」への憧れを単純素朴に肯定しているのではない。この映画に内在しているのは、そんなシンプルな二項対立ではない。むしろここで暗示されているのは、そもそも「ホンモノ」ということ自体が、一種の「演戯」としてしか存在しないのではないか、という微かな、だが決定的な疑いではないかと思う。「演戯」とは、「ホンモノらしさを装ったニセモノ」か「ニセモノを極めることによって生じるホンモノ」のことである。あの時代の「運動」とは、「梅山(片桐)」のような「演戯者たち」と、「沢田」のような「観客たち」による、一種の「演劇」のごときものではなかったか。

『マイ・バック・ページ』には、長塚圭史と山内圭哉以外にも、演劇畑の俳優が驚くほど多数出演している。これは山下監督の近年の演劇への興味(彼は『中学生日記』という舞台も演出している)を示しているとも言えるが、それだけではなく、この映画を、というよりも、あの時代を、丸ごと「舞台」として捉え直そうという目論みが隠されているのだと言ったら、さすがに穿ち過ぎだろうか。

しかしわたしには、「沢田＝妻夫木」と「梅山（片桐）＝松山」というペアの、キャラと演戯のいずれからも見出される対称性が、七〇年代半ば生まれである山下敦弘と向井康介にとって、『マイ・バック・ページ』が、どのような物語として捉えられているのかということを示唆していると思われてならないのだ。

それは、かつて確かにこの国に存在していたが、いつのまにか幻のようにどこかへ消え去ってしまった「政治の季節」へのノスタルジーとセンチメントの、今更ながらの再現（＝リプレゼンテーション）ではない。そうではなく、そもそもそう信じられていたもの自体が、最初から或る意味で上演（＝リプレゼンテーション）であったのだ、ということなのだ。それゆえ、演戯に演戯を重ね塗りしてゆく「梅山（片桐）」を、松山ケンイチは演戯しないことによって演じ、演戯がどうしても出来ない「沢田」を、妻夫木聡は過剰な演戯で演じて見せたのである。これをアイロニーと呼ばずに何と呼ぶというのか？

「梅山（片桐）」の「嘘」と「沢田」の「涙」は対称的だが、しかし実のところ同根のものである。おそらくここには、わたしたちが過ぎ越してきた、そして今もその内にある、或る紛れもない空虚さが横たわっている。しかし、この「空虚」な「舞台」に向き合おうとすると、ひたすら「ふり」をし続けることになるか、でなければ不覚にも泣いてしまうのだ。自分がどうして泣いているのかもわからぬまま、ひたすら泣き続けることになるのだ。

映画は記憶を記録する

映画
ジョナス・メカス

ジョナス・メカスがアメリカの土を踏んだのは、一九四九年秋のことだった。ほどなく彼はボレックスの一六ミリカメラを入手して身の周りを撮り始めた。彼は故郷リトアニアの言語で書く詩人だったが、ニューヨークに住むようになった当初は、英語がほとんど使えなかった。彼は言葉の代わりに映像で、映画で、詩を、日記を、手紙を書いた。始めのうち、彼にとっておそらくカメラはコミュニケーションの方法でもあった。そしてメカスはそれから七〇年近くにわたって、ムービーカメラで、日常を、友人たちを、社会を、世界を、ひたすら撮り続けた。二〇一九年一月二三日に亡くなるまで、彼がカメラを回さなかった日は一日たりともなかったのではないか、そんな気がしてしまう。

映画はたかだか百数十年の歴史しか持っていない若い芸術だ。メカスがアメリカに着いた時には、まだその半分、ほんの半世紀しか映画の誕生から経っていなかった。しかしその時点ですでに映画は複雑で豊かな歴史を持っていた。メカスはマンハッタンのアンソロジー・フィルム・アーカイヴスの館長となり、古今東西の映画の収集と保管、上映に従事した。『メカスの映画日記』などを読むと、彼がどれほど映画を愛していたかがわかる。彼は毎日のように映画を観ていた。彼はありとあらゆる映画を観た。彼は映画が持つ沢山の可能性に対して限りなくオープンだった。新しくて挑戦的な、それがゆえに未だ正当な評価を受けられないでいる映画をメカスは擁護し、賞讃し、名も無い映画作家たちのために一肌も二肌も脱いだ。けれども彼自身は、物語らしきものが存在する最初期の『Guns of the Trees』(一九六一)を除くと、映画の作り手としては、生涯を通じて極めて一貫した方法論を守り続けた。すなわち「日記、ノート、スケッチ」である。

メカスはただ、毎日の生活を送りながらカメラを回した。おそらくフィルムを節約するためもあって、ひとつひとつのショットは大変短く、コマ撮りも多用した。音は録らなかった。これだけでもすでに、メカスがやっていたことが、いわゆるドキュメンタリー映画とは似て非なるものであったことがわかる。ベタな言い方になってしまうが、彼が撮っていたのは「記録」ではなく「記憶」だった。それもたとえば、ずいぶん後になってから前ぶれなく不意に脳裡に閃く、あの日あの時の誰かの微笑であるとか、或いは夢のなかでふと再訪することになる、あの日のあの場所の風景とか、そんな断片的な記憶、特別な瞬間だから残しておこうということではなく、特に何があったわけではない、ごく平凡な、取るに足らない出来事や景色、特別でないものをメカスは撮った。というか特別か特別でないかの区別が彼には存在しなかった。結果として何度かは特別な、時には極めて特別な光景を彼は撮ることになったが、しかしそれが目的であったわけではないということは重要だ。本物の日記なら「今日は特に何もなかった」で済んでしまうような日もメカスはカメラを回した。そうして膨大な「過去」の「記憶」が、彼の外側で、長らくフィルムという姿で、次いではビデオという形で、大量に積み上がっていった。編集され、タイトルが付けられ、作品として公開されたものの他にもメカスは無数のイメージを遺したはずだ。それらはいわば、瞬きと瞬きの間に見えていた眺めの集積だ。それらはあるひとりのリトアニア人、あるひとりのアメリカ人の「カメラ=瞳」を通した「過去」の集積、「記憶」の断片である。繰り返しになるが、メカスのやり方は、他の映画作家とは全く違っていた。それはむしろある種の写真家の手つきに近い。だが彼にとっては、そのイメージが動いているということが、何よりも重要なことであったのだが。

映画は今後も存在していくだろうが、それはどんどん変化していき、気づいたら今の映画とは似ても似つかないものになっているかもしれない。ジョナス・メカスは、映画が映画であった時代に、他の誰とも違った仕方で、映画には何が出来るのかを示した。彼の映画を見るたびに、私たちは、この世界の儚さと美しさを発見する。何度となく、再発見する。

の唯名論

音楽
プリンス

カルメン「名の前に来るのは何?」
ジョセフ「名前だろう?」
カルメン「名前の前、名前で呼ばれる前は?」
ジョセフ「分からないな」
カルメン「やっぱりあなたとは大したことはできないわ」
ジャン=リュック・ゴダール監督『カルメンという名の女』

何を隠そう、佐々木敦、というのは筆名である。というのは嘘で、佐々木敦は本名である。商売

でものを書き始めた時、筆名、ペンネームというものをひねり出す余裕はなかった。またその必要もなかった。本名を隠さなくてはならない理由は特になかったし、またその欲望もなかった。インターネット以降、いまや多くの人々がハンドルネームとかアカウント名とかいった本名とは別の名前を持っていたりするわけだが、私はＳＮＳなども全部本名でやっている。

だが時々、この文章の最初のように、ちょっとした悪戯心で「何を隠そう、佐々木敦、というのは筆名である」とか口走ってみたりすると、結構驚かれたりするのだが、しかしそれを聞いた者はすぐさま「で、本名は？」と真顔で訊ねてきたりするのだから、佐々木敦は本名でなくペンネームだったのかという意外性も一瞬のことで、まあそういうこともあるよね知らなかったけど、という感じで会話はごく平然と続きそうになるのである。それであまり引っぱるのも何なので「というのは嘘で」と応えると、相手はなーんだ、となる。

何らかの事情があって別名を拵えるということはもちろんあるだろう。たとえば私が知ってる人のリツイートなんかで、読もうと思わずして読んでしまったりする妙なアカウント名と変なアイコンのツイート主の多くは大学教員だったりする。リツイートしたりリプを飛ばし合ったりしている方々は、おそらくお互いの素性を知っているのだが、それを傍から眺めている私にはどこの誰なのかわからない。プロフィール欄にも詳しい説明はもちろんない。しかし彼らが実際にはどこそこの大学に正規非正規で勤める研究者や講師や教授などであることぐらいは読めばわかる。しかし本名は私にはわからない。彼らはまるで、なんだかファンタジーの、それもちょっとグロテスクなファンタジーの住人のようである。

彼らには本名をネットでは明かせない具体的な理由があるのだろうから、それは全然構わない。だがそういう理由が特にない私はというと、どちらかといえば、別の名前を作り出してアルターエゴというかヴァーチャルな虚構人格として振る舞うよりも、自分の持って生まれた本名それ自体を何らかの意味合いで虚構化してゆくことの方がしたいと思っている節がある。つまり「佐々木敦」という同じ字面の機能と作動ぶりが、どんどん枝分かれして拡散して焦点を結ばなくなってゆき、同じ名前の同じ人物が何人も存在するかのような効果を上げることを、狙っているとまでは言わないがどこかで理想としているような感じがある。実際にそうはなっていないかもしれないが、これは「佐々木敦」がたまたまであるという感覚と裏腹なのかもしれない。私の「敦」は、満州に居た祖父が敦煌から採ったらしい。本人に聞いたわけでなく又聞きなので実際はよくわからないが。私は気づけばすでに「敦」だったのだが、それは誰かが名付けたからそうなっているのであって、自分ではない誰かが名付けたら自分は「敦」なのだということを私はよく知っている。それは決定的なことだが、でも単なる偶然みたいなものであることも確かであり。だからある意味では本名だって別名とか変名とかとあまり変わらないんじゃないかという意識があるのかもしれない。

さて、周知のように、プリンスは本名である。プリンス・ロジャーズ・ネルソン。「周知のように」

はクリシェであって、たぶんプリンスという存在を知っている人たちは結構な割合でプリンスが本名であることを知らないのではないだろうか。かつては私もそうだった。これも「周知のように」案件ではあるが、同い年生まれ（一九五八）のマドンナも本名である。マドンナ・ルイーズ・ヴェロニカ・チッコーネ。アメリカには本当に色んな名前の人間がいるのでプリンスもマドンナもものすごく珍しいわけではないのかもしれない。但しプリンスと名づけられた男の子がやがてこの国では「殿下」と呼ばれもするポップミュージック界の貴公子になったり、マドンナという名の女の子が長じて世界の、時代のマドンナになったりすることはもちろん万にひとつも起こらない出来事である。持って生まれたファーストネームを名乗るだけで芸名のようなわかりやすさとインパクトを放ってしまうこのふたり。それは逆に言えばプリンスもマドンナも敢えて芸名を創出する必要はなかったということでもある。いや、もちろん違う名前を名乗ることだって出来たわけだが、彼も彼女もそうはしなかった。

しかしながら、紛れもない本名である「プリンス」はしかし、たとえば同じく本名の「佐々木敦」とは随分とニュアンスが異なっている。私は何の変哲もない自分の本名を何らかの仕方で虚構化してゆくことを目論んでいる、とまでは言わないが何となくそんなことを考えているわけだが、プリンスの場合はある意味でそもそもかなり虚構的な名前だと言える。プリンスは彼の本名だが「王子」とか「殿下」とか訳される名詞でもある。固有名詞にして普通名詞。むろんこれだって特別なことではないが、ともあれプリンス・ロジャーズ・ネルソンが「プリンス」と名乗ったのと、佐々木敦が「佐々木敦」と署名したのとは、同じ行為なのにどこか違っている。どこかが違ってくる。

九〇年代は、プリンスにとって不安定な時代である。PRINCE & THE NEW POWER GENERATION名義で初めてリリースされた『ダイアモンズ・アンド・パールズ』（一九九一）に続くアルバムは『[symbol]』（一九九二）と題されていた。これは雄を示す記号「♂」と雌を示す記号「♀」を合体させた上、更に手を加えたもので（ちなみに単なる雌雄同体を示す記号は「⚥」）、発音は不明であり、プリンス自身も読み方を表明しなかったため、海外ではただ単に「ザ・シンボル」、日本では『ラヴ・シンボル』という邦題を附されて発売された。一九九三年にプリンスは所属レコード会社のワーナー・ブラザーズとアルバム六枚分の再契約を結んだが、その直後から両者の関係の悪化が表面化する（金銭的には破格の契約条件だったが、自らハンドリングしてきたワーナー内の個人レーベル「ペイズリー・パーク・レコード」の閉鎖や、楽曲にかんする過大な要求などにかんする不満が爆発したものらしい）。程なくプリンスはワーナーからは今後新曲を発表しない（契約の消化は膨大な既録音源の蔵出しによって処理する）と宣言、一九九四年、プリンス名義のアルバム『Come』のジャケットには「PRINCE 1958–1993」とある。プリンスは死んだ。その通り、一九九五年にリリースされた次作『ゴールド・エクスペリエンス』からはプリンスという名前は使われなくなり、代わってラヴ・シンボルこと「[symbol]」がアーティスト名として冠されることになった。

今度は名前になったので「シンボル」とか「ラヴ・シンボル」と呼ぶのも変だということなのか、しかし相変らず読み方はわからないので、仕方なくメディアにおいては「the Artist Formerly Known As Prince＝かつてプリンスと呼ばれたアーティスト」という実にまわりくどい呼称が発明された。これでは長過ぎて言いにくいということで、単に「ジ・アーティスト」と略されるようになり、やがて元プリンス自身もこの呼称を認めるようになった。元プリンス。かつてプリンスと呼ばれたアーティスト。アーティスト。つまり「プリンス」→「ジ・アーティスト」になったわけである。とはいえ、あくまでも作品に署名されている名は読み方不明の「♀」なのだから、ここで起こっているのは、相当にややこしい事態であることがわかるだろう。「ジ・アーティストこと♀」時代の作品としては、先に挙げた『ゴールド・エクスペリエンス』の後、ペイズリー・パークに代わって元プリンスが設立したNPGレコーズから出された『イマンシペイション』（一九九六）や『クリスタル・ボール』（一九九八）などを挙げることが出来る。前者は三枚組、後者は四枚組のボックス・セットであり、特に『イマンシペイション』は三枚のディスクが全て一二曲入り、収録時間一時間ジャストで統一されているという凝りようである。

　ところで、名前を変えたからといって、元プリンスの音楽性自体が大きく変化したわけではない。もちろん時代ごとの変遷や作品それぞれの個性はあるにせよ、プリンスという才能は基本、良くも悪くも金太郎飴型であり、極端に突飛なことや驚くべき新機軸のようなことは、たとえやってみたにせよ然程（さほど）注目されることはなく、そこから更に発展させられていくこともないままで終わってしまうことが多いように思う。そういうタイプのミュージシャンは彼以外にも沢山いるので、これは貶しているのではない。ただ、この時代の「改名騒動」が、およそクリエイティヴな次元とは別のところで為された出来事であったことを確認しておきたいだけである。要はレコード会社とのもめ事の副産物としての暴挙だったのだ。

だが、そう思ってみても、どうにもおかしな気もしてくる。ごくまともに考えて、ここでの振る舞いは、やや常軌を逸している。所属するレコード会社とトラブルを起こした音楽家は幾らだっている。「プリンス」ほどのビッグ・アーティストであれば、その影響が双方において甚大なものであることも確かだ。この時代、元プリンスはワーナーとの契約遂行のためにせっせと未発表音源を見繕ってアルバムとしてリリースしていく。『カオス・アンド・ディスオーダー』（一九九六）や『ザ・ヴォルト〜オールド・フレンズ・フォー・セール』（一九九九／もともとは一九九六年に出るはずだった）がそれに当たるが、前者には「[symbol]」がアーティスト名として冠されており、後者は「プリンス」名義となっている。本人の弁によると『ザ・ヴォルト』はワーナーが勝手に出したアルバムだから、ということらしい。ちなみに『カオス・アンド・ディスオーダー』のジャケットは、一九八二年リリースのアルバム『１９９９』のレコード盤が路上で踏みつけられ割れており、そのラベル部分のプリンスの眼に涙が描き加えられているのだが、その涙がワーナーのマークになっているという強烈なアートワークだった。ワーナーとのリリース契約は『ザ・ヴォルト』で終了し、『イマンシペイション』はワンショット契約でEMIからリリースされ、『クリスタル・ボール』はNPG単体から最初は通販のみ、追ってショップでも入手出来るようになった。「♀」名義の最後のアルバムは、一九九九年リリースの『レイヴ・アン2・ザ・ジョイ・ファンタスティック』。アリスタ・レコード移籍第一弾アルバムだったが、結果としてアリスタとの関係もこれ一作のみで終わることになる。しかしこの作品にはプロデューサーとして「プリンス」がクレジットされていた。そしてミレニアムを超えた二〇〇〇年、ワーナーとの出版契約が完全に終了したのを受けて、「プリンス」という名前に復帰することが宣言され、翌年に出た『レインボー・チルドレン』(二〇〇一)からは、再びプリンス名義でリリースされてゆくことになる。

ややこしくて申し訳ないが、要するに、ワーナーとの問題やレコード会社移籍に伴うあれこれと、プリンスという名前を捨てて「♀」に、「かつてプリンスと呼ばれたアーティスト」に、「ジ・アーティスト」になるという流れは、必ずしも論理的に繋がっているわけではないらしい、ということである。たとえば特に名を秘す日本の某トリオ・ユニットは、ゼロ年代後半に二度目の本格的なリユニオンを果たしてゆくプロセスにおいて、しかしなかなか人口に膾炙した英語三文字の名前を使用しようとしなかった。そこには前回の時のようなメディアハイプ的なお祭り騒ぎを避けたいという本人たちの意向もあったと思うが、それと同時に、その名義がかつての所属レコード会社によって商標登録されており、安易に名乗ると法的トラブルに発展しかねないという事情もあったと言われている。プリンスの場合はこれとは違う。いや、厳密には似た要因もあったのかもしれないが、だからといって「[記号]」にする必要は全くなかったはずである。ワーナーに対してムカついたことと、名前を読めない記号に変えるという仕業は、実はほとんど関係ないのではあるまいか。それより以前からプリンスは名前を変えたかった。しかも「[記号]」のようなわけのわからない、名前とも言えないような名前に。その千載一遇のチャンスが、このタイミングで訪れた、ということだったのではないだろうか？

こんな深読み(?)の傍証となる曲が『ラヴ・シンボル』に収録されている（邦題で記したが原題は『[記号]』であることをお忘れなく）。このアルバムの一曲目は「My name is Prince」。タイトル通り、「My name is Prince and I am funky／My name is Prince the one and only」と繰り返される曲である。先にも述べたようにこのアルバムはタイトルが読めないことが話題になった。日本ではラヴを付けられてしまったが海外では「ザ・シンボル」とだけ呼ばれた。この次の『Come』でプリンスは「プリンス」を殺し、続く『ゴールド・エクスペリエンス』で「[記号]」という名前が冠される。作品名が作者名になったわけである。「ザ・シンボル」が「ジ・アーティスト」になった。しかし書きつけられるのはあくまでも「[記号]」という発音不明の記号のみ。シンボルもアーティストも他人が勝手にそう呼んでいるだけである。そして二一世紀になってプリンス名義に復帰した時、実はこの「プリンス」は

「かつて『かつてプリンスと呼ばれたアーティスト』と呼ばれたアーティスト」であり、また「かつて『♀』と名乗ったアーティスト」であったわけだが、結局のところ、エキセントリックな天才ミュージシャンの一時のお騒がせとして、今では微苦笑とともに時折思い出されるエピソードに収まっているというわけなのだ。

たとえばマルセル・デュシャンにとってのローズ・セラヴィ、フェルナンド・ペソアにとってのアルヴァロ・デ・カンポスやアルベルト・カエイロやリカルド・レイス、ドミニク・オーリーにとってのポーリーヌ・レアージュ、或る方にとっての草野進、誰かにとってのバンクシー、等々、何らかの要請や目論みによって別名、変名を名乗るケースは多々ある。しかし、もちろんプリンスの場合はこれらとはまるで異なる。プリンスが「♀」と名乗った時、その正体がプリンスであることを知らない人間はこの世界にひとりも居なかっただろう。この意味で、彼がしたことは、むしろバンド名を変えるのに近い。フロントマンだったイアン・カーティスを失ったジョイ・ディヴィジョンが、カーティス不在のもともとのメンバーのままでニュー・オーダーという新たな名前を身に纏ってみせたのと、ほんの少しだけプリンスの「♀」は似ていなくもない。いや、そうでもない。「かつてプリンスと呼ばれたアーティスト」だの「ジ・アーティスト」だの、とても本気とは思えない、ほとんど笑ってしまうような行状ではないか。変人の悪ふざけだと受け取るのがまず正しいし、実際、事態はそのように推移したのだった。

しかし、だからこそ、私としては、このナンセンスな「名前」をめぐる騒動が、今なお気になって仕方がないのである。「♀」とは何だったのか。繰り返すが、これは音楽的な問題ではないし、芸術的な問題でさえない。プリンスと名づけられたひとりの人間の、いささか特異であるだろうパーソナリティに還元される問題だと言えば、それだけのことかもしれない。だが、おそらくこのことは言える。プリンスは、如何なる名を名乗ろうとも、結局のところは、彼が彼であるということは何ら変わらないし、彼が変わらず彼であるということを世界中の誰もがわかっているだろうことを十分に知っていたし、そのことに自信を持ってもいた。そして同時に、間違いなくそのことに苛立ってもいたのだ。彼はプリンスとして生まれ、プリンスとしての生をまっとうした。「♀」時代など、誤差程度のことに過ぎない。しかしポップミュージック史上、こんな馬鹿げたことをやってのけたのも、今のところ彼以外には存在していない。

カメラ vs. 峯田和伸

音楽
銀杏BOYZ DVD『愛地獄』（UKプロジェクト、二〇一六）

出来事は取り返せない。時間は巻き戻らない。よくよく当たり前のことであるはずなのに、われわれはついついそれを忘れて、というかどうしてか脇に置いて、なにげにごく簡単に、反復とか再生とか呼ばれることがまるで可能であるかのように思い込んでしまう。だが、あの日あの時あの場所で起こったことは、本当はもうこの世のどこにもない。ありはしない。記憶の中でだって、たとえそれが今のこの現実と見紛うほどに鮮明であったとしても、結局のところそれは錯覚か思い込みに過ぎない。究極的には、過去などというものは存在していない。あの日あの時あの場所で起こったことは、その日その時その場所で起こったようには、二度と繰り返されることはないのだから。

だが、それでも、ここにある映像と音響の実在感はどうだろう？　私はここに映っているどの場所、どの空間にも居なかった。変な言い方だが、自分がそこに存在していなかったことだけは覚えている。にもかかわらず、音楽は、それを奏でる者たちは、それを唄う男の姿は、紛れもなく今ここにある。確かにそれに触れることは出来ない。だがこの目が、あたかもフレーム＝スクリーンの向こう側に突入してしまったかのように、そこで常に現在形で産まれている、産まれ続けている音楽の生々しい肌触りを、まざまざと、ありありと感じている。そこで生じている異様な興奮を、猛烈な熱狂を、かと思えば静寂を、奇妙な穏やかさを、完璧な実感として受け取っている。

だがこれは、まるで自分自身がここに映っている銀杏ＢＯＹＺのライヴの観客のひとりであったかのように、ということではない。さっきも言ったように、そんなことはなかったということを、私はちゃんと覚えている。だからそうではなくて、この映像作品を見る者は、まるで自分がカメラになってしまったような気にさせられるのだ。カメラマンに、ではない。カメラに。もちろんマイクだって付いている。イメージとサウンドはリアル過ぎるほどの感触を伴って、ここにある。しかもそれは幾度でもリピート可能なリアルなのだ。何だったら時を止めることだって可能なのだ。

思うにこれはカメラ（とマイク）だけの力ではない。主な被写体である峯田和伸との共同作業である。彼の瞳を超クローズアップにしたら、そこにはカメラのレンズが映っているかもしれない。しかしなんだか彼はカメラなんかそこにないかのように振る舞っている。いやそんなことはない。それだけならば、すべてのライブビデオの被写体がやっていることに過ぎない。そうではなく、峯田はカメラのレンズから発されている視線（この視線はわれわれのものだ）の圧力を、全身をフルに使ってひたすらに打ち返している。その日その時その場所に存在した彼のすぐそばにカメラがあったことは、誰よりも彼自身がよくわかっている。彼は撮られており、録られている。そのことを完璧に意識しながら、峯田は同時にそのことを完璧に忘れて唄っている。その結果、カメラはあたかもそこに存在していなかったかのようでありながら、それが捉えた過去の出来事は永遠のリアルとして定着されることになる。これは峯田が今や俳優でもあることと深く関係しているだろう。

この作品は峯田和伸とカメラの闘争の記録だ。峯田は圧勝しているが、そんな彼でも数カ所だけカメラを気にしてしまうところがある。だが、そこがまた良いのだ。そう、あの場面だ。

「小説」の「映画」化とは何か？

文芸・映画

村上春樹「納屋を焼く」（新潮社、一九八三）／イ・チャンドン監督『バーニング 劇場版』（二〇一八）
吉本ばなな「白河夜船」（福武書店、一九八八）／若木信吾監督『白河夜船』（二〇一五）

村上春樹「納屋を焼く」／イ・チャンドン監督『バーニング 劇場版』

村上春樹の「納屋を焼く」は、文芸誌『新潮』の一九八三年一月号に掲載された短編小説である。『新潮』は月号表記の一カ月前に書店に並ぶので、発表は一九八二年の暮れである。時期的に言うと第三長篇『羊をめぐる冒険』刊行から間もない頃に当たる。まだ『世界の終りとハードボイルド・ワンダーランド』も『ノルウェイの森』も書かれていない。のちに同時期の短編群と併せて『螢・納屋を焼く・その他の短編』として刊行されている。村上春樹の短編小説の中でも人気の高い作品のひとつである。

映画『バーニング 劇場版』は、この「納屋を焼く」の映画化である。だが、結論から言うとイ・チャンドン監督は、掌編と言ってもいいごく短い原作小説を大胆に改変し、独自の観点から思い切り膨らませて自分の映画にしている。私は「納屋を焼く」をイ・チャンドンが映画にすると知ってから観るのを楽しみにしていたが、その過激なまでの変貌ぶりにはいささか驚いてしまった。以下、小説と映画の違いについて述べてみたい。

原作は「僕」の一人称で書かれている。春樹作品ではお馴染みの「僕」であり、この「僕」は限りなく村上春樹本人のように読める。小説の書き出しは「彼女とは知りあいの結婚パーティーで顔を合わせ、仲良くなった。三年前のことだ。僕と彼女はひとまわり近く歳が離れていた。彼女は二十歳で、僕は三十一だった」。春樹は一九四九年生まれなので、三一歳の時は一九八〇年、綺麗に一致する。しかし映画では主人公とヒロインは幼馴染という設定になっている。主人公は作家ではなく作家志望の若者ジョンスである。彼は往来でキャンペーンガールのアルバイトをしていたヘミと偶然再会する。小学校以来だった(当時の記憶をめぐるエピソードは映画の重要な要素のひとつである)。ヘミは整形したから顔がわからなかっただろうと言う。

映画の舞台は一九八〇年頃の日本から二〇一七年の韓国に移し替えられている。ジョンスの両親は離婚しており、父親は暴力事件を起こして裁判が継続中、彼は誰も住む者がいなくなった実家に戻ってこざるを得なくなる。この設定も原作にはない(註)。だがヒロインがパントマイムを習っていることや、彼女がアフリカに旅行し空港で知り合った同国人の男性を伴って帰ってくるところは同じである。物語の第三の登場人物は、原作では「僕」より少し年下だが、映画ではジョンスとヘミよりも年上のようである。男の名はベン。小説では三人とも名前がない。「僕」「彼女」「彼」である。小説の「彼」は「僕」に貿易の仕事をしていると言い、映画のベンはジョンスに色々やっていると言う。実際、どんな仕事をしているのか不明なままであるところ、しかし外車に乗って妙に羽振りが良さそうなところは小説と映画に共通している。

だが三人の関係性は違っている。原作の「僕」はいかにも春樹小説らしく超然としており、おそらく「彼女」と肉体関係もあるのだろうが少なくとも語りの表面上は新たな恋人である「彼」に嫉妬しているようには思えない。しかしジョンスはいつしかヘミに狂おしく恋してしまう。典型的な現代韓国の「持たざる若者」であるジョンスは父親への怒りと恨み、社会への不満と苛立ち、自らの将来への不安と焦燥を隠さない（隠せない）。ジョンスは当然、ヘミとベンに嫉妬を覚えてしまう。『バーニング 劇場版』は淡々とした原作小説とは異なり、悲痛な恋愛映画であり、切実な青春映画でもある。

小説の「彼」は「僕」に納屋を焼く話をする。映画のベンもジョンスにビニールハウスを焼く話をする。納屋からビニールハウスへの変換は見た目の問題だけではない。原作と同じくジョンスは実家近くのビニールハウスを毎日見て回る。ベンが近いうちに焼くと言っていたのに一向にその気配がないこと、その間にヘミと連絡が取れなくなること、久しぶりに会ったベンに尋ねてみると、もうとっくに燃やした、あまりにも（ジョンスにとって）近過ぎて見落としてしまったのだろう、と言われること、それきりヘミとは会えなくなることは、全て原作にもある。だが、イ・チャンドンはこれに続く衝撃的と言ってよいラストシーンで、村上春樹の謎めいた小説に対するひとつの解釈（それは小説が発表された時から取り沙汰されていた解釈のひとつだが、当然ながら春樹は正解を示したことはない）を提示しつつ、自分自身のテーマに強力に引き寄せてみせる。そのテーマとは、一言でいうならば「絶望」である。結末に至って、原作と映画はほとんど似ても似つかないものになる。だが、それこそが監督のやりたかったことなのだ。イ・チャンドンは村上春樹の小説を出発点に、彼にしか撮れない映画を撮った。

註：ウィリアム・フォークナーに短編小説「納屋を焼く（*BARN BURNING*）」がある。村上春樹の「納屋を焼く」には「僕」がフォークナーの短編集を読んでいる箇所があり（註の註）、映画でもジョンスが好きな作家としてフォークナーの名を挙げ、ベンが短編集を読んでいる場面がある。原作とは別にフォークナー版「納屋を焼く」の物語は映画『バーニング 劇場版』に影響を及ぼしていると思われる。それは主人公の父親の人物造形と関係している。興味のある方はご一読を。

註の註：しかし村上春樹は「納屋を焼く」を書いた時はフォークナーの同名短編は未読だったと発言している。そのせいか初出と新潮文庫版『螢・納屋を焼く・その他の短編』には「僕」がフォークナーの短編集を読んでいる描写があるが、その部分が「週刊誌を三冊」に変更されているヴァージョンも存在する。

吉本ばなな「白河夜船」／若木信吾監督『白河夜船』

小説「白河夜船」は、今は亡き文芸誌『海燕』の一九八八年一二月号に掲載された。作者の吉本ばなな（現・よしもとばなな）は、この前年の八七年に、同誌の新人文学賞を「キッチン」で受賞して、小説家デビューを果たしている。吉本隆明の実娘であることが当初より話題になっていたが、あっという間に超のつくほどの人気作家になってしまい、むしろ隆明の方が「ばななの父親」として脚光を浴びてゆくという逆転（？）現象が生じていったことは、周知の通りである。ばななの評価を決定づけたのは、一九八九年を代表する大ベストセラーとなった『TUGUMI』だが、単行本の『白河夜船』（表題作と「夜と夜の旅人」「ある体験」の三編が収録されている）は、その約三カ月後の刊行だった。そのせいで、とかく『TUGUMI』の陰に隠れてしまいがちであり、どちらかといえば地味な作品という位置づけではあるが、ばななの初期作品の中でも特にこれが好きというファンも、もちろん多数存在している。

ともあれ、既にして今から四半世紀以上も前の原作ということである。今回、若木信吾監督によって映画化された経緯を私はよくは知らないのだが、いうなれば「八〇年代の終わり」と「一〇年代の半ば」を繋ぐ、一種のタイムマシンのようなものとして、この作品を観た。実際、この映画の中には、小説が書かれた時代と、今現在という、遠く懸け離れたふたつの時間が、同時に流れているように思われるのだ。

『白河夜船』や『TUGUMI』が出版された一九八九年とは、言うまでもないだろうが、平成元年である。一月七日に昭和天皇が崩御し、八日から元号が改められた。日本国内の雰囲気は、いまだバブル景気の只中でありつつも（バブルが崩壊したとされるのは一九九一年のことである）、前年の秋から病に臥していた天皇への懸念と、さまざまな自粛の残滓によって、平成に入ってからも、けっしてすぐに明るくはならなかったと記憶している。

最初に述べたように、「白河夜船」の初出は八八年の暮れであり、むろん実際にこの小説がいつ起筆されいつ脱稿されたのかは知るよしもないのだが、作品の重要なテーマである「眠り」は、昭和天皇の病いに重ね合わせてみることが、或いは可能かもしれないと、今回再読してふと思ったりもした。それはさすがに穿ち過ぎというべきかもしれないが、たとえ作者にはそんなつもりなど微塵もなかったのだとしても、ばななという小説家は、あくまで個人の痛みを描いているようでいて、その向こう側に、もっとずっと大きな存在というか、個を取り巻く社会とか時代とか呼ばれる何かの痛み、その静かな叫びのようなものを、独特な仕草で読者に垣間見させることをする書き手である。だから、小説であれ何であれ、おしなべてそういうものなのだという常識をはるかに上回って、よしもとばななの「白河夜船」という作品と、それが書かれ世に出た時期とは、深く強く関係している。

「白河夜船」には、少なくとも三つの「眠り」が描かれている。まず第一に、ヒロインであり語り手である「私」こと「寺子」の眠り。小説の一行目は「いつから私はひとりでいる時、こんなに眠るようになったのだろう」である（映画チラシにも引用されている）。実際、彼女は寝てばかりいる。いや、彼女は出来るなら眠りから覚めたくないと思っているかのようでさえある。第二に、寺子の不倫相手である「岩永」の、交通事故で植物人間となった妻の眠り。その眠りがどのようなものであるのか、本人以外には（おそらくは本人にも）わからない。第三に、寺子の親友であり、自殺を遂げた「しおり」の、寺子によって「手の込んだ売春みたいなこと」などと呼ばれる「添い寝」。しおりは見知らぬ男たちの横で寝ることでお金を得ていた。気怠い、疲労と不安が甘く溶け合ったような寺子の眠り。岩永の妻の終わりなき眠り。奇妙な優しさの背後に鈍い絶望を感じさせる、しおりの眠り。これら三つの「眠り」は、文庫版『白河夜船』のあとがきに書かれているように、作者のばなな自身が、この時期に「本当によく寝ていた」ことから来ているのでもあるだろうし、と同時に、やはり「八〇年代の終わり」の、誰のものでもない／誰のものでもある心象風景を、それぞれに、あたかも三面鏡のごとく映し出しているように思える。しかし問題は、それを今回の映画が、どのように「一〇年代の半ば」の「今」に変換したか、ということだ。

この映画は、よしもとばななの小説に書かれてある通りに撮られている。設定も物語もシーンの順番も、ほぼ原作と同じだ。小説の「私」の一人称を、巧みにナレーションと台詞に切り分けるこことによって、映画としての佇まいもきちんと主張している。寺子を演じる安藤サクラが発する言葉の量は、原作よりもずっと少ない。その代わりに彼女は、表情や動作や存在を丸ごと駆使して、寺子というヒロインを表現している。この映画は何よりもまず、安藤サクラの不安定な存在感を見るべき作品だ。彼女の演技はぐらぐら、ぐにゃぐにゃしている。それは寺子という登場人物が不安定であるだけでなく、安藤サクラという女優の個性でもあるだろう。写真家からそのキャリアを始めた監督、若木信吾のカメラは、そんな不安定な女優＝ヒロインを、やはりぐらぐら、ぐにゃぐにゃとした不安定な画面に、丁寧かつ大胆に収めてゆく。彼女がぐらぐら、ぐにゃぐにゃしていないのは、眠っている時だけである。

これに対して、目覚めることの出来ない岩永の妻は、ベッドの上で不動のままである（いや、そうとばかりも言えないのだが、映画の秘密に触れるので、ここでは黙っておく）。しおりの添い寝は、眠ったふり、動かないふりであったのかもしれず、だから彼女にとって真に安穏とした眠りは、寺子と一緒に横たわる時だけである。寺子としおりの場面は、いずれも安定したカメラワークで撮られているように思える。若木信吾の瞳は、三つの「眠り」をしかと見据えている。

映画と小説の決定的な違いは、原作が書かれ／物語の舞台となったのが今から四半世紀も過去であっても、そこに映っているのは、二〇一〇年代半ばの東京の光景であるということだ。当然のことだが、この当然さは非常に重要だ。寺子と岩永が待ち合わせる「いつもの橋の上」は、渋谷駅東口の歩道橋であり、クライマックスの花火は、隅田川花火大会だ。原作には場所や地名が記されていないが、映画は映画であるがゆえに、常に必ず具体的な時と場所を必要とするし、それらを刻み付けられる。つまり映画は、どんな物語であっても、幾分かはドキュメンタリーである。この歴然たる事実に、若木監督は明らかに意識的だと思える。寺子が、安藤サクラが、岩永と、井浦新と寄り添うのは、どうしたって撮影時の「現在」でしかない。だから映画『白河夜船』は、遠い昔に書かれた「白河夜船」という小説を、いま現在の物語として再生しようとする一種のドキュメンタリーでもあるのだ。このことは若木信吾の出自と無関係ではないだろう。なぜなら写真こそ、その時その場の「いま、ここ」を、否応無しに切り取って残してゆくメディアであるからだ。

映画『白河夜船』に描かれている「眠り」、そこに私たちが感じ取る透明な悲痛さは、紛れもなく二〇一五年のものである。かつてよしもとばななが そうしたように、この映画もまた、今という時代の、誰のものでもない／誰のものでもあるだろう心象を、鮮やかに映し出しているのだ。

SOS団はもう解散している

文芸
涼宮ハルヒ

ハルヒは現在二四歳である。このことはほぼはっきりしている。彼女がわたしたちの前に姿を現したのは、二〇〇三年六月のことだった。このとき高校一年であったのだから、八年の歳月が流れた二〇一一年の今では、二四歳か、でなくても二三歳。立派な大人の女性である。

『涼宮ハルヒの憂鬱』（角川スニーカー文庫、二〇〇三）に彼女が登場するのと同時に発された、いわばシリーズの開幕を飾る迷言／名言、

「東中学出身、涼宮ハルヒ。
ただの人間には興味ありません。この中に宇宙人、未来人、異世界人、超能力者がいた

ら、あたしのところに来なさい。以上」

を、現在の彼女はどう思っているのだろうか？

まず、二〇〇三年というのがどういう年だったのかをほんの少しばかり顧みてみよう。大きな出来事で言うなら、この年はイラク戦争が始まったりSARSが流行したりヒトゲノム計画が完了したり「はやぶさ」が打ち上げられたりした年である。谷川流はこの年に、短篇掲載を経て『涼宮ハルヒの憂鬱』と『学校を出よう！：Escape from The School』で二社同時デビューを飾った。周知のごとく『憂鬱』は、角川スニーカー文庫の新人登竜門であるスニーカー大賞の第八回受賞作で、グランプリに当たる「大賞」としては五年ぶりの、鳴り物入りのデビューだった。

フィクションの世界に目を向けると、この時期はいわゆる「セカイ系」というキーワードが、あちこちで持ち出されていた頃である。作中世界の何もかもが、結局のところはハルヒの無意識に帰着する『ハルヒ』も、言うまでもなく一種の、というか究極の「セカイ系」と捉えることが出来る。色んな定義があるのだろうが、とりあえず「セカイ系」とは、言ってみれば「世界」を、地球とか宇宙とか過去とか未来とかをあっさりと超えた、ほとんど無限に近いものにまで一旦拡張しまくったうえで、いきなり学校とか教室とかお茶の間とか自室のレベルにまで縮減し、遂には誰かの脳内の妄想とか想像に行き着いてしまうという、デカルト的懐疑の極端な真に受けというか、ベタな独我論のようなものである。クラスメイトが神（みたいなもの）であり、その周りに宇宙人や未来人や超能力者なんかが、それぞれのカテゴリの命運を賭けて集ってくるなどというのはその最たるものだろう。だがここには無視出来ない違いもある。それについてこれから書く。

だがその前にもうひとつ導線を引いておきたい。谷川流がデビューする少し前、ゼロ年代が開始されたあたりから小説の分野で急激に進んでいた或る現象について。たとえば西尾維新が二〇〇二年に『クビキリサイクル：青色サヴァンと戯言遣い』でデビューしている。その前年には舞城王太郎が『煙か土か食い物』で、佐藤友哉が『フリッカー式：鏡公彦にうってつけの殺人』で、それぞれデビュー。この三人はいずれも「メフィスト賞」である（舞城は二〇〇三年に『阿修羅ガール』で三島由紀夫賞を受賞している）。或いはたとえば乙一が二〇〇二年に『GOTH：リストカット事件』を、『涼宮ハルヒの憂鬱』が出たのと同じ二〇〇三年六月に『ZOO』を発表している。

何が言いたいのかといえば、ハルヒ登場の前後に、小説のジャンル崩壊みたいなことが、各所で勢いよく進行していたという事実である。それは大きく二方向から成る。個々のジャンル内における自己批評（とそれに伴う変質・歪曲）的な側面と、他／多ジャンルの混交（とそれに伴う「ジャンル性」の再編成）という側面である。牽引したのは疑いもなく『メフィスト』と『ファウスト』（は二〇〇三年九月創刊）だろうが、のちの星海社設立へと連なる太田克史の理念や理想とはまた別に、いわば「小説」は自らのサヴァイヴの為にこそ、それなりに有効に機能してきた「ジャンル」なるものを根本から見直さざるを得なくなっていたのだし、何よりそれは個々の作家たちの意識無意識の内で、或る必然性を持っていたのだと思われる。

そして考えてみれば（考えてみるまでもなく）、そもそもライトノベルとは明らかに、小説にイラストという「小説」以外の「ジャンル」を合体させたことによって（商業的な次元で言うなら、ほとんどそれのみによって）成功したのである。いとうのいぢ抜きに『ハルヒ』を考えることは出来ない。それはたとえば左抜きに入間人間の『嘘つきみーくんと壊れたまーちゃん』を考えることが出来ないことや、かんざきひろ抜きに伏見つかさの『俺の妹がこんなに可愛いわけがない』を考えることが出来ないことと同じである。その本性からして「小説」というジャンルそれ自体の「崩壊」を体現しているラノベはだから、その内部においても自由自在なジャンル・ミックスが幾らでも可能である。ラノベがラノベであるという「ジャンルの掟」はその外側にあるからだ。

そこで谷川流がやったのは、彼が長年好んで読んできただろう「SF」というジャンルからの大がかりな移植だった。それもきわめてオーソドックスな、すなわち古き良き時代の、つまりはベタベタなSF的設定を、複数丸ごと一篇に無理矢理入れ込んでしまうという所業をやってのけているのが『涼宮ハルヒの憂鬱』であったわけだ。押さえておきたいのは、ハルヒの「この中に宇宙人、未来人、異世界人、超能力者がいたら、あたしのところに来なさい」というムチャ振りが、多重設定ＳＦ＝ジャンル・ミックス小説という、谷川流がこのシリーズに込めた最大の創意を高らかに宣言するものであったということである。そしてもうひとつ、この「ＳＦ」という概ね非日常と反現実をベースとするジャンルとの混交が、他でもない「ただの人間には興味ありません」というハルヒの断言と、完全に繋がっているということである。

いきなり話が変わるようだが、ふと気づいてみると、日本の映画観客の大雑把な嗜好の傾向は、邦画ならば、テレビ局と広告会社と芸能事務所の悪しきトリアーデに操られた、いわゆる製作委員会システムによる人気タレントが矢鱈とキャスティングされた大作（大抵ベストセラー小説か大ヒットしたマンガが原作）であり、洋画だとハリウッドのメガバジェットによる冒険／アクション／ファンタジーに二極化されているように思える。一時期、邦画バブルと呼ばれた現象があって、無闇に沢山の映画が作られたりして、それに較べて洋画は動員的に厳しくなっている、という話があった。これは海外翻訳小説や洋楽ＣＤの不振とも共通する、いわゆるドメスティック化、内向き化の例と言えるが、実際に複数の映画会社、配給会社が潰れたりして、皆さん字幕を読むのさえもうしんどいのかな（アメリカ人みたいに）と思ったりしていたのだが、下げ止まりしたのか回復したのか詳しいことは知らないけれども、ハリウッド映画は今も結構な数の観客を集めていると思われる。たとえば今この文章を書き進めている二〇一一年五月三〇日現在でいうと、興行成績ランキングの一位と二位は『パイレーツ・オブ・カリビアン 生命の泉』と『ブラック・スワン』である。どっちもわたしは観ていないし観ないと思うが（『パイレーツ・オブ・カリビアン』は一本も観ていない）、それはともかく、この二本に共通しているのは、観てないので恐らくではあるが（だがこれぐらいは当たってるだろう）、要するに「観ている間だけ現実を忘れさせてくれる」ような映画であるということである。映画とは元よりそういうものではないかと訝しむ方もおられるかもしれないが、「自分のことのように共感出来る」とか「身につまされる」ような映画だってありえるわけで、そういう作品もハリウッドには勿論あるが、だが歴然と、日本で大ヒットするのは往々にして「非日常と反現実」を軸とするタイプの映画である。わたしはこれも「ドメスティック化」の一環というか裏返しだと思う。「共感」方向は、普段からテレビや雑誌で見知った顔ぶれが沢山映っていて設定やストーリーも元々知っている邦画が担っており、それ自体が異世界も同然のガイジンたちが出てくる洋画には、より明確な日常性の「忘却」と現実「逃避」を求めているのだ。つまり、ざっくりとした言い方を敢えてしてしまうと、スクリーンに向き合っている間だけドキドキハラハラワクワクさせてくれて、エンドクレジットが上がり始めたら直ぐさま席を立ち、面白かったねーとか言いながら劇場を出た途端に全部忘れてるぐらいの、カジュアルでコンビニエントな「非日常と反現実」の消費願望が、日本の映画観客のマジョリティの、すなわち「大衆」のメンタリティである。そんなのは別に昔からずっとどこでもそうなんじゃないのと訝しむ方もおられるかもしれないが、こういう傾向は刻々と強まってきているとわたしは思う。

さて、そこで問う。オタクの皆さんは『パイレーツ・オブ・カリビアン』や『ブラック・スワン』を観に行くだろうか？

いや、観に行くかもしれないし、実際観に行ってもいるのだろうが、どうもあんまり行かなそうな気がしてしまう。なぜならば、ライトノベルにおける近年のヒット作は、かなりはっきりと「日常」へのバイアスを強めているからである。もっと露骨なのはいわゆる萌え四コママンガだろう。ゼロ年代後半から急速に一大マーケットへと成長したこのジャンルの現在のメインストリームは、あずまきよひこの決定的名作『あずまんが大王』（一九九九〜二〇〇二）をパイオニアとする、いわゆる「日常系四コマ」である。以前はまだ日常的な風景の中に突飛な設定やアンリアルな人物が挿入されたりしていることもあったのだが、そういう要素を更にどんどん抜いていって、単にアンビエントでオフビートな、ほとんど何も起こらない（これは無論『あずまんが大王』がそうだったわけだが）淡々としたなにげない日常を、微温的な萌えディテールと牧歌的なナンセンスヒューモアで仄かに味付けしたような作品が好まれ売れるようになっている。

そして、そうしたベクトルはラノベにも侵入しており、さすがにまったく何も起こさないわけにはいかないにせよ、日常や現実と完膚無きまでに断絶した事件や展開は次第に影が薄くなり、代わって前面に出てきたのは、主として会話の応酬によって適度なエキセントリシズムを醸し出す、ちょっとだけ変わった（だが間違っても神や妖精だったりはしない、ごくフツウの人間の）キャラクターたち

SOS団はもう解散している

があれこれする、ライトなラブコメ的作風であったというわけである（というか、もはや「ラブ」も要らなくなってきている）。このように、大衆がハリウッド映画に求めているものと、ラノベ／四コマ読者が求めているものは、ほぼ完全に逆立している。だからオタクは『パイレーツ・オブ・カリビアン』を観に行かない。

極論であることは承知している。でもこのまま続けよう。

「セカイ系」の起動因とは何だったのか？　それは端的に言って、現実否認と自己承認欲求の掛け合わせである。つまり平たく言えば、現実と日常がどうしようもなく辛く、堪え難いからこそ、甘美にして安心なフィクションへと逃避したくなる、そうするしかない（と思ってしまう）のであり、それゆえ逃げ込むべき虚構は、まず第一にはっきりと非日常的であることが必須だった。だが同時に、その甘美さは単なる欲望充足であってはならず、その安心さは自己満足的なハッピーエンドで決着してはならない。それではあまりにも単純過ぎる。それでは単に現実と日常のキツさの反転にしかならず、対立物は裏から支えるものだから、最終的にはキツさを強化するだけだからだ。

したがって「セカイ系」の代表的作品の多くは、いわば肯定的な悲劇になる。たとえば「ぼく」にとって「世界＝セカイ」と完全に同義／同値のヒロイン（＝きみ）は儚くも消滅する、最初から消滅すべき定めにしたがって消滅するのだが、それと引き換えに「ぼく」は生き残った自分自身の存在を以前よりポジティヴに受け止められるようになり、後には反復可能な想い出が残される。つまり、まず「世界」が「きみ」に変換され（或いは「きみ」が「世界」に変換され）て「セカイ」になり、その「セカイ」が抹消される（「きみ」が永遠にいなくなる）ことによって「世界」が回帰する、それを失われた「セカイ」の「記憶」が底支えしている、という構造である。もちろん、この変換はあからさまな飛躍であるから、出来るだけトンデモない飛躍でなければならない。こうして徹底してアンリアルなファンタジーやSF的設定が召喚されることになるわけである。

こう考えてみると、『涼宮ハルヒの憂鬱』の「セカイ系」的な様相は、この定式とはいささかスレ違っていることがわかる。ここには、いや、このシリーズ全体の語り手であるキョンには、「セカイ系」の起動因の片方である「自己承認」が欠落しているからだ。だが、或る種の（という限定がつくのだが）「現実否認」の方は存在している。『憂鬱』の「プロローグ」の冒頭の一文、すなわち「ハルヒ・サーガ」のすべての始まりは、このように始まっていた。

> サンタクロースをいつまで信じていたかなんてことはたわいもない世間話にもならないくらいのどうでもいいような話だが、それでも俺がいつまでサンタなどという想像上の赤服じーさんを信じていたかと言うとこれは確信を持って言えるが最初から信じてなどいなかった。
>
> （『涼宮ハルヒの憂鬱』）

SOS団はもう解散している

サンタクロースが実在しないことは最初から知っていた彼は、しかし「宇宙人や未来人や幽霊や妖怪や超能力や悪の組織やそれらと戦うアニメ的特撮的マンガ的ヒーローたちがこの世に存在しないのだということに気付いたのは相当後になってから」だったのだと述懐する。そしてこう続ける。

いや、本当は気付いていたのだろう。ただ気付きたくなかっただけなのだ。俺は心の底から宇宙人や未来人や幽霊や妖怪や超能力や悪の組織が目の前にふらりと出てきてくれることを望んでいたのだ。
俺が朝目覚めて夜眠るまでのこのフツーな世界に比べて、アニメ的特撮的マンガ的物語の中に描かれる世界の、なんと魅力的ことだろう。
俺もこんな世界に生まれたかった！

（同）

そして彼は涼宮ハルヒに出会うのだ。彼女は先に引用した台詞を言い放つだろう。『ハルヒ』とは、ヒロインの無意識的な欲望がことごとくリアライズされるという基本設定を有しているわけだが、むしろそれ以前に、まず何よりも語り手である「俺＝キョン」の欲望の実現なのである。このような「俺」の欲望は、たとえば『涼宮ハルヒの分裂』（角川スニーカー文庫、二〇〇七）でも、佐々木との会話の回想の中で問題にされている。

どうにもこうにも平和で退屈極まりない日常を十何年かやっているうちに、ふと気が付いたら物騒なことを考えている自分を発見してギョッとすることがある。

例えば、どこぞの軍隊が誤射したミサイルが間違って降ってきやしないだろうかとか、落下してきた人工衛星が燃え尽きないまま日本のどこかに直撃しやしないだろうかとか、どでかい隕石が落っこちて世界が未曽有の大混乱に陥ったりしないだろうかとか、別に今の生活に絶望を感じるあまりカタストロフを望んでいるわけではないのだが、つらつらとそんなことを考えるのである。

てなことをクラスメイトにして友人の佐々木に言うと、

「キョン、それはエンターテインメント症候群というものだよ。マンガか小説の読み過ぎだ」

（『涼宮ハルヒの分裂』）

「エンターテインメント症候群」とは佐々木による造語である。続けて、彼女はこう喝破する。

「現実はキミの好きな映画やドラマ、小説やマンガのように出来ていない。それがキミには不満なんだろう。エンターテインメントの世界にいる主人公たちは、ある日突然、非現実的な現象に直面し、不都合を感じ、快適とは言い難い状況に置かれてしまう。多くの場合、それらの物語の主人公は知恵や勇気、隠されていた秘力、あるいは意図せざる能力を開花させて現状の打破を計らんとする。しかしながらそれはあくまでフィクションの世界でしか起こりえない物語なのだ。なぜならフィクションであるがゆえに、それらの物語はエンターテインメントとして成立するのだからね。映画やドラマや小説やマンガのような世界が日常に普遍的に見られるようなものなのだとしたら、もはやそれはエンターテインメントではなくドキュメンタリーだ」（同）

キョンが陥っているのは、あくまでも「エンターテインメント症候群」としての「現実否認」である。ここには「セカイ系」を構成するもうひとつの要因であるところの「自己承認」への欲望は、たとえ潜在しているとしても、意識化されていない。この点において『ハルヒ』の「俺」と「セカイ系」の「ぼく」は決定的に異なっている。いわばこの「俺」は「セカイ系」以前の「おたく的主体」なのであって、『憂鬱』が書かれた時期に台頭してきつつあった「オタク的主体」とは違う。「おたく」にとっては「現実／虚構」「日常／非日常」のスラッシュは強固であり安定している。だが「オタク」になると、両者の関係は言ってみれば次第にトポロジカルな入れ子構造になっていく。そこでは「ぼく」という問題、つまり「自己承認」という難問が、事態をややこしくしている（付言しておくと、この難問を作品それ自体の自己反省的な主題としてはっきりと浮上させたのは言うまでもなく『エヴァンゲリオン』だった。言い換えると「おたく」が「オタク」へと変質するモーメントは、明らかにこのあたりにある）。「オタク」は虚構／非日常においてさえ、自らの苦悩を片時も忘れ去ることは出来ない。現実／日常がつまらないからフィクションを要請するという「エンターテインメント症候群」のような牧歌性は、彼らにはないのだ。佐々木はキョンにこうも言う。

「それにねキョン。もし非現実的物語世界空間に放り込まれたとして、キミがフィクションにおける主人公たちのように都合良くたち振る舞えるかは甚だしく疑問と言うしかない。彼らがなぜ知恵や勇気や秘力や能力を駆使して逆境を打破出来るかというと、それはそのように制作されたからだよ。ではキミの制作者はいったいどこにいるんだい？」

（同）

この佐々木の問いかけにキョンはぐうの音も出ないのだが、しかしもちろん「キミの制作者」は谷川流という名で現に存在しており、キョンを「エンターテインメント」の登場人物として制作してくれた「作者」の虚構内代替物として涼宮ハルヒが制作されて小説世界を駆動する、要するにこれが『ハルヒ』の原理である。「非現実的物語世界空間」の必然性が、『涼宮ハルヒの憂鬱』と、同時代の「セカイ系」群とでは、たとえ導入されている諸設定が似通っていたとしても、根本的に異なっていたのである。『憂鬱』に始まるシリーズのジャンル・ミックス性も、いうなれば「エンターテインメント症候群」の典型的な（かなり度が過ぎたものではあるが）症例なのであって、それ以外の病いとは基本的な無縁だったのだ。

さて、それが二〇〇三年。以来約八年、既に述べたように、オタクは更に変質（進化?）した。「セカイ系」隆盛の時点では、もはや純粋素朴な「エンターテインメント症候群」によるものではないものの、それでもまだ必要とされていた「非現実的物語世界空間（＝セカイ）」さえ、彼らにはキツくなってきてしまった。そこで何が起こったのか。一言で述べよう。非日常性への逃避から日常性への逃避への転回、である。「世界」を「セカイ」に変換したように、いまや日常が「日常」へと変換されている。日常から「日常」への逃避。「非現実的物語世界空間」は過剰過ぎる。何も起こらない、ヒーローもヒロインも世界の終わりも宇宙の始まりも何もかも無関係なただの「日常」こそが、いちばんのファンタジーになってしまったのだ。

二〇一一年五月、約四年ぶりに『涼宮ハルヒの驚愕』上下巻は鳴り物入りで発売された。非常に興味深いと思えるのは、『憂鬱』から『驚愕』に至るまで、実のところ『ハルヒ』とは、一貫してすこぶる反時代的なライトノベルであるという事実である。そのことはここまでで多少とも明らかになったのではないかと思う。このシリーズが大量の読者を抱えており、それは更に飛躍的に増える最中であるということは、このことに関係があるのかないのか、わたしは今これ以上の意見を述べたいとは思わない。

涼宮ハルヒは現在二四歳である。八年前に彼女の第一声によって結成された「ＳＯＳ団」は、たぶんもう解散している。「ただの人間には興味ありません」と、高校一年のハルヒは高らかに宣言した。けっして短いとは言えない時の流れを隔てて、俺は、ぼくは、わたしは、今、きみにどう答えたらいいのだろうか？

ＳＯＳ団
はもう
解散
している

ふたつの時間の交叉点

コミック
岡崎京子『リバーズ・エッジ』(宝島社、一九九四)

岡崎京子さん(以下敬称略)には一度だけ会ったことがある。当時親しくしていた年下の友人の結婚式で、席が隣り合わせだったのだ。精確には思い出せないが、九〇年代前半のことだったと思う。私たちは式の合間に少しだけ雑談を交わした。確か私は、岡崎さんのマンガってモデルとかいるんですか? という、初対面にしては実に不躾な質問をして、彼女は、全部想像で書いてるんですよ、という感じで答えたのではなかったか。いやそうではなくて、全部本当の話ですよ、だったかもしれない。正反対なのだが。もはや記憶は相当に曖昧で、そのときの様子もほとんど思い出せないのだけれど、彼女と話したことは間違いない。こちらとしては「岡崎京子」という存在に、当然ながら或る種のイメージを抱いていたのだけれど、そのひとは飄々かつ淡々とした雰囲気の女性で、素顔（?）はこういう感じなのかとうっすら思ったことをなんとなく覚えている。

あの時はまさか数年後（?）に彼女が事故に遭うとは思ってもみなかった。当たり前だ。

最初に読んだ岡崎京子の本は何だったか。それはたぶん、デビュー作品集の『バージン』（一九八五）か、もしかしたら『セカンド・バージン』『ボーイフレンド is ベター』（共に一九八六）と三冊まとめて読んだのかもしれない。昔も今も私はマンガ読みとは到底言えない（私は週刊／月刊コミック誌を生まれてから一度も買ったことがない）が、八〇年代前半にいわゆるニューウェイヴマンガの勃興があり、私は高野文子やさべあのまや大友克洋なんかを読んだ流れで、桜沢エリカなんかと一緒に岡崎京子も知ったのだったと思う。八五〜六年といえば、私はまだ二一、二歳、その時分の自分の関心はと言えば、まず第一に圧倒的に映画、次いで音楽だったが、本や雑誌も雑食であれこれ読んでいて、その手のマンガもいわば「八〇年代サブカル文化系男子」の嗜みのひとつとして摂取したのだった。

ところでニューウェイヴマンガと一言でいっても世代の違いは歴然とあって、大友克洋が一九五四年生まれ、高野文子が一九五七年生まれ、すごく乱暴に言ってしまえば、前者は劇画の、後者は或る種の少女マンガの（なかば突然変異的な?）進化形として登場した。しかしそれはつまり、それ以前からの歴史を踏まえているということである。だが岡崎京子にはそういう感じがしなかった。彼女は一九六三年生まれ、私の一歳上、つまり私たちはほぼ同世代である。彼女のマンガには、絵柄的にはたとえば先行する奥平イラなんかの影があったりはするものの、全体的な雰囲気（世界観）として、マンガの歴史性というものがあまり、というかほとんど感じられなかった。それはまさしくニューウェイヴだった。

とともに彼女のマンガは、実はかなり年上だったニューウェイヴの先輩たちとは異なり、これはもうはっきりと自覚的かつ意識的に、同時代的だった。つまりそれは一九八〇年代の若者を——少なくともその或る種の層を——まざまざと活写していた。岡崎京子は彼女自身と同世代か、あるいはもっと若いキッズたちの生態を鮮やかに戯画化する描き手として登場したのだった。

そして私は、まさにそのことが理由で、岡崎京子のマンガが、当時はちょっと苦手だったのである。私は何につけ、その時々の自分と同じ世代の登場人物が中心となる物語がどうにも厭なのだ。それは何らかの意味で「身につまされる」部分があったり、あるいは逆に自分と同世代の人たちの、自分とは懸け離れたありさまを突きつけられるのがツラいということなのだと思う。実際の私は岡崎京子が描いていたようなオシャレな若者では全然なかったので、基本的には後の方の理由だったわけだが、しかし岡崎マンガに出てくるボーイズ&ガールズの、表面的なライフスタイルや言動の底に蠢いている自意識の空回りぶりには、やはり自分にも思い切り思い当たるところがあったのであり、私はいかにも若造らしく、そんなものに直面したくはなかったのである。

そんなわけで私は岡崎京子をオンタイムではあまり熱心に追わなくなっていった。その間に岡崎京子は人気マンガ家としての地位を確固たるものにしていき、単行本もコンスタントに出すようになっていた。私は時々、書店で未読の本をまとめ買いして読んでいた。

一九九四年に最初に本になった『リバーズ・エッジ』を、しかし私は岡崎京子が事故に遭うよりも前に読んでいた。最初に述べた結婚式がこれらを読むより前だったのか後だったのかも今はわからないのだが（もちろん結婚式の当人にウン年ぶりに連絡を取って尋ねてみればわかることなのだが私はそうする気になれないでいる）、私は他の多くの読者と同様に、そこに紛れもない瘡蓋のようなもの、空気に触れるだけで、視線に触れただけで、パックリと口を開いて赤黒い血がしとどに流れ出すような傷を見た。だがその時の私には、その瘡蓋が誰のものなのか、何のものなのか、よくわかっていなかった。それは登場人物の傷なのか、彼女や彼の背後にいる実在の誰某の傷なのか、岡崎京子自身の傷なのか、あるいはそんな全員の傷なのか、それともその誰でもない誰か、誰かでさえない何かの傷なのか、その当時の私には、判別のつけようもなかったのだ。

ただ、ひとつ確実に言えることは、その傷、触れたくもないのにどうしても触れ（られ）てしまい、そのせいで何度も何度も血液を流出してはまた固まることを繰り返すその瘡蓋が、他の誰の、何のものであったとしても、私のものではなかったということだ。私はそれらを読んで、これは自分の話だ、とはもはや思わなかった。一〇年前に初めて岡崎京子を読んだ時には、頭で拒否しようとはしても、やはりどこかで身につまされていたのだが、その後のけっして短くはない時間の堆積によって、私は彼女が語る物語を明確に客観視することに、対象化することに、要するに他人事として処理することに、知らずして成功していたのだった。

それはもちろん、大人になった、年を取ったということである。私は、岡崎京子と同じく、三十路になっていたのだし。『リバーズ・エッジ』の高校生たちとは、一回りも年が離れている。だが、それだけではない。九〇年代の半ば、私はこの物語のもっとも重要な台詞であり、作者自身の「ノート あとがきにかえて」の末尾に置かれ、のちに椹木野衣による岡崎京子論の書名ともなる「平坦な戦場で僕らが生き延びること」を、時代認識として正しいテーゼ（のひとつ）としては受け取ったが、共感はしなかった。端的に言えば、私はこの頃、芸術文化というか、それらを取り巻く社会的・経済的・政治的・ナニナニ的な諸条件を明らかに覆していた、あの「退屈な日常」的なものが嫌だった。ここでは詳しくは書かないが、『リバーズ・エッジ』の「平坦な戦場」が「退屈な日常」の別名であることは疑いを入れない。そして私にとっては、当時もそれ以前も、それ以後から現在に至るまで、日常が、現実が、「退屈」であったことなど一度もなかったし、だからといって、それは毎日が心踊る冒険みたいだというような能天気な話ではまったくなく、むしろ「退屈」は、得たくても得られない僥倖、幸運の印のごときものに、その時の私には思えたのだ。

『リバーズ・エッジ』に描かれた痛みも傷も瘡蓋も本物だ。しかし私は、当時三〇歳だった私は、そんな彼ら彼女らが羨ましかったのである。「退屈な日常」は、「平坦な戦場」は、はっきり言って私には縁遠いものだった。私の「戦場」はいささかも「平坦」ではなかった。傷は、瘡蓋は、私の後からやってきた者たちの特権であるかのようにさえ私の目には映った。それはいわばポストバブル的な憂鬱、ポストモダン的なアンニュイに私には見えたのだ。

もちろん、私は『リバーズ・エッジ』の価値をいささかも貶めるつもりはない。そうではなく、今だから思うことは、あの平坦さ、あの退屈さ、あの痛みは、岡崎京子や私が高校生だった八〇年代初頭からあの作品が描かれた九〇年代半ばまでのニッポンの一時期、もう二度と取り戻せないだろう或る時代の帰結なのであり、そしてちょうど『リバーズ・エッジ』を交叉点のようにして、それ以前とは別の時間が始まっていったのである。私自身は、そのふたつの時間の狭間で宙吊りになっていた。

さて、それから更に長い時間が流れた。この原稿を書くために、ほんとうに久しぶりに『リバーズ・エッジ』を再読した。このマンガの登場人物たちと今、同年代のキッズたちが生まれたのは今世紀に入ってからだ。この本が出た年に生まれた者たちは今年二四歳になる。あらためて読んでみて驚いたのは、そこに描かれた「平坦な戦場」が、いつのまにか、まさに「日常」そのものとして、日本社会を、いや、この世界そのものを覆い尽くしていたということである。

そう、ここには「異常」なことは何ひとつ描かれていない。ここにある傷は、瘡蓋は、今や至るところに開いている。そこからは不断に夥しい血が流れ出しているが、しかしそれは珍しくもない光景になってしまった。それは真の意味で「退屈な日常」と化しているのだ。そして私には、このことこそがほんとうの意味で痛々しい出来事だと感じられる。

テン年代も残り僅かの現在、キッズたち、ボーイズ&ガールズたちは、この本を読んでいったい何を思うのだろうか？

「ロボット」と／の『演劇』について

演劇・映画
平田オリザ演出・青年団／大阪大学＆ATR石黒浩特別研究室『さようならVer.2』『三人姉妹』（二〇一二）
想田和弘監督『演劇1』『演劇2』（二〇一二）

私はこれから、二本の演劇と二本の映画について書こうと思います。演劇は『さようならVer.2』と『三人姉妹』というタイトル、映画の方は『演劇1』『演劇2』と題されています。演劇の作演出は平田オリザ、映画を撮ったのは想田和弘という人物です。あらかじめ述べておくと、二本の演劇は「アンドロイド演劇」と呼ばれている、かなり特殊な舞台であり、二本の映画は、想田監督自身によって「観察映画」と名付けられた、かなり特殊なドキュメンタリー映画です。そして『演劇1／2』という映画の「被写体＝主人公」は平田オリザなのです。七カ月ぶりに批評時空間を一回のみ起動させるにあたって、このふたりの四つの作品ほど取り上げるに値するものは他にないと思いました。のっけからいささか遠回りになってしまいますが、まずその理由から先に述べます。

西暦二〇一一年一月号から二〇一二年五月号まで、一六回にわたって『新潮』に連載された批評時空間では、さまざまなジャンルの作品を扱いました。複数ジャンルをミックスした回もありますが、映画について書かれた回がもっとも多く、次いで演劇について、そして音楽、写真という順番になります。最初から計画していたわけではなかったので、これは結果としてそうなったとしか言い様がありませんが、群を抜いて多い映画にかんする批評時空間のひとつの特徴は、広い意味での「ドキュメンタリー映画」にかかわる回が際立って多かったということです。連載の一三回と一四回では、中国の監督ワン・ビンと一緒に、フレデリック・ワイズマンについて書きました。あとで詳しく述べますが、想田和弘の「観察映画」は、現在のドキュメンタリー映画における掛け値無しの最高峰であるワイズマンからの圧倒的な影響の下に築き上げられたものです。ワイズマンから想田監督が受け取った命題、私の言葉で言うなら、それは映画のカメラが「そこにいるもうひとり」にな（れ）るとはどういうことなのか、という問いに集約されます。片や平田オリザについては、直截その作品に言及した回は一度もなかったのですが、演劇という「ここにはいないひとを（あたかも、あるいはほんとうに？）いるようにする」不思議な芸術形態のことを考える上で、常に頭の中にありました。それに私は以前『即興の解体／懐胎：演奏と演劇のアポリア』という本で、彼の「現代口語演劇」を詳しく分析したことがあります。そんな平田オリザを想田和弘が撮ったトータル五時間四〇分を超える『演劇1』『演劇2』という巨大なドキュメンタリー映画（この長さも否応無しにワイズマンを思わせます)、そしてその中にも登場する「ロボット演劇」の最新形である「アンドロイド演劇」のことを書くのが、今回の時空間特別篇にもっとも相応しいと思うのです。

ともあれ、順を追って話しましょう。西暦二〇一二年四月一一日水曜日の正午から、私は駒場東大前のアゴラ劇場で『さようなら』という舞台を観ました。批評時空間の最終回が載った『新潮』が発売されてから数日後のことです。上演時間は三〇分。『さようなら』は平田オリザ率いる青年団と大阪大学&ATR石黒浩特別研究室による「ロボット演劇プロジェクト」の一環で、この時のは「Ver.2」でした。私は西暦二〇一〇年一一月一〇日、池袋のあうるすぽっとで、オリジナル・ヴァージョンも観ています。その際の上演時間は二〇分。ふたつのヴァージョンは途中まではほぼ同様の展開となっており、つまり「Ver.2」には一〇分ほどの新たなシーンが追加されていたわけです。『さようなら』は「ロボット演劇」の中でも「アンドロイド演劇」と呼ばれるシリーズに属しています。日本を代表するユニークなロボット学者である石黒浩(彼こそ一連の「ロボット演劇」における平田オリザのパートナーです)が開発した遠隔操作型アンドロイド「ジェミノイド」を使った演劇作品です。ジェミノイドは人間そっくりの容貌を持っていて、表情を驚くほど精密に変化させることが出来ます。それは近くで見ればまだヒトと見間違うほどではありませんが、ある程度離れた距離からであれば生身の役者とほとんど区別がつきません。ただし今のところジェミノイドは肩から上しか操作できず、自力で腕を動かすことは出来ないし、歩行することも出来ない。遠隔操作型というのは、ジェミノイドは動作や表情、発声を、インターネット回線を介したコンピュータ制御で行なうのです。その際、操作手である人間自身がリアルタイムでスキャニングされ、アンドロイドにトレースされる、いわばモデルになります。『さようなら』と『三人姉妹』に登場する女性型ジェミノイドFは、青年団の女優の井上三奈子が「モデル」となって「彼女」を動かしています。

『さようなら』の初めのヴァージョンは、登場人物はふたり、精確にはひとりの女優(ブライアリー・ロング)と一体のジェミノイドでした。不治の病、死に至る病に冒された少女のために父親が買い与えたアンドロイド。少女に乞われて「彼女」が谷川俊太郎(「さようなら」と「はだか」)やアルチュール・ランボー、若山牧水、「山のあなた」などの詩を朗読する、それだけの作品です。自分では動けないジェミノイドは安楽椅子に座ったまま、少女も椅子に腰掛けていますが、時折「彼女」に近づいて手を取ったりもします。メンタルケアのための人造人間というのは、現実にも考えられている分野かもしれません。平田オリザはアンドロイドの存在理由、それ自体を物語にすることによって、シンプルだが余韻に満ちた小品を作り上げました。そして「Ver.1」は、そこまでで終わっていたのです。

ところが「Ver.2」には、その続きがありました。いったん溶暗となって、次に照明が上がってくると、少女はいなくなっています。ジェミノイドは同じ安楽椅子に座ったまま、誰もいない空間に向かって、暗くなる前と同じ谷川俊太郎を朗読しています。そこに、ひとりの男性がやってきます。彼は運送業者の服装をしていて、どうやら仕事で「彼女」を引き上げに来たのです。彼は携帯電話をかけて、やはりちょっと壊れているようだと報告してから、電話の相手に指示されて「彼女」をリセットします。すると「彼女」は朗読を止めますが、受け答えが少し変で、直ったのかどうかはよくわかりません。「彼女」は彼に言います。「ひとりの時間が、長かったからかもしれません」。それからふたりは、こんな会話を交わします。

C　じゃあ、運ぶね。

A　はい。

C　聞いてるよね、誰も人のいないところに行くんだ。

A　はい。

C　そこで、詩を読み続けて欲しいんだけど。

A　はい。

C　たくさんの人が亡くなったんだけど、そこには、俺たちは入れないし、亡くなった人たちに、詩を読んであげられないからさ。

A　はい。

C　頼みます。

Ａ　はい。こんな私でも、まだお役に立てるなら、嬉しいです。
Ｃ　五キロ圏内からは入れないから、君の仲間のロボットが配送します。
Ａ　分かりました。

私は正直、虚を突かれました。『さようなら』のふたつのヴァージョンの間に何があったのか、知らない者はいない。平田オリザは、新たなシーンを加えることで、「死にゆく者」の癒しの物語を、「亡くなった人たち」の鎮魂の物語へと変成してみせたのです。運送業者の男がジェミノイドを担いで歩き出そうとすると、「彼女」はふと思い出したかのように（やっぱり壊れているかのように）、島崎藤村の「椰子の実」の朗読を始めます。「名も知らぬ／遠き島より／流れ寄る／椰子の実一つ／故郷の岸を／離れて／汝はそも／波に幾月……」。こうして『さようならVer.2』は終わります。

僅か半時間の芝居を観終わって暫く、私は平田オリザという劇作家の「現実」への対応力の速さと強さに、深く感じ入っていました。こういうことは、才能や技術だけで出来ることではありません。それはすでに「ロボット演劇」のデモンストレーションの域をはるかに越え出ていたし、それと同時に、通り一遍の「震災以後の表現」とはまったく違う、透明な悲哀と本物の叙情を湛えていました。そして、こういうことがやれてしまうから、平田オリザは平田オリザなのだと、今更ながらに思い知ったのでした。

先にも触れたように、私は『即興の解体／懐胎』で、平田オリザの「現代口語演劇」を、彼自身が著した複数のテクストと私自身の観劇体験を元にして或る程度まで繙いてみました。ここでそれを再び繰り返すことは出来ませんが、ごくかいつまんで述べておくと、まず「現代口語」とは要するに日常語のことです。われわれが普段喋っているのと変わらない（つまり非＝劇的な）言葉と発話で為される演劇。リアルの体現もしくは再現。別の言い方でいうと、それは自然らしさ＝ナチュラリズムです。だがここがオリザ理論の特色なのですが、彼は演劇という虚構の現場において、リアル＝ナチュラルであるということは、徹底した人工性によってしか実現出来ないと考えるのです。それは従来の俳優修行＝スタニスラフスキー・システムに代表されるような「役柄に成り切る訓練」によってはけっして達成され得ない。そのような内面的同一化路線はさっさと捨てて、追究すべきは、あくまでも外面的に（他者＝観客の目から見て）「そう見える」「そう思われる」ということなのではないか。

　こうして有名な「役者に内面は要らない」「俳優はロボットでいい」などといった問題発言の数々が導き出されてくる。当然、平田オリザの演出は外挿的なアプローチに限定されます。それはたとえば、台詞の間をもう一秒半空けるとか、右にあと一五度体を傾ける、などといったやり方になる。数値化された演技／演出。登場人物への理解や共感など一切必要ではない。ただ精確に発話し挙動さえ出来れば、役者は役柄が要請する感情を外に醸し出すことになる。これが「現代口語演劇」理論の核心です。

しかし当然のことながら、そうなると誰もが抱くだろう疑問は、ほんとうにそれでうまくいくのか、ということだと思います。だが青年団の芝居を一本でも観てみれば、それが実際、見事に実現されていることを認めざるを得ない。とすれば次の疑問は、どうしてそんなにうまくいくのか、どうやったらこれほどうまくいくのか、ということになる。具体的には次のふたつの問いです。青年団の役者たちは「ロボット」なのか。そして平田オリザには、どうして「こうすれば、もっとリアルになる」ということがわかるのか?

さて、ここで想田和弘の出番になります。映画『演劇』について述べる前に、まず先に彼が自分の作品に冠している「観察映画」というコンセプトについて触れておかなくてはなりません。著書『なぜ僕はドキュメンタリーを撮るのか』（講談社現代新書、二〇一一）によると、そもそも「観察」とは「オブザベーショナル（観察的な）」という英語に由来します。この形容詞は従来、ドキュメンタリー映画の一潮流である「ダイレクトシネマ」の手法を語る際によく用いられてきたものですが、想田監督はかねがね、その「使い古された、手垢のついた感じ」に不満だったのだといいます。

「観察＝客観」であるという誤解や、「観察者＝冷たい傍観者」という、（僕に言わせれば）誤ったイメージも根強い。そこで僕は、自らの作品を敢えて「観察映画（オブザベーショナル・フィルム）」と宣言することによって、「観察」「オブザベーション」という言葉を再定義したいと思った。同時に、古臭いイメージのダイレクトシネマを「観察」をキーワードに再発明し、自分なりのアレンジや方法論も加えて、世界のドキュメンタリー界に一石を投じてみたいと、大胆にも思ったわけである。

（『なぜ僕はドキュメンタリーを撮るのか』）

次いで想田監督は、「観察映画」は二重の意味を持つことに着目します。「ひとつは、作り手（＝僕）による観察。できるだけ先入観を排し、目の前の世界を虚心坦懐に観察して、その結果を元に映画を構築する」「もうひとつは、観客による観察。観客それぞれが映画の中で起きることを主体的に観察し、感じ、解釈できるよう、作品に多義性を残す」。つまり撮る側と観る側双方にとっての「観察」ということです。そしてそれらは共に「観察される側（＝対象）」から視線を反射されるように、何らかの影響を受けざるを得ない。

「観察」という行為は、一般に思われているように、決して冷たく冷徹なものではない。観察という行為は、必ずといってよいほど、観察する側の「物事の見方＝世界観」の変容を伴うからだ。自らも安穏としていられなくなり、結果的に自分のことも観察せざるを得

なくなる。　（同）

この「世界観の変容」と「自己観察への反転」は、作り手と観客に同時に起こる。「観察は、他者に関心を持ち、その世界をよく観て、よく耳を傾けることである。それはすなわち、自分自身を見直すことにもつながる。観察は結局、自分も含めた世界の観察（参与観察）にならざるを得ない」。ここで重要なポイントは、両者の「観察」の相互反射も起こっているということです。つまりすぐれた「観察映画」においては、撮る者と撮られる者と観る者のあいだで視線が複雑に行き交うことになる。「観察は、自己や他者の理解や肯定への第一歩になり得るのである」。

この点こそ、想田和弘がフレデリック・ワイズマンから受け継いだ基本姿勢だと思いますが、「観察」というからといって、それは「客観的視線」のことではありません。ワイズマンのドキュメンタリー映画では、まるでそこにカメラなど存在していないかのように、被写体となったひとびとは（おそらく普段と変わらず）自然に振る舞っています。これが「そこにいるもうひとり」ということですが、けれどもしかし、カメラは間違いなくその時その場に立ち会っているのであり、そうでなければ観客はあの時あの場を記録した映像を見ることは出来ない。にもかかわらず誰もカメラを気にしていないように見える。ここにワイズマン映画のマジックがあるわけですが、しかしワイズマン自身、だからといって自分の映画が「客観的」なアプローチであるとは言っていません。むしろ正反対で、ワイズマンは、彼のカメラはあくまでも「主観」でしかないし、そのことによってこそ意味があり、撮影された現実の素材を編集して一本の映画に仕上げることは、劇映画を作ることに似ている、とさえ述べています。

これはドキュメンタリーのふりをしたフィクショニストの独善的な態度などではありません。そうではなく、ドキュメンタリーという方法論そのものが、常に作り手の「主観」にあらかじめ／どこまでも拘束されてあるのであって、それを通して「対象」を、そして「世界」を見つめようとするものなのだ、ということです。つまりドキュメンタリーにおいては、実のところ「客観」と「主観」という二分法はそもそも成立していない。想田和弘も「観察」というキーワードに、このような認識とスタンスを込めているのだと思います。

では想田的「観察映画」とは、どのような方法論を持っているのでしょうか。彼は『なぜ僕はドキュメンタリーを撮るのか』の中で、その特長を一〇個の項目に纏めています。ここではそれをアップデートした、今回の『演劇』二部作の公開に合わせて刊行された著書『演劇 vs. 映画：ドキュメンタリーは「虚構」を映せるか』（岩波書店、二〇一二）の記述を元に、ちょっと長いので、かなり圧縮して列挙してみることにします。

(1)被写体や題材に関するリサーチは行なわない。
(2)被写体との打ち合わせは原則行なわない。
(3)台本は書かない。
(4)撮影と録音は自分ひとりで行なう。
(5)カメラはなるべく長時間回す。
(6)「広く浅く」ではなく「狭く深く」。
(7)編集の際、テーマをあらかじめ設定しない。
(8)ナレーション、字幕テロップ、音楽を使用しない。
(9)カットは長めに残す。
(10)制作費は基本的に自社で出す。

これらの多くはまさにワイズマンのやり方を踏襲したものです(特に8番は「四無い主義」とも呼ばれる、ワイズマンが常に自作に課している条件から来ています。もうひとつ「無い」のはインタビューですが、この禁則を想田監督は敢えて破っています。それはおそらく自発的に能弁に喋る個人の多いアメリカと、こちらから話しかけないといつまでも黙っている人もいる日本との違いによるのだと思われます)。「観察映画」が一般的に「ドキュメンタリー」と呼ばれている映画と、かなり異なるスタイルを持っていることがわかるはずです。『演劇1』『演劇2』は、それぞれ「観察映画第三弾」「同第四弾」とされています。では過去の「観察映画」は、どのようなものだったか。想田監督の長篇第一作『選挙』(二〇〇七)は、政治には素人同然だったのに、何故か自民党公認で川崎市議会補欠選挙に立候補した大学時代の同窓生の「ドブ板選挙」を追ったものでした。すでに副題には「観察映画第一弾」と付けられています。続く「第二弾」の『精神』(二〇〇八)は、想田監督の奥様の実家がある岡山の精神科診療所「こらーる岡山」の医師やスタッフ、そして患者たちの日常を撮った作品です。「観察映画番外編」という副題の付いた『Peace』(二〇一〇)では、奥様のご両親の日々の生活とボランティアの様子が描かれていました。いずれも対象に長期間貼りついて、膨大な素材を記録した上で丹念な編集作業を経て完成した作品です。とともに、これらの「観察映画」が、いずれも想田監督にとって個人的、私的な出発点を持っており、作品自体のフレームとしては、ささやかと呼んでもいいようなスケールに敢えて留まっている、ということがわかります。想田和弘の「観察」とは、いわば小さな「窓」から向こう側に広がる「社会」や「世界」を透かし見ようとするようなものだと思います。そしてこれはそのまま、先に述べたカメラの話とも繋がっています。

そんな「観察映画」の最新作でもある『演劇』二部作は、どのような作品なのか。想田監督と青年団の出会いは、二〇〇〇年にニューヨークで上演された『東京ノート』だったそうです。もともと演劇には偏見のあった彼は(映画狂には演劇嫌いが多いような気がします)、これまで観たことのある芝居とはまったく違った平田演劇に驚き、数年越しで企画の実現にこぎつけました。二〇〇八年七月から二〇〇九年三月までの期間、断続的に、想田監督は平田オリザと青年団の活動を、約三〇七時間にも及ぶ映像素材に収めました。それは稽古や上演はもとより（しかし出来上がった映画では本番の模様はあまり映されません）、拠点であるアゴラ劇場の内側や、青年団の地方巡業、平田オリザのもうひとつの顔である演劇教育の専門家として日本中の学校や施設を跳び回る姿、果ては海外遠征、そして近年もっとも力を入れているロボット演劇の現場などなど、きわめて広範にわたっています。当初、想田監督は二時間くらいの一本の映画にするつもりだったそうですが、素材があまりにも膨らみ、かつ平田オリザという存在を総体的に捉えるには、どうしても相当な長尺が必要であるとして、最終的に二本併せて五時間四二分という大作に仕上がったというわけです。映画のプレスシートでは『演劇1』を「平田オリザの世界」、『演劇2』を「平田オリザと世界」と、明確に評しています。つまり二本は時系列的に連続しているのではなくて、主題によって分けられています。『1』では「現代口語演劇」の秘密に「観察映画」のカメラが迫り、『2』では平田オリザの超人的と言ってもいいほどの八面六臂の活躍（！）が描かれます。

『演劇1』では、青年団の演目である『冒険王』『火宅か修羅か』『東京ノート』などの稽古風景が映し出されます。私は演劇を批評するに当たっては、特別な事情がない限り稽古を観たりはしないという方針を採っているので、平田オリザの演出を生で見る機会はこれまで一度もなく、非常に新鮮でした。何冊かの著書に書かれている「現代口語演劇」の生成過程が、そこにはまざまざと映っていました。或る場面の或る箇所の或る台詞のやりとりを、繰り返し繰り返し、細かい微修正を施しながら、とにかく何度も繰り返し反復する、その模様は、見方によっては退屈の極みと言えるかもしれませんが、私にとってはおそろしく刺激的でした。

あらためて驚かされたのは、平田オリザの精確無比な指示だけでなく、それに逐一応じてゆく青年団の役者たちの——こう言ってよければ——性能の高さです。しかしそれはもちろん、おそらくは途方もない訓練の賜物であることは言うまでもない。こんな場面があります。ふたりの男優に、秒数単位のオリザ演出にどうやって対応しているのかと想田監督が尋ねると、ひとりは「秒数を数えています」、もうひとりは「感覚です」と答えます。「ということは、平田さんも秒数を数えてい る?」「多分あの人はシナリオを……芝居を観てることよりも、シナリオを見てることとって結構あるよね? パソコンの画面見てる。多分楽譜みたいな感じで、自分の中でそういうリズムが多分あるんだと思う。きっと」「オリザさんのタイミング自体が変わったな、ということは?」「あんまりそれはないな。多分明確に決まってるんだと思う、何かが。聞いたことないけど」。ここは私がもっとも興奮した場面のひとつです。実際、稽古場面での平田オリザには、一切迷いというものが見えません。彼には常に正解がわかっている、そのようにさえ見えます。しかしそうではないのかもしれない。ほんとうは彼も、目の前で繰り返し演じられる芝居を反芻しつつ、リアルタイムで試行錯誤しながら指示しているのかもしれない。だが、ほとんどそのようには見えない。だとしたら、或る意味で平田オリザ自身が、稽古場で彼自身を「演じて」いるところがあるのかもしれない。「人間とは、演じる生き物である」。『演劇1』『演劇2』のキャッチコピーにも使われた平田オリザの言葉です。舞台に立つとか役を演じる以前に、われわれは皆、複数のペルソナを演じ分けながら、社会生活を営んでいる。そんなことは常識に過ぎないと言う人もいるかもしれません。けれどもこの「常識」を、われわれは本当にちゃんと受け止め、考えてみたことがあるでしょうか。そしてまた「人間とは、演じる生き物である」ということの意味と意義を、ポジティヴに活用していくことが出来ているでしょうか。平田オリザの活動が、演劇というジャンルを超えて、広くコミュニケーション全般にかかわるさまざまな試みへと拡大していったのは、ゆえのないことではありません。しかし、こうなると興味深いことは、このような「演じる生き物」を強く意識している平田オリザを「観察」の対象とする『演劇』という映画が、ますます一筋縄でいかないものに見えてくるということです。撮影にあたって、平田オリザはほとんどNGを出さなかったといいます。実際この映画には、青年団の運営の実態、その経済的な側面や内部事情までが生々しく記録されています。そして主人公である平田オリザは、ワイズマン映画の登場人物と同じく、まったくカメラを意識していないかに見える。しかしそんなことはあり得ない。だから彼は「カメラを気にしない演技をしている」とも言えるのではないか。事ほど左様に「人間とは、演じる生き物である」という定理を噛まして考え出すと、「演技」のレイヤーが幾層にも織り重なってきて、次第に何もかもがややこしくなってくる。一体どこまでが演技なのか、いや、何が演技ではないと言えるのか?

もうひとつ、こんな場面があります。『冒険王』の舞台稽古で、ひとりの男が妻が託されてきた子どもからの手紙を宿舎のベッドに投げ出す箇所で、平田オリザから「いったん放った手紙の位置を直す」という指示が与えられます。言われた男優は「んん、どういうことだ?」などと暫し考え込みますが、演出家はそれ以上何ひとつ説明しません。しかしもう一度やってみると、その演技には複雑なニュアンスが加わっているのです。

このやりとりが示しているのは、天才演出家と「ロボット」に徹する役者の絶対的ヒエラルキーではありません。むしろ正反対、両者のあいだに確固として流れている理解と信頼です。平田オリザは、ほんとうは俳優がロボットではありえないことを誰よりもよくわかっている。つまり彼ら彼女らには、自分の心で感じ、自分の頭で考える力が備わっていることをわかっている。それは旧来の「内面」の醸造とは違う。けれども人間である以上は、必ず何かを感じているし、考えている。「現代口語演劇」が利用しているのは、実はそれなのです。このことは、平田オリザが何度となく、観客(の想像力)を信頼する、という自らの信念を語っていることにも現れています。それ以前に、彼は青年団の役者たちの想像力も信頼している。それはやはり、技術だけの問題ではないのです。この姿勢は明らかに、想田監督の「観察」という概念と相通じています。彼もまた、観客の想像力と理解力を信頼することで、自らの作品を成立させているのだからです。「観察映画」の真価が発揮されているのは、こうした稽古の様子が、多くの場合、手持ちカメラで対象に近接する画面によって記録されているという点です。通常われわれが舞台を観る場合には、観客の視点は個々の客席の位置に繋留されています。そこには基本的にクローズアップも移動もあり得ない。しかし想田監督のカメラは、時にはかなり近くまで寄って、ひたすら反復される演技を捉えています。これは間違いなく映画にしか不可能なアプローチです。「現代口語演劇」の精密さをミクロの次元でさらけ出している、方法としての「観察」の醍醐味が、ここにはあります。

このような「演劇」と「映画」、「演技」と「観察」の遭遇が、素晴らしくチャーミングな場面として『演劇1』のラストに置かれています。青年団のベテラン俳優である志賀廣太郎の誕生日が描かれるのですが、そこでどんなことが行なわれるのかを、ここで述べる無粋は慎みたいと思います。ぜひ実際に映画を観て確かめてください。

『演劇2』では、平田オリザの姿はアゴラ劇場の外へと飛び出していきます。国家や企業からの文化助成とのかかわり、演劇教育（それは演劇を教育するだけでなく演劇で教育するということでもある）、フランス人俳優を交えた『砂と兵隊』の海外公演、逆にベルギーの役者たちを招聘した『森の奥』のアゴラでの公演、などが次々と描かれてゆきます。そして映画の後半で大きなウェイトを占めているのが「ロボット演劇」です。やはり三菱重工業が開発した「ワカマル」二体をフィーチャーした、世界初のロボット演劇『働く私』の稽古風景と本番、公演後の模様が映し出されます。「ワカマル」はジェミノイドのようなヒト型ではなく、いかにもロボット然としたルックスをしています。青年団の役者が演じる或る夫婦と二体のロボットの一場面を描いた小品です。ラストシーンは「ワカマル」だけになり、にもかかわらず多くの観客が泣いたということで、平田オリザが自分の理論への確信を強めたという逸話もあります。終演後、何人もの招待客に「あの（ロボット）の中には人間が入ってるんですよ」「小さい人じゃないと入れない」「いざとなったら僕が入る」などとジョークを飛ばす平田オリザは、いつになく上機嫌に見えます。

　しかし私にとってすこぶる面白かったのは、そのあとに続くシーンでした。NHKのディレクター、ひらたよーことの会話で、大学での平田オリザの講義を聞いた局の人間が「どうしてあんなに理路整然と喋れるんだろう」と感心していたとディレクターが言うと、ひらたよーこが笑いながら「よくプログラミングされてるから」と応じ、それに続けて本人が、こんなことを言います。「心がないから。心があるとダメなんですよ。気持ちを伝えようとするから。気持ちないんだもん。伝えたいことも何もないんだもん」「その割にはよく喋ってましたよ」「自動的に機械が喋ってるから」。平田オリザ＝ロボット説。「俳優はロボットでいい」と言ってきた人物が、本物のロボットを使った演劇に行き着いたというのは、なんだか巫山戯(ふざけ)ているようにも、論理的な必然とも思えますが、既に見たように「俳優＝ロボット」というイコールを、言葉そのままに受け取ることは最早出来ません。『さようならVer.2』のラストを思い出してみましょう。アンドロイドはこう言っていました。「こんな私でも、まだお役に立てるなら、嬉しいです」。物語の中の「彼女」が、どんなつもりでこう言ったのかはわかりません。けれども、ここにはアイザック・アシモフから瀬名秀明に連なる良質な「ロボットSF」の系譜が繰り返し描いてきた「心を持ったロボット」の姿があります。つまりここで「俳優はロボットでいい」と「役者に内面は要らない」は、すでに魅力的な矛盾を穿たれているのではないでしょうか。いつの日かロボットに「心」が備わる日が来るのだとしたら。これはもちろん単なるIFであり想像です。しかし、このことから翻って『演劇2』における先の発言を顧みるなら、平田オリザの自覚とも自信とも自嘲とも取れる言葉も、また違ったニュアンスを帯びてくるのではないかと思うのです。

『演劇』二部作には「観察映画」の掟に従ってBGMは一切ないのですが、実はテーマ音楽(?)とも呼べるものがあります。それは、平田オリザの鼾です。冗談を言っているのではありません。『演劇1』では稽古中、一五分休憩すると言ってセットの寝台に横たわり、すぐさま大きな鼾を立てて始める演出家の姿が映っています(これは映画の予告編でも使われています)。そして『演劇2』では、エンドクレジットに被さって、同じ鼾が聞こえてくるのです。それに先立つ『演劇』二部作の幕切れとなる場面は、『隣にいてもひとり』広島編の稽古風景です。仮眠から覚めた平田オリザは何喰わぬ顔で演出に戻るのですが、その瞼は何度も何度も落ちかかり、今にも眠りの世界へと戻っていってしまいそうです。役者たちはそれに気づいているのかいないのか。しかし想田監督のカメラは、機械であれば、ロボットならば、絶対に生じるはずのない平田オリザの両の瞼の運動を、淡々と「観察」し続けるのです。

アンドロイド版『三人姉妹』は、西暦二〇一二年一〇月二〇日に初演された「ロボット演劇」であり、初の長篇作品です。物語はチェーホフ『三人姉妹』を完全に換骨奪胎したものになっており、時代は近未来の日本に変えられています。「かつては家電メーカーの生産拠点があり、大規模なロボット工場があった日本の地方都市。円高による空洞化で町は衰退し、現在は小さな研究所だけが残っている。先端的ロボット研究者であった父親の死後、この町に残って生活を続けている三人の娘たち」。この三女がジェミノイドFであり、召使いとして「ワカマル」系のロボット「ロボビーR3」も登場します。どうして三女はアンドロイドなのか。この時代には、亡くなったひとをトレースしたアンドロイドと生活するのは、よくあることだとされているようです。『さようなら』の「彼女」は死にゆく者と死んだ者のために役立っていましたが、『三人姉妹』の三女はもう一歩進んで、死んでしまった者の代わりに生きているのです。ストーリーは、チェーホフの原作(?)同様、三人姉妹とその家族たちの運命をめぐって展開してゆきます。上演時間二時間のこの作品は、過去の一連の「ロボット=アンドロイド演劇」とは比較にならない豊かさと複雑さを持っており、平田オリザの作劇術と「現代口語演劇」の現時点での集大成と呼んでも過言ではない傑作となっています。この中で、アンドロイドをめぐって、次のような問題提起が成されます。機械たちは進化を続け、見た目はもちろんのこと、おそらくは内面的にも「人間」に次第に近づいていっています。だがしかし、それは果たして良いことなのだろうか。アンドロイドが彼女そのものになり得るのだとしたら、それは「彼女」にとって幸福なことだろうか？

この問いは非常に鋭い。「ロボットSF」の歴史においても、たとえば神林長平の『膚の下』などで扱われた重要なテーマでもあります。すなわち「機械が心を備えることは可能か？」を超えて、もしもそうなったとしたら、それは機械にとって、そして人間にとって、ほんとうに進化なのか？この設問を物語に組み込むにあたって、平田オリザはきわめて秀抜な仕掛けを導入しています。しかしそれをここで書いてしまうことは慎みたいと思います。ひとつだけ述べておくなら、それは「ジェミノイドF」というアンドロイドのアイデンティティ(?)を大胆に利用した仕掛けです。そしてそこには、平田オリザという卓越した劇作家／演出家の「人間」観が、いかにも彼らしい形で覗いています。『三人姉妹』は『さようなら』と同じく、そしてそれ以上に、ロボットの中に入った生身の人間である平田オリザの「心」の在処を物語っている、そう思います。

『三人姉妹』の公演に合わせるかのように、ちょうどこの批評時空間が載る『新潮』とほぼ同時に、平田オリザは、彼にとって初めての長篇小説を発表します。題名は『幕が上がる』（講談社、二〇一二）。或る地方都市の平凡な高校の演劇部で部長を務める女子高生「さおり」の一人称で、かって大学演劇で人気女優だった顧問の女教師の指導の下、皆で一丸となって演劇コンクールへと挑む彼女たちの一年を綴った、ほとんど初々しいと言ってもいいような小説です。平田オリザが、どうしてこのタイミングで、こんな小説を書いたのか、書こうと思い立ったのか、それはわかりません。けれども物語の終わり近く、重要な舞台の脇で「さおり」がふと抱く感慨に、私はまたもや虚を突かれました。

私は、次の出番に向けて舞台袖に立つ俳優の姿が好きだ。その立ち姿を見るのが好きだ。たぶん、こんなに真剣で純粋な眼差しを、普段の人生で、私たちは、あまり目にすることができないから。

(『幕が上がる』)

これは作者である平田オリザ自身の気持ちではないのか。そう思うと、女子高生のリアルな一人称の中で、ここだけは、どこか浮き上がって見えてくるようにも思えます。もちろん、そうではないのかもしれない。或いはこれだって「演技」なのかもしれない。しかし、このことだけは確かなことだと思うのです。「一生懸命、いろいろなことを勉強をして、もしも私が何かこういう舞台関係の仕事に就くことができたら、私はこの美しい風景を、毎日のように見られるようになる。普通の人が一生見ることのできないこの風景を、いつも見ることができるようになる」。

平田オリザというひとりの人間は、彼女が願ったこんな「美しい風景」を、実際に毎日見ながら、そしてそれを見続けるために、彼の信じるやり方で「演劇」をしている。そうではないでしょうか？　いや、そうであったなら、彼が本当はロボットであったとしても、いったい何の違いがあるというのか？　そんなことは、まったく取るに足らないことではないでしょうか？　私は本気で、そう思っているのです。

第四章

批評の右往左往

音楽　ひとりの大音楽家
山本精一

音楽　「思考する声」の歌姫
やくしまるえつこ

音楽　キング・アンド・ボブ・アンド・ミー
キング・クリムゾン

音楽　Vaporwaveについて、私は（ほぼ）何も知らない
ネガティヴランド／ザ・ケアテイカー／V/Vm／ジョン・オズワルド／タエコ・オーヌキ／ヴェイパーウェイヴ

映画　激突と遭遇
スティーヴン・スピルバーグ監督『激突！』『未知との遭遇』

映画　ストーリーテラーとしてのダルデンヌ兄弟
ダルデンヌ兄弟監督『午後8時の訪問者』

文芸　「日常の謎」の原理
倉知淳『夜届く：猫丸先輩の推測』

文芸・映画　ふたつの『トレインスポッティング』
アーヴィン・ウェルシュ『トレインスポッティング』
ダニー・ボイル監督『トレインスポッティング』

文芸　善行にかんするエスキス
アントニオ・タブッキ『供述によるとペレイラは……』

文芸　美しい日本語
石川淳

文芸・映画　「詩」の映写
松本圭二

右往左往しているからといって道に迷っているとは限らない。いや迷っているのだが、故意にそうしている可能性だってある。迷子の快楽。迷路の至福。出口が見えていないのだから不安の影が射していないといえば嘘になる。いずれにしろいつかはゴールに辿り着くだろう、などとたかをくくってるわけでもない。だがそれでも、右往左往しながら、迂回と逸脱を繰り返しながら歩みを進めることには、紛れもないときめきとよろこびがある。そんな批評の書き方もあってよい。

それどころか、私はほとんどいつも書きながら迷っている。迷いながら書いている。道筋がわからずに困ったり悩んだりしているのではない。地図をわざと忘れてきたり、時には自分から目隠しをしたりして、つまり進んで迷子になっている。全部がそうであるとまでは言わないが、私は最初からゴールが、出口が、結論が見えている状態から書き始めるのが嫌いである。それではわかっていることしか書けない。発見がない。自分が書き進める批評に、私は自分で驚きたい。そこで必要なのは、何がどうあろうと最後には何とかなる、という根拠のない自信である。終わりまで来れば必ず終わる、というトートロジーめいた無謀な確信。だがそれは事実であり、私はいつも最後には何とかしてきたし、書き終えてみたらこんな話になっていた！　と自らの批評に驚くこともよくある。

迷子だけが宝を見つけることが出来る、というのはさすがに大袈裟だが、私の考える批評は論文ではないので、何だったら結論がなくても構わない。批評は何かを証立てるものではないからだ。

ひとりの大音楽家

音楽
山本精一

山本精一さんと最初に話したのがいつだったのか、精確には覚えていない。たぶん一九九〇年前後くらい、ボアダムスのインタビューの席だったと思う。ボアの取材は結構やったはずだが、山本さんが同席していたのは一、二度くらいだったと記憶する。そのあとは想い出波止場だ。これも何度かやった。とにかく最初の頃はインタビューだった。九〇年代半ばにHEADZを作ってからは、ライター仕事以外でも、自分のかかわったコンピに参加してもらったりライヴに出演していただいたり、あれこれとお世話になりつつ、現在に至っている。

HEADZがまだレーベル機能を持っていなかった頃、今も続いているウェザーはPヴァインと組んでやっていた。私が企画と宣伝協力をしてPヴァインの担当がA&R。ある時山本さんから、長い時間を掛けて作ってきたソロ・アルバムが遂に完成したので、ウェザーから出せないかと打診があった。周知のように山本精一の音楽は想い出波止場ひとつ取っても異様にヴァラエティに富んでいるし、一時はご自分でも把握し切れないほどの膨大な数のバンド、ユニットをやっていた。だが聴かせていただいたそのソロ音源は、それまでの山本さんのどれとも全然違っていた。私は是非ともウェザーからリリースしたいと思った。Pヴァインのディレクターも大乗り気で、とんとん拍子に話は進んだが、予算の問題で齟齬が生じた。

そのアルバムはリリース予定のないまま山本さんが個人的に録音していたので、かかったスタジオ代だけでもかなりのものだった。当時のウェザーのやり方は、企画にゴーサインが出るとPヴァインの営業側が売り上げ予測をして、そこから逆算して(損をしないように)制作予算を弾き出すという方式を採っていた。だが営業の反応はけっしてかんばしいものではなかった。山本さんはその頃すでに色々出し過ぎていて、このアルバムも埋没してしまうだろう、という見解だった。いや、この作品は他とは違うのだ、という私の意見は聞き入れられず、会社から出て来た数字は山本さんの望んだ額には届かず、企画は暗礁に乗り上げかけた。

困っていたら、PヴァインからHEADZ＝私のプロデューサー印税などを全て放棄してくれれば何とか希望額を出せる、と言われた。私はこの条件を呑み、山本精一のソロ・アルバムはウェザーからリリースされた。『クラウン・オブ・ファジー・グルーヴ』(二〇〇二)である。山本さんが、いわゆるアルゼンチン音響派（このネーミングも山本さん自身によるものだったと思う）、中でもモノ・フォンタナにインスパイアされて造り上げた、優雅で夢現（無限？）の多重録音グルーヴ、この上なくファンタジックでマジカルだが、けっしてトリッピーでもドラッギーでもない唯一無二の脳内ダンスミュージックの大傑作であるこのアルバムは、周知のように発売されるやいなや圧倒的な評判を取り、山本さんのリリースの中でもかなりのセールスを記録した。Pヴァイン営業部の予測は大きく間違っていたことになる。いや、ひょっとしたら彼らはある意味で間違わなかったのかもしれない。当然のように最初の条件が変更されることはなかった。私は納得がいかなかった。そして結果として、このアルバムを最後に、ウェザーのPヴァイン時代は終わりを告げることになったのである。まあ、昔の話だ。

ともあれ、私は『クラウン・オブ・ファジー・グルーヴ』をウェザーの一作として世に送り出せたことを心の底から光栄に思っている。その後、HEADZがレーベルになってから、何度か山本精一のアルバムを企画しようとした。大友良英さんとのデュオをやりたいと思ったが、同様の企画がすでに別レーベルで進行していることがわかり諦めた。山本さんと話したら、「これまでで一番わけのわからない音楽をアンノウンミックス（ウェザーとは別のHEADZのレーベル）から出そう」と仰っていただいた。もう何年も前のことだが。わけのわからなさ、というのは、とりわけ初期の想い出波止場を核とする、かつての山本精一の音楽の重要なアスペクトだった。そのイメージはおそらくこの数年でかなり変わっただろう。現在の山本さんは、どちらかといえばシンガーの印象が強いし、Pヴァインから出ている最近のアルバムも、そういう路線が続いている。山本さんのうたは他の誰とも似ていないし、山本さんのように他の誰かがうたうことは不可能である。『クラウン』のグルーヴがそうだったように、唯一無二のものだ。

そこで思い出すのはnovo-tonoのことである。Phew、大友良英、山本精一を中心とするこの一種のスーパー・バンドは、一九九六年にアルバム『パノラマ・パラダイス』を発表している。私はこの作品のレコーディング現場に居た。どういう理由だったかは覚えていないが、吉祥寺のスタジオGOK SOUNDだった。見学に行ったのだったか。このアルバムにはPhewさんが詞を書いた山本さんの曲「夢の半周」が入っている。ちょうどこの曲をレコーディングしようとしていた。山本さんが仮歌を入れたデモが流され、もともとPhewさんがヴォーカルを取ることになっていたのだが、皆で聴きながら、これは仮歌のままでいいのではないかということになった。想い出波止場でも歌ってはいたが、山本さんのあの独特な歌い方を初めて聴いたのはあの時あの場だったと思う。私は顔には出さなかったが、泣いてしまいそうなほど感動していた。山本さんが「うたものバンド」羅針盤としてのデビュー・アルバム『らご』を出すのはこの翌年のことである。

あのスタジオで、山本さんがどんな表情をしていたかは覚えていない。だが、ずっと音楽をやってはきたがうたってはいなかった者が、ある時ふとうたい始める、自分がうたえたことに気づく、そんな一度きりの貴重な瞬間に立ち会った気がする（私は似たような体験を、ジム・オルークにかんしてもした。だがそれはまた別の話だ）。「夢の半周」はその後たびたび山本さんのライヴでもうたわれるようになり、現在は『プレイグラウンド～アコースティック』にも収録されている。

「わけのわからなさ」から「うた」へ。だが、これは変化だろうか？　あるいは成熟と呼ばれるものか？　私はまったくそうは思わない。両者は同じことなのだ。山本さんがバリバリのわけのわからない音楽をやっていた頃だって、うたおうと思えばあんな風にうたえただろう。いや、うたってみたら、きっとあんなだったろう、という方が正しいか。だが、私は言いたいのはそういうことでさえない。山本精一という音楽家のなかには、「うた」と「わけのわからなさ」だけではなく、ありとあらゆる音による営みと試みが、ヒエラルキーやカテゴライズに固着化されない、なんというかまるきり同じ立場で、もともと存在（潜在）しているのである。

想い出波止場のファースト・アルバムはなんと題されていたか。『大音楽』である。私見では、この言葉には「大きな音楽」と「音楽は大きい」という二重の意味が込められている。そう、音楽はもとより無茶苦茶デカい。そのデカさは全宇宙にも匹敵するだろう。音によって何かをする表現、ということとの可能性は、今なお全然掘り尽くされてなどいない。そのデカさに迫るには、たかだか一個の（バンドなら数個の）人体でしかないこちらが奏でる音楽も、出来得る限りデカくならなくてはならない。断わっておくが、それはもちろん「大作」ということとは違う。大音楽は規模や容量のことではない。そうではなくて、たとえ五分のギターの弾き語りにだってそれは宿る。小さな大音楽というものが存在する。それは、それを奏でる者が、まず第一に、音楽の途方もない大きさに気づいているかどうか、そのことにどれだけ忠実であり、なおかつどれだけそのことに挑戦する意志があるか、ということによる。

いまだかつて一度も聴いたことのない音楽、たとえばそれをわけのわからない音楽と呼んだりするわけだが、その未知なる調べと響きは、しかしそれを奏でる音楽家の特権的な才能によって創造されたものではない。そうではなくて、それはもともと音楽が孕み持っていた何かなのだ。それは大音楽の果ての果てに、しかし確かに輝いていた可能性のひとつなのである。山本精一は、誠実かつ大胆不敵に、音楽の底の底、音楽の辺境の先まで勇敢に（あるいは笑顔で闊歩しながら？）赴いて、それら可能性のひとつひとつを持ち帰ってくる。繰り返すがそれらはすべて最初から音楽に宿っていたものだ。だが、山本精一が奏でるまでは、この世の誰も聴いたことがなかったものでもある。

山本精一は自分自身が大音楽そのものになりたいと、なってしまおうと願っているのかもしれない。いや、もうすでに（あるいは最初から？）そうだったのかもしれない。大音楽の視点から見たら、「うた」と「わけのわからなさ」の違いなど微小なものでしかないだろう。他の誰にもうたえないうた、他の誰にも奏でられない音、山本さんはそうして、音楽の大きさ、巨きさに対峙しようとし続けている。これは業とか宿命とか呼ばれるものでもあるが、と同時に、おそらく多少とも使命感でもあるのではないかと思う。何によって課せられた使命かといえば、それはやはり音楽によって、としか言い様がないのだが。

これもすでに結構前のことになるが、ふと思い立って京都でイベントをやろうと考え、山本さんに久しぶりに出演をオファーしてみた。そうしたら返事は「演奏はやらないが佐々木君と話すのならいい」とのことで、急遽トークが実現した。人前で山本さんと話したのがこの時初めてだったのかどうかは覚えていない。それから数年経って、今度は山本さんの方から呼ばれて横浜で続きをした。山本さんと話すのは愉しい。話がどこに向かうのか、どこかに向かってるのかどうかさえわからなくなるのが愉しい。話題は音楽のことだけではない。大芸術、大文化、大思想、ジャンルも歴史もあっという間にどんどん超え広がってゆく。基本的に、なにかと議論を振っかけて来る。山本さんと議論していると、このひとは全然考えずに喋ってるな、と思う瞬間が多々ある。たぶんほんとうに考えてない。そうではなくて、たぶん初めから全部わかっているのだ。誰かと話して、そんな風に思うことは他にはほとんどない。

とにかく話はものすごい勢いで逸れてゆく。実際そう思える。さっき言っていたあのことは一体どうなったのか、もうどうでもいいのか、まあいいや、などと頭の端で考えたりしている。だがしかし、随分というか最早こちらも忘れてしまったくらい長い時間が経ってから、なんとずっと前の話にとつぜん戻ってきて、すべての流れが繋がってしまうのだ。あれには毎度驚く。そのことを指摘すると、そんなの当たり前やないか、と自慢げな答えが返ってきたりするのだが、たぶん山本さん自身にとっても無意識のなせる技なのだと私は確信している。だって戻ってこない場合もあるんだから。だが、この山本さんならではの超絶的な論理（?）のあり方は、明らかに音楽と同じだと思う。大音楽の音楽家は、大思考の主でもあるのだ。

気づけば、山本さんと知り合ってから、二〇年以上の月日が流れている。最近は、ライヴを観るのは一年に一度か二度くらい、顔を合わせるのは年に一度あるかないか。横浜での対談終了後、すぐに次回をやるから、と言われたのだが、案の定それからさっぱり連絡はない。だがきっといつかはまた話すのだろう。私はとても愉しみにしている。山本さんとなら幾らだって話せる。そしてそれ以上に、いまだ果たされていない約束、私のレーベルから「一番わけのわからない音楽」をリリースするという約束が、いつ実現されるのか、私はずっと心待ちにしている。山本さんがその気になった時、私はどうしているだろうか？　HEADZはまだあるだろうか？　もしもなくなっていたとしても、山本精一のアルバムを出すためだけに復活すればいい、そう思っている。

「思考する声」の歌姫

音楽
やくしまるえつこ

相対性理論のデビュー音源『シフォン主義』の自主制作盤が世に出たのが二〇〇七年六月のことだから、「やくしまるえつこ」が我々の前に現れてから、すでに九年近くの時間が流れていることになる。このあいだに、ニッポンのポップ・ミュージックはかなり変わったし、ニッポンのカルチャー／サブカルチャーもずいぶんと変わったし、ニッポンそれ自体も相当に変化した。少なくとも私にはそう思える。

あらゆる文化的アイコンは時代と社会との函数としての様相を否応無しに帯びるが、相対性理論と「やくしまるえつこ」も例外ではない。その変化の内実をこの場で十全に説明することはむつかしい。だが、ごくごくわかりやすい話として、『シフォン主義』の時点で、二〇一六年に、相対性理論がアルバム『天声ジングル』を、「やくしまるえつこ」がYakushimaru Experiment名義の『Flying Tentacles』を、それぞれかくのごとき作品として世に問うているなどと、いったい誰が予想し得ただろうか。これは「やくしまるえつこ」自身にとってだって、そうであるに違いない。むろんそれは先の諸々の「変化」のせいだけではない。だが、相対性理論と「やくしまるえつこ」のこの九年の変化は、彼女とその仲間たちを取り巻くさまざまなあれこれの変化と、やはり密接に関係している。

私は二〇一四年末に『ニッポンの音楽』という新書を上梓した。この本は歴史書の体裁を取っていて、日本のポピュラー音楽の来し方行く末を、敢えて分析対象となる音楽家を極端に限定することによって物語的に描き出してみる、という目論見だった。そしてその「歴史＝物語」とは、はっぴいえんどで始まり、YMOに引き継がれ、渋谷系と小室哲哉によって変容を来たし、そして中田ヤスタカによっていちおうの結末を迎える、というものだった。むろん極私的な、恣意的な史観でしかないのは承知の上である（およそ何らかの意味で恣意的で極私的でない「歴史＝物語」などあるだろうか?）。ところで、私はこの本を、それが実際に刊行された何年も前から準備していた。おおよそ二〇一〇年頃に全体のコンセプトは決まっていたのだが、なかなか書き上げられなかった理由のひとつは、物語＝歴史の始まりははっぴいえんどの登場でいいとして、その終わりを誰で語り終えるか、であった。

最終的にそれは中田ヤスタカになり、そうしてよかったともそうするしかなかったとも今では思っているが、その前段階に存在していた幾つかの別の結末の可能性として、実は相対性理論で終わるという案も考えていたのである。『ニッポンの音楽』は日本のポップス（のちに「Jポップ」と呼ばれるもの）が、その二重の外部——時間的な過去と空間的な海外——との関係性によって徐々に変化していくプロセスを描き出そうとしたものだが、相対性理論が本格的にブレイクしたのは二〇〇九年頃であり、私が『ニッポンの音楽』を構想した段階ではこれはけっして個人的趣味のみによる判断ではなかった。『ニッポンの音楽』の歴史＝物語のひとまずのエンディングを相対性理論というバンドへの言及で終えるというアイデアは、一定のリアリティを持っていたのだった。だが、執筆期間が延びてしまった結果、ある意味ではもっとずっと無難な中田ヤスタカ案に落ち着くことになったのである。

つまりは、それほど相対性理論の登場、より精確に言えばその成功は、したたかに衝撃的なものであった。そこには個人的な動揺もあったのだが、それ以上に、それはいわば批評的な驚きであった。私には相対性理論は、やや大仰に述べてしまうなら、ほとんど日本のポピュラー音楽史を丸ごと指し示しつつ無化するような存在であるとさえ思われたし、程度の差はあれ、そういう風に感じたのは私だけではなかっただろう。

最初、相対性理論はあたかも突然変異のように現れた。彼女たちは、何ものにも似ていないように思われた。それゆえの新鮮さと、それゆえの或る種の不可解さ、いかがわしさ（むろんそれは抗し難い魅力でもある）を、彼女たちは両方備えているように私には見えた（聴こえた）。だがほどなく、それはどうやら間違いであることがわかった。いや、精確に言うと間違いではなくて、相対性理論が突然変異的なバンドであることは確かなのだが、それと同時に彼女たちは、実のところさまざまな先行者たち——歴史的なビッグネームから貴重な知られざる少数者まで——と、無数のリンクで結ばれていたのである。しかしそれらの接続線は、巧妙過ぎるほど見事に隠されていたり、あるいはあまりにもあっけらかんと見えているがゆえに、誰もがそこが繋がっているとは思わないようなリンクなのだった。

私は『ニッポンの音楽』において「リスナー型ミュージシャン」なるものの系譜を提示した。要するに「他人の音楽を聴いてしまったがゆえに自分の音楽を始めた人々」のことである。相対性理論は、言うなれば非リスナー型ミュージシャンの衣をほぼ完璧に近いほど着こなしたリスナー型ミュージシャンなのであり、そのことゆえにむしろ、並のリスナー型ミュージシャンよりもはるかに重度のそれであるとともに、にもかかわらずあの本で論じた何人かのリスナー型ミュージシャンたちと同一平面上で語ることのむつかしい、一筋縄でも二筋縄でもいかない厄介な存在なのだった。そして何よりも重要なポイントは、そのような「日本のポピュラー音楽史を丸ごと指し示しつつ無化するような存在」であるところの相対性理論が、こともあろうに（と敢えて言うが）爆発的に売れてしまった、ということである。
この事実によって、相対性理論は単に「音楽」の範疇だけの問題ではなくなる。つまり彼女たちのブレイクは、ゼロ年代末~テン年代初頭のニッポンのありさまと何らかのかたちで関係した現象で(も)あった、という観点が可能となるわけである。しばしば指摘されることだが、相対性理論が『シフォン主義』とともに登場した二〇〇七年とは、初音ミクが初リリースされた年でもある。また、この年はPerfumeが一躍スターダムに躍り出た年でもある。まず「音楽」内の出来事として、相対性理論と初音ミクとPerfumeは私にはひと繋がりの現象に見える。

三者に共通するのは、言うまでもなく「声」である。VOCALOID初音ミクのデジタル合成された声、Perfumeの電子変調された声、そして「やくしまるえつこ」の、あの声。もちろん「彼女」たちの「声」が同じであるなどと言いたいわけではない。それぞれの背景は異なっている。だから三者の「声」は、たまたま同じ時期にこの世界に現れたに過ぎない。だが、ひとつ言えることがある。「彼女」たちの「声」は、いずれも「人間離れ」したものである、ということである。そもそも初音ミクは「人間」ではないわけだが、彼女の「声」は、ソフトウェアがヒトの女声を擬態するさまの完璧さよりも、むしろその不徹底、不可能性によってこそ、多くの「ボカロP」たちの、そしてリスナーたちの心を捕えたのだった。中田ヤスタカがPerfumeの三人の「声」に施したデジタル・エフェクトは、身も心もある彼女たちをほんの僅かだけ「機械」へと近づけることによって、それ以前の女性ポップシンガーとはまったく違った次元にPerfumeを移動させることに成功した。初音ミクも、Perfumeも、社会現象化した。『ニッポンの音楽』で私は、両者がロボット工学で言うところの「不気味の谷」を挟んで「人間」と「機械」の両極から向かい合う鏡像のごとき存在なのだと論じた。

ならば相対性理論は、「やくしまるえつこ」はどうなのか？ 確かに彼女の「声」もまた、はっきりと「人間離れ」していると私には思える。だが、だからといってそれは離れていった向こう側に「機械」が置かれているようなものではない。「やくしまるえつこ」は「ソフトウェア」ではないし、「やくしまるえつこ」の「声」はPerfumeのようにデジタル変調されているわけではない。この点で彼女は他の「彼女たち」とは違う。では、それはどのような意味で「人間離れ」しているのか。いや待て、ほんとうに「やくしまるえつこ」は「ソフトウェア」ではない、のだろうか？

ついつい先走ってしまった。もう少し状況論的な読みを片付けておかねばならない。相対性理論もまた、一時、社会現象化した。今振り返ってみても、それはちょっとした騒ぎであり、祭りであった。なぜ、あれほどまでに相対性理論はブレイクしたのか。そこには「音楽」だけではない要因が作用している。これはけっして彼女たちの音楽を貶めているのではない。だが、あの時ならぬ成功は、率直に言って「音楽をよくわかっている人たち」の支持のみで成立するようなヴォリュームではなかった。もっとはるかにメジャーでポピュラーな人気の渦が、そこには明らかに生起していた。相対性理論というバンドのイメージ、そのキャラクターに対する共感や羨望、そして何より

「やくしまるえつこ」という存在、イメージ、キャラクターへの驚愕と憧憬が、そこにはあった。彼女たちの佇まいと振る舞いは、確かにゼロ年代末〜テン年代初頭のニッポンの空気と共振していたのである。そしてそれは、八〇年代に胚胎されたアイロニーの極限としてのクールネスであり、癒しと見紛うばかりの仮面を被った殺伐であり、DIYの亡霊が湛えるエレガンス、であった。メディア露出における徹底したコントロール・マニアックぶりや（この原稿もおそらく検閲されている）、その時点ですでに世間では急激に高まりつつあったコミュニケーション消費のモードに敢然と背を向けた相対性理論の戦略、アティチュードは、時代と社会がそれとは真逆のベクトルにひた走りつつあったからこそ、際立ったユニークさを発揮し、熱く支持されたのだ。

ここで大切なことのひとつは、そうした態度を、相対性理論が、「やくしまるえつこ」が、今も手放さずにいる、ということである。このことが持つ意味は、少なくとも私にとっては、極めて大きい。つまり、二〇〇七年から二〇一六年の間に相対性理論と「やくしまるえつこ」に訪れた変化の一方に、ずっと変わらないものがあるのである。いや、むしろ彼女たちは、変わらないままでいるために変わってきたのだ、そう言うこともできるかもしれない。だが、まずは変わった（ように見える）ところについて述べてゆこう。

「やくしまるえつこ」は相対性理論というバンドのシンガーであり、メンバーチェンジを幾度か経た現在も尚、唯一の女性メンバーである。彼女は相対性理論の歌姫である。それは最初からそうだったし、もちろん現在もそうだ。けれどもしかし、彼女の「歌姫」としての存在感は、その登場時と現在とでは少し違っている。いや、この言い方は正しくないだろう。そうではなくて、デビュー時点において「やくしまるえつこ」は、バンドの顔としての「声」そのものであり、そこにのみ特化した存在だった。つまり、誤解を怖れずに言えば、彼女は最初からしばらくは、ほとんど初音ミクと変わらないような存在であるかのように思われた。つまり純然たる「声」のみの歌姫。その「声」をバンドのサウンドがあたかもナイトたちのごとくに取り巻いており、メロディやリズムやテクスチュアがその「声」を愛でるかのように覆っている、そのように見えた（聴こえた）。

つまりこの時点での「やくしまるえつこ」は、相対性理論というバンドが創り／奏でる音楽の、中心に位置しつつも一番奥の間に鎮座している、いわば抽象的な、むしろ記号的とさえ言っていいような存在であると思われた。「声」でしかない歌姫には、肉体もなければ、頭脳もない。もちろん当初から相対性理論の歌詞や旋律に「やくしまるえつこ」は深くかかわっていたし、当然ながら現実のやくしまるえつこには肉体も頭脳もある。しかし実感として、彼女のプレゼンスはすこぶるオブスキュアなものであり、そのこと自体がチャームになっていた。彼女はまるで、ほとんどそこにはいないかのように思えたのだった。

ところが次第に、「やくしまるえつこ」はこちら側に向かって、一歩、また一歩と、近づいてきた。といっても他の数多の歌姫のように、リアルな実在としての、生身の人間としての言動や物腰を見せるようになったわけではない。彼女はオブスキュアなままでプレゼンスを増してきた。「やくしまるえつこ」の更なるアルターエゴであるティカ・αという名前が（この名自体はほぼ最初からあったものであるとしても）あちこちに読まれるようになり、バンドとは別に「やくしまるえつこ」としての活動も増えていった。ここには相対性理論の何度かのメンバーチェンジという事情もあっただろうし、彼女がメディアによって――オブスキュアなまま――カルチャー・アイコンになっていったということでもあるだろう。しかしいずれにせよ、相対性理論における「やくしまるえつこ」の位相と、「やくしまるえつこ」と相対性理論の立ち位置は、その登場時からは、かなり違ったものになっているように見える。端的に言って、それは「声」が思考し始めた、実のところ最初からずっと「思考する声」であったという真実を開示し始めた、ということなのだと思われる。

このことが最も際立ったかたちで示されているのが、Yakushimaru Experiment名義の『Flying Tentacles』だろう。相対性理論の『天声ジングル』に先立ってリリースされたこのアルバムは、そのプロジェクト名の通り、あからさまに「実験的」な作品だと言える（レーベル資料にも「即興・朗読・数字を扱う実験コンセプトアルバム」とある）。これは一連のコラボレーションを纏めたアルバムだが、参加アーティストの顔ぶれだけでも、どれほど思い切ったエクスペリメントであるかは知れるだろう（だがここではそれらの名前は挙げない）。

何よりも注目すべきは、ここでの「やくしまるえつこ」が、彼女のアイデンティティである「声」

を「音」と「言語」に変換させているということだ。独自開発の電子楽器dimtaktが発するノイズと、彼女自身の「声」は、完全に同等のものとして扱われている。「声」が「音」であるということは、もうひとりの「歌姫」である初音ミクが体現していた。「やくしまるえつこ」は、彼女の「声＝音」を自ら蹂躙し、蹂躙させている。

そしてまた彼女は、よりにもよって円城塔の、そしてこともあろうに夏目漱石のテクストの「朗読」によって、その唯一無二の「声」を「文」に「字」に「言葉」に「言語」に強引に置き換える。周知のように円城は言葉の物質性、言語の唯物論に異常なまでに意識的な作家である。

「やくしまるえつこ」は彼女の「実験室」に招き入れるべき人選をけっして過たない。彼女の「声」、いや、彼女そのものであるところの「声」の思考は精確無比であり、大胆不敵である。そしてこの場合、むろん「思考」には「センス」とルビを振ることができる。この「思考する声」は、今では文章家としても知られている。彼女が綴る文章は、彼女が描くイラストレーションと同様、その「声」にそっくりである。

相対性理論の『天声ジングル』は、前作『TOWN AGE』での楽曲的ヴァラエティが更に追求されたカラフルなアルバムである。「やくしまるえつこ」は、また少しこちら側に歩み寄ってきたように見える（聴こえる）。しかしだからといって、彼女が「声」だけの歌姫であること、いまや「思考する声」としての歌姫であることには変わりない。そしてやはり今なお、相対性理論は他のバンドとは多くの意味で決定的に違っている。

「やくしまるえつこ」の「実験室」は、過激であり、危険でさえあるはずなのに、どうしてかしたたかにポップでもあるようなエクスペリメントを、今も次々と試行しているに違いない。彼女は、その登場時から、明らかに反時代的だったと思う。相対性理論のブレイクは、反時代的であることが時代から愛でられ、焦がれられる最後の事件だったのだと、私には思える。あれからニッポンは変わった。「やくしまるえつこ」と相対性理論も変わった。と同時に、彼女たちは最初から変わってなどおらず、ニッポンもまったく変わっていない。これらの変化と不変の絶望的な、運命的な絡み合いを読み解くこと……

キング・アンド・ボブ・アンド・ミー

音楽
キング・クリムゾン

『クリムゾン・キングの宮殿』のリリースが一九六九年の一〇月、私が生まれたのは一九六四年の七月。当然ながらリアルタイムでは知る由もなかったし、親がロック好きでプログレが家で流れていた、などということもまったくなかった。実家でポップスの類いを聴いた記憶はほとんどない。母親の好みで、バッハやヴィヴァルディ、ショパン等といった定番のクラシックのレコードはよくかかっていた。あとはピアフ、バルバラ、アズナブール等のシャンソン。といっても、これは母親の趣味性というよりも時代の為せる業だったのだと思う。父親が音楽を聴いていた記憶は全然ない。つまりさほど音楽的とは言えない環境で、私は育った。これも時代のせいで幼い頃に鍵盤を少し習わされたりはしたが、それはそれだけのことで、その後にギターを弾いてみたり、バンドをやってみたりすることもなかった。なのに長じて音楽に深くかかわることになったのだから、人生はわからないものである。

私がキング・クリムゾンを初めて聴いたのは、たぶん高校生になってからだった。いわゆる第二期、八〇年代クリムゾンの最初のアルバム『ディシプリン』のリリースが一九八一年、私は高校二年生。いまひとつ記憶が定かではないが、おそらくその少し前に私はプログレッシブ・ロックなるものの存在を知り、たしかまずエマーソン、レイク&パーマーを聴き、それからイエスを聴き、そしてキング・クリムゾンへと向かった(ピンク・フロイドを聴いたのはもう少し後だったと思う)。その時点で、いわゆる第一期の七枚のオリジナル・アルバムと二枚のライヴ・アルバムはとっくに出揃っていた。私は『クリムゾン・キングの宮殿』から順番に買って、聴いていった。

私は音楽リスナーとしてのめざめは比較的遅かったが、めざめてからの速度と濃度は結構すごかったと思う。とりあえず興味を惹かれたバンドやミュージシャンのアルバムは、もちろんティーネイジャーの懐の許すかぎりの範囲ではあるし、今から三十数年も昔の名古屋のことなのでレコードが手に入る入らないということだってあったし、そもそもどんなレコードが存在しているのかよくわかっていないことも多かったのだが、とにかく聴ける限りどんどん聴いていった。むろんネットはかけらも存在しておらず、この種の音楽に詳しい友達がいたわけでもなかったので、今からするとどうやって調べたり探したりしていたのかは謎だが、クリムゾンにかんしては、アルバム一枚ごとの個性がはっきりしているのと、メンバーの入れ替わりが多いこともあって、区別がつきやすかったということはあったように思う。

『クリムゾン・キングの宮殿』を最初に聴いた時のインパクトは相当なものだった。誰しも同じだと思うが、冒頭の「21世紀の精神異常者」改め「21世紀のスキッツォイド・マン」のイントロでいきなりやられた。しかしこの邦題改題のくだらなさには呆れる。ジャン＝リュック・ゴダールの『気狂いピエロ』を『ピエロ・ル・フ』にしたのと似た極めて日本的な言葉狩り＝自主規制。差別は言葉自体ではなく、その使用に属するという当たり前のことを棚上げして、とりあえず言葉だけ弄っておけばいいだろうという、しかも原語カタカナ表記にすれば意味もよくわからないだろうという聴き手や観客を馬鹿にし切った態度には怒りを禁じ得ない。

よって「21世紀の精神異常者」とするが、何よりもまず、他のプログレ・バンドがいずれも一糸乱れぬ整然としたサウンドを基調としているのに対し、この曲の異様な荒々しさには吃驚した。いや、もちろん演奏能力は抜群に高いのだが、洗練よりも放縦を、完成度よりもテンションを上位に置いていることが明らかな怒濤のアンサンブルにはとにかく度肝を抜かれた。このアルバムの大成功のポイントが、のっけからクライマックスという当時としては珍しい構成にあったことは間違いないだろう。そして続く「風に語りて」の一転して牧歌的な世界。基本的にこのアルバムは、動と静の両極しかない。躍動と静謐。狂気と安穏。ピート・シンフィールドによる歌詞は文学的だが、当時は訳詞を読まなければ（読んでも）意味はさっぱりわからなかったので、グレッグ・レイクの歌声もいわば楽器のように聴いていたのだと思う。セカンド『ポセイドンのめざめ』（一九七〇）のレコーディング中にレイクは脱退し、キース・エマーソン、カール・パーマーとＥＬ＆Ｐを結成する。クリムゾンの前身ジャイルズ、ジャイルズ＆フリップからのドラマー、マイケル・ジャイルズ、鍵盤楽器、管楽器を一手に担当していたイアン・マクドナルドもバンドを抜けてしまい、代わってヴォーカルのゴードン・ハスケル、サックス＆フルートのメル・コリンズ、ピアノでキース・ティペットが加入、だがグレッグ・レイクやマイケル・ジャイルズが参加した曲もあるので、すでに二作目にしてクリムゾンは、固定メンバーのバンドというより独裁的なリーダー、ロバート・フリップの采配によって入れ替わり立ち替わり凄腕プレイヤーたちが起用され加入し次々とクビになっていくプロジェクト的な色彩を帯び始める。

サード『リザード』（一九七〇）、フォース『アイランズ』（一九七一）と、何しろほとんど一気に聴いたので印象が混濁してしまっているが、実は『クリムゾン・キングの宮殿』の段階ではまだなかった組曲的な大作がアルバムの中枢を占めるようになっていく。思うに、クリムゾンが「プログレ」になったのは『ポセイドンのめざめ』以降であって、もしもファーストだけで消えていたら、或いは『クリムゾン・キングの宮殿』路線をその後もやっていったなら、むしろ参加メンバーも重なるユーライア・ヒープなんかと同じ文脈で語られる存在になっていたのかもしれない。

ところで私はプログレプログレした、というかジャズ・ロック的な大作よりも、『ポセイドンのめざめ』なら「ケイデンスとカスケイド」や「キャット・フード」、『リザード』なら「ハッピー・ファミリー」、『アイランズ』なら「レターズ」のような、比較的普通のヴォーカル曲が好きだった。『リザード』にはイエスのジョン・アンダーソンがゲスト参加しているが、第一期クリムゾンの歴代シンガーは、グレッグ・レイク、ゴードン・ハスケル、ボズ、ジョン・ウェットンと、アンダーソンのような個性的なハイトーン・ヴォイスではなく、ブルース・シンガーに近い中低音域の渋い声を持つ者ばかりである。これはデビュー作でのレイクが基本モデルになったと考えることも出来る。要するにフリップはレイクの代わりを探し続けたのだ。これはイエスにおけるアンダーソンにも同じことが言えるだろう。

そして第一期クリムゾンの後半を支え、遂にグレッグ・レイクを越えるヴォーカリストとしての貢献をバンドに齎(もたら)したのが、ジョン・ウェットンだった。私だけでなく、たぶん大多数のクリムゾン・ファンが、第一期の作品から一枚だけ選ぶなら、ウェットンが初参加した五作目『太陽と戦慄』(一九七三)を挙げるのではないだろうか。とにかく「Larks' Tongues in Aspic」が「太陽と戦慄」になってしまう日本語題名のマジックに魅せられた。言うまでもなくこれはアルバムのアートワークに由来するのだが、意味とはまるで無関係に、「太陽と戦慄」と書いて「ラークスタンズインアスピック」と読む、という感じさえした。フリップ、ウェットン、イエスから移籍したドラマーのビル・ブルフォード、ヴァイオリンのデヴィッド・クロス、そしてデレク・ベイリー等とのミュージック・インプロヴィゼーション・カンパニーを経て参加したパーカッショニストのジェイミー・ミューアと、前作までとは打って変わってシンプルなクインテットで録音されたこのアルバムは、しかしクリムゾン史上、もっとも複雑で豊かな作品となった。とりわけミューアが齎したミスティックな打楽器群の調べは、これまでのジャズを参照先とするアンサンブルとは完全に一線を画している。このレコードに最初に針を落とした時の興奮度は『クリムゾン・キングの宮殿』に勝るとも劣らないものだった。このアルバムにおいて初めて、キング・クリムゾンは、ロックとかジャズとかプログレとかいったカテゴライズから脱し、ただ「クリムゾンの音楽」としか呼びようのないものへと変貌を遂げたのだと思う。

そしてそれは、惜しくもジェイミー・ミューアが脱退してカルテットでレコーディングされた次作『暗黒の世界』(一九七四)にも引き継がれている。冒頭の「The Great Deceiver」は、前作『太陽と戦慄』の「イージー・マネー」と同路線のハードロックだが、いきなりのリズミックなハイテンションはファーストの頃を彷彿とさせもする。そしてそこからアルバムはめくるめく迷宮へと入り込んでゆく。もともとフリップの音楽のそこここに潜在していたが、『太陽と戦慄』ではっきりと前景化した、ある種の強度の観念性のごときものが、更に意識的に追究されており、だがしかし難解さの淵に落ち込んでしまう一歩手前のところにぎりぎり踏み留まって、脳も肉体の一部であることを聴き手に自覚させるような、強烈にカッコいい音楽となっている。『太陽と戦慄』ほどではないが、『Starless and Bible Black』をあえてシンプルに『暗黒の世界』とした邦題のセンスにも震えた。そして結果として第一期のラスト・アルバムとなった『レッド』(一九七四)。ここではデヴィッド・クロスがゲスト扱いとなり、メンバーはフリップ、ウェットン、ブルフォードの三人だけ、他は元メンバーのイアン・マクドナルドやメル・コリンズ等が曲ごとに参加している、前二作に比べると全体的な強度はやや劣るものの、フリップのクリエイティヴィティはいまだ最高の状態にあったことが窺える。

だが高校生の私がこのアルバムに辿り着いた時、クリムゾンは解散して既に五年以上が経過していた。私は七枚のアルバムを繰り返し聴きながら、二枚のライヴ盤も愛聴した。とりわけ『アースバウンド』(一九七二)の驚きは忘れ難い。言うまでもなかろうが、ブートレグと誤解されかねない、あの異常な音の悪さ。しかもその劣悪な音質でさえ感じ取れる、演奏が放つ破格のエネルギー。いま急に思い出したが、九〇年代末頃だったろうか、雑誌『クイック・ジャパン』のイベントで、今は亡き恵比寿のクラブ「Milk」でＤＪをした際、テクノやドラムンベースの合間にこのレコードを挟み込んだら、フロアの反応は忘れたが、その場に居合わせた向井秀徳氏が即反応してくれた。もう一枚のライヴ・アルバム『USA』(一九七五)は解散後のアフターケア的なリリースと言ってよいだろうが、有名曲を並べたベスト盤的な内容は十分に満足のいくものだった。

とまあ九枚ものレコードをたぶん数カ月ぐらいで集中的に聴き込んだ直後、その興奮も醒めやらぬまま、高二の私は第二期キング・クリムゾンの復活／誕生に遭遇することになったのだった。これまた多くのリスナーと同じく、私もまたエイドリアン・ブリューという若きアメリカ人ギタリストの加入に興味津々だった。何しろ彼はフランク・ザッパの元バンド・メンバーであり、ブライアン・イーノを介してデヴィッド・ボウイやトーキング・ヘッズのツアー／レコーディングにも参加してきたクセ者だというのだから。どれだけメンバーチェンジを繰り返そうと、ギタリストだけは入れなかったロバート・フリップをツインギター体制に舵を切らせたブリューという男は、いったい何者か、私は期待に胸奮わせながら『ディシプリン』に針を落とした。第一期クリムゾンとはまったく異なる、ややこしくもダンサブルな、ヒネクレつつもポップなサウンドが流れ出てきた。まずはその変化に驚かされはしたが、戸惑いも落胆もしなかった。むちゃくちゃカッコ良い。一七歳の私はそう思った。もっとも第二期クリムゾンの最大の特徴であるポリリズミックなギター（というよりアンサンブル全体がポリリズミックなのだが）は、フリップがクリムゾン再始動以前にやっていたザ・リーグ・オブ・ジェントルメンでも試行されていたので、そこにエイドリアン・ブリューの個性が加わると、こうなる、というのは納得しやすかった。

　周知のように、第二期クリムゾンはその後、セカンド『ビート』（一九八二）、サード『スリー・オブ・ア・パーフェクト・ペアー』（一九八四）を同一メンバー（フリップ、ブリュー、やはりアメリカ人のベーシスト＝トニー・レヴィン、ビル・ブルフォード）で制作し、幕を閉じることになる。三作目ともなるとさすがにワンパターン感が拭えなかったが、私は基本的に第二期のクリムゾンも、第一期に劣らず好きである。リアルタイムで聴くことが出来たからということもあるが、それ以上に、八〇年代前半の音楽のめざましい拡張期にあって、クリムゾンという恐竜がしかと自己の存在意義を主張し得ていたと思われるからである。この点、エイドリアン・ブリューに白羽の矢を立てて自分のバンドに招き入れたフリップの慧眼には恐れ入る。ブリューは『ビート』と同年にファースト・ソロ・アルバム『ローン・ライノ』を、次いで『Twang Bar King』（一九八三）、『夢のしっぽ（Desire Caught by the Tail）』（一九八六）と、実験性とポップさを兼ね備えた秀逸なソロ作を連発し、私はいずれも夢中になって聴いたものである。

『ビート』の時はまだ高校生だったが、『スリー・オブ・ア・パーフェクト・ペアー』時点では私は大学生で、東京に出て来ていた。第二期クリムゾンは同アルバムのリリースと同じ一九八四年に来日している。私はもちろん観に行った。二〇歳だった。その時のことはほとんど覚えていないが、うっすらとだが、ノリノリのブリューと椅子に座ったままで寡黙なフリップのコントラストが妙におかしかったことや、ある意味でギターのふたり以上に禿頭髭面でスティック・ベースを操るトニー・レヴィンが目立っていたことを思い出せる、ような気がする。

第二期クリムゾンにかんして、私が強く印象づけられたのは、最初のアルバムのタイトルにも選ばれた「ディシプリン(訓練)」という言葉である。フリップはインタビュー等でもこの言葉を多用していた。プラクティス(練習)ではなくディシプリン。とかく禁欲的な求道者のイメージの付きまとうフリップにはぴったりの語ではあるが、そこに愉しみという要素があからさまに排斥されているということに、私はかえって面白味というか、いわば英国的な諧謔味のようなものを感じたのだった。「エレファント・トーク」や「フレーム・バイ・フレーム」や「待ってください」や「ニール・アンド・ジャック・アンド・ミー」や「ハートビート」をやるために黙々と訓練するなんて、なんだか可笑しい。フリップはいつも至ってシリアスに見えるが、それゆえにこそ、私はそこに一種の倒錯的なヒューモアを嗅ぎ取った。

さて、キング・クリムゾンが再度、復活したのは、『スリー・オブ・ア・パーフェクト・ペアー』から一〇年が過ぎたミニ・アルバム『ヴルーム』(一九九四)によってだった。その翌年にはフル・アルバム『スラック』(一九九五)もリリースされた。私は大学を辞め、映画館勤めをしながらライター業を始め、四年間働いてフリーとなり、ちょうどこの年に渋谷に今もある自分の事務所HEADZを開いた。すでに音楽ライターとしてそれなりのキャリアを積んでいたこともあり、クリムゾン再始動の情報は、いち早く知ることが出来たのだと思う。当然、私は興奮した。第一期の、一枚ごとに違った作品群も、第二期の、ほぼ一貫したスタイルでの三枚も、私は全面的に支持していたから、来たるべき第三期が、どのようなサウンドになっていたとしても、そこはロバート・フリップのこと、それは目覚ましい変化であるに違いない、そう思っていた。

だが、期待ではち切れんばかりになって聴いた『ヴルーム』にも『スラック』にも、率直に言おう、いささか拍子抜けがしてしまったのだった。もちろんクリムゾンらしさはある。何と言っても本物なのだから。だが、それでもどこか、まるで別のバンドがクリムゾンを演じているかのような、違和感、齟齬感のようなものを感じてしまった。ダブル・トリオ・バンドというコンセプトも、ちょうど同時期に台頭していた、シカゴのトータスの自由奔放な編成と比べて、どうにも考えオチのような気がしてしまったのだ。一九九五年、彼らは来日している。私は、或る週刊誌でインタビューをした。しかも来日メンバー全員に。初対面のロバート・フリップは、インタビュアー泣かせという話は重々承知していたとはいえ、英国人のヒネクレとはこれほどのものか、と内心半ば恐怖するほどのはぐらかしぶりで、非常に苦労した。対してエイドリアン・ブリューは、まったくもって陽気でフレンドリーだった。つまりはイメージ通りだったのだが。と書きながら、記憶が混乱しているのだが、クリムゾンは『スラック』から更に五年後、アルバム『ザ・コンストラクション・オブ・ライト』(二〇〇〇)を発表し、やはり来日している。私はその時にもインタビューを、同じ週刊誌でしたはずだ。ブリューと話したのはこの時だったかもしれない。トニー・レヴィンとも、ビル・ブルフォードとも、第三期から加入したパット・マステロット、トレイ・ガンとも会ったことを覚えているが、一九九五年か二〇〇〇年か、はっきりしない。ただ確かなのは、フリップとは二度、いや三度、インタビューした記憶があるということだ。もしかしたら二度かもしれないが。私は『ザ・コンストラクション・オブ・ライト』にも、ほとんどピンと来なかった。まったくもって残念なことに、もはやクリムゾン＝フリップは、過去の栄光の残像の陰に居るのみだ、私にはそう思えた。とはいえ、ライヴは常に素晴らしかったし、話を聞くにやぶさかではなかった。とはいえ、私はロバート・フリップが、具体的にどんな話をしてくれたのか、ひとつも思い出すことが出来ない。覚えているのは、とにかく質問にまともに答えないということ、話がどんどん思弁的になっていったかと思うと、いきなり終わってしまったり、急に逆質問されたり。そしてそれが、まあ困りはするが、けっして厭な感じはせず、あの『ディシプリン』と同じように、どこか可笑しく思えたということである。何と言うか、生真面目に捻れている感じ。こういう人だから、ああいう音楽なのだなと、こんなことを書いても何も言っていないに等しいが、妙に納得させられたのだった。

それからもうひとつ、よく覚えているのは、取材が終わった帰り道、大変な音楽マニアでもあり、その後に単著も出すことになる担当編集者に、ロバート・フリップにはもう晩節を汚して欲しくないなあ、みたいなことをついつい口に出したところ、彼が突然、奮然として「佐々木さんに言われたくないですよ！」と言ったことである。成程なあと私は思った。

以来、十数年が経過し、その後のキング・クリムゾンにもさまざまな歴史があるわけだが、私は以前ほど熱心に活動を追うことはしていない。それは必ずしも彼らに関心を失ったからということではなくて、音楽全般に対する私の距離の持ち方の変化によるものである。だがそれでも新譜が出れば買って聴くし、もしや来日することがあれば、馳せ参じることだろう。今度はインタビューはしない（出来ない）だろうが。

Vaporwaveについて、私は（ほぼ）何も知らない

音楽

ネガティヴランド／ザ・ケアテイカー／V/Vm／ジョン・オズワルド／タエコ・オーヌキ／ヴェイパーウェイヴ

1 ネガティヴランド

二〇一九年一〇月、ネガティヴランド（Negativland）が新譜をリリースした。『True False』は、二〇一四年リリースの『It's All in Your Head』以来、約五年ぶりとなる通算一四作目のアルバムで、二〇一六年に彼らが毎週やっているラジオ番組を編集したシリーズの最新作『Over the Edge Vol.9: The Chopping Channel』が出ているけれど、スタジオ・アルバムとしてはドナルド・トランプ大統領が誕生してから初の作品ということになる。「真実の虚偽（トゥルー・ファルス）」とは如何にも「トランプの時代」にふさわしい、アメリカ（および資本主義世界の）社会と政治と文化を一貫して痛烈

に諷刺してきた彼らならではのタイトルと言えよう。このバンドがアメリカ合衆国カリフォルニア州コンコードで結成されたのは一九七九年なので、つまり今年はネガティヴランド生誕四〇周年記念の年なのだった。そのせいなのかどうかは知らないが、メンバーのジョン・レイデッカーのソロであるウォブリー（Wobbly）も、ほぼ同時期にニューアルバム『Monitress』を発表している。『True False』から聴こえてくるのは、これまでと変わらず、サンプリング・ベースの呑気で珍妙ですっとこどっこいなトラックの上に、さまざまなニュースやら（アメリカの）ワイドショーやら何やらからサンプリングされた音声が乗っかった極上のエレクトロ・コラージュ・ポップだ。さすがに彼らもトシだから昔のようなアグレッシヴさは薄まっているが、その分、いぶし銀のような頓知と意地悪さが光る。

あまりに有名な話だが、ネガティヴランドの名が一躍世界に轟いたのは一九九一年、Ｕ２の曲「終わりなき旅（I Still Haven't Found What I'm Looking for）」（一九八七）から三〇秒ほど無断でサンプリングしてミニ・アルバム『The Letter U and the Numeral 2（略称Ｕ２）』をリリース、ジャケットまでパロディにしてたせいもあって当然ながらＵ２の所属レコード会社アイランドに訴えられて裁判では負けたのに、その堂々たる確信犯ぶりが一部でヒーロー扱いされたのだった。思えばまだまだ牧歌的な時代だったのだ。今だったらそんなわけにはいかなかっただろうし、そもそもやる前に止められている。だがネガティヴランドはむしろこの一件によって大いに株を上げ、その後じつに三〇年近くにわたって独自の活動を継続してきたわけである。おめでとうございます。

2 ザ・ケアテイカー

ザ・ケアテイカー（The Caretaker）は英国人ジェイムズ・リーランド・カービーのソロ・ユニットで、最近日本でもけっこう人気がある。それは彼がこの数年間継続してきた超大作『Everywhere at the End of Time』が、アルバム六枚、全五〇曲をもって遂に完結したことが海外の音楽メディアでかなり話題になったのと、また秀逸なザ・ケアテイカー論を含む故・マーク・フィッシャーの論集『わが人生の幽霊たち：うつ病、憑在論、失われた未来』の日本語訳が出たことが関係しているのかもしれない。

九〇年代から音楽活動をしていたカービーがザ・ケアテイカー名義のファーストアルバム『Selected Memories from the Haunted Ballroom』を発表したのは一九九九年のことだった。スティーヴン・キング原作、スタンリー・キューブリック監督の映画『シャイニング』（一九八〇）のボールルーム（舞踏室）のシーンに出てくるケアテイカー（管理人）からアーティスト・ネームが採られており、このアルバムのタイトルおよびテーマもそれと深くかかわっている。カービーは『シャイニング』の同シーンに倣って一九三〇年代のジャズやムード音楽、軽クラシック、遊園地で流れるオルガンなどのSP盤を大量に蒐集し、それらをサンプリングしてさまざまに加工し、醒めない優雅な悪夢のような極上のアンビエント・ノイズ・ミュージックを造り上げた。

その後、ザ・ケアテイカーは『A Stairway to the Stars』(二〇〇二)、『We'll All Go Riding on a Rainbow』(二〇〇三)と同様のコンセプト――甘美でおそろしい「過去」の「憑依」――のアルバムをリリースしていくが、二〇〇五年の『Theoretically Pure Anterograde Amnesia』でカービーは一歩推し進めたテーマを掲げた。「理論的に純粋な前向性健忘症」というタイトルに端的に示されているように、記憶障害である。『Theoretically Pure Anterograde Amnesia』はCD六枚組、全七二曲の超大作だった(更に翌二〇〇六年に全一三曲収録の『Additional Amnesiac Memories』がリリースされて全部で八五曲になった)が、それからもザ・ケアテイカーは『Persistent Repetition of Phrases』(二〇〇八)、『An Empty Bliss beyond This World』(二〇一一)、『Patience (After Sebald)』(二〇一二)などの秀作を次々と発表、そして二〇一六年より『Everywhere at the End of Time』のプロジェクトを開始した。この大がかりな連作においてカービーは架空のキャラクターである「管理人」に或る設定を与えた。「彼」は認知症=アルツハイマーに罹っており、記憶が次第に失われていくのである。実際に『Everywhere at the End of Time』は一枚ごと、楽曲を追うごとに音像が朧げになっていき、最後のディスク6になるとほぼ全編が深く重い残響音のドローンになってしまう。最後から二番目の曲の題名は「Long Decline Is Over (長い減退の終わり)」、全五〇曲の最後の曲の題名は「Place in the World Fades Away (世界の消えてゆく場所)」である。このプロジェクトの終了をもってカービーはザ・ケアテイカー名義での活動を辞めるという。

ザ・ケアテイカーの音楽を延々と聴いていると、同じサンプリング・ソースが何度も（加工変形の度合いを変えながら）使い回されているのでは、という疑惑が頭をもたげてくる。多分そうだろう。カービーがあちこちから集めてきた古い音盤は、そのほとんどが既聴感を持つ（それらが新奇に聴こえてしまっては意味がない）が、と同時に名前を有していない。ああこれは誰某の何々という曲だ、とはならないのだ。そうであったら著作権の問題が生じかねないだろう。しかもしまいには元ネタは異様に引き延ばされて、もはや曲だったのかどうかもわからなくなってしまう。しかし重要なのは、それでもそれはサンプリング・ミュージックであるということである。カービーはおそらく自分では演奏行為を——ある意味では作曲行為も——ほとんどしていない。彼はただＳＰ盤の音源を弄っているだけである。そこには「過去」が録音されている（録音されたものは全部が「過去」だ）。ザ・ケアテイカーは「想起」という行為／現象をそのまま「音楽」化することを企み、次いでそこに失調と障害を、そして喪失を持ち込んでみせた。だがそれでも彼のやっていることは、他者の音／楽の引用、収奪、再利用という意味でネガティヴランドと同じだし、数多のサンプリング音楽家たちとも同じである。

3 V/Vm

ザ・ケアテイカーことリーランド・カービーは、前はV/Vmという名前で活動していて（現在も時々使っている）、私はわりと愛聴していた（昔の音楽雑誌を漁ってもらえば私の書いたV/Vmのディスクレビューが幾つか見つかるだろう）。V/Vmの作風はザ・ケアテイカーとはかなり違っていて、基本的にサウンド・コラージュを主体とするノイズ・ミュージック／テクノである。エイフェックス・ツインの曲をバキバキに解体した「HelpAphexTwin」のシリーズ（特に「WINDuckyQuaCKer」や「CoMe^to*big Daddy vS giANt Haystack-tag teamV7.21v」は最高）がその筋では有名だが、他にもジョン・レノン、ロビー・ウィリアムス、ボニー・タイラー、ザ・フライング・ピケッツなどなどの超有名曲をサンプリングというより丸ごと使って弄り倒した色んな意味で非常にヤバいトラックが今もネットにごろごろ転がっている。

V/Vmは二〇〇六年に『The Death of Rave（The Source）』および『The Death of Rave（Additional）』という全部合わせると二〇五曲、トータルで二〇時間を超える壮大な作品を発表した（その後、二〇一四年にリーランド・カービー名義のダイジェスト盤『The Death of Rave（A Partial Flashback）』がリリースされている）。そこではタイトル通りレイヴ・シーンを彩った数々のダンス・トラックがザ・ケアテイカー的な過剰な加工変形を施され、ビートを完全に融解させてハーシュなノイズ・ドローンと化している、らしいのだが最早まったく原型を留めていないので本当にそうなのかはわからない。それも最近のザ・ケアテイカーと共通している。周知のようにカービーはV/Vm、ザ・ケアテイカーとはまた別にザ・ストレンジャー名義でアブストラクトなテクノを発表しており、アルバム『Watching Dead Empires in Decay』（二〇一三）は人気レーベル、モダン・ラヴからリリースされている。更に彼は本名のリーランド・カービーとしても『Sadly, the Future Is No Longer What It Was』（二〇〇九）、『Eager to Tear Apart the Stars』（二〇一一）、『We, So Tired of All the Darkness in Our Lives』（二〇一七）といったアルバムを発表している。こちらはピアノや弦楽器がふんだんにフィーチャーされたシネマチックでポスト・クラシカルな音楽である（だからあまり私の好みではない）。

V/Vmとザ・ケアテイカーのサウンドは確かにずいぶん印象が異なるのだが、しかしサンプリングを基盤にしている点は変わりない。それからどちらも「サンプリング元がわかる曲」→「サンプリング元がわからない曲」→「サンプリングかどうかもわからない曲」と進んできているように思われるのも同じである。しかしそれを聴いた者がひとりとしてサンプリング・ソースが何であるのかはもちろん、サンプリングであることさえわからないようなサンプリング音楽とは、いったい何なのか？　だが事実としてそのようなサンプリングはすでに無数に存在している。

ところで、国も世代も違うので人脈的な接点はほぼないと思われるネガティヴランドとザ・ケアテイカー／V/Vmは、サンプリングという技術、コラージュという技法において明らかに繋がっているわけだが、そのような技術＝技法を表す便利な用語がある。プランダーフォニック。「Plunder＝略奪」＋「phonic＝音響」。この素敵な造語を発明したのはジョン・オズワルドという人物である。

4 ジョン・オズワルド

ジョン・オズワルドはカナダ出身の作曲家で、サックスも吹く。彼の代表作は、グレイトフル・デッドの一九六八年から一九九三年までのライヴ音源から「ダーク・スター」の演奏部分ばかりを一〇〇以上抽出し、それらを精巧に繋ぎ合わせて作った二枚組のアルバム『Grayfolded』（一九九四）である。このアルバムはデッドへの愛とリスペクトが溢れる良心的な作品だが、オズワルドはアルバム『Plunderphonics』（一九八九）ではマイケル・ジャクソンを勝手にサンプリングした上に写真を無断使用してジャケットでヌードに加工したり、一九九三年の傑作アルバム『Plexure』では当時のヒット曲を一秒以下のマイクロ・サンプリングで切り刻み接合しまくったりして物議を醸してきた。オズワルドは自らの方法論を「プランダーフォニック」の名のもとに理論化し、後進に多大なる影響を与えた。ネガティヴランドとイギリスのピープル・ライク・アスことヴィッキー・ベネットは、オズワルド以降もっともアクティヴかつ継続的に活動してるプランダーフォニックのアーティストである。リーランド・カービーも、この系譜に位置していると言ってよい。

ジョン・オズワルド（一九五三年生まれ）とネガティヴランドのリーダー、マーク・ホスラー（一九六二年生まれ）とリーランド・カービー（一九七四年生まれ）は、ほぼ一〇歳ずつの年齢差である。オズワルドがのちにプランダーフォニックと呼ばれることになるコラージュ的な音楽を始めたのは七〇年代の半ばくらいなので、おおよそ四五年もの歴史があることになる。言うまでもないことだが、これはヒップホップとほぼ同じである。そう、もちろんヒップホップとプランダーフォニックは表裏一体だ。だって間違いなく同じ（ような）機材を使ってサンプリングしているのだから。そしてその機材もこの四五年で飛躍的に進化した。テープの切り貼りがサンプラーの操作になり、アナログからデジタルへ、コンピュータでの波形編集になった。今や著作権さえ気にしなければサンプリングを使用した音楽制作は自由自在である。むろん、その著作権こそが問題なのだが。

5 タエコ・オーヌキ

別に大貫妙子でなくてもいいのだが、私はテレビを全く観ないので人から聞いただけなのだけど、はるばる日本にやってきた外国人の行く先を空港からずっとついていくという人気番組で、大貫妙子の『Sunshower』のアナログ盤を探しに日本まで来たアメリカ人音楽ファンについていった回があったらしい（ネットに動画があったけど結局観ていない）。そんなネタが地上波で放送されたことが象徴的だが、特に二〇一〇年代に入ったくらいから、日本の過去のポップス、それも八〇年代あたりのニューミュージック、シティポップスが海外で人気を呼んでいる。実際、海外のレーベルから日本の誰某の過去音源がアナログでリイシュー、といったことが相次いでいる。めでたいことだ。どうしてこのようなことになったのか、それはもちろんまず第一にネットのおかげである。特にYouTubeなどの動画サイトにマニアが（違法に）アップした音源を別のマニアが聴いて「コレ超良い！」などと騒ぎ出し、あれよあれよという間にマニア共同体の圏外まで噂が広まって、気づけばバズっていた、という次第。そういうことがあちこちで頻発するにつれて楽曲単位どころかアルバム丸ごとだったりが余裕でありのアップロードは動画サイト側の法的整備によって著作権をやんわりクリアされ（要するに再生回数に応じてしかるべき支払いが為されるようになり）、かくてニッポンのポップ・ミュージックの（海の向こうからはそう見える）ミッシングリンクが次々と発見、発掘されることになっていったわけである。

ここで重要なポイントは、このような現象が事実上、長らく日本の音楽が海外進出しようとする際に最大のネックといわれてきた言語の問題を、ぬるっとクリアしてしまったかに見えることである。タエコ・オーヌキを愛聴している海外の音楽リスナーたちは、むろん中には好きが嵩じて日本語を学ぼうと思い立つ猛者もいるだろうが、おそらく大半は歌詞の意味がわからぬままよろこんで聴いているはずである。かつて「アメリカ人は英語の曲しか聴かない。彼らは何を歌ってるのかわからない曲は初めからリジェクトする。したがってアメリカで売れたいなら英語で歌えなくてはならない」みたいなことがよく言われ、それはほぼ事実であったわけだが、韓国のＢＴＳ（防弾少年団）の例でもわかるように、時代は変わったのである。タエコ・オーヌキであれハルオミ・ホソノであれ、日本語をからっきし理解しないにもかかわらず「コレ超良い！」と騒ぐ外国人リスナーがどんどん出現しているのである。いや、そういう人はおそらく前にもいたのだろうが、ネットによって可視化されるとともに、おそらくは増殖されてもいったのである。

これはかつて英語を解す者がけっして多いとは言えないのになぜか洋楽大国だった日本のケースと似ていなくもない。つまり英語がわからない日本人音楽リスナーも、日本語がわからない外国人音楽リスナーも、言語をほぼ音として聴いているのである。ほぼ、というのは翻訳によって歌詞の言わんとするところを知ることは昔も今もそれなりに可能だからだ。だがたぶん意味の了解よりも言葉をサウンドとして愛でるほうがそこでの聴取と鑑賞のメインになっていることは想像に難くない。このようなことは日本語音楽以外にも起きているだろう。そしてこれもやはりインターネットの貢献が決定的だったと私は思う。生物多様性ならぬ音楽多様性はYouTubeによって顕現したのである。

6 そしてヴェイパーウェイヴは？

サンプリングには大きく二種類ある。旋律／音響のサンプリングと意味／文脈のサンプリングである。というか、あらゆるサンプリングには必ずこのふたつの側面があるのだが、それを行使する側の目的がいずれかに振り切れていたり、配合バランスが違っていたりするわけである。意味／文脈をリスナーに伝えるためには、サンプリング・ソースがあからさまであるか、そこまでではなくともわかる人にはわかるようになっていなければならない。度を超したマイクロ・サンプリングやドローン加工は意味／文脈を消去してしまう。だが楽曲の外部にサンプリング・ソースの情報をさりげなく（或いはわざとらしく）置くことで、たとえ耳で聴いただけではさっぱりわからなくても、リスナーに文脈（のヒント）を与えることは出来るし、そうなると加工変形自体も意味作用の変質として捉える観点が生まれもする。旋律／音響だけでいいならば話は簡単である。ヒップホップのサンプリングには旋律／音響だけの場合もあれば意味／文脈が重要な場合もある。

ところがプランダーフォニックにおいて意味／文脈は欠かせない。それは聴く者に一定以上のリテラシーを要求する。いや、ジョン・オズワルドやネガティヴランドにしても、マイケル・ジャクソンが誰かも知らない人や、英語をまったく聞き取れない人だってもちろん聴くことは出来るし、中には意味／文脈抜きに音楽／音響としてのみ楽しむ人も可能性としてはいるかもしれない。だからそれは程度問題でしないのだが、しかしジョン・オズワルドは彼が誰や何を標的としているのかを一切知らず知る気もない者に「超良い！」と言われたら怒りはしないまでもきっと戸惑うだろうし、ネガティヴランドを子守唄にしてすやすや眠る赤児がいたとしたら彼らはその母親におずおずと「そういうのはちょっと……」と言うことだろう。

ではリーランド・カービーはどうだろうか？ V/Vmを元ネタを知らずに聴くのはかなり無理があると思うが、ザ・ケアテイカーはそうではない。そもそもその膨大な楽曲の素材となったサンプリング・ソースのSP盤は匿名的かつ集合的なものである。それはただ「遠い過去」のものであるというコノテーションだけが重要なのだ。いや、それだって実のところ真に本当とは限らないのだが、ともかくもとてもとても古い音源なのだという前提、それだけは外せない。とはいえしかし、ザ・ケアテイカーの音楽は「古き良き昔日（グッド・オールド・デイズ）」への郷愁、ノスタルジーを奏でているのではない。カービーはそんな過去も記憶も持ち合わせてはいないだろう。だからそれは本当は幻想でしかないのかもしれない。虚偽なのかもしれない。しかしそれは、いわばトゥルーなファルスでなければならないのだ。

さて、この我ながら茫漠とした（私としては批評対象を模したつもりだ）文章は、ようやく最後の段落になって、初めて「ヴェイパーウェイヴ」の話になるのだが、それもすぐに終わる。このジャンルにかんしては、他にも沢山の記事や解説や評論などが雑誌で特集されている。二〇一〇年代に起こった（とされる）幾つかの音楽的潮流の中で、おそらくもっともクリティカルな意味と意義を持っている／いた、と思われる、このジャンルだかスタイルだかシーンだか何だかは、しかし「二〇一〇年代」にのみ限定して捉えようとすると、なんだかちょっとわかりやすくなり過ぎてしまうような気がする。もう少し水平にも垂直にも幅を取って考えてみることで——それは必然的に

「ヴェイパーウェイヴ」を相対化してしまうことになるのだが――間近に迫った「二〇二〇年代」へと接続することが多少ともありになるのではあるまいか。

　とはいえもちろん、ヴェイパーウェイヴとプランダーフォニックの類縁性も、ザ・ケアテイカーとの同時代性も、すでにあちこちで語られてきたことではある。だが私としては、それらも全部含み込んだ、いわば大文字の「サンプリング音楽」の歴史／物語のひとつの極点、つまりその成れの果てとして、この「真実の虚偽」に塗れた想像上の郷愁のポップ・ミュージックを、つまみ食いのようにして聴いてきた／いる。

　ヴェイパーウェイヴが描き出す／ヴェイパーウェイヴが描き出される「過去」とは、インターネットにアップロードされている「過去」であり、それ以外ではない。そこには旋律／音響も意味／文脈も当然あるのだが、サンプリングの手つきには人工的な靄がかかっているようで、よく見えない。そう、それはまるで「世界の消えてゆく場所」さえ消え去った跡地にぼんやりと流れてくる音楽のようだ。当然ながら私にはそれが懐かしいとも美しいとも思えないのだが、懐かしさや美しさだと思い込んでいた何かがそもそも甚だあやふやなものでしかなかったということに気づかせてくれる役には立ったかもしれない。

激突と遭遇

映画
スティーヴン・スピルバーグ監督
『激突!』(一九七一)
『未知との遭遇』(一九七七)

『激突!』(一九七一)と『未知との遭遇』(一九七七)を一緒に論じてくれというのが頂いた注文である。なぜこの二作なのかは聞いてないのでわからない。その理由を推察せよというのがお題ということなのかもしれない。

というわけで、すごく久しぶりに観直してみたのだった。まずはその率直な感想を述べ、それからこの二本から導き出される多少の考察を書いてみることにする。

『激突!』は日本語タイトルで、原題は「Duel」である。決闘。ちなみに『続・激突!/カージャック』(一九七四)の原題は「The Sugarland Express(シュガーランド急行)」であり、しかも内容は『激突!』の続編ではない。それはともかく、私は『激突!』をおそらく三十数年ぶりに再見したのだが、観つつ思っていたのは「こんなにもシンプルな映画だったのか！」ということだった。私たちの世代だと『警部マクロード』で有名なデニス・ウィーバー演じるサラリーマン（その境遇はどこかアーサー・ミラー『セールスマンの死』を思わせる）が、ハイウェイで何の気無しに追い越した大型トレーラーに延々と付け回される、というのがストーリーだが、本当にただそれだけの映画なのだ。いや、申し訳程度に主人公デイヴィッド・マンが夫婦間の問題を抱えた妻と電話をするシーンや、彼が道中で出会うひとびと（その多くは今で言うところのプアホワイトだ）の姿が描かれていたりはするのだが、この映画にはサブストーリー的なものは一切なく、上映時間九〇分のほぼ全部がデイヴィッドとトレーラーの対決（Duel）に費やされている。

より細かく言えば、最初デイヴィッドはトレーラーの敵意（？）に気付かない。しかしあまりにも後方に接近してくるので次第におかしいぞと思い始め、そもそも相手がノロノロ走ってたから追い抜いただけなのだが、それが気に入らなかったのかと思って道を譲って先に行かせる。しかしトレーラーは前方で停車してデイヴィッドの車を追い越させ、また露骨に追尾してくる。明らかに故意に追突されて異常を認識したデイヴィッドはどうにかやりすごそうとするが、トレーラーはますます狂気の様相をあからさまにしてくる。逃げようにも商談先のカリフォルニアに向かうためにはこのハイウェイ以外に道がない。デイヴィッドはあの手この手でトラブルを解決しようと試みるが、どうにも打つ手がなくなり、もはや完全に命の危険に晒されるにおよび、遂にトレーラーとの決闘（Duel）に臨むことになる。

周知のように、この作品はリチャード・マシスンの短編小説が原作なのだが、映画化にあたって監督スピルバーグはシナリオも手掛けたマシスンとともに小説に幾つかの変更を施している。その最大のポイントは、トレーラーの運転手の素性を完全に隠してしまったことだ。原作ではディヴィッドは「敵」の顔を見ているし、名前も知ることになる。ところが映画ではトレーラーの運転席にカメラが向けられても影になっていて顔は見えず、全編を通して画面に映るのは謎のドライバーの腕や靴ぐらいのものである。その結果、映画ではトレーラーそれ自体がまるで生き物、一匹の猛獣でもあるかのような印象を醸し出す。これは監督スピルバーグの狙いであったに違いない。要するにモンスターであり、つまりこの映画トレーラーは次に撮られてスピルバーグの決定的な出世作となる『JAWS／ジョーズ』（一九七五）の巨大ザメの原型なのだ、とはよく言われることである。

それはもちろんそうなのだが、それ以前にこの変更には重要な効果がある。それはこの映画の物語の抽象度を上げる、という効果である。言い換えるなら、この変更によって、『激突！』という映画は、いわゆる「人間ドラマ」から（原作よりも）更に遠ざかっている。

一本の道がある。脇道もありはするのだが、それはあくまでも「脇道」であって、とにかく目的地に向かうルートは一本しかない。デイヴィッドの車も、トレーラーも、基本的に同じ方向に向かって走っている。面白いのは、この映画がカーチェイスを見せるものではない、ということである。この映画には抜きつ抜かれつ的な描写はほとんどなく、それどころか二台が並行して走る場面さえ存在しない。デイヴィッドの車をA、トレーラーをBとしよう。あるのはただ、ふたつのパターンのみである。すなわち「A↑B」か「B↑A」。もちろん「B↓A」や「A↓B」の部分もあるのだが、それは「A↑B」と「B↑A」を交換する際に必要とされるだけであり、この映画に内在するベクトルはひとつきりである。九〇分の間に「A↑B」と「B↑A」が何度か入れ替えられる。より精確に言うと「A↑B」がほとんどであり、また再び「A↑B」に戻るためにのみ「B↑A」が要請されている。

指摘しておきたいのは、「A↑B」が「B↑A」になる際には、BがAを普通に抜き去った結果としてそうなるのではなく、Aが速度を落としたり停止することによってそれが起こるということ、同様に「B↑A」が「A↑B」に戻る場合も、AがBを再び追い越すのではなく、Bが停止したりUターンしてきたりすることでそうなるのだということである。この意味でAとBの関係はチェイス（追跡）とはまるで異なる。だから「激突」なのである。私はこの邦題は悪くないと思う。原題の「決闘／対決」を踏まえて「激突」というのも面白い。実際、この映画が終わるためには、ほとんど論理的な必然として、「A↑B」でもなければ「B↑A」でもない状態、すなわち「A⇅B」にならなければならない。それこそが「Duel」ということであるからだ。

ギリギリまで追い詰められて覚悟を決めたデイヴィッドは、殺人トレーラーに決死の闘いを挑む。大きさも重さも懸け離れた二台の車は、文字通り激突する。むろんAがBを押し返すことなどあり得ない。Bはこれまでと同じベクトルを維持しつつ、今度はAの背中ではなく頭を押しつつ突進する。つまり一方向のベクトルが双方向になった瞬間に、この映画は結末を迎えることになるのだ。

追う者と追われる者という構図は、西部劇以来のアメリカ映画の定型のひとつである。逃げる者と追いかける者。約三〇年後に『キャッチ・ミー・イフ・ユー・キャン』(二〇〇二)という題名の映画も撮るスピルバーグは、このパターンを何度となく採用してゆくことになる。そのプロトタイプが『激突!』である。それは極めて抽象的な発想によっており、映画の内容を単純な図で示すことさえ出来そうである。しかし肝心な点は、この映画が九〇分もあるということである。「A←B」↓「B←A」が「A⇅B」になったら終わりということは最初からわかっているのにもかかわらず、スピルバーグはその変換式の実行を引き延ばし、遅延させる。今回、再見してみてあらためて感じたのは、この映画にスピード感がほとんど感じられない、むしろ緩慢にさえ思える、ということだった。むろんそれは、その後に山ほど撮られてきたカーチェイスを売りとする映画の加速ぶり(例:「ボーン」シリーズ)を見慣れてしまったからということもあるのだろうが、それだけではなく、スピルバーグのやりたいことは最初からそこにはなかったのだ。

さて、ここでもう一本の『未知との遭遇』に話を進めよう。私はこの日本語タイトルと同じ題名の本を書いたことがあるのだが、映画をちゃんと観直したのはやはり随分と久々のことだった。こちらの原題は「Close Encounters of the Third Kind」。第三種接近遭遇。公開時の宣伝で盛んにこのワードが喧伝されていた。ちなみに第一種がＵＦＯを至近距離で目撃すること。第二種がＵＦＯに何かをされること、そして第三種がＵＦＯに乗ってきた何ものかと接触すること、である。『ＪＡＷＳ／ジョーズ』で大ヒットを飛ばしたばかりのスピルバーグの新作ということで、当時としても大変に盛り上げたプロモーションがなされていた。同時期のジョージ・ルーカス『スター・ウォーズ』とともに全世界にＳＦ映画の旋風を巻き起こした作品だが、二作のテイストは全然違う。『スター・ウォーズ』は宇宙を舞台とする活劇、いわゆるスペースオペラだが、『未知との遭遇』はいかなる意味でも活劇ではない。『ＪＡＷＳ／ジョーズ』の明快さを期待した観客は戸惑いを隠せなかったのではないか。これはタイトルそのまま、ただ「ＵＦＯがやってきて中から宇宙人が出てくる」までをつぶさに物語るだけの映画なのだから。

再見してみて、これは一種の実験映画なのではないか、とさえ思った。複数のヴァージョンがあるが、上映時間は一三〇分台から一四〇分台の間に収まっている。単純計算で『激突！』の一・五倍、『ＪＡＷＳ／ジョーズ』は一二四分なので、それよりも長い。巨大サメが人を喰い、最後には退治される『ＪＡＷＳ／ジョーズ』も実にシンプルな映画だが、『未知との遭遇』は別の意味で驚くべき単純さを纏っている。スピルバーグの天才は、間違いなく他の監督なら「第三種接近遭遇」の「後」を描くはず（むしろ「後」から始めて「遭遇」は省くことさえあり得るだろう）のところを、そこをゴールに設定した、ということである。『激突！』が「激突＝対決」に至った途端に終わってしまったように、こちらも「未知との遭遇＝第三種接近遭遇」が果たされたところでエンディングを迎える。

ここで地球人をA、宇宙人をBとしよう。この映画は「B→A」の、最初は片鱗を散発させ、中盤からはあからさまに見せていく。そしてラストで「A→B」が加わることによって「A⇅B」となる。つまり、やはり一方向が双方向になると終わるのだ。『激突！』と同じなのである。そこまでの時間をひたすら遅延させてゆくところもよく似ている。つまり二作とも「事件＝出来事」が起こるまで、の映画なのだ。

この発想は、繰り返すが非常に抽象的なものであり、スピルバーグ映画のほとんど総ての雛形と言ってもいいような気もする。単一のベクトルが双方向になるまでのプロセスを引き延ばしてゆくこと、これがスティーヴン・スピルバーグの映画の基本モデルなのであり、そのことは最初期のこれら二作を観ることでも確かめられる。まあ、もちろん例外はあるわけだが。

ストーリーテラーとしてのダルデンヌ兄弟

映画

ダルデンヌ兄弟監督『午後8時の訪問者』(二〇一六)

ジャン＝ピエール・ダルデンヌとリュック・ダルデンヌ兄弟の前作『サンドラの週末』(二〇一四)は、マリオン・コティアール演じるヒロインのサンドラが、自らの職場解雇を回避するために、同僚たちにボーナスを放棄してもらうべく奔走する、という物語だった。『午後8時の訪問者』(二〇一六)は、アデル・エネル演じるヒロインのジェニーが、時間外の午後八時に鳴った診療所のドアベルに自分が応じなかったことで、ひとりの年若い娼婦が命を落としたのだと考え、その女性の身元を明らかにするために奔走する、という物語である。少女の遺体は川岸の工事現場で発見された。午後八時にドアベルを押している彼女の姿が診療所の監視カメラに映っていたのだ。

つまりどちらも「ヒロインが或る目的のために奔走する」という物語だが、サンドラは自分のために、ジェニーは一度も会うことのなかった見ず知らずの他人のために「奔走」する。方向は真逆なのだが、しかし「奔走」にサスペンスフルな要素が導入されている点は共通している。サンドラの「奔走」にはタイミリミットがあったが、ジェニーの場合、彼女の「奔走」はやがて彼女自身を危険に陥れることになる。少女は誰であり、どうして死ぬことになったのか、ジェニーは警察とは別に、自分なりのやり方で独自に調査していく。彼女は自責の念に駆られているのだが（そして理屈の上では自分に責任があるわけではないということも彼女はわかっているのだが）、その様子は必死とか悲壮とか呼べるような感じというよりも、なんだかまるで女探偵みたいに見えるのである。

こんなことを書くのは不謹慎だと思われかねないが、私はこの作品を観ながら、いうなれば一種のハードボイルド映画のような感興を抱いた。いや、観客の多くが、同じような感覚を持つのではないか。アデル・エネルはこの映画できわめてストイックな演技を披露している。医師という仕事柄ということもあるが、弱い者、貧しい者たちへの愛情を人一倍持ったジェニーという女性を、エネルは感情の昂りをほとんど表に出すことのない徹底的に抑えた表情でクールに演じ切っている。それは彼女の「奔走」も同様で、関係者に会い、現場を廻って、事件の真相を突き止めようとする姿は、明らかに或る種の情熱によるものなのだが、しかし非常に淡々としていて、やっぱりハードボイルドという言葉がよく似合う気がする。

死んだ少女の背後には、怪しい男たちや組織の存在が見え隠れする。ジェニーは知らず知らずの内に、そこに迫っていく。映画の中盤、運転中に男たちの車がついてきて、彼女に暴力的な警告をする場面があるが、むろんジェニーは恐怖に脅えるものの、けっして激しく取り乱したりはしない。死んだ少女を見たことがあったらしい患者の少年に廃屋の空地に掘られた穴に落とされた時も、大声は上げるが、そのくらいである。とにかくジェニーはいつも基本落ちついている。焦っているはずの時も、動揺しているであろう時も、彼女はけっして自分を見失わないように見える。そのようにエネルが演技しており、そしてその演技はジャン＝ピエール・ダルデンヌとリュック・ダルデンヌが求めたものである。

この映画のストーリー、この映画の展開は、物語られている内容だけを取り出して、誰か別の監督が撮ったとしたら、間違いなくまったく異なる映画になってしまうだろう。ハードボイルド映画、サスペンス映画、アクション映画、犯罪映画の要素が、この映画には随所に感じられる。はっきりとは描かれていないこと、露わにされないままで終わってしまう部分にこそ、ミステリアスな余白が宿っている。しかしもちろん、ダルデンヌ兄弟はその部分を殊更にフォーカスしようとはしない。当然ながら、彼らがやりたいのはそういうことではないからだ。

そういえば、この映画からは、色恋的な要素、セクシャルな要素も、ほぼまったく排除されている。そのようになっていてもおかしくない部分もあるにもかかわらず、そうはならない。ジェニーが誰かと恋に落ちたり、性的な意味で危機にさらされることはない。そういう映画ではないのだから、当たり前のことではある。

だがしかし、裏返して考えてみるならば、これはダルデンヌ兄弟の、いわば「巧妙に隠蔽されたストーリーテラー」としての並々ならぬ才能を示すものではなかろうか。実際、よく考えてみれば、彼らの作品は、この映画に限らず、『サンドラの週末』にせよ、それ以前の数々の名作群にせよ、物語だけを抽出しても実によく出来ている。ただ彼らは、それをそのまま活かすようには撮らないだけなのである。しかしそれでも、彼らの映画の独自性が、その潜在的で非凡なストーリーテリングに支えられていることは間違いない。この映画を観て、私はそのことにあらためて気づかされた。そう考えてみると、原題の「LA FILLE INCONNUE（見知らぬ少女）」に対して、日本題名はいかにもジャンル映画的な引きがあって、なかなかよいのではないか（笑）。

「日常の謎」の原理

文芸

倉知淳『夜届く：猫丸先輩の推測』（旧題『猫丸先輩の推測』講談社ノベルス、二〇〇二／創元推理文庫、二〇一八）

創元推理文庫版『夜届く：猫丸先輩の推測』（二〇一八）は、二〇〇二年九月に講談社ノベルスとして刊行され、二〇〇五年九月に講談社文庫化されていた倉知淳の短編集『猫丸先輩の推測』を改題したものである。実に一二年ぶりの再刊であるわけだが、かといって「待望の復活！」的な大仰な感じがほとんどしないところが、とてもこの著者らしい気がする。シリーズキャラクターの猫丸先輩同様、作者の倉知氏自身もまた、どこか時間を超越した存在になっているのかもしれない。ともあれ、めでたいことである。

周知のように、作者の倉知淳は、一九九三年に若竹七海の出題による『競作 五十円玉二十枚の謎』の一般公募部門に本名の佐々木淳（私と似ている！）名義で投じた解決編が「若竹賞」を受賞し、それがきっかけとなって倉知淳というペンネームでミステリ作家としてデビューした。一九九四年に刊行された第一作品集『日曜の夜は出たくない』で颯爽と登場したのが誰あろう、本作の探偵役でもある猫丸先輩である。猫丸先輩は一九九五年に刊行された初長編『過ぎ行く風はみどり色』でも主役を張り、一九九九年には第二短編集『幻獣遁走曲：猫丸先輩のアルバイト探偵ノート』が纏められ、そして「猫丸先輩もの」としては四冊目、第三短編集となったのが本作というわけである。

デビューへの扉となったのが「五十円玉二十枚の謎」だったことからもわかるように、倉知淳の作風は、いわゆる「日常の謎」に分類されることが多い。シリーズとしての「猫丸先輩もの」も、倉知氏のフェイバリットだというディクスン・カー風味に彩られた、不可能興味の連続殺人が起こる長編『過ぎ行く風はみどり色』を除けば、基本的に「日常の謎」系の謎解きで占められている。

しかしパイオニアとされる北村薫の『空飛ぶ馬』(一九八九)の出現以来、長い年月が経過しており、今や「日常の謎」を好んで扱うミステリ作家は数多い。倉知淳以後にもどんどん登場しており(その最重要人物は、もちろん二〇〇一年に『氷菓』でデビューした米澤穂信だ)、特に近年は更に増加傾向にあると感じられる。「日常の謎」は疑いなく、日本の本格系ミステリにおける一大サブジャンルに成長した。だとすれば、ここでは倉知淳の「猫丸先輩もの」が、並み居る「日常の謎」系の中で、如何なる位置を占めているか、そこにはどのような独自性があるのかを考えてみなくてはならない。「日常の謎」と総称されているサブジャンルにおいては、文字通りあくまでも「日常性」の圏内に留まりつつ、本格ミステリとしての要件を満たすことが求められる。そこでは殺人は無論のこと、警察の介入を要請するような犯罪一般が基本的に退けられている。となると、まず「日常の謎」の第一の特徴、そして第一の困難は、何が「謎」なのかを提示することにあると考えられる。本格ミステリの結構である「謎と解決」のワンセットを成立させるためには、探偵役による説得力のある解決を必要とするような魅力的な謎を設定しなくてはならない。「日常」とはつまり「非日常ではない」ということである。しかしそもそも密室やらダイイングメッセージやらといったミステリのお決まりのパターンは露骨に「非日常」を属性とするのだから、それ以外の「日常」とは要するにわれわれの通常の生活と人生のほぼ全てということであり、その射程範囲は非常に幅広い。ならば簡単でありそうなものだが、むしろそれゆえにこそ、何を「謎」とするのか、いや、というよりも、読者に対して、これが「謎」なのだということを適切かつ明確に伝えるために、独特のセンスと技術が必要なのだ。

それは読者が「で、だからそれが何なの?」と白けてしまうほど普通過ぎてはならないし、だからといって誰の目にも「謎」と映るほどあからさまであることも許されない。それはいわば「謎」として提示されて初めて「謎」に見えてくるようなものでなければならない。「謎」として示されなければ気づかぬままに通り過ぎてしまったかもしれないのに、言われてみれば、考えてみれば、確かに奇妙で、不可思議で、不可解で、妙に「謎」めいて感じられてくる、ということがポイントなのである。これは実はとても難しいことなのではないか。

「日常の謎」のこのようなハードルの高さは、もちろん「解決」にもかかわってくる。「日常」に埋め込まれた、あるいは「日常」から炙り出された「謎」への「解決」が示された時、読者が「それって当たり前じゃん」とか「なーんだ、普通のことじゃないか」などと思ってしまっては元も子もない。そこにはたとえ微温的なものであっても、やはり「驚き」がなければならない。しかしだからといってあまりにもとんでもない「解決」だと「日常」から乖離してしまう。つまり「謎」の選定／設定と同様に、それに対する「解決」の開示のあり方にも繊細な配慮と戦略が求められるのだ。

かくのごとく、いうなれば「日常の謎」は、ほとんど超絶技巧を駆使しないと書けないようなタイプのミステリなのである、本来は。そして繰り返すが、これはそもそも「本格ミステリ」が「日常」という概念とは相容れない、それとは逆立する物語形態として存在しているからに他ならない。

さて、そこで猫丸先輩である。

なんだか無闇に小柄な男だった。まっ黒いコートみたいな上着を来ているのだが、それが体格に合っていないから全体的にでろりとしていて、ぱっと見には幼稚園児のスモックのように見える。長い前髪が額を隠した顔も童顔の小作りで、年齢不詳の外見だ。特徴的な仔猫じみたまん丸い目で、にこにこしながらこっちを見ている。

（「カラスの動物園」）

毎話、おおよそこんな風に描写される猫丸先輩は、何事につけ好奇心と野次馬精神が旺盛で、やたらと人なつっこく、しかし何作もの作品で語り手を務める大学時代の後輩で編集者の八木沢に対しては傍若無人で横柄な態度を取ったりもする。「猫丸先輩もの」は、八木沢を初めとする語り手たちが、何らかの「謎」に直面し、もしくは特に直面しているわけではなかったが猫丸先輩の登場によって俄かに「謎」として立ち上がってきた何かしらの引っかかりを認識し、いつもほぼ即答に近い猫丸先輩の「推測」を聞いて腑に落ちて終了、というのが基本的なパターンである。そう、本作の講談社文庫版の解説で加納朋子氏も強調されていたが、何といっても、この「推測」というのが素晴らしい。「推理」ではなく「推測」。

実際、猫丸先輩はほとんどの場合、真相を言い当てているのではない。彼はただ「こう考えれば謎は謎でなくなる」と言っているだけなのだ。こうだとすれば、ほら、不思議でもなんでもない、謎でもなんでもないじゃないか、と。しかも彼はそれを「こうとも考えられる」とか「僕にはこう思える」という体で口にする。多くの名探偵がそうであるように自分の考えが絶対の正解だとゴリ押ししてきたりはしない。案外慎み深いのだ。だから「推理」ではなく「推測」なのである。エピソードによっては、猫丸先輩の「推測」が当たっているかいないかが明らかにされないままで終わることもある。つまり作者の倉知淳にとっては、実は「唯一の解決」というものは重要視されていないようなのである。

本作に収められた短編にも、猫丸先輩が「こうとも考えられる」をトンデモ度の高い順から次々に披露する場面がある。本格ミステリの超絶技巧のひとつである「多重解決」のパロディと言えるが、「多重解決」の難点は、どれだけ「解決」を連ねていったとしても、結局は最後に置かれたものが「真の解決」とならざるを得ない、ということにある。ところが猫丸先輩は良くも悪くも無責任なので、自分が提示する「解決」の真実性にこだわってはいない。まあ、これがいちばんありそうだとは思うけど（或いは、これがいちばん面白いと思うけど）、でも本当のところはわからないよ、と嘯くばかりなのだ。

本書の冒頭に据えられた、今回新たに表題作の座に輝いた「夜届く」は、八木沢の家に、夜、何通も届く謎の電報を扱った傑作だが、猫丸先輩は鮮やかな発想の逆転によって「謎」を氷解させつつも、それが唯一絶対の「真相」だとは言わないし、事実その通りだったのかは確かめられないままで終わってしまう。そして八木沢はこう思う。「猫丸先輩はひとつの解釈にすぎないとしつこく云っていたが、僕にとっては充分納得できる解決である。（略）たとえこの推論が真相を射抜いていないとしても、もうドア・チャイムの音に怯えることもないだろう」。この箇所は極めて重要だと思う。つまり倉知淳にとって大事なことは、名探偵が神のごとき能力で真相を射抜くことではなく、ただ「謎」が「謎」でなくなることなのである。だから「推測」で構わないのだ。

では、今度は「謎」の提示について述べよう。例に挙げるのは本書の第二編「桜の森の七分咲きの下」である。入社そうそう花見の場所取りを命じられた小谷雄次が公園の丘の上で孤独に時間を潰していると、次々と闖入者がやってくる。途中までは頼りない新入社員の苦労話として何事もない感じなのだが、最後の闖入者の猫丸先輩の「推測」によって、小谷は自分が先ほどまで体験していた出来事が何であったのかを知る。

いや、この書き方は正しくない。例によって猫丸先輩が披露した話が正しいのかどうかは最後まで明らかにされないからだ。だが、それでも小谷は思う。「本当に、さっきまでのクサった気分はもう微塵も残っていない。［中略］確かに発想と見方を変えれば、物事はこんなに楽しくなる。なんと云うか、とても面白い」。重要なのは、次のくだりである。

考えてみれば、猫丸の話も不思議で、実に面白い。雄次が不可解とも何とも思っていなかった一連の出来事に、ひとつの解決を示して見せてくれたのだ。謎の前に解決がある話――。推理小説か何かに喩えるのなら、謎が提示される前に解決編が始まる、とでも云おうか。こういう形式って珍しいのではないだろうか。

（「桜の森の七分咲きの下」）

ここはもはや登場人物の小谷というよりも倉知淳自身の心の声、野心と自信に満ちた作者からのメッセージと言うべきだろう。猫丸先輩の「推測」を聞くことによって、遡行的に「謎」が形成される。これぞまさに「日常の謎」のアクロバットである。

しかも強調しておくべきは、「夜届く」の八木沢も、「桜の森の七分咲きの下」の小谷も、猫丸先輩の「推測」を聞くことによって、気持ちが軽く、明るくなっている、ということである。もしかしたら、それは真の「解決」ではないのかもしれず、あるいはそもそも「謎」そのものが存在していなかったかもしれないのにもかかわらず、結果として、猫丸先輩は彼らを、それ以前よりもちょっとだけ幸福にしているのだ。この意味で、猫丸先輩は「名探偵」というよりも、いわば一種の妖精のような存在だと言えるかもしれない。彼は「謎」と「解決」の双方を大胆に、だが見方を変えればほんの僅かだけズラすことで、彼にかかわった人々をハッピーにする。何と言うか、平凡な「日常」を少しだけ面白くしてくれる、いや「平凡な日常」なんてものは実は存在しないのだと教えてくれるのだ。そしてこれこそ「日常の謎」と呼ばれるミステリの最大の存在意義ではないだろうか？

さて、本書に続く「猫丸先輩もの」の作品集も刊行されている。その名も『猫丸先輩の空論』。「推測」の次は、なんと「空論」！　いやはや、倉知淳の野心（？）には畏れ入る。だがしかし、それはやっぱり、これみよがしの大仰さとは無縁の、なんとも人懐っこく、それでいて妙に人を喰った感じもある、つまり猫丸先輩そっくりの態度なのだが。

ふたつの『トレインスポッティング』

文芸・映画

アーヴィン・ウェルシュ『トレインスポッティング』(青山出版社、一九九六/ハヤカワ文庫NV、二〇一五)
ダニー・ボイル監督『トレインスポッティング』(一九九六)

小説『トレインスポッティング』は一九九三年に発表され、一九九六年に邦訳が出版された。作者はアーヴィン・ウェルシュ。これがデビュー作だった。映画『トレインスポッティング』は一九九六年に製作され、日本でも公開された。監督はダニー・ボイル。『シャロウ・グレイブ』に続く二本目の作品だった。小説は大ベストセラーとなり、イギリスで最も権威のある文学賞であるブッカー賞に選出された。これを受けて映画もメガヒットを記録し、世界を席捲、日本でも一大ブームを巻き起こした。

小説と映画、ふたつの『トレインスポッティング』の時代から、約二〇年が過ぎた。まずこの事実に、大袈裟に言うのではなく、めまいがする。つい昨日のことのよう、とまで言うとさすがに嘘になるが、しかし今も、あの頃のことはリアルに思い出すことが出来る。私事で恐縮だが、ちょうど小説『トレインスポッティング』と映画『トレインスポッティング』の間に位置する一九九五年、僕は自分の事務所HEADZを渋谷宇田川町に設立した。当時の自分はほぼ九割以上、音楽にかかわるライターその他の仕事で生計を立てていた。それ以前に何年かフリーランスでやってきたが、あまりにも忙しくなったので、自宅と別に仕事場を確保しようということでマンションの一室を借りたのがHEADZの始まりだ。最初はさまざまな雑誌媒体への寄稿、インタビュー、編集、プロモーション協力などなどをやっていたのだが、次第に欲、というか思いついたら何でもやってみないではいられない生来の悪いクセ(?)が出て、海外ミュージシャンの招聘やツアーを手掛けるようになり、その後は雑誌を出したりもして、ふと気づけばいわゆるインディ・レーベルとしてCDをリリースするまでになっていた。時は流れて、我がHEADZも二〇一五年で二〇周年を迎えた。リリースしたCDは二〇〇タイトルを超えている。物書きとしては音楽について書くことが減ったが、僕は今でもHEADZをやっている。

と、つい自分語りになってしまい申し訳ない。話を戻すと、つまり日本で『トレインスポッティング』現象が吹き荒れていた頃、僕はバリバリの音楽ライターとして活動していた。なのでダニー・ボイルの映画も、まずサントラの話題で知ったのだと思う。九〇年代半ばとは、いわゆるブリットポップのブームが最高潮に盛り上がっていた時期である。映画『トレインスポッティング』

には、原作との繋がりでフィーチャーされたイギー・ポップとルー・リードの他に、当時圧倒的な人気を誇ったブリットポップの看板バンド、ブラーと（そのリーダー、デーモン・アルバーンのソロ曲も収録されている）、ブリットポップには通常分類されないが、同じくイギリスの音楽シーンの中心に位置していたプライマル・スクリーム、プライマルやブラーを追う位置にあったエラスティカやパルプ、そして九〇年代音楽のもうひとつの相であるダンス／クラブ・ミュージックの大物アンダーワールドとレフトフィールド等が楽曲を提供していた。つまり洋楽ファンにとって垂涎のサウンドトラックだったのである。そういう感じで『トレインスポッティング』という作品の存在も伝わってきたのだったと思う。

ここで断わっておかなくてはならないのは、当時の僕は、自分で言うのもアレだが相当にディープな音楽ライターであり、それがゆえにいま記したような名前の並びには必ずしも胸ときめきはしなかった、ということである。九〇年代半ばに僕がのめり込んでいたのは、主にアメリカ、シカゴのポストロックと呼ばれた一群（トータス等）であったり、イギリスの音楽で言えば、もっとガチにアンダーグラウンドなクラブ・ミュージックの類いだった。僕からするとブリットポップは商業主義的、あまりにセルアウトしているように見えた（いま聴くとムッチャ良いんですが：笑）。というのも今ではむしろ日本での紹介／輸入のされ方に多少とも問題があったのではないかと思っているが、ともかくリアルタイムでは内心、『トレインスポッティング』？　へえー、ふーん、という感じだったのである。とはいえもちろん映画は観たのだった。だが、その話はまた少し後で。

それでも小説『トレインスポッティング』は読んでみたのだった。これはむしろ、ダニー・ボイルの映画の原作としてというよりも、話題の新人作家アーヴィン・ウェルシュの第一作として読んだのだったと思う。そして、かなり驚かされた。この驚きは二重だった。ウェルシュの書きぶりの凄さに驚かされ、それを正当に評価してみせたイギリス文壇にも驚いたのである。

本書の始まりはこうである。

シック・ボーイの額から、汗が滝のように流れ落ちていた。全身が震えている。俺は視線をテレビに固定して、奴の様子に気づいていないふりを決めこんだ。まだ現実に返りたくない。だから、ジャン＝クロード・ヴァン・ダムのビデオに没頭しようとした。

畳み掛けるようなオープニング。というか、いきなり話の途中から始まってるこの感じ。誰だよシック・ボーイって？ そしてジャン＝クロード・ヴァン・ダム！ よりにもよってジャン＝クロード・ヴァン・ダムか！ なんなんだこれは？ と思ってしまった（そして今となってはこの名前は、当時とはまた違った意味で「なんなんだ」感を帯びている）。この小説は基本的には主人公であるマーク・レントン（レンツ、レント）の独白調の語りで進行してゆくが、一事が万事この調子で、唐突かつ性急、行き当たりばったりで気まぐれ、目の前の出来事にしか反応していない極度の刹那感と全体に濃厚に漂う「うんざり」感、考える前に動いている感じと、動き続けながら別のことを考えている感じ。こうしたレントンの行動パターン、そして内面が、それそのものの文体で、見事に描かれている。これは池田真紀子氏の訳業に負うところも大だと思われるが、ウェルシュはまず何よりも独自の「声（ヴォイス）」を持った作家である。彼の「声」は誰とも違っていて、それでいて誰もが耳を傾けざるを得ない魅力を放っている。それはまさに、さっき書いた「考える前に動いてる感じと、動き続けながら別のことを考えている感じ」を文章の次元で表現している風なのだ。

ウェルシュはいわゆる天才肌の作家でもなければ、最終的な形が破天荒であっても実際にはこつこつと計算と努力を積み重ねて書くタイプでもない。彼はまさに、やみくもに行動するように、ひたすら体を動かすようにして書く。だがそのアクション自体が、同時に深い内省でもあるのだ。そしてこの感覚は、レントン以外の複数の視点、あるいは三人称の視点が、コラージュのごとく入り込んでくることで、より強調されている。更に重要なのは、明らかに他とは異なるトーンで挿入されている「ジャンク・ジレンマ」のパートだろう。ここでは詩的な文体が駆使されており、レントンという人物の意外な心の深淵を覗き見るような気がする。

ちょっと理屈っぽくなってしまった。この物語の舞台はスコットランド、エディンバラ、リース。アーヴィン・ウェルシュの出身地である。時代はおそらく八〇年代末（「元日の勝利」にレントンがプロクレイマーズの『サンシャイン・オン・リース』を聴く場面があるが、このアルバムがリリースされたのは一九八八年八月である)。「俺」ことレントンを初め、登場人物の大半は重度のジャンキーである。ドラッグに溺れたから生活がどん底になったのか、生活があまりにドイヒーだからドラッグでもキメないと生きていられないのか。出発点は後者なのかもしれないが、当然のごとく前者と後者はクルクルと無限に回転し、最後に待っているのは文字通りのデッドエンドである。レントンはそこから逃れようと決意するが……

ウェルシュの文体の凄みと共に初読時の僕が震撼させられたのは、ここに描かれている「徹底的にリアルな英国労働者階級の悲惨」だった。スタイリッシュ/ファッショナブルに書かれてあるとはいえ、よく考えてみるならば、いや考えてみるまでもなく、ここにあるのはいわば「快楽主義者たちの生き地獄」である。この小説は要するに作者アーヴィン・ウェルシュの半自伝のようなものだから、これはかなり現実に即した内容であり、だからこそイギリスでベストセラーになったのだとも言える。だがこれはあまりに惨い、酷い、ヒド過ぎる。そして思い至ったのは、むしろ逆のことである。この時代、つまりウェルシュがこの小説を書いて世に問うた、そして監督ダニー・ボイルがそれを映画化した九〇年代とは、いうなれば「悲惨がファッション」にまだしもなり得る時代だったのではないか。

小説『トレインスポッティング』の成功の最大のポイントは、ドラッグに追い詰められる者たちの悲惨、人生に、社会に、世界に追い込まれてゆく若者たちの悲惨を、しかし実際彼らがそうであったように、まるでそれがクールな生きざまでもあるかのように描いた点にこそある。それは虚偽だが、しかし正しくもあったのだ。なぜなら、悲惨過ぎるからといって彼らは、ウェルシュは、生きていかないわけにいかなかったからである。そしておそらくダニー・ボイルは、原作の世界をより「クール」の側に寄せて映画化した。それはひとりで書くことの出来る小説と多数がかかわり大多数に向けられる映画との違いだろう。そこでは音楽、ポップ・ミュージックという要素が小説以上に重要視されることになったことは先に述べた通りである。

そして日本においては、それは表面的にはもっぱら「クール」ばかりが喧伝されるような形で上陸し、受容されたのだった。むろん今さらそのことの是非を問おうというわけではない。日本の九〇年代、少なくとも映画『トレインスポッティング』が公開されたあたりぐらいまでは、要するにそういう時代だったのだから。

あれから二〇年が経った。周知のように、この間にアーヴィン・ウェルシュは人気/実力ともに押しも押されぬイギリスを代表する作家になった。彼は二〇〇二年に『トレインスポッティング』の続編を発表した。題名は『ポルノ』。レントン、シック・ボーイ、ベグビー、スパッド、お馴染みの顔ぶれが再登場する。この二〇年の間に人気/実力ともに押しも押されぬイギリスを代表する映画監督となったダニー・ボイルによる『ポルノ』の映画化『T2 トレインスポッティング』は、それから一五年後の二〇一七年に発表された。オリジナル・キャストの再集結、そして原作小説の設定を変更して舞台を二〇年後にしたことが話題となった。映画が小説を追い越したわけである。

善行にかんするエスキス

文芸

アントニオ・タブッキ『供述によるとペレイラは……』(白水社、一九九六／白水Uブックス、二〇〇〇)

僕がアントニオ・タブッキを読んだのは、ずいぶんと遅かった。『インド夜想曲』が映画公開に合わせて邦訳刊行されて話題になったのが九〇年代の初めだと思うが、たぶんそれよりも一〇年ほど後、もう今世紀に入っていたはずである。きっかけが何だったのかはよく覚えていないが、自分にはよくある、未読の作家を集中的にまとめ読みする癖の順番がタブッキに廻ってきたということではなかったかと思う。ご多分に漏れず『インド夜想曲』『逆さまゲーム』『遠い水平線』『レクイエム』と白水Uブックスを読み進め、そして『供述によるとペレイラは……』に出会い(Uブックスの初版が二〇〇〇年八月だから、まとめ読みはそれ以降だったことになる)、それまで読んできたタブッキとはかなり違っていると思った。続いて単行本で『ダマセーノ・モンテイロの失われた首』や『ベアト・

アンジェリコの翼あるもの』、そして『フェルナンド・ペソア最後の三日間』などを読んだ。『ダマセーノ・モンテイロ』には『ペレイラ』と似た感触があった。

世評の高い『インド夜想曲』は、確かにとてもよく出来ているけれど、精巧な人工物の域を越え出てはいないように思った。あの小説のオチは、小説というよりも映画のヌーヴェルヴァーグとか松竹ヌーヴェルヴァーグなんかによくあったパターンで、途中で容易に予想がついてしまう。予想がつくから駄目ということではないし、実際、夢中になって読み切ったのだが、それでも、もしもタブッキが『インド夜想曲』の作風のみであったなら、それほど自分にとって重要な作家だとは思えていなかっただろう。短篇集『逆さまゲーム』に顕著な、メタフィクショナルな凝った仕掛けを核とするような作品群は、同様の試みを遥かに高度にやってのけた、言わずもがなのボルヘスやカルヴィーノ、あるいはナボコフなどと較べると、何よりもまず技術的な水準で、どうしたっていささか見劣りがしてしまう。でも、それでも全然構わないのだ。なぜならタブッキは『ペレイラ』を書いたからである。

二〇一一年の終わりに、僕は『未知との遭遇：無限のセカイと有限のワタシ』という本を出した。そのあとがきの最後に、続編として「倫理」と「正義」をめぐる本を構想している、と書きつけておいた。今のところその本の作業を開始する見込みは立っていないが、そこではまちがいなく『ペレイラ』に一章が割かれることになるはずである。ほんとうの「正義」とは何なのか、「正義」を為すための真の「勇気」とは如何なるものであるのか、シンプルではあるがけっして一筋縄ではいかない、むしろ考えれば考えるほどに隘路と陥穽に落ち込んでいってしまうだろうむつかしい問いを考えてみるにあたって、僕がもっとも相応しいと思っているテキストが、今のところふたつあって、そのひとつが『ペレイラ』である。ちなみにもうひとつは舞城王太郎の「スクールアタック・シンドローム」という短篇だ。だがそれについてはもちろんここでは話さない。

ともかくも、正直に言うなら、僕はタブッキが『インド夜想曲』を書いていなかったとしても、他の代表作が一冊も存在していなかったとしても、ただ『ペレイラ』さえあれば、それだけで、自分にとって最も重要な作家のひとりになっていただろうと思う。それほどに『ペレイラ』は、比類なく感動的な小説だった。では、どこがどんな風に感動的だったのか。そんなのは、けっして長い小説ではないのだから、読んでくれたらわかる、そう言ってしまってもいいのだが、そうするとこの文章がここで終わってしまうので、なんとか先を続けることにする（どうでもいいことを書き添えておくなら、この原稿の依頼があった時、それはタブッキの作品からひとつ選んで何か書くというものだったのだが、すでに『ペレイラ』が売約済みだったら断わろうと思っていたのだった。だが運良くまだ誰も手を挙げていなかったようで、それゆえ今これを書いている）。

供述によると、ペレイラがはじめて彼に会ったのは、ある夏の日だったという。

冒頭の一文である。須賀敦子の素晴らしい訳。少し長くなるが、続きを引用する。

陽ざしは強いが風のあるすばらしい日で、リスボンはきらきらしていた。ペレイラは編集室にいて、さしあたり仕事はなかった、という。編集部長は休暇中で、彼は文芸面の構成をどうしようかと考えていた。『リシュボア』紙にもいよいよ文芸面ができることになって、彼がその担当になった。そのとき、彼、ペレイラは、死について考えていたという。あのすばらしい夏の日、大西洋から吹いてくるさわやかな風が樹々のこずえをやさしく愛撫し、太陽がかがやき、街ぜんたいがまぶしくひかり、じっさい編集室の窓の下でまぶしくひかっていて、その青さ、それは見たことのない青さだったとペレイラは供述しているのだが、ほとんど目が痛いほどの透明な青さのなかで、彼は死について考えていた。

これはタブッキならではと言っていいと思うが、なにげないようでいて、読者に矢継ぎ早の疑問を植えつけてゆく、謎めいた書きぶり。それが完全に明らかになってしまうと同時に物語も終わることになる、隠された真実を仄めかしつつ小出しにしてゆくという手法は、タブッキが長篇短篇問わず多用している方法で、そこにはやはり技巧の技巧らしさが際立ってしまうというきらいもあるのだが、長めの短篇と呼んでもいいだろう『ペレイラ』の場合は、こうした一種のわざとらしさが奏功している。ペレイラという、この小説の主人公であるらしい人物のプロフィールはすぐに示される。だが、そもそも「供述」とは何のことなのか。最初の一文の「彼」とは誰か。そして、どうしてペレイラは「死」について考えていたのか。

どうしてか。ペレイラにはそれが説明できない。彼がまだ小さかったころ、父親が〈悲しみの聖母・ペレイラ〉という屋号の葬儀店をやっていたからだろうか、数年まえ妻が肺病で死んだからか、彼自身が肥満体で、心臓病と高血圧をわずらっていて、この調子だと余命はあまりないよと医者にいわれていたからか、いずれにせよ、ペレイラは死について考えたという。

こうしてこの小説は始まる。死について考えていたその時、たまたま、ペレイラはデスクの上にあった雑誌の記事を読み、その記事の無名の書き手に興味を持つ。その雑誌はやや政治的に急進的な傾向を持っているようだ。記事はリスボン大学に提出された卒論の一部で、ペレイラはその中の数行を書き写す。「われわれの存在の意味をなによりも深く、また総体的に特徴づけているのは、生と死の関係である。というのも、死が介在することによってわれわれの存在に限界がもうけられている事実が、生の価値を理解するには決定的と考えられるからだ」。書いたのはフランセスコ・モンテイロ・ロッシ。ロッシという名字は変わっているから、きっと電話帳にはひとりしか載ってないだろう。そこでペレイラは番号を調べ、電話をする。「こちらは『リシュボア新聞』のものですが」。若い男の訝しげな声が聞き返す。ペレイラは説明する。「二、三か月まえに発刊されたばかりですが、ごらんになったことがおありかどうか、私どもは政治色をぬきで無党派の新聞です。ただ、たましいは信じています」。いささか奇妙な自己紹介だが、ここでふと口にされる「たましい」という言葉は、この小説のひそやかな芯を成している。そのことは追ってわかる。ペレイラは何のために電話をしたのか。たまたま雑誌の記事を読んだだけの、みず知らずの、どんな素性の人間かもわからない青年を『リシュボア』文芸欄の自分の助手として雇い入れようというのである。

こうしてペレイラはモンテイロ・ロッシという若者と知り合う。舞台は一九三八年の夏、リスボン。言うまでもなく、ヨーロッパは第二次世界大戦前夜のきわめて不穏な時期にある。ポルトガルは中立国だったが、サラザール独裁政権はドイツ、イタリアのファシズムに接近し、前年の一九三七年にスペインで起こった市民戦争ではフランコ派を支持、ポルトガル国内でも同様の民主化運動が力を持たぬよう言論弾圧を強め、警察権力は人種差別的な暴力装置の様相を呈し始めていた。ペレイラは、これまで政治とはほぼ無縁に過ごしてきた。もちろん新聞記者だったのだから知っていることはそれなりにある。だが彼の関心はもっぱら文学や芸術に向かっており、この歳になるまでこの国の行く末について真剣に思いを馳せることはせずに済んできたのだった。そんなペレイラの境遇がモンテイロ・ロッシとの出会いによって変化してゆく。青年が書いてくる記事はことごとく政治的に問題がある内容で、零細新聞である『リシュボア』への掲載は危険なものだった。だがモンテイロ・ロッシは頑なまでに自分を曲げようとはしない。やがてペレイラは、スペインで人民戦線側に立って戦うモンテイロ・ロッシのいとこをかくまわざるを得なくなる。そして遂に、おそるべき悲劇が訪れる。そこで最終的に、ペレイラが執った行動が、この小説のラスト・シーンである。

これらの成り行きを、読者はすべて、ペレイラによる「供述」という形で知ってゆく。「供述」とは「回想」でもあるから、すべてはすでに起こった後だということである。どうしてこのような形式を取っているのかということは、読み進む内に次第に判明する。そしてそれが判明してくるにつれて、読者は静かな慟哭に襲われることになる。僕はこの文章を書くにあたって『ペレイラ』を読み直したが、最後の章に至った時、涙が止まらなくなってしまった。前に読んだ時も、その前に読んだ時も、同じだった。しかしそれは単なる情緒的な反応とは違う。

何ごとかをするのに勇気が要る時、それも並大抵のそれではなくて、途方もない勇気、命懸けの勇気が必要である時、そんな勇気を奮ってそのことを為すための条件とは、如何なるものだろうか。信念とか信条などと呼ばれる何かだろうか。それはそうかもしれない。歴史上、少なからぬひとびとが、そのようにして勇気を出し、何ごとかを成してきた。成そうとした。では、そのような、自らが抱える、というよりも自らが属する信念とか信条のためならば、自分個人としては不利益や不幸を招く結果になっても構わない、とすることの他にはないのだろうか。自分にとって大切な何か、大切な人間のために、ということがある。誰かのため、あるいは誰かのかわりに、何ごとか後戻りの出来ない、勇気ある選択をすること。そこでは、その誰かとの結びつきの強さがはかられることになる。自分ひとりのことよりも、誰かの方が、誰かと自分のあいだにあるものの方が、ずっとはるかに大事である、ということだ。そのような場合、ひとは自らの存在と引き換えとなるほどの大きな勇気を奮うことがある。

ペレイラは、この小説の最後に、あることをする。それについては述べないが、しかしひとつ言えることは、彼の決断、それは彼の人生にとって、彼の生にとって、決定的に重大な決断なのだが、そんな決断をするために必要とされただろう勇気は、だが先に書いたようなものとは、どこか違っているということだ。『ペレイラ』が発表された一九九四年は、イタリアでシルヴィオ・ベルルスコーニが政権を獲った最初の時期に当たっており、「訳者あとがき」で須賀敦子氏も書いているように、タブッキが、それまでの彼の小説家としてのイメージを塗り替えるほどのインパクトを持つことになった、この小説を執筆した動機には、この件が深くかかわっていると思われる。だが、だからといって、『ペレイラ』はいわゆる政治的な主張や問題提起を最大の目的とする作品ではない。また、ある意味では、一九三八年のポルトガルや一九九四年のイタリアといった特定の時空間を穿つアクチュアルな小説でもない。ここにあるのは、もっと普遍的な主題である。

ところで、『他人まかせの自伝』の『ペレイラ』にかんする章に、タブッキはこの小説の構想について詳しい経緯を記している。それによると、「ペレイラ氏が私のもとを初めて訪れたのは、一九九二年九月の晩のことだった」。その時点ではまだ名前もなく、ぼんやりとした人物の影のようなものに過ぎなかった。だが、心当たりはあった。そのひと月ほど前の八月に、ひとりの老新聞記者がリスボンの病院で没したという地方紙の記事を読んだタブッキは、六〇年代末のパリでつかの間の知己を得たその記者の亡骸を訪ねることにする。記者はサラザール政権下で反体制的な記事を次々と書いて、ポルトガルからフランスに亡命を余儀なくされたが、一九七四年に独裁政権が終わると帰国を果たし、それからは母国で年金生活を送っていた。かつての仕事は世間からほとんど忘れ去られ、おそらくはあまり恵まれた晩年ではなかったようである。タブッキは記者に最後の別れをする。それから一カ月後に、ペレイラが彼のところにやってきたというわけである。約一年のあいだ、たびたびペレイラはやってきて、タブッキに自らの物語を少しずつ話していった。実際に小説が執筆されたのは、一九九三年の夏の二カ月のことだった。

では、ペレイラのモデルは、その老記者なのだろうか。確かにそれはそうだろう。だが無論のこと、それだけではない。あるひとりの人間が、人生のある局面で、ある選択をする。その選択は、必ずしもそうしなければならないものではないし、誰かに、何かに強いられたものであるわけでもない。にもかかわらず、そのひとがそうする時、その選択と決断は、何か大きな信念や信条、理念といったものに支えられているのでも、誰か自分よりも大切なひとのためにそうするのだということでもないことがある。それは、自分でもよくわからないうちにそうする、ふと気づくと、そうしてしまっている、というものだ。それは熟慮の末の判断ではない。ただ、いきなり、それは訪れるのだ。『ペレイラ』の最後の章は、こんな風に始まっている。

> 供述によると、ペレイラはそのとき、とんでもないことを思いついたという。だが、実行に移すのは不可能ではなかった。

その前の章の最後は、こんな文章だ。

> 早くしなければ、いますぐしなければ、あまり時間はなかった。

この時、まだペレイラは、自分が何をしなければならないと思っているのか、よくわかっていない。彼の選択は、ちょうどこの小説の二四番目と二五番目(最後)の章のあいだ、先のふたつの文章のあいだに訪れる。断わっておくが、しかしこの「とんでもないこと」は、とつぜん土壇場に立たされて否応無しに選ばざるを得なくなった、というものではない。ペレイラには、そうしないことだって出来たのだ。それでも彼がそうしたのは、熟慮とは呼べなくても、やはり意志の発動によるものである。そしてその突然の意志こそが、勇気の別名なのである。

　ペレイラは「死」や「たましい」について考えている。彼にとってそれらは身近なものである。愛妻の死。悪化する病による近い将来の自身の死。では、彼が死ぬことを怖れなくなったから、途方もない勇気を出すことが出来たということなのか。ペレイラは自分はカソリックだと思っていて、実際、アントニオというフランチェスコ会の神父を、ほとんど唯一と言っていい相談相手にしているのだが、しかし彼は自分は異端なのではないかと疑ってもいる。なぜならペレイラは、最後の審判の日の死者の復活を、まったく信じられないからである。つまり彼にとって、死とは生の断絶であり、そのあとは存在しない。復活がありえないと思っているから、死を賭すことが出来るのか、復活がありえないと思っているにもかかわらず、そう出来るのか、正反対であるようでいて、結果は同じである。ということは、実のところペレイラの勇気は、死を顧みずに、であるとか、死を恐れずに、というようなものではない、ということにならないか。

　彼は、長い間、たまたま「死」と「たましい」について考えてきた。そしてたまたま、ある出来事に遭遇し、ある決断をした。彼は自分の決断を、勇気という言葉ではまるで考えていなかったに違いない。彼はただ、今すぐそうしなければならない、と思ったから、そうしただけなのだ。他の選択はなかったのだ。

『ペレイラ』が「供述」という形式、精確に言うと「供述の伝聞」という特殊な形式を採っていることの最大の効果は、ここにある。ペレイラには、自分が「供述」している一連の経緯を理路整然と説明することが出来ない。彼に出来るのは、こんなことがあり、あんなことがあって、その時自分はこうして、ああして、そしてこうなった、といった具体的な話か、そうでなければ、どこがどう出来事と関係しているのかわからないような、とりとめもない夢想や想い出話ばかりである。なぜなら彼には信念も信条もなければ、モンテイロ・ロッシや他の誰かのためにそうしたのでもなく、どうしてかそうした、ということでしかないからだ。

だが、そこに後悔は微塵もない。ペレイラは、自分がしなくてはならなかったことを、何か大がかりなものであるとか、特定の個人であるとか、あるいは自分自身のために選んだわけではないということを、よくわかっている。だが、あの時自分がしたことに、他の選択肢がありえなかったということも、よくよくわかっている。わかった上で、淡々と「供述」をしている。だから、その「伝聞」を読んでいるだけのわれわれは、彼の行為の理由は、ほんとうのところはよくわからないのだと言ってもいいし、すべてはあまりにも明白ではないかと言ってしまってもいい。なぜならひとはしばしばそうするものだし、善行は時としてそのようにして成されることがあるからだ。無自覚な勇気、一瞬の意志の発動によって。

僕は何度か『ペレイラ』を日本の今の小中学生に読ませて読書感想文を募る、という妄想を抱いたことがある。高校生ではもう遅い。せめてローティーンでなければ。時代背景を知らなくても構わない。予備知識抜きに、先に引用した冒頭からただ読んでいけばよい。何かを感じる子もいれば、なんとも思わない子もいるだろう。それはどんな本だってそうだから。だが、正義というものが大それたイデオロギーや主義主張とは無関係にだってあり得ること、善行を成す者が始めからそのつもりであるとは限らないということ、そして勇気とは皆が勇気と名付けているものだけではないことを、この本は僕の知る限り、もっとも純粋なやり方で、教えてくれている。

それは、彼ら彼女らが、これからこの世界とそれぞれの人生を生きてゆく上で、ちょっとした範例となってくれるのではないか。そう妄想する。そうであるかもしれないし、そうではないかもしれない。だが、そうであったらいいな、と思うのだ。

美しい日本語

文芸
石川淳

もしも私が日本語を母語とする日本人でなかったら、あなたが考える美しい日本語は？と問われ、何かを挙げることもすんなり可能だったのかもしれないが、たまたま日本人である私は、よくよく考えてみたらけっこう悩んでしまった。外国語の美しさについて考えることはごく自然に出来ても、日本語の美しさについて書くのは抵抗が生じる。そもそも「美しさ」って何だ。私は美しいを褒め言葉とは思わない。

などと引き受けておいて文句をつけるのはいかにも大人げないし、またありがちな感じでもあるので、美しいかどうかはともかくとして、私が一〇代の頃に「かっこいいなあ！」とよく思っていたのは石川淳の小説の、特に書き出しだった。ある頃からこの作家は、どこか時代がかった存在になってしまった感は拭えないし、どうもやたら礼讃するひとと変に莫迦にするひとに二極化しているようなきらいもあるが、少なくとも少年時代の私にとっては、読み出した途端に興奮の坩堝に引き込まれる作家のひとりだったし、今でも幾つもの冒頭を憶えているのだから、相当なインパクトだったということだろう。

たとえば『紫苑物語』の冒頭「国の守（かみ）は狩を好んだ。」とか、『鷹』の「ここに切りひらかれたゆたかな水のながれは、これは運河と呼ぶべきだろう。」とか、『荒魂』の「佐太がうまれたときはすなわち殺されたときであった。」とか、『至福千年』の「まず水。」なんかは何十年も読み返してないのに今もそらで言える（だが音で記憶していて字面がわからないので確認した）。『至福千年』は「そりゃ言えるだろ」と思うかもしれないが、その続きの「その性（しょう）のよしあしはてきめんに仕事にひびく。」も憶えている。

さすがにそらでは言えないが、これも大好きだった。

判りにくい道といってもこうして図に描けば簡単だが、どう描いても簡単にしか描けないとすればこれはよほど判りにくい道に相違なく、第一今鉛筆描きの略図をたよりに杖のさきで地べたに引いている直線や曲線こそ簡単どころか、この中には丘もあるし林もあるし流もあるし人家もあるし、しかもその道をこれからたどらねばならぬ身とすればそろそろ茫然としかけるのだが、肝腎の行先は依然として見当がつかず、わずかに測定しえたかと思われるのは二つの点、つまり現在のわたしの位置と先刻電車をおりた国分寺のありどころだけであった。

（『山桜』）

ちょうどこれを読んだ高校生の時に鈴木清順監督の『ツィゴイネルワイゼン』を初めて観て、原作というか元ネタは内田百閒なのだが、清順の映画化で観たいなあと夢想したりもした。

こういうのもある。

わたしは……ある老女のことから書きはじめるつもりでいたのだが、いざとなると老女の姿が前面に浮んで来る代りに、わたしはわたしはと、ペンの尖が堰の口ででもあるかのようにわたしという溜り水が際限もなくあふれ出そうな気がするのは一応わたしが自分のことではちきれそうになっているからだと思われもするけれど、じつは第一行から意志の押しがきかないほどおよそ意志などのない混乱におちいっている証拠かも知れないし、あるいは単に事物を正確にあらわそうとする努力をよくしえないほど懶惰なのだということかも知れない。

（『佳人』）

書かれた時代がばらばらなこともあるが、石川淳の文体にはぱきっとした断言の鮮やかさもあれば饒舌体というか今で言うならラノベみたいなダラダラした自意識過剰もあって、そのスタイルはけっして一様ではない。ただ或る種のスタイリッシュというかダンディズムは一貫していて、そのケレン味を好きなひとは好きだしわざとらしく感じるひともいるということだろう。

むしろここに覗いているのは技術とか才能よりも、なんというか思い切りの良さ？　とにかくまずは書きたいように書き出してしまってる、という感じだと思う。だから非常に短い文で断ち切られることもあれば、切れ目なく言葉が延々と連なっていく場合もある。それを作家の気分とか生理と呼べばそうだが、「日本語」がそんな気分や生理のパラメータに柔軟極まりなく対応しているということでもある。

割と知られた話なのかもしれないが、『紫苑物語』のすこぶるかっこいい書き出しは、実は初めに石川淳の頭に浮かんだのはフランス語の「Le seigneur aime la chasse.」という文章であり、ル・セニュール・エーメ・ラ・シャスを日本語に訳して「国の守は狩を好んだ。」としたのだという（中村真一郎の証言による）。石川淳は旧制東京外国語学校（現在の東京外国語大学）の仏語部卒で、フランス語講師でもあった。このエピソードはちょっと出来過ぎなくらいに興味深い。しかしル・セニュール・エーメ・ラ・シャスをフランス語を母語とする者がかっこいいとか美しいなどと思うのかどうかはわからない。というかたぶん思わないのではないか。

グーグル翻訳に「Le seigneur aime la chasse.」と入れると「主は狩猟を愛しています。」と出る。これを「国の守は狩を好んだ。」としたのが石川淳の石川淳らしさだと言えばそうだし、これもまた「日本語」の懐深さを表すと言えばそれもそうかもしれない。これは「翻訳」の問題なのだろうか？うまく言えないが、私にはこれはやっぱり「小説」の問題だと思える。石川淳はあくまでも「小説家」として脳内フランス語を原稿用紙上の日本語に変換した。その結果それはかっこいい文になった。

「詩」の映写

文芸・映画
松本圭二

松本圭二とは一度だけ話したことがあったはずだ。かつて彼が働いていたお茶ノ水のアテネ・フランセ文化センターだったか、どこか別の場所だったか、何の機会で、どういう状況だったのかも、今となってはまるで思い出せないのだが、確かに一度、私は彼と短く会話したことを覚えている。

短く、というのは本当にそうで、たぶん挨拶に毛が生えた程度の、ほんの一言二言三言くらいのもので、何を話したのかも忘れてしまった。もちろん「詩」の話をしたわけはないだろう。何か多少とも内容のある話をしたのだとしたら、それは間違いなく「映画」のことだったと思う。そもそも言葉を交わした場も映画絡みだったはずだ。しかしもちろん、何の、誰の映画だったのかは最早全然わからない。もしかしたら松本さんの方はもう少し覚えているかもしれないが、私と会ったことさえ記憶にない可能性の方が高いような気もする。

そんな薄い繋がりしかない間柄だが、考えてみると松本さんと私は奇妙な類似点が幾つかある。私は一九六四年七月八日生まれ。松本圭二は一九六五年七月九日生まれ。一年違いの一日違い。私は愛知県名古屋市出身。松本圭二は三重県四日市市出身。隣同士の県の最大人口都市。同じ大学の、私は除籍、彼は中退。大学を辞めてから私はシネヴィヴァン六本木（現在の六本木ヒルズの端にあった西武＝セゾン系列のミニシアター）でアルバイト→契約社員、松本さんはアテネ・フランセで映写技師として働いた。そして何よりも、われわれは同時期に、アテネの、フィルムセンターの、文芸座の、日仏会館の、他のさまざまな映画館／上映場所の、あの長々と続くシネフィルたちの列の中にいたはずだ。まったくあの頃は要するにヒマだった。映画を見るための時間はもちろん、見るために待つ時間があれほどあったなんて今では信じられない。私は二〇代を通して、年間六〇〇本の映画をスクリーンで見ていた。つまり映画を見ない日はほぼ一日たりともなかったのだ。あの頃、私と松本圭二は互いに知らぬまま、どれだけ何度となく会っていたことだろう！

だが、もちろん、それはそれだけのことだ。今こうしてどういうわけか彼について書くことになり、思い出すままに、思い出せないままに、話の枕として、馴れ初めならぬ微かな因縁（？）を記してみたまでのことである。しかし誕生日には一寸驚く。

「詩」と「映画」は日本の文化環境において一種独特な関係を切り結んできた。もちろん「日本の」という限定をつけなくてもそれはそうなのだが、日本における両者の関係性の糸、それもここ数十年の時間、すなわち私や松本圭二が足繁く種々の上映に通い出してからの、おおよそ八〇年代以降、現在までに至る短くはない時間の中で「詩」と「映画」が交差してきた糸は、むしろそれ以前よりもその縒り合わせは緩くなってしまったとも言えるだろうが、それはそれなりに語られるべき何ごとかを有しているわけで、それはたとえば、稲川方人という固有名、あるいは松浦寿輝という固有名、そして他ならぬ松本圭二という固有名によって、縒り糸の結び目を赤裸々に示してきたのだと言える。しかしながら、映画狂であるということと、詩人であるということが、彼らの内部において、いったいどのように共立し得ているのか、などと問うことは、そうそう簡単な話ではない。

稲川方人であれば、現代詩＝史のマトリックスを、孤独な場所で、淡々と、だが時として凶暴な仕草で支えつつ、それと完全に並行した、編集者としての、現在も継続する映画批評／ジャーナリズムへの辛抱強いコミットメント（私が二〇年以上前に出した『ゴダール・レッスン：あるいは最後から2番目の映画』という論集は稲川の編集だった）があり、また松浦寿輝ならば、二種の同人誌『麒麟』と『シネマグラ』が彼の文筆家としての出発と共にあったこと、あるいは同じ年に出現した『冬の本』と『映画n-1』という二冊の書物のことを思い出してもいいだろう。しかし幾ら伝記的な事実を積み上げてみたとしても、そこには同じひとりの人間が、たまたま「詩」と「映画」の両方に囚われたがゆえに、そこに結果として縒り糸が生じた、という偶然（なのか運命なのかはともかく）以上のことは発見出来ない。

いや、理屈はどのようにもつけられはするだろうが、何よりも、誰もが彼らのようになったわけではないのだから、いずれ理屈は後付けにしかならない。稲川も、松浦も、映画館の暗闇で動く光と対峙しつつ、彼らにしか許されない仕方で、ある時、ここでは仮に詩と呼ばれる何ものかの到来を迎えることになったのだ、としか言いようがない。それにそもそも彼ら自身が、たぶん間違いなく「詩」と「映画」のあいだに何らかの共通項を見出そうとする振る舞いを軽蔑するに違いない。

では松本圭二はどうなのか？　最初に述べた通り、私は彼とは一度しか会ったことがない。稲川方人と松浦寿輝の方が、まだしももう少しだけ知っている。従って、松本さんにかんしてはますますもってわからない、彼の中で「詩」と「映画」の関係はどうなっているのか、そんなことは知らないし、推測のしようもない、というのが正直なところではある。けれども、とりあえずふたつくらい考えられなくはないことはあり、そのひとつは他でもない、私たちが同世代であり奇妙に似通った過去を持っていることにかかわっている。

一九四九年生まれの稲川方人、一九五四年生まれの松浦寿輝よりも一回り（以上）下の世代である私たちは、先にも書いたように、おおよそ八〇年代前半に本格的に映画を膨大に見る生活に突入した（はずである。本人に確かめたわけではないので微妙なズレはあるかもしれないが、大体のところは私と同じだろう）。なぜなら私たちはふたりともその頃に東京へと出てきたからだ。そして折しも東京の映画環境は劇的と言ってよい活性化を遂げていた。すでに記した幾つもの特権的な上映場所を経巡れば古今東西の映画を日替わりで見ることが出来たし（むろんそれらは実のところ或る種の傾向性を帯びていたのだが、当時はそのことに意識的ではなかった）、とりわけここでは敢えて名を挙げない巨大な人物の采配と策略によって、われわれ若き映画青少年たちは独特な教化と訓練を受けていたのである。

そしてその頃、私たちはまだ若かった。大学生なんて一〇代の延長でしかない。大学生でなくなっても大人になったはずもない。モラトリアムという楽観的な言葉と、ほんの僅かな未来さえ見通すことが出来ない先行きの知れなさは紙一重というよりも同じことだった。私たち（というのはもはや私と松本圭二のことだけではないが）はしかし、そのような内面を抱えながらも日々忙しくしていた。なぜなら毎日何本もの映画を見なければならなかったからである。

つまり言いたいことは、映画しか頭になかった、映画が生活というか人生の全てに近かったあの時代は、われわれの青春時代の最終コーナーでもあったのだということであり、そして私は、おそらく彼も、このような時間が永遠に続くとは思っておらず、だがそれがどのようにして終わることになるのか、誰かが、自分が、意志をもって終わらせることになるのか、それとも何かよくわからない成り行きであっけなく終わるのかもさっぱりわからず、だが実際には明日は誰の何という映画を見るつもりなのかということしか考えていない、という感じだったのであり、私はそんな時間をだらだらと過ごしてそのまま映画館で働くようになったが、松本圭二はおそらく似たような回路を経て映写技師の仕事に就きながら、詩を書いていた、ということなのである。

私は松本圭二の詩を初めて読んだ時、右のようなざっくりと言ってしまえば同世代感のようなものを、遠く、鈍く、だが確かに感じた。それは別に誰某の何々という映画の題名が紛れ込んでいるとかいったことではない。しかし彼の書く詩から私は、人生の或る時期、青春時代に、映画という厄介な存在に身も心も自ら進んで捧げるつもりもなく勝手に捧げたことのある者に特有の、誤解を恐れずに言えば青臭い汗のようなものを感じ取った。それは紛れもなく私自身が纏っていた汗でもあった。あの感触は、そうしようと思えば「映画」からの反響を幾らでも聴き取ることも出来るだろう稲川方人の詩、松浦寿輝の詩にはないものだった。彼らよりもずっと遅れてきた者だけが掻く冷たい汗。徹底的にリアルタイムのノスタルジー。奇妙に即物的なメランコリー。

それからもうひとつ、松本圭二という詩人の決定的な特異性は、もちろん「映写技師」という特殊な技能職能に存している。周知のように松本さんはその後、フィルム・アーキヴィスト（映画のオリジナル・フィルムを収集、修復、保存、管理する仕事）の道を歩み、現在もその職にあるわけだが、私自身、映画館員時代に、当然まだデジタルではなかったので、映写機トラブルや架け替えの際などに、35ミリフィルムを扱うことがしばしばあった。言うまでもなく、映画狂にとってフィルムという物質は、こう言ってよければ一種の神聖さを帯びている。だがそれは同時にひどく脆弱なモノでもあり、万が一映写機に引っかかって花が咲いたらそのコマを抜いて前後を切り貼りしなくてはならず、そしてそれをするのは簡単な作業であったりもする。一コマ数コマが欠損したプリントは、しかしそのまま誰某の何々という映画としてスクリーンに映写され続けるのだ。

むろんここでフィルムを言語と同一視しようものなら安直という誹りを免れまいが、だがそれでもやはり私は松本圭二の詩の言葉に、彼とフィルムとの距離感に近い何かを読み取ってしまおうとする。それは単にイメージを見ているだけとは違う、もっと身も蓋もない(という意味でいわゆるフェチシズムとは異なる)生々しさのようなものであり、よくわからないが仮にポエジーと呼んでおく音調からは、たぶん絶望的なまでに断絶してしまっている。その断絶感こそ、松本圭二の詩の魅力なのだと私は思う。彼にとって「詩」は「映画」というよりも「フィルム」であり、彼は「詩人=映画監督」であるよりも「詩人=映写技師」なのだ。

第五章

批評の荒唐無稽

荒唐無稽という語にはいささか厄介なコノテーションが纏わりついているのだが、私はその話はしたくない。だがそうは言っても困ったことに、私は荒唐無稽が大好きなのである。辞書的な定義ではなく、私の勝手な解釈によれば、荒唐無稽とは強度を帯びた意味／意図のわからなさ、のことである。何だこれは?! という感じ。無意味や無意図ではなく、確かに意味も意図もあったはずなのだが、それをそうした者自身がどういうことだったのかを忘れてしまっている、とでも言おうか。従ってそれはどうにかそれをわかろうとする欲望を喚起するのだが、何しろ当人も最早わからなくなっているので、意味や意図を摑まえようとする思考、つまり批評とそれは、どこまでも追っかけっこを続けるしかない。

　わからない、がたぶん正解なのだが、だがしかし「わからない」とだけは言ってはならない。いや、言ってもいいが、言った途端にそこで終わってしまう。それでは批評にはならない。だから頑張ることになる。コツは、答えを得ようとしない、ということだ。とにかく目の前に鎮座する荒唐無稽な何かと対峙しつつ、一緒に歩んでみる、散歩してみる。雑談をしてもいいかもしれない。そうしているとふと、あれ、いま何かが引っかかったぞ、と思う。それが重要なのだ。

　私には間違いなく、自分の書く批評も荒唐無稽でありたい、という欲望がある。だがそれは、やろうとしてやれることではない。荒唐無稽はただ、荒唐無稽になるのだ、つまりそれはおそらく無意識と関係があるのだが、その無意識はそれを拵えた者の無意識であるとは限らない。

うたっている男

音楽
グルパリ

あれは二〇一四年の暮れぐらいだったか、飴屋法水さんが、わたしにこう言った。

「佐々木さんさあ、グルパリって、知ってる？」

知らない、とわたしは答えた。知らなかったので。

そのころ、わたしたちは『コルバトントリ、』という演劇の準備をしていた。山下澄人さんの小説『コルバトントリ』ほかを原作／原案とする劇で、飴屋さんが台本と演出、山下さんは出演してくれることになっていた。

飴屋さんは、この芝居に誰かミュージシャンに出てもらいたくて、いろいろと案はあったのだが、ある時突然、グルパリってひと、知ってる？と言ったのだった。

聞いてみると、新宿のガード下でギター弾きながらうたっているのを見かけて、声もいでたちもインパクトがあったのでつい立ち止まって聴いてしまったら、とてもよかった、すごくよかった、グルパリっていうらしいんだけど、彼に出てもらえないかな、と飴屋さんはわたしに言った。

わたしは内心、何それ、誰それ、と思いながらも、飴屋さんが出てほしくて、そのグルパリというひとが出てくれるのなら、とか言ったのじゃないかと思う。

次にグルパリが話題に出た時、すでに飴屋さんは新宿のガード下で歌っていたグルパリ君に話し掛けて、いきなり出演交渉をして、なんと承諾を得ていた。

ほとんど素性がわからないままで、グルパリ君は『コルバトントリ、』に出演することになった。

わたしはいつも飴屋さんの演劇の稽古には行かないので、グルパリ君をちゃんと目の前で見たのは、たぶん『コルバトントリ、』の初日のことだったんじゃないかと思う。

ミュージシャンなのだから、途中で出て来て一曲披露したりするのだと思っていたら、ちゃんと台詞もあって、グルパリ君はお芝居をしていた。路上で歌っている時のインパクト大のいでたちのままで、まったく自然に、グルパリ君はグルパリを演じていた。その演技はとてもよかった。

もちろんうたもうたった。それもとてもよかった。

飴屋さんは、いつものことだけど、よくよくわかっている、とわたしは感じ入ったりもしたのだった。

グルパリ君のことをもともと知っていた人が、『コルバトントリ、』の観客のどのくらい居たのかはわからない。しかし、彼はこうして、わたしたちの知るところとなった。

『コルバトントリ、』は、今ではＤＶＤが出ている。ぜひご覧いただきたい。

その後、グルパリ君が自分で作ったＣＤ－Ｒとか、彼がヴォーカルとギターをしているテコの原理というバンドのアルバムを聴いたりした。どれもとてもよかった。

その後、わたしは桜井圭介さんと一緒に、三鷹にSCOOLというスペースを立ち上げた。『コルバトントリ、』の上演場所でもあった清澄白河のSNACが使えなくなったので、場所を探して工事をして、いろいろなことがやれる空間としてオープンしたのだ。

SCOOLのオープニングイベントに、グルパリ君に出演してもらった、ライヴをやってもらった。

それは素晴らしかった。圧倒的だった。わたしは、彼のアルバムを出したいと思った。

それからまた幾らかのことがあって、正式にHEADZからグルパリのリリースが決まった。

それからまた時間が経って、レコーディングが行なわれた。ほとんどの曲をSCOOLで録って、あとは路上で録った。わたしは演劇の稽古と同じく、レコーディングには行かなかった。

それからまたまた時間が過ぎて、アルバムの音が上がってきた。長い長い一曲目を聴きながら、わたしはしたたかに感動していた。ちょっと信じられないほど、すごい。

正真正銘、ほんものの、途方もない、うたうたいが、そこにはいた。

わたしは、飴屋さんに、感謝した。新宿のガード下でうたっていた、グルパリ君を見つけてくれて、ありがとう。グルパリ君にも、感謝した。こんなすごい作品をつくってくれて、本当にありがとう。

もしもあなたが、一度でもグルパリ君の音楽を聴いたことがあるのなら、言葉は不要だろう。

だが、もしもあなたが、まだ一度もグルパリ君の音楽を聴いたことがないのなら、何も言わずに、ただこのアルバムを再生してみてほしい。

あなたは、あなたの耳は、あなたの魂は、ふるえることだろう。

それはすこし、ただわけもなく、あるいはわけがあって、泣き出したくなった時に、似ているかもしれない。

だが、それでも、かなしいわけではない。

グルパリ君のうたには、ちからがある。それは、よわいものたちのための、ちからだ。

グルパリ君のうたには、うそなところが、いっこもない。それは、驚くべきことなのだ。

わたしは、このアルバムを、もう何度聴いたかわからない。このさき、何度聴くのかも、わからない。

わかっているのは、それが間違いなく、わたしだけではないだろう、ということだ。

グルパリという、おかしな名前の男が、あなたたちのために、わたしたちのために、いま、ここで、うたっている、いつまでも、いつまでも、いつまでも。

一〇年にひとりの存在、なんて月並みな言葉なんだろうか、でも、これはほんとうのことだ。

ホースにおける笑いの生成について

音楽
HOSE

ホースはトランペットの江崎將史、トロンボーンの古池寿浩、ベースの泉智也、バウロン（もしくはボーラン。アイルランドのフレーム・ドラム）の服部玲治、ギターの宇波拓による五人組である。ホースはHORSEではなくHOSEである。彼らは私がやっているUNKNOWNMIXというレーベルから三枚のアルバムを発表している。『HOSE』（二〇〇七年七月）、『HOSE II』（二〇〇八年一二月）、『HOSE III』（二〇一二年一月）である。ほぼ全ての作曲と編曲を宇波が手掛けている。

ホースの何たるかを知るには、ファースト・アルバムの一曲目に入っている「A Thing That Is Not as It Has Been Used to Be」を聴いてみるのが最も近道だろう。とはいえこの曲は一六分もあるのだが。そして何故、この長さなのかは聴けば判明する。小気味良いフレーズをペットが、次いでホーンが奏で、小気味良いカッティングをギターが掻き鳴らし、小気味良いリズムをバウロンが叩き出し、そしてあまり小気味良いとは言えないかもだが、とにかくベースの弦が連打されていく。曲の雰囲気は小気味良くも微妙な憂いを含んでいる。

だが、事件は開始一分三〇秒後に前触れもなく唐突に始まる。いわゆる三三七拍子になるのだが、この曲ではそこからそれが延々と、正に延々と、只管(ひたすら)延々と繰り返されるのだ。その回数は実に一〇八回、除夜の鐘と同じ、つまり人間の煩悩の数と同じである。繰り返しが果てるのは開始一四分三五秒のあたりであるから、約一三分も延々とやっていることになる。そしてこの曲は残り一分とちょっとで、ほとんど力尽きるようにしてエンディングを迎える。ああやっと終わった。だがもちろんこのアルバムは、まだ始まったばかりなのだった。

かつてそうであったようではないこと。曲名を意訳すればこうなるだろうか。いろいろな意味が込められていると思うが、ひとつにはこれは江崎將史のことである。というのも聴けばわかるが、繰り返し部分の立役者はトランペットであり、従って彼は一〇八回連続して同じフレーズを吹く。やったことがないのでよくわからないが、おそらく繰り返しの最中はなんとか気合いで頑張っていられるのだが、それが終わった瞬間に、どっと脱力と消耗がやってくる。ということが聴いていてわかる。というかやっと続きのフレーズに進んだ時、江崎は最早ほとんど吹けていない。グダグダである。それがそのまま録音され、ＣＤに記録されている。最後にこの曲は冒頭のパートに戻ってくるのだが、それはかつてそうであったのとは違ってしまっている。煩悩を捨て去り、疲労が到来したのだ。なぜなら煩悩を捨てるのだって作業であり労働であるからである。もちろん他のメンバーだって同じ回数を繰り返してるのだが、江崎の参りっぷりは尋常ではない。そこには悲壮感があり、それ以上に巧まざる笑いの萌芽がある。だが巧まざるのは江崎将史についてであって、宇波拓は疑いなく巧んでいたに違いない。というか要するにこれはそういう曲である。

この曲を最初にライヴで聴いた時の衝撃といったらなかった。どういう曲か知っていても、三三七拍子の繰り返しが始まった時には思わずどきどきした。その後、おそらく時間を取り過ぎるからだろうと思うが、一〇八回という完奏はあまり行なわれなくなっていき、最近はこの曲自体演奏されることが稀だが、二、三度体験し得たフル演奏には真に興奮させられたものである。やっぱり江崎はものすごく疲れていた。見ていて気の毒になるくらいだった。だがやはり思わず笑ってしまった。宇波的にはしてやったりということだろう。だが後から、というか今では私は、少し違った捉え方をするようになった。ということをいま思い出したので書く。

一〇八回に及ぶ繰り返しというと、もちろんエリック・サティの「ヴェクサシオン」を思い出したりもするわけだが、あちらの繰り返しは八四〇回であり、全部弾くと十数時間かかる。複数名による完全演奏が何度か行なわれているが、おそらくひとりで弾き切った者はいない。何故ならばそれは不可能であり、と同時にそんなことをしても無意味だからである。だが一〇八回ならばひとりで十分に可能だし、と同時に繰り返しであることの妙味は十分に伝わる。それだけやれば実際、疲れるだろうし、疲れるだろうなあ、と思わせるだけの繰り返し回数ではある。だがしかし、ここでやはり問われるべきは、ほんとうに疲れてるのだろうか、ということではなかろうか？

というのは、ちょっと話が逸れてしまうのだが、東京デスロックという劇団があって、多田淳之介という人物が主宰しているのだが、彼らの作品に『再／生』というものがある。これは以前は『再生』として上演されていた作品を改訂したものだが、どちらも「繰り返し」がテーマというか方法論になった演劇作品で、或るJポップの曲が掛かると狂ったように舞台上で役者たちが踊りまくり、最後にぶっ倒れて死ぬ（本当に死ぬわけではない）。だがまた同じ曲が掛かるとやおら起き上がってまた狂ったように踊りまくって、最後に倒れて死ぬ。これを何度も繰り返すというものである。私はこの舞台を観て大層感動した。その意味するもの（と私が思うこと）はホースとは表面上あまり関係がないのでここでは触れないが（興味のある方は拙著『即興の解体／懐胎：演奏と演劇のアポリア』の終わりの方もしくは『批評時空間』もしくは『シチュエーションズ：「以後」をめぐって』を参照していただきたい）、それなりの長さのある曲の間じゅうずっと休みなく激しくダンスして、死んでる間だけほんの一分くらい休んで、また繰り返すというのを何度もやっていると、息は上がりまくり胸も波打ち、とにかく皆、本気で苦しそうに見えて、もしかしたらこのまま死んでしまうのではないか、とさえ思ったものである。

ところが、だ。先日、この作品は再演され、私はやはり観に行ったのだが、そこでふと思ったのである。これはもしかしたら「死にそう」な演技なのかもしれないと。ほんとはそこまでは疲れてないのに疲れたふりをしているだけだとしても、こちらにはおそらく判別できないのだ。そして私が思ったことは、だとしても全然構わない、本気か演技かは問題ではない。何故ならこれは演劇であり、それが演劇なのだから、ということだったのだが、これは長くなるので割愛して話を戻す。

言いたいことはつまり、一〇八回のフルヴァージョンをホースが過去何度実際にやったことがあるのかは知らないが、もしかしたらその中には、江崎がそんなには疲れることはなく、だがまあそこはそれ、ちょっと音を外したりした方がウケるからね、という暗黙の了解が心中あったりしてそうしたということだってなかったとは言えないのではないか。何故ならこの曲の面白味のひとつは、明らかにこの点に属しているのだから。そして一〇八回という繰り返しは、その直後の疲労ぶりが本気なのか演技なのか微妙といえば微妙とも思える案配の回数でもある。だから結局のところ、われわれにはそれを判別することはできない。そして『再／生』の場合と同様に、判別できないということは結局のところどちらでもいいということなのではないか。というか判別できないということが面白いのではないか、と私は思ったのである。というか言いたいことはつまり、このような本気と演技のどっちつかなさ、虚実の判別できなさ、巧まざると巧むの決定不能性にこそ、ホースという存在の特異性が存していると言いたいわけである。

ここで先ほどは書かなかった「A Thing That Is Not as It Has Been Used to Be」にかんする重要なもう一点に触れておかねばならない。一〇八回目の、最後の繰り返しの最後で、CDを聴くとベースの泉が「とーみなーがあい！」と叫んでいる。冨永愛。モデルである。何故に冨永愛なのかという理由は知らないのだが泉が当時ファンだったのかもしれない。これは私が観たライヴにおいては一〇八回の繰り返し全部で叫んでいたこともあった（それはそれで大変そうだった）。ところでこれは周知の事実だが、ホースのベーシストである泉智也はベースは弾けない。上手くないとかではなく弾けない。おそらくコードも押さえられないだろう。だから彼がするのは弦を叩くとか弾いてるフリをするとか以外は、もっぱら曲が進行する傍らで何ごとか謎めいたあれこれを叫んだり喋ったり呟いたり物語ったりすることだけである。冨永愛とは、ホースにおける彼の存在を凝縮した言葉だったのだ。いうなれば泉は冨永愛と叫ぶためにホースに居るのである。

泉の振る舞いはホースのライヴにおいて常に失笑苦笑爆笑の的である。彼の態度は、真面目ぶっているようにも巫山戯（ふざけ）ているようにも見える。というか間違いなく巫山戯ているはずだが、それはどういうわけかワザとらしくは見えない。いや、とことんワザとらしいのに、その結果としてワザとらしくなくなっているのだ。サイレント映画時代の喜劇役者たちは表情で観客を魅了した。バスター・キートンの無表情はそれゆえに笑いを誘い、チャップリンの笑顔は笑顔であればあるほどペーソスを起動した。だが泉はそのどちらでもない。彼は大体いつも巫山戯ているように見える表情をしている。巫山戯た顔をして巫山戯たことをやっている。にもかかわらずちゃんと可笑しいというのは凄いことではなかろうか。逆説的な言い方になってしまうが、どこからどう見ても笑いを取りに行っているとしか思えないのに、そこには「笑いを取りに行っている」感じが微塵も感じられず、しかしやっぱりどうしても笑ってしまうのである。これはもはや単純なアンビバレンス、アンビギュィティとはまったく異なっている。

この感じを説明するために、まったく違うかもしれないが、お化け屋敷について考えてみよう。お化け屋敷は本物のお墓とかに行って戻ってきたりする肝試しとは違って、最初から「来た人を怖がらせる」ためにある。だからお化けや幽霊役の者は怖がらせるべくあれこれ演技して頑張る。だから結局造りものなので全然怖くないという人もいれば、それは百も承知であるのに、やっぱり怖いという人もいる。そして造りものであることが面白くてしかも怖いという人もいるのである。泉の感じは、これと似ているようにも思えるしまったく違うのかもしれない。ただ確実に言えるのは彼の冨永愛が何度聴いても笑ってしまうということだ。本当にCDを何度再生しても笑ってしまう。そしてこのような泉智也のあり方こそ、前半で述べた江崎將史のあり方と並んで、ホースというバンドの核心を端的に表していると私は思う。

最後に、『ele-king』の五号に松村正人による宇波拓のインタビューが載っていて、ペシミズムの話になったところで、こんなくだりがあった。

宇波　これ（『HOSE III』）をつくった頃結構とらわれていたんですが、音楽とか思想でもそうですけど、ペシムズムといっても人間が中心のものではなく、人間が（といって突如笑い出す）

——何がおかしいんですか？

私はここを読んでもう思い切り大笑いしてしまったのだが、何故それほどまでに可笑しかったのかはここまで書いたことにも関係あるけれど、そこに更に突っ込んでいくには最早紙数が無い。

お気づきになった話

アート

core of bells 連続イベント
「怪物さんと退屈くんの12ヵ月：01お気づきだっただろうか？」（二〇一四）

「お気づきだっただろうか？」――これが彼等が一年間続くという連続イベント「怪物さんと退屈くんの12カ月」の第一回に選んだタイトルである。

二〇一四年一月二三日木曜日の夜、私は六本木のスーパーデラックスへと足を運んだ。開演一五分ほど前に辿り着くと会場は八割方埋まっていた。スーパーデラックスは基本的にコンクリート打ちっぱなしのフラットな空間だが、スペース中央にドラムセットを始め楽器が並べられてあり、その周囲を客席が取り巻いている。私はステージに向かって左側の壁際の席についた。もうそこぐらいしか空いていなかったのだ。ここに座ると、ステージを横向きに挟んでちょうど反対側の、こちらと同様に並べられた席に居る観客たちと向かい合う形になる。向こう側もまだ少し空席があるようだ。私は視力の関係で右からの方が見やすいので、移動しようかなとも思ったが、やめにした。ここへ来ると必ず注文する美味しい地ビールを呑みつつ、演奏が始まるのを待つ。

****

ほぼ毎日、一日一度は新刊棚を覗く書店がある。駅前の中型店舗ということもあり、いつの時間に行っても、それなりに客が居るのだが、新刊といっても私の場合、ほとんどありとあらゆるコーナーをチェックしているので、日によって時間はまちまちだが、暫し店内をうろつくことになる。発売を心待ちにしている本があったりする場合だけでなく、特に探している書籍がなくても、ついつい入ってうろうろしてしまう。要するに習慣に、それも長年の習慣になっているわけだ。そんなある日、ちょっと面白いことに気づいた。

こうしたある程度の規模の店舗には、大抵の場合、いわゆる万引きGメンというか、覆面ガードマンのような人が配置されている。彼ら彼女らは一般客のフリをしながら店内をそれとなく巡回し、あやしい行動を取っている者を発見するや、ひそかに尾行を続け、もしも支払い前の本を持ったまま店を出ようとしたら、そこで声を掛けて事務所への任意同行を求める。私はかなり昔のことになるが、そうした覆面ガードマンに万引き犯と間違えられて店の前でコートのポケットを探られたことがあり、その時の怒りと羞恥の経験により、それほど大型の店ではなくても、そういう人員が客にまぎれて目を光らせていることを身を以て知っていた。そして私は、ある日、そんなガードマンのひとりを発見した、と思ったのである。

彼女の存在に気づいたのは、他でもない、私があまりにもしょっちゅう、その店に通っていたからである。ある時、中肉中背で、ごく地味な顔立ちにごく地味な身なりの、さほど若くはないがおばさんと呼ばれるにはまだかなり早かろうひとりの女性が、ふと目に留まった。あれ、このひと、前にも見たことがあるぞ。それはしかし、特に訝しむことではない。同じ店によく来ている客は、自分の他にも当然大勢居るわけであり、彼女もその内のひとりに過ぎず、たまたま自分の無意識的な視覚的記憶にいつしか映り込んでいたのが、何かしらの脳内の振る舞いによって、いま突然、ふと認知された、ということなのだろうと、最初は思った。美人とはお世辞にも言えないような、特に目を惹くところのない女性である。しかし確かに、彼女には見覚えがあった。

その時は、たぶん常連客なのだろうな、などといったことを、これも半ば無意識に思ったとか、そういうことであったと思う。だがしかし、一度認知してしまうと、彼女は非常にしばしば、というよりも、ほぼ必ずと言っていいほど、その店の中で目撃されるようになったのである。雑誌コーナーに居ることは滅多になくて（といっても私があまり雑誌棚には行かないので、実際のところはよくわからないと思ったのだが）、大概はさまざまなジャンルの単行本が置かれているコーナーの隅に立って、静かに、だが熱心に立ち読みをしている。日本文学の場合もあれば、エッセイの棚の場合もあれば、美術書のこともあれば、理系の本が並ぶコーナーでも、思想・人文の一角でも、彼女は発見された。幾人かの客の中に見受けられることもあれば、午前の人気のまだあまりない時間に、他には誰も居ない書棚の陰にひとり佇んでいたこともあった。いつ見ても、棚から取ったであろう一冊の本を開いて読みふける姿が、私の視界の中に飛び込んできた。ほんとうにそれは度々のことであって、私はほとんど、彼女はその書店に住んでいるのではないかとさえ思ってしまうほどだった。

事の次第に気づいたきっかけは、他でもない、この「彼女はその書店に住んでいるのではないか」という奇妙な疑念だった。そして気づいてしまえば推理は早かった。ああ、もしかしてあのひとは覆面ガードマンなのじゃないだろうか。そう考えてみれば全てが氷解する気がした。彼女はいつも、店内でも、あまり多くの客が立ち寄らないような、私ぐらいしか頻繁には行かないようなコーナーにいる。そしていつも目立たぬ感じで、そっと立ち読みをしている。それはつまり死角に控えているということである。そこは万引きには格好の場所であり、それゆえに彼女は、犯罪を見張っているというだけでなく未然に防ぐという意味も込めて、仕事として、そこに居るのではあるまいか。彼女は警備会社に雇われた私服ガードマンなのだ。だからあれほど、いつ私が行っても、あの店に彼女の姿が見つけられるのだ。

この推理は、思いがけないところで裏付けられた。同じ駅に、もう一軒、新しく書店が開店した。私は自宅の最寄り駅から仕事場のあるこの駅に毎日電車で通ってくるのだが、ある日、いつもの習慣をふと変えて、その新しい店に寄ってみることにしたのだ。駅から出て、いつもの書店を通り過ぎ、暫く歩いた先に、その新しい店はある。私は入って、初めての店内に戸惑いながらも、本好きの習性ゆえ少しわくわくしながら各コーナーを散策した。そして店の奥の方の、私の本もあったりする文芸評論の棚のところまで来て、彼女を発見した。彼女はいつもの店と同じように、黙々と立ち読みをしていた。私は思わず、小さく、お、と声を出してしまいそうになった。いや、それは実際聞こえていただろうと思う。だが彼女は顔を上げることもなく、ただ静かに立っていた。だが私はその時、ああやっぱり、これで証明された、という思いだった。彼女が勤める警備会社が、この店も担当しているのだろう。彼女は、おそらく他にも何人かいるのだろう人員と共に、この駅の書店を巡回しているのだ。

そして実際、それから私が二店をほぼ交互にひやかすようになると(もちろん買ってもいたが)、彼女はどちらの店内でも見つけられるようになった。そして私は、ちょっと面白くなってきたのだ。だってこれはあまりにもあからさまな、バレバレの警備とは言えまいか。自分ほどに足繁く同じ書店に通う者が他にどれだけいるかはわからないが(たぶんそんなに多くはあるまいが)、それでもさすがに、あんなにいつ行っても目の前に居るのでは、いつか誰かに気づかれる、いや、もうとっくに気づかれてしまっているのではないか。私と同じように、彼女の存在、いや、遍在に気づいていながら、そして私と同じ結論に達していながら、何喰わぬ顔で、彼女の立ち読み姿をやり過ごしているひとが、結構いたりするのではないだろうか。そう考えてみると、なんだか少し愉快な、痛快な気さえしてきたのである。

親しみが湧いた、というのとはさすがに違うのだが、しかし私は、それから彼女を以前にも増して意識するようになった。そして実際、彼女はますます、本屋の片隅で発見されるようになっていったのである。そもそも向こうは、こちらに気づいているのだろうか。なにしろガードマンなのだから、気づいていないはずがない。立場を裏返せば、私だって異常なほど頻繁にその店に行っているのだから。だが私がやたらとうろうろしているのに対して、彼女は店内の死角とも言える場所にじっと控えている。どういうことなのか見当がついたとはいえ、実に変な感じである。というよりも、これはある意味、もはや警備の機能を果たしてはいないのではあるまいか。気づいてみれば、私が彼女に気づいてから、すでに数ヵ月が過ぎようとしている。だがそれでも彼女は変わりなく、私がその店に行けば、そこに居る。これはさすがに担当を変えるべきではないだろうか。私はまったく無関係なのに妙な心配をしてしまい、そんな自分に内心笑ってしまうこともあった。

そこで私は、ささやかな妄想を抱くようになったのだ。彼女に声を掛けてみたらどうなるのだろうかと。彼女は、自分の存在が、その役目が、他の客には気づかれていないと思っている。少なくとも、そういうことになっていないと、あの仕事は続けられまい。あるいは薄々感じていたとしても、彼女の雇い主が配置換えをしようとしないので、そのままになっているか。よくわからないが、だって大体、俺じゃあるまいし、あんなバラバラのコーナーで、あんなに熱心に立ち読みをしているなんて、どんな読書傾向なんだよ。あり得ないでしょう。そう思うと私は、ますます愉快痛快な気分になって、彼女の正体を自分が暴いたら、どうなるのだろうと考えて心中嬉々とした。これは、もう、ほんとにやってみるしかあるまい。

ある日のことである。私はやはり同じ店の片隅で、彼女を見つけた。いつものように静かに頁を捲って、淡々と立ち読みをしている。すでにふたりの距離は数メートルしかない。私はゆっくりと近づいた。そして前から用意していた言葉を、なにげなさを装いつつ、声に出して彼女に告げた。相手の驚く顔を期待して、思わず少しにやにやしていたかもしれない。

「お疲れ様です」

すると彼女は顔を上げて、持っていた本を閉じた。見れば見るほど地味な顔立ちだ。一度会ったくらいではすぐに忘れてしまいそうな、何度会ってもほとんど記憶に残らないような、何の特徴も表情も魅力もない顔。彼女は、私をまっすぐに見た。そして、これまで一度も見たことのないような奇妙な笑みを浮かべて、こう言った。

「やっと気づいてくれましたね」

私は、戦慄した。

＊＊＊＊＊＊＊＊

ほどなく彼等がステージに登場し、演奏が始まった。なぜかギターのY君が居ない。この演目のタイトルには憶えがあった。何年か前に、同じ会場であった或るイベントに彼等が出演した際に披露された「演奏中に『お気づきだったただろうか？』という字幕とナレーションが挿入され、そのたびに同じ曲が何度も繰り返され、やがてスローモーション。スーパースローモーションと反復するにつれて、最初は見えていなかったものが現れてくる」という小品の、これは拡大ヴァージョンであるようだった。複雑な屈折を有したハードコアサウンドが、リピートを続けながら思いも寄らない変異を遂げてゆく。それはスリリング、かつストレンジな体験であった。むろん元ネタはいわゆる「心霊ビデオ」の類いなのだが、それを生演奏でやるというのがミソである。そこに否応無しに宿る汗が飛び散るようなフィジカルさ、無意味なように見えて意味性に満ちたドラマツルギー、生真面目な不真面目さと不真面目な生真面目さ、それらすべてが、いかにも彼等らしい。何より音楽自体が格好良いのが良い。

だが私は、実のところ、それどころではなかったのだ。何故なら、気づいてしまったからである。激しくパフォーマンスする彼等の勇姿の向こう側、ステージの反対の客席の中に、あろうことか、彼女の姿を発見してしまったのだ。彼女は、あの時とまったく同じ奇妙な、いや、不気味な笑みを浮かべて、まっすぐにこちらを、私の方を見つめていた。バンドには目もくれていなかった。静かに笑いながら、微動だにせず、私をじっと見ていた。

私は、椅子を蹴るように立ち上がると、会場を慌てて出た。彼等に申し訳ないとは思ったが、もうそれどころではなかった。演奏は続いていた。お気づきだっただろうか?という声が聞こえた。やっと気づいてくれましたね、という声が聞こえた。私は夜の六本木を走った。彼女が追ってくる気がした。頭がおかしくなりそうだった。私は、気づいてしまったのだ。だからもうおしまいだ。どうしてY田君は居なかったのだろう。あれからどうなったのだろう。私はこれからどうなってしまうのだろう。私は、振り返りもせず、ただ走った。

だから私は、作品評を書くには不適任なのである。この文章をもって、お詫びとしたい。

(この批評はフィクションです。もちろん私は公演を最後まで鑑賞しましたし、Y田君こと吉田君が登場してからの鬼気迫る奇奇怪怪の展開も堪能しました)

「四分三三秒」のための約一五時間からの約一万字

音楽
ジョン・ケージ「四分三三秒」

二〇〇八年の春のこと。私は当時、事務所の一室で運営していた私塾「ブレインズ」の一環として「『四分三三秒』を／から考える」という連続講義を行なった。全五回、毎回約三時間ぐらい、ジョン・ケージの「四分三三秒」についてだけ話す、という試みである。開講に際して、私は次のように書いている。「音楽史上、初めて『沈黙』を楽曲化したとされるジョン・ケージの問題作『四分三三秒』について、どこまで考えられるか？　そして『四分三三秒』から出発し、そこから遠く離れて、一体どこまで行くことが出来るのか？　全五回、すべて『四分三三秒』尽くしです。饒舌なる『サイレンス』の解剖と展開。ぜひご参加ください」。こんなので一体ひとが集まるのか、という不安もなかったわけではないが、ひとはちゃんと来た。というか満員だった（定員二〇名だが）。というわけで私は約一五時間ほど、あの曲について延々と喋ったのである。

この講義の全貌は、その後、『「4分33秒」論：「音楽」とは何か』として書籍化された。ここに、そのダイジェスト篇をお届けしようと思う。第一回（二〇〇八年三月二一日）のテキストデータを圧縮し、というか適当にあちこちを摘んで、依頼された文字量ぐらいにまで縮めてみた。加筆や編集はあまりしていない。喋り言葉のラフさも、ほとんどそのままにした。こういう作りゆえの話の繋がりの細かい不具合もご容赦戴きたい。それでは、お聞きください。

……皆さんの中に「四分三三秒」という作品がどういう作品であるか全く知らない人がいるとはとても考えられない。何故考えられないかと言うと、これほど説明が簡単な曲というのは他にないからですね。ジョン・ケージの他の曲であれば、説明したり聴いてみないとわからないところがいろいろあったりするんですが、これだけは説明が非常に簡単です。四分三三秒の間、演奏が何もされない。それが「四分三三秒」という曲である。この曲が一番最初に発表されたのは一九五二年八月二九日、ウッドストックでデヴィッド・チュードアという、後にケージの非常に重要なコラボレーターとなるピアニストが世界初演をしました。いつこの曲が生まれたのかということを改めて考えると、音楽をめぐる試みが堆積している時間が思っていたよりもずっと経っているということを思い知らされて、呆然とするような気持ちになります。すごくラジカルな、音楽というものに対する考え方を根本的に変えるほどの起爆力を持った作品／試みであると今なお僕は思うんですが、実は変えられてから半世紀経っていたという（笑）、我々は全員「四分三三秒」以後の世界に生きていると考えた方がいい。にもかかわらず、そんなに昔のこととは思えないほどの、ある種の新鮮さを「四分三三秒」は今も纏っていると思える。この五二年というのはすごい時期で、今で言うところの電子音楽がヨーロッパやアメリカや日本で本格的に誕生し始めるのと大体同じ時期です。同じ問題意識から出てきた試みのひとつが「四分三三秒」であり、もうひとつが「電子音楽」と言われるものであるとも言える。いったいどうしてケージはこんなことを考えたのか。彼の最初の本は『サイレンス』という題名です。原著そのままですが、誤解を招くとまでは言わないにしても紛らわしいタイトルなんですね。サイレンスというと静寂とも無音とも訳されますが、そういうことを音楽にしたというか、サイレントな状態にフォーカスしたと考えてしまうし、実際そうだといえばそうなんですけども、この本の中でケージが何を主張してるのかというと、サイレンスは存在しないということを言っているのです。これに出て来る有名なエピソードで「無響室の体験」と呼ばれるものがあります。音というのは空気の中を振動がわたっていくことですから、というか本当は空気でなくても伝導するものであれば何でもいいんですけど、ともかく空気中の物理的な振動現象を我々の耳が知覚して音として判断しているわけです。そうした振動現象を極力抑える素材で六方全部を囲った部屋のことを無響室といいます。音響メーカーとかが実験をする際に使うもので、ケージは五一年に実際に体験するまでは、音が全くない状態というものを仮想的に設定していたようです。無音という状態があり得ると思っていた。ところが無響室に入ってみても、そこは無音ではなくて、自分が生きているがゆえに発している音が聞こえてしまいました、という話です。これが何を意味しているかというと、ふたつあると思うんですが、ひとつは無響室の中に何もなかったら、つまりケージもいなければ、それはおそらくサイレンスだろう。少なくともサイレンスに極限的に近い状態ではあっただろう。ところが心臓も動いてるし血液も還流してるし神経系統も動いている生身の肉体を持った人間であるジョン・ケージという存在が中に入ったことで、そこはサイレンスではなくなってしまった。ジョン・ケージという肉体が発振器として存在してしまった。もうひとつはケージがそれを聞いてしまったということです。つまり耳があったので聞こえてしまった。聴覚を持った存在として無響室の中に入ったためにそれが聞こえてしまった。音を認知してしまった。普通の意味での音ではないにしても、何の音もしていない状態を否定するものとして、自分自身の体内で鳴っている振動を感知することが出来てしまったということだと思います。この体験からジョン・ケージは色んなことを考えていった。耳がある場所には必ず音がある。必ず何かが聞こえてしまう。限りなく無音に近づくことが出来るはずの場所でさえ、自分自身が音源として把握されてしまうことによってサイレンスはけっして達成されない。つまりサイレンスは、そこに耳がある限りは絶対に実現できないということが、この無響室の体験が証明していることです。そしてこれをそのまま構造的に外側に裏返すと、この世界はあらゆる場所が音に満ちている。音だらけだ。耳があって聞くという行為がなされれば、もう必ずそこには何らかの音はあるわけで、それを丸ごと音楽と名づけることもできるんじゃないか。作曲家と呼ばれる存在が何か考えて、演奏家と呼ばれる存在が演奏することによって具体的に音を発して、それを聴衆が聴くことによって音楽というものが成立したということになるわけなんだけれども、そういうことじゃなくても音楽はあり得るのではないか。こうして「四分三三秒」という作品のコンセプトが胚胎されたんじゃないかと思います。ではこの曲の初演の演奏はどう受け止められたのか。たぶん聴衆はよくわからないままだったんじゃないか（笑）。むしろこの曲のとんでもなさは、事後的に時間を掛けて発見されていたんじゃないかと思います。ところでなんで「四分三三秒」なのか、「三分四四秒」とか「一四分三三秒」ではいけないのか。これには幾つかの興味深い説があるんですが、ケージがどう考えてこの時間を決めたのか、本当のところはわかりません。むしろこの四分三三秒、二七三秒という数字から、皆さんも更なる意味を見出していくのが面白いんじゃないか。逆に言うと「四分三三秒」には本当に何の意味もないんだと僕は思います。サイコロ振って四と三と三が出たからとか、ただぱっと思いついただけかもしれない。にもかかわらず幾通りもの、深遠とすら思えるような解釈が提出されていて、それを聞くとどれも納得してしまう。おそらく何の根拠もないであろう四分三三秒という時間、二七三という数字が、色んな解釈や意味を無限に導き出している。このこと自体がこの作品のあり方と極めて似ていると思います。三分四四秒だったらそれはそれで、別のいかにもありそうな理由が出て来るでしょう。しかし結果としては「四分三三秒」だったのであって、それゆえにそれは「四分三四秒」とも「四分三二秒」とも違う、ある種の聖別を施されてしまったということはあると思います。「四分三四秒」なんて言おうものなら「間違ってる！」と言われてしまう。じゃあこの作品はいったい何をしているのか、「音楽」と「音」の関係性の問題というのがまず一番大きいと思います。「四分三三秒」という作品が事前に何も知らない聴き手の前で演奏される時、何が起きるか。たぶんこういうことですよね。演奏者が出てきたから何か演奏が始まるとみんな思っている。「四分三三秒」っていうんだから四分三三秒の曲だろうなってことくらいはきっと何となく思っている。ところが、たとえばピアニストはピアノの前に佇んだままいつまで経っても何も弾かない。だからといって他のことをするわけでもなくて、喋るわけでもなく出て行くでもなく、ずっとステージ上でピアノの前にいて時間だけが経っていく。コンサートである以上は観客は音楽を聴くために来ている。にもかかわらず、いつまで経っても演奏は開始されない。すると観客はなんだかそわそわしてきて、身じろぎしたり連れと喋ったりして、自分が、または自分以外の演奏家ではない誰かが、知らずして音源になっていく。こうしてコンサートの客席は「意図せざる音」に満ちた空間になっていったわけです。これってさっきの無響室と似てますよね。四分三三秒の間。演奏家がいっさい演奏しないことによって、聴く側の人間が何かしらの音を立ててしまう。あるいは音を立てなくても演奏以外の音、その環境で鳴っている音に否応なしに耳を傾けざるを得なくなっていく。そう仕向けることが、この曲の狙いだったんですよ。と説明されて「へえー」って思うと。つまりそこには「音楽」は生まれなかったかもしれないが、ちゃんと「音」はあったし、新たに生まれてきさえした。だったらそれも「音楽」と呼んでいいんじゃないの、と。僕の中にも「これは音楽だ、これは音だ」という線引きがありはする。今こうして僕が喋ってる声を聞いてるじゃないですか。でも実はこうしている間にも、外の音だって常に聞こえているし、時計のカチカチという音も本当は聞こえている。でも僕の声にフォーカスしてるから聴いてはいない。聞こえてるけど聴いていない。無響室が証明していたように、そこに耳があれば、音は常にあるわけです。ここでの音は「可聴なもの」と言い換えられます。人間の耳はある周波数の範囲しか捉えられません。だからまずいちばん外側にありとあらゆる振動があって、その中にわれわれに「可聴なもの＝音」があって、その中に更に個人個人の「音楽」があるっていうのが精確。そしてこの「音楽」という集合の範囲は、人によるけれど、基本的には少しずつ広がっていってるわけです。ハーシュなノイズを最初に聴かされた時は閉口したけど、だんだんと慣れて来て、いつの間にかハマってた、ということはままあります。だとすれば「音楽」は「音」という集合の外縁に向かって少しずつ拡大していく。僕は「四分三三秒」という作品が誕生したことによって起動したベクトルはこれだと思います。つまり、何も演奏されず、それゆえに何も聴こえていなかったはずなのに、ふと、あるいは段々と、その場に鳴っている音の存在に気づいて、それを聴取し、更には鑑賞していく。ただ聞こえていただけの「音」が「音楽」として聴けるようになる。楽音ではない、つまり意図して鳴らされたわけでもなければ楽器を通して鳴らされたわけでもない音を音楽として認知し受容するということ。それがまずケージのやったことだと思います。これもよく言う話ですけれども、「きく」っていう英語は二種類ありますよね。HearとListen。日本語に対応すると上手い具合に「聞く」と「聴く」のふたつがありますが、要するにHearだったものがListenになる、「聞」が「聴」になるのが、「音」から「音楽」になる転換の回路だと言えると思います。しかもHearなりListenなりをしている主体、つまり我々が能動的意識的にHearをListenにするということもあるんだけど、突然何かによって、それが惹き起こされるということが重要なわけです。演奏の前にケージが出てきて「これから何も演奏しない曲をやりますが、皆さん戸惑わずによく耳を澄ませてみてください。実はこの会場の中にはピアノの音とは別の音がたくさん満ちているのです。さあどうぞ！」とか言ってやったとしたら、これは完璧にListenに誘ってますよね。それもアリだと思うんですよ。けれどもそうじゃない。つまりHearとListenの違いはそんなにはっきりしているものではなくて、むしろハッと気づいたらそうなっているということが重要なんだと思う。僕が好きなケージの言葉で、うろ覚えで言いますけど、「あなたに出来ることは、突然聴いてしまうことである」というのがあります。突然Listenしてしまうということがとても重要なんです。現実的に何かが起きているのかというと、何も起きてない（笑）。でも認識が転換してる。それが僕はすごく重要なことだと思っています。我々は目と耳から入ってくる情報によって作品を受容したり認識してるわけですけれども、目と耳とはずいぶん違ってます。目の方が圧倒的に強いんだけど、耳の方が強い部分もあります。耳には目蓋がないわけです。目には目蓋があるから、見たくないものは目をつぶっちゃえばいい。そうしたら見えない。だけど耳には目蓋というか耳蓋がないので、ずっと入ってくる。だから、聞こえているのに聴いてはいない音を聴くように促す。あるいは、あなたはもうすでに聴いているのだと告げる。つまり「四分三三秒」がやったのはそういうことです。こうして、聞こえてない音を聴かせるために、どうやってトリガーを引くのかっていうことが「四分三三秒」以後のサウンドアートなどの試みのひとつの核心になってくる。でも僕は、HearとListenと分けた時にListenの方が重要ってことじゃないんだと思うんです。「聴取」の問題とか言われたりしますけど、それはあっという間にフェティシズムや精神論や神秘主義になってしまう。そういうことじゃなくて、本当に重要なのは、むしろHearだと思うのです。だから自分の本には『(H) EAR』というタイトルをつけました。とにかく聞こえているってことが重要なのだと思う。重要っていうか、聞こえるってことがあった上で、初めて聴くことが意味を持つ。「聴取」という行為を特権化するのには反対です。さっきも言ったように本当に重要なのは耳に目蓋がないってことだと思っていて、つまり必ず何かが聞こえている。何しろ無響室でさえ聞こえてたわけだから。聞こえてる、ってことが、世界の豊かさみたいなことのひとつの証左であって、耳に目蓋がないからこそ、我々は必ず何かを受信というか認知して、世界のざわめきを聞いている。でも普段の我々はあまりそれを意識していない。でも実はずっと受信し続けているってことが、とても重要というか意味があることだと僕は思っているわけです。今のが「四分三三秒」の第一義的な意味でした。もう少し考えを進めてみます。「四分三三秒」の初演は一九五二年の八月二九日にウッドストックで行なわれた。ここにいる誰もその場にはいなかったので、本当のところ何が起きたのかは全くわかりません。仮にここに、何十歳くらいになるのか知らないけど(笑)、「実はあの場にいたんですよ」という人がおそるおそる手を挙げてくれて「いやああの時はほんとにねえ」みたいな思い出話をしてくれたとしても、我々は「へえー」とか言えるだけで全然追体験にはならないし、その時何が起きていたのかということはもはや知りようがないわけです。つまりその時その場の出来事というのは、他のあらゆる過去の出来事と同様に、二度と戻ってこない。だから一九五二年八月二九日の「四分三三秒」の初演は、ほんとうはほんとうにあったのかもわからない。色んな記録を総合すると、おそらく演奏はあったらしい。でも我々は絶対にそれを体験することはできない。それはその時その場所でのみ現前した出来事であって、その場で生起した「四分三三秒」という作品は、初演だったからというだけでなく、二度とない。その後、同じ環境で、もう一回やったとしても、それはもう違う出来事、違う作品です。つまりそれはその都度一回ごとの産物であって、同じことをもう一度は出来ないんです。それは一回性であるだけでなく、不可逆性も持っている。つまり「四分三三秒」を一度やってしまった後で、三分五〇秒くらいまで戻してってのはできないわけですよ、現実って。その場で起きているという現前性と、その時一度しか起きないという一回性、それから巻き戻すことが出来ないという不可逆性というものが決定的な条件としてある。それはあらゆる他のことと同じだけど、「四分三三秒」という作品の形で、その時その場で行なわれるひとつの出来事として提示されたがために、その絶対的な不可逆性と現前性と一回性がクローズアップされている。あらゆる出来事は全部同じ条件なのですけども、それを「四分三三秒」として行なったせいで、特定の時間と場所がくり抜かれている。それは我々の世界の過去の時間の中に確かにあったということは知っていても、それはもう絶対に同じこととしては体験できないし、いわば概念としてしか把握できない。で、こう言うと、「だったら録音しておけばいいじゃん」って話になるわけです。そしてこれが「四分三三秒」を考える上で、もうひとつ重要なポイントです。皆さんは「四分三三秒」を聴いたことないでしょう(笑)。なのでこれから聴こうと思います。ごゆっくりお楽しみください……………………

…………………………………………………………………………………………

…………………………………………………………………………………………

…………………………………………………………………………………………

……………………………………………………………

……………………………………………………………

……………………………………………………………

……………………………はい、如何だったでしょうか。ひとつ言えることは意外と音が聞こえるってことですね、ピアノの蓋を挙げたり下げたりしている音が入ってる。でも実際の演奏の場ではたぶん殆ど聞こえないわけですよ。ところがＣＤにしちゃうと、その音にすごく意味があるように聞こえちゃう。つまり全くの無音ではない。こうして「四分三三秒」という曲の演奏を録音するということが、いったい何を意味しているのかというのが次の問題として出てくると思うんですね。ケージはレコード盤を使う曲もあるのにレコードが嫌いだったそうですが、複製技術と「四分三三秒」という問題系は明らかにある。ここ（スピーカー）から音が出てくるということははっきりしています。だからここから出る音を皆さん聴いちゃうじゃないですか。「これから僕が『四分三三秒』を演奏します」と言って四分三三秒の間黙ってる方が本来の「四分三三秒」で起きていたことに近いわけなんですけど、我々はこれを今ＣＤで聴いてしまった。いま聴いたレコードは一九七四年に出ました。だからたぶんその少し前くらいの録音でしょう。チュードアによる初演からはすでに二〇年くらい経過しています。とはいえ現在から遡ると三〇年以上も昔です。一九五二年の初演は、過去のある一点、ある「四分三三秒」に確実に属していたにも関わらず、我々はそれを取り逃がし、というか生まれてさえおらず、二度とそれを追体験することは出来ない。だけれども、この七〇年代の「四分三三秒」の演奏は、録音されていたがゆえに、今ここで、もう一回再生することさえ出来てしまう。さっき聴いたのは七〇年代前半の、おそらくはイタリアのどこかのステージ上での「四分三三秒」でした。しかし我々は何を聴いたのかというと、七十何年だかのある「四分三三秒」を聴くと同時に、二〇〇八年三月二一日のある「四分三三秒」を聴いていたわけです。つまり今現在もずっと流れている時間に重ね合せて、一九七十何年の時間を聴いていた。こういうことが出来るというのが、録音すること、録画でも良いんだけど、その面白さというか、驚くべきことであって、録音物というのは、もちろん細かく言えば音を加えることだって出来るので、たとえば一分間の音の中に一分間の時間の持続しか入ってないわけじゃないかもしれないから聴く時に一分間なだけなんだけど、少なくとも今の言い方で言えば、ライヴなのでおそらく何も編集されていないのだとするならば、一九七十何年のイタリアのどこかにおける「四分三三秒」という時間と空間の缶詰みたいなものを我々は聴いたわけです。レコーディングするというのは、時間と空間を切り抜くことだと僕は思っていて、リアルタイムであるがゆえに二度と再生することができないはずの出来事を、そういう形で未来へと送る。これをもう一回かければ、もう一回再現される。でも、もう一回再現される時の「今」というのは、さっきの「今」とは違う。つまりCDから流れてくる音というのは、そのCDに封じ込められた時間と我々のリアルタイムの時間が常に二重に重なっている。その「今」の方はずっと不可逆で一回性なままで続いている。でも何回繰り返してもCDに入ってる音は同じなわけです。でも再生の回数だけ、実は異なる聴取経験が起きているという風に言える。「四分三三秒」の楽譜は、三楽章に分かれていて、それぞれに時間の指示があって、足すと四分三三秒になる。でも当然のこととして、実際の演奏の場でそんなにピッタリやれるのって疑問が出て来る。現実には四分三四秒であったかもしれない。だったらストップウォッチを使えばいいのかもしれないけど、厳密に考えたら、じゃあコンマ何秒はどうなるのとか、そういうことになるので、厳密な時間の制限を設けるということが、どこかナンセンスというか、一見厳密であるがゆえに実は厳密さというものに対して一種の批判をしているんじゃないかと思える部分がありま す。ケージはこれ以後、時間が題名に入ってる曲を一杯書いてます。中には絶対に精確にやれないだろうと思えるものも多い。やれたとしてもやれたことをリアルタイムで証明することは難しいし、それだけが目的と化してしまったらちょっと本末転倒というか。録音だったら出来るけど。時間に合わせて切っちゃえばいいんだし(笑)。音楽ないし記譜法というか作曲理論的なものの中に時間という要素をかなりあからさまに導入したというのが、ケージのひとつの発明だと思うわけです。それ以前の譜面というものは、演奏される時には、もちろん一曲にかかる時間っていうのはおおよその平均値としては同じくらいになってくるけれども、でも常に厳密に同じであるわけではない。だからこそグレン・グールドとかチェリビダッケの面白さというものがあるわけで、譜面っていうのは本来的には発される音と音との関係性と音と音との時間的なズレというものをある程度拘束しているけれど、トータルでどのくらいの時間が持続として必要なのかということは原則として拘束してないわけです。つまり同じ曲がすごく時間がかかっちゃうこともあるし、すごい速く、巻き巻きで演奏することだってできる。ところが「四分三三秒」は、絶対に四分三三秒ということだけは決まってるわけです。何をするにしても四分三三秒であるということは決まっている。中身はほとんど空白で、でも外枠だけがガッチリ決まっているということは、従来の譜面とは全く逆さまなことをしている。つまり時間をフレーミングするということがケージの発明だった。ある時間からある時間まで、スタート地点があってゴールがある。その踏破される距離＝時間が設定されているだけなのだけど、そういうことは従来の音楽では問題視されていなかった。ところがケージはそんな具体的で物理的な時間にこだわり、曲名にまでして、いわば逆さまに時間をくり抜くということをやった。更にそれをレコーディングすると、その時間というものを、もっと際立った、もっと複雑な形で、我々は受け取ることになるわけです。あらゆる記録された音なり映像なりは空間と時間の缶詰だと言いましたが、それは一種のタイムマシンでもある。過去の同じ時空間が何回でも再生されるというのは非常に奇妙な気がすることがあります。しかも「四分三三秒」を聴き終わった時、我々は必ず「四分三三秒」後の未来にいる。それはあらゆる録音物に言えることだけど、「四分三三秒」はいわばタイムトラベルに特化した作品だということも出来るかもしれない。ちなみにこの他にも「四分三三秒」のＣＤは出てます。「四分三三秒」を色んなアーティストが演奏したオムニバスとかも出ている。それは面白いんだけど、ちょっと倒錯的というか、ナンセンスな気もしてきます。たとえば我々が自分の耳を使って、聞こえてるものを聴く、という行為を実践した時、それは別にケージの真似をしてるわけでも「四分三三秒」のカヴァーをしているわけでもない。でも我々は、それをすでに知ってしまっている以上、そういう思弁とジョン・ケージという固有名と「四分三三秒」という作品は、分かち難く結びついてしまっている。それはケージの意図したことではなかっただろうけど、そこには歴史性と権威性がやっぱり纏わりついてしまっている。だから時々、現代音楽／実験音楽のアーティストなんかが、コンサートで異常に厳かに「四分三三秒」をやってみせたりするのを見ると、正直ちょっと引いてしまうというか、笑ってしまったりもします。だから先ほどＣＤで「四分三三秒」を聴いたのも儀式みたいなことになってしまう。もう誰もが「四分三三秒」がどういう曲なのかは最初から知っている。初演の聴衆とは決定的に違うんです。だからそれを聴く行為はどうしても確認にしかならない。それに意味がないわけではないけれど、すでにして違う次元になっていることは確かです。だから僕はむしろ「四分三三秒」はいつでも奏でられ、いつでも鳴っている、そう考えた方がいいのではないかと思うんです。それは常に既に演奏されていて、我々は間断なくそれを聞き、聴いている。だから「これから『四分三三秒』を演奏します」とか「これから『四分三三秒』を聴いてもらいます」ではなくて、たとえば今、僕が突然に

「今まで、四分三三秒を聴いてもらいました」とでも言った方が、実はケージに近いのではないか。そう思います。ケージは「四分三三秒」の後、四〇年くらい生きて、たくさん曲を書いたのですが、実はその作品群と一緒に常に「四分三三秒」が繰り返し演奏され続けている。ある意図を持ってこの世界に生まれた音、今ここで鳴らされた音、ある作曲の結果として生起し聴取されている音の外側にも、必ず音がある、っていうことが「四分三三秒」が齎(もたら)した革新性なのだとしたら、それはずっと鳴っている。今も鳴っている。いや、「四分三三秒」という曲が産まれる前から、それはずっと鳴っていたんです。けれども「四分三三秒」によって、初めて我々は、その事実に明確に気づき始めたのではないか。しかしここにはパラドックスもあって、意図されざる可聴の音のすべてが音楽になったら、もはや音楽というカテゴリ自体が無意味になってしまうだろうということと同じように、もしもさっきも言ったような形で「四分三三秒」の教えが実現されたとしたら、「ジョン・ケージ」という固有名も同時に消え去ってしまうことになる。作曲という行為が完全に無用になってしまったとしたら、作曲家も要らなくなるのは必然だからです。だから極端に理念的に言うならば、「昔々、ジョン・ケージという人がいて、『四分三三秒』という曲を最後に沈黙し、その後は二度と作曲をしませんでした」ということであれば、おそらく綺麗だったんです。でも人間ってそういうもんじゃないっていうこともあるんですよ。そのことだけを考えてるわけじゃないんです。だからケージはその後も作曲をやめなかったし、たくさんの曲を遺したし、死ぬまで作曲家だった。

ケージの発言や書いたものに触れていると、そういう広義の「作者性」みたいなことに対する嫌悪というか根源的な疑念というか、もっと単に自由で自然で無秩序でアナーキーな状態が実現されれば、それで良いんじゃないかと思える部分っていっぱいあるんですよ。そういうことは沢山言っている。サーカスの状況とか。ケージの発言をイデアルに捉えれば、「世界はこのように在る」とか「世界はこんなにも豊かで複雑なのだ」ということを、ただそのまま受け入れれば、表現行為というもの自体、もう要らないんじゃないのって話になってくるし、実際そう受け止めることは可能だと思いますが、個体としてのジョン・ケージは、やはり何かを表現する人、そうせざるを得ない人だったんですよね、きっと。ある見方からすると、それはやはり矛盾なんだと思います。「四分三三秒」の後で、まだ作曲をする、まだ音楽をするということに明らかに潜む、紛れもない後ろめたさや無意味さとケージは戦いながら、その後の半世紀にわたって曲を書いていった、音楽に臨んでいったのだという見方もできるかもしれない。では今回はとりあえずここまで。

アンビエントの再発明

音楽
Aphex Twin『Selected Ambient Works Volume II』(Warp Records、一九九四/BEAT RECORDS、二〇一七)

『Selected Ambient Works Volume II』を初めて聴いた時、より精確に言うならば、その一曲目を初めて聴いた時の、聴覚と感覚が根こそぎアップデートされるような驚きは今でも忘れられない。エイフェックス・ツインことリチャード・D・ジェイムスという天才との出会いは人によってそれぞれだろうが、他の誰かにとっては「Digeridoo」だったり「Analogue Bubblebath」だったりしただろうファースト・インパクトが、僕にとっては何と言ってもこのアルバムだった(ちなみにもう一枚、ほぼ同時に聴いてやはり衝撃を受け、いわば本作と対になるような感覚を抱いたのが、Polygon Window名義の『Surfing on Sine Waves』だった)。

これはおそらく僕と同世代の多くの人も同じだったのではないかと思うのだが、テクノと呼ばれる音楽が登場した際、それはダンス・ミュージックであると同時に、間違いなく「アンビエントという ジャンル＝概念の更新」でもあった。それはもちろんまず第一に本作を含むエイフェックスの『Selected Ambient Works』二作のせいなのだが、それだけではなくて、テクノはたとえそれが明確なビートを有する極めてダンサブルなサウンドであったとしても、それとは矛盾しない形で、音色そのものがアンビエント的というしかないような響きと手触りを持っていたと思う。浮遊感とかシュールリアルな感じ、などと言葉で言ってしまうとなんだか陳腐でありきたりだが、それは踊れるといっても、それ以前のダンス音楽とは決定的に違っていたのだった。

だから、ある意味ではアンビエントはテクノの本質とかかわっている。単にビートがあるかないか、ということではないのだ。従って本作におけるサウンドは、エイフェックスの膨大で錯綜したディスコグラフィーにおいて、余技とか傍系に属するものではない。むしろここに彼の天才の核心が宿っている。

アンビエントとは、言うまでもなくブライアン・イーノが発明した概念である。発明といっても、イーノは何もないところからその概念＝ジャンルを編み出したわけではない。イーノが七〇年代後半にアンビエントを唱えた時、少なくともそこにはふたつの淵源が存在していた。ひとつはジョン・ケージの「四分三三秒」であり、もうひとつはより昔のエリック・サティの「家具の音楽」である。周知のようにケージは彼のもっとも有名な作曲作品である「四分三三秒」において、演奏者が終始ひとつの音も奏でない、という指示を行なった。この作品にケージが込めた沢山の考えと、ケージが考えていたこととはまた別にそこから考えられる沢山のことにかんして、僕は以前、一冊の本を著したので詳しくはそれを参照して欲しいが（『「4分33秒」論：「音楽」とは何か』）、まずは第一に、この曲は、そこで音楽として演奏される楽曲＝音楽ではなく、そこで音楽のつもりなどまったくなしにただ鳴っている／している音それ自体に耳を澄ますこと、音楽がなくてもそこに常に音はあるのだということに気づかせるためのものだった。僕はそれを、聞く＝Hearから聴く＝Listenへの転回と呼んでおいた。音楽を聴くのではなく音を聞くこと。ここからアンビエントへはもう一歩である。それ以前にサティは、その「家具の音楽」で、いかにも優美な、それゆえに紋切型の、それゆえに退屈な旋律がひたすら反復されることによって、ケージとはまた別の仕方で聴くを聞くへと変容させること、聴いてもいいし聴かなくてもいい（だが耳には聞こえている）という意味で、家具のような、室内調度のような音楽、というアイデアを提出した。このふたつを掛け合わせることでイーノはアンビエントを創出した。それは基本的に、聞こえていても聴かなくてもよく、だが聴いてもよい、音と音楽の中間物のようなものである。イーノはアンビエントという新しいジャンルの見本として『Music for Airports』を初めとする何枚もの傑作を世に送り出した。

それから十数年が経って、ブライアン・イーノと同じイギリス人の、だがコーンウォールという辺鄙な街に住むリチャード・D・ジェイムスという青年が、はっきりとタイトルに「アンビエント」

と銘打って、大量の電子音楽を創作し始めた。ここで彼は、イーノの、そしてサティとケージのアンビエント観を受け継ぎつつも、ある意味ではアンビエント本来のあり方を逸脱する属性を持ち込んでみせた。それは、他ならぬテクノということ、電子音楽ということである。どういうことか。アンビエントが、HearとListenを自在に行き来するということの、先に述べたイーノ以前のふたりの先行者の作品には、それぞれ聞くと聴くを通底させるための条件が備わっていた。サティの場合は、耳なじみの良い、それゆえに聴いていることを忘れてしまいそうな室内楽ということであり、ケージの場合は、その時その場でしている、環境としての音、自然音、空間音、ということであった。つまりそこには、電子音楽という要素は存在していなかった。イーノの場合は、そこにシンセサイザーという紛れもない電子楽器を持ち込んだのだが、しかしそれはまだ従来の「楽器」の延長線上にあるものであって、ピアノやギターなども導入されていたし、つまりはその時点で、多くのリスナーにとっては既知のサウンドというべきものだったのである。考えてみればそれは当然だろう。聴いたことのある音でなければ、聴くを聞くに変容させることはかなわないからだ。

ところがエイフェックスは、誰も聴いたことのない電子的な音色でアンビエントを作る、という前代未聞の試みをやってのけたのである。これはある意味では語義矛盾である。そもそも電子音楽とは（それはケージが「四分三三秒」を作曲した一九五二年と時期をほぼ同じくして誕生したのだが）人間の身体と、その延長としての種々の楽器が発する音とはまったく異なる音像、音色を、人工的に生成させることを目的としたものだった。そこで求められたのは、いまだかつて誰も耳にしたことのない音を、電子的なプロセスで造り出すことだった。テクノと呼ばれる音楽は、そのような電子音楽の系譜の内から生まれてきた。それは根本的に、耳なじみのない、新奇な、電子の音を追求するものである。だから、それはアンビエントという考え方とは、根本的に相容れないものだとさえ言えるのだ。

実際、本作から聞こえてくるサウンドは、発表以来二十数年を経た今もなお、とびきりの新鮮さを失っていない。耳を澄ませば澄ますほど、その音色の斬新さには、震えが来るほどである。しかし同時に、それはやはりアンビエントというしかない雰囲気を身に纏っている。そしてそれは最初からそうだったのだ。とすれば、こういうことになる。エイフェックス・ツインのアンビエントとは、イーノが標榜したような、ListenとHearをなし崩しにするということとは違っている。そうではなく、ここでのアンビエントとは、あくまでも聴くこと＝Listenを主体とするものであり、にもかかわらず、むしろListenという行為そのものが、Hearにおいて人がしているような無意識の音との向き合い方を、まったく新しい様相に変えてくれるようなものなのだ。聴いている内に聴いていることを忘れてしまう、のではなく、いうなれば聴けば聴くほど従来の聴くこととは異なる次元へと聴く者を誘っていくような、そのことによってそれ以後、他のあらゆる音の聴こえ方、いや聞こえ方さえ根本的に変えてしまうような、そんな「音に対する意識」の更新を喚起させるのが、エイフェックス・ツインによる新たな「アンビエント」の意味なのである。

本作を、ちゃんとしたオーディオ・セットのスピーカーから、あるいはコンピュータの内蔵スピーカーから、あるいはヘッドホンで、あるいはスマートフォンで、さまざまなコンディションで聴いてみて欲しい。そのいずれによっても、発見があるはずだ。それは徹底的に人工的な音の世界である。たとえ人間の女性の声らしきものが入っていたとしても、それは電子音のように、電子音として聞こえてくる。要するに、ここにある音楽は、まったく現実的なものではない。それはどこか別世界の、異次元の音楽である。しかし、そうだというのに、ここには明らかに、ある種の普遍的な懐かしさというか、聴く者を不思議な安穏へと導いてゆくような感覚がたゆたっている。ここから流れ出してくる音色と音像の比類なき新しさに聴覚と神経を鋭く研ぎ澄まされつつ、それと同時に心地良い眠りへとやんわり誘われていくような、しかもそれを矛盾とは全然感じないような、そんな感じ。

本作によってアンビエントが更新された、というのは、このような意味である。アンビエントとは本来、人間の聴覚と意識と記憶の慣れ易さを利用するものだった。しかし本作におけるアンビエントは違う。誰もがどこかで聴いたことのある/現実に聞いている既知の音ではなく、まったく未知の音を素材とするアンビエント、それが本作なのである。

そして本作の「アンビエント」は、繰り返すが長い時間が過ぎ去った現在もなお、まったく古びてはいない。僕はこれまで数え切れないほど何度も何度も本作を聴き直してきたが、そのたびごとに同じ箇所（それはまず最初の一音なのだが）で感動してしまうし、はっとさせられる瞬間が幾つもある。このことは真に驚くべきことではないか。むしろビートという要素がほぼ欠落しているからこそ、リズムの実験という側面ではかられること抜きに、より純粋に音色と音像の独自性、独創性を味わうことが出来るように思う。この意味ではやはり、リチャード・D・ジェイムスという類い稀な音楽家の最高傑作は、今なお本作であるとさえ断言したくなってくる。僕個人としては、これはまったく大袈裟に言っているのではない。本気である。

本作はテクノと呼ばれる特殊な電子音楽の歴史の金字塔であり、またアンビエントと呼ばれる音楽の定義を根っこから変えた途轍もない問題作にして名盤中の名盤である。出来ることなら四半世紀前にタイムマシンで戻り、初めて本作を聴いた時のあの驚きをもう一度体験したいくらいだ。だが、それは不可能なので、今日も僕は本作をリピートする。

コード・デコード・エンコード

音楽

空間現代『Palm』(Ideologic Organ / Editions Mego、二〇一九)

このアルバムから聴こえてくる音楽は、過去の空間現代とは大きく異なっている。『Palm』に収録された六つの楽曲は、最初期のようなジャパニーズ・オルタナティヴ・ロックの突然変異の範疇からも、セカンドアルバムで切り拓いた、電子音響におけるグリッチやダブステップ、フットワーク等のリズム構造を三ピース・バンドに強引に落とし込む野心的な試みからも、その延長線上で発明された、レパートリーをパーツに細分化して、その都度のライヴの演奏時間に再編成=メガミックスする途方もないアイデアからも、或いはMoe and ghostsとのコラボレーションアルバムに結実した、ラップ、ヒップホップとの有機的融合からも、すでに遠く離れている。いや、精確に言えば、それら過去のあれこれをしかと踏まえつつも、まったく新たな次元へと一気に跳躍してみせたのが、この作品『Palm』なのである。

そもそもこれは「音楽」なのだろうか。この問い方が無意味なら、こう言い換えよう。これらは果たして「曲」なのだろうか。私はこのアルバムを最初に聴き通したとき、まるでモールス信号みたいだ、と思った。ズレを伴った反復、というスタイルは彼らが以前から持っていたものだが、ここでは遂にズレ＝差異化の運動が反復性を完全に凌駕してしまい、もはやミニマリズムの定義では説明出来ない段階に至っている。それでいて全体としては、どのトラックも極めて淡々としており、表面的には非常にモノトナスな印象を与える。しかし、それは感覚が与える誤解に過ぎない。比喩的に言えば、ある程度離れた距離から眺めていると、川の流れは一定でさしたる変化がないように見えるが、近づいていくとそこには無数の渦やうねりや波立ちが犇(ひし)めき衝突し合っており、微細なレベルで激しい変化と運動が存在していることがわかってくる、というような。『Palm』はクローズアップ的な、顕微鏡的な聴取を要求する。どの部分を抽出してみても、そこには思いがけないダイナミズムが隠されている。

モールス信号の比喩に戻ろう。特筆すべきことは、ここではギター、ベース、ドラムスのいずれもが個々に信号を発しているということである。しかも、それらは必ずしも同じメッセージを発信しているわけではない。もちろん合致するところもあるのだが、あたかも各自がバラバラに別々のモールス信号を奏でているかのようなのだ。更に言えば、それらの信号は、しかるべき対照表をあてがえば解読出来るのでさえない。各楽器が発信するモールス信号は、それ自体が暗号化されているのだ。そして暗号をデコードするためのプログラムも、おそらくひとつではない。

暗号化されたモールス信号としての音楽。これが比喩であるのは、当然のことながら、空間現代はサウンドを言語のように使用しているのではないからだ。仮にデコードが可能だったとしても、読み解かれたメッセージの内容それ自体に意味があるわけでも、最終的にそれが十全に伝達されることが求められているのでもない。各曲にはタイトルが付けられているし、歌詞らしきものやヴォーカルパートだって存在しているのだから、そこにはそれぞれ何かしらの言語的要素が潜在していることは確かだろうが、しかし敢えて言ってしまうなら、実のところそこにはコミュニケーションを要請する主題など何もありはしない。それらは差異と反復が導出した運動の軌跡、イメージの残像でしかない。だが、それでも単なる記号性とは違う動機が残存していることも確かである。従って、私が『Palm』はモールス信号のように聴こえると述べた時、そしてそれらが暗号なのだと比喩的に推定した時、デコードへの欲望が封じられてはいない。むしろ積極的にこれらの音たちはリスナーに働きかけてくる。さあ、読めるものなら私たちを読んでみてください、聴取という受動的行為が暗号解読という能動的行為と同義となる稀有なる体験にようこそ、と。

然るに、空間現代のこの新しい作品は、従来の音楽とはかなり違った意味で、集中的な聴取と、再帰的な聴取を強く喚起する。『Palm』を再生するということは、六つのトラックを私たちが読むことであると同時に、それらが私たちを読むことでもあるのだ。音楽にスキャンされるというまたとない感覚。音楽をデコードすることと、音楽によってエンコードされること。念のために言い添えておけば、それらはもちろんフィジカルな経験でもある。何しろ、これらの楽曲はおそらくライヴでも演奏されるのだ。少なくとも幾つかのトラックは、ダンサブルでさえある。そこで惹起されるダンスは、私たちが踊ってきたものとはほとんど似てはいないけれども（たとえばフットワークが複雑系をシンプリシティに閉じ込めたのだとしたら、空間現代はそのリバースモードを提示しているのだと言ってもいい）。

このアルバムで、空間現代は進化の階梯を何段も飛ばして、これまで誰も足を踏み入れたことのないステージに立った。この前人未到は、けっして派手なものではない。だがしかし、これは真に驚嘆に値する冒険である。もっと素朴に、こう言ってしまってもいい。こんな「音楽」は、こんな「曲」は、いまだかつて聴いたことがない。

詩人の新（しい）書

文芸

吉増剛造『我が詩的自伝：素手で焔をつかみとれ！』（講談社現代新書、二〇一六）

まず題名に震撼させられる。「詩的自伝」ではなく「我が詩的自伝」。これは同語反復、ほとんどあからさまな冗語である。たとえばここから「詩的」を抜き去ってみると「我が自伝」となり、その奇態さは露骨になる。逆に言えば、間に「詩的」という二語が挟まれているからこそ、「我が」と「自伝」は矛盾を露わにしたまま、それでも何故か繋がることになる。だが「詩的」とは何のことか？ その答えは、言葉の定義とはまったく別の仕方で、この本の中味にたっぷりと書かれてある。

書かれてある、とは書いたが、本書は最初から書かれたものではない。これは（いかにも新書らしく、と言うべきか）語り下ろしである。「きき手・構成」とある林浩平を前にして語られた録音を文字に起こし、しかるべき編集や加筆等を経て原稿として完成されたものが、いま読者の前にある。つまりこれは「語り」による「我が自伝」である。オーラル・ヒストリー。収録の日時や場所などのクレジットは省かれている。もちろん、語られている事柄の大方はその時から遠く離れた過去のことであっても、当然のことだが語っているのはその時々の現在なので、多少ともいつどこで的な刻印が受け取れる部分はありはする。しかし結果として、この本を読み進める者は、いつともどこととも知れない時空から、詩人の語りが、いや、詩人の声が、延々と自らの物語=歴史を語り続けている様子に立ち会っているような思い込みに耽ることが可能となっている。だがそこには奇妙なまでに映像が介在していない。あたかも漆黒の闇の奥から、詩人のあの独特の質感と音調と抑揚を備えた声だけが怪しく鳴り響いてくるかのようなのだ。

一度でも詩人が目の前で語るのを見聞きしたことのある者ならよくよく知っていることだと思うが、その語りはいわば「本質に向かって真っ直ぐうろうろする」とでも形容すべきものであり、見聞きする我々は話がどこに向かうのかどこへ連れていかれるのかも判然としないまま、その不気味に心地良い声のうねりに身を任せるしかない。そうして気づいてみれば、なんと我々はどこか得体の知れない時と場所、すなわち「よそ」にいる。だが同時に、それが紛うかたなき「ここ」であり「いま」であるという端的な事実も、おそるべき納得の強度と共にあらためて認識させられることになる。こことよそ。そして更におそるべきことには、なんとなんと詩人はもう「よそ」でもある

「ここ」には居ないのだ。いつの間にやら声は遠ざかっている。いや、最初からそれは無限遠点の彼方から流れ出しているのかもしれない。目の前に生身の肉体としてしかと実在しているはずの詩人が、けれどもそこには、いや、どこにも存在していない。実在しているのに存在してはいない。周知のように、たとえば哲学は、あるいは詩学は、存在者ではあるが実在しているわけではないものたちが大好物なのだが、ここで／そこで起きているのはそれとは真逆の回路である。

これと同じことが、本書の読者にも訪れる。もとより僅か三〇〇頁余りの新書に、詩人の生があまねく収め切れるわけがない。むしろそんなことは最初から百も承知の上で、にもかかわらずあっけらかんと敢然と「我が自伝」と言ってのけたところに、この本の凄味はある。とりとめのあるようなないような思い出話はどれもこれもシームレスに異様に峻烈な「詩的」思考へと変異し、それはそのまま「詩」そのものに掏り替わってゆく。この「掏り替え」こそ本書最大の発明である。詩人の名作の幾つもが「我が自伝」の内側に縒り合わされている。書かれた言葉が語られた言葉の内部を食い破ってぬうと顔を出す。我々はそのたび驚き呆れ深くしたたかに感じ入るしかない。

「おわりに——記憶の底のヒミツ」と題された、あとがき代わりの、すなわち「あと」に「書かれた」文章の最後には、こうある。「しかしこうして、〝書きつつ語る〟ことによって、初めて織りだされたらしい心が、たしかに存在していました。感謝を。（2016.3.2.）」。日付がある。書きつつ語り、語りつつ書かれた「我が自伝」の試みは、おそらく詩人自身にとっても、ある際立った新鮮さを湛えた書物に仕上がった。その新しき鮮やかさは、詩人の長年の愛読者、耽読者たちにとっても、あるいはまた、ここで詩人と初めて出会う者たち、これから出会う者たちにとっても、同様であるに違いない。なにしろこれは、新しい書なのだから。

ミステリーかどうかはどうでもいい

文芸

一條次郎『レプリカたちの夜』（新潮社、二〇一六／新潮文庫、二〇一八）

『レプリカたちの夜』を読んだのは、ある僥倖（ぎょうこう）による。

二〇一六年一月に単行本が出版されたこの小説は、第二回新潮ミステリー大賞受賞作であり、一條次郎のデビュー作だが、私は特に同賞をチェックしていたわけではなかったし、新人のミステリー作品を熱心に読むような習慣もなかった。ただ書店の棚で本作の単行本を見つけ、オビに記載されていた新潮ミステリー大賞の審査員のひとりでもあった伊坂幸太郎の言葉を読んで、強く興味を惹かれたのだ。

そこにはこう書かれてあった。「とにかくこの小説を世に出すべきだと思いました」。それから「ミステリーかどうか、そんなことはどうでもいいなあ、と感じるほど僕はこの作品を気に入っています」とも。私はとりわけ「ミステリーかどうか、そんなことはどうでもいい」というフレーズに「おおっ！」と思った。だってこれって「ミステリー大賞」の受賞作じゃん。てことは当然、応募作には気合いの入った「ミステリー」が多数寄せられていたはずで、なのにそれら並み居るちゃんとしてたり野心的だったりする「ミステリー」たちを押しのけて受賞を果たし、あまつさえあの伊坂幸太郎をして「ミステリーかどうかはどうでもいい」とまで言わしめたというのだから、これは読まないでいられようか。なにしろ私は「ミステリー」かどうかはどうでもよくなるような「ミステリー」が無類の大好物なのである。

そして読んでみたら、やっぱり大当たりだった。そして当時の私はTwitterでこう呟いた。「全くミステリーではない。ＳＦというかファンタジーというか、近年のアメリカ文学に多いアンリアルでストレンジな幻想日常小説にも近い。北野勇作と小山田浩子と初期安部公房を足して２・５くらいで割ったみたい。面白い」。このたび本作が文庫化されることになり、担当の編集の方がこの呟きを覚えていてくださって、こうして解説を仰せつかった次第。

だが今回再読してみて、以前の自分の「全くミステリーではない」というのは一寸(ちょっと)言い過ぎだったなとも思った。いやミステリーじゃないのだけれど(笑)、でも本作は「ミステリー」の最低限のお約束は一応守っている。冒頭に魅力的な謎が置かれ、失踪らしきものが起こり、殺人らしきものが起こり、巻き込まれた主人公がなんとかして真相に迫ろうとする。ちゃんとミステリーではないか。とはいえしかし、その冒頭の謎とは、次のようなものである。本作の一行目はこうだ。

シロクマを目撃したのは、夜中の十二時すぎだった。

素晴らしい書き出しである。伊坂氏のオビ文がなくても本屋でここを立ち読みしたらすぐさま買っていたかもしれない。シロクマを目撃したのは、動物たちの精巧なレプリカを生産している「株式会社トーヨー」の品質管理部に勤務する往本である。彼は最初、レプリカのシロクマだと思うのだが、どうも違う。だって動いている。しかも深夜である。一体どういうことだろう。翌日、往本は皆にシロクマを見たことを話すが、信じてもらえない。しかしやがて彼は工場長に呼び出され、シロクマがどうやらスパイであるらしいと聞かされて、秘密裡の調査を命じられる。それが彼のめくるめく悪夢のような冒険の始まりだった。

読む進んでいくうちに、この小説の世界が、われわれの世界とはどうやら違うらしい、それももしかしたら随分と違うらしい、ということがわかってくる。そもそも動物のレプリカ生産工場というのがおかしい。他の多くの動物と同じく、この世界ではシロクマは絶滅しており、だから本物のシロクマがいるわけはない。ということも後になってあっさりと覆されたりする。往本自身の記憶や認識もどうも怪しい。急に意識が飛んだり、身に覚えのない言動を他人から指摘されたりもする。しかし彼はなかば仕方なしに、頭髪が薄くて中年顔なのに何故か女性にモテまくっているらしい同僚の粒山や、見た目はキュートだが動物愛護のことになると異様にヒートアップするうみみずと共に、シロクマの謎、スパイ(?)の陰謀、そしてこの世界の秘密に迫ってゆくのだった……

と、ここまで書いてきて痛感したが、この小説はいわゆるあらすじ紹介がものすごくむつかしい。というかほとんど不可能である。それは読んで貰えればわかる。だからここからはストーリーとは別のことを書こう。私は作者の一條次郎と会ったこともなければどんな人かも知らない。だが本作がおそろしくさまざまな文化的な参照系に支えられていることは、読めばわかった。たとえば割とスッキリとした題名にもたぶん複数の含意が込められている。レプリカという語に私はまずふたつの作品を思い出した。ひとつはフィリップ・K・ディック原作、リドリー・スコット監督の映画『ブレードランナー』に出てくる人造人間レプリカントである。周知のように、これはディックの原作『アンドロイドは電気羊の夢を見るか?』には出て来ない、映画のオリジナル造語である。だが本作の世界観はむしろ極めてディック的だと言っていい。

こんな風にザックリ述べてしまうのはいささか気が引けるが、ディックの小説に通底しているのは、一言でいえば「この現実世界の不確かさ」である。本作の往本とうみみずのやりとりにも出てくるが、しかしそれはよくある「これって全部夢なんじゃないか」という疑念に回収されるものではない。もしそれだけのことだったら実は大した問題ではない。問題はむしろ「でもこれが夢じゃ

ミステリーかどうかはどうでもいい

なかったらどうしたらいいのか」ということの方なのだ。私はディックが繰り返し描いていたものも、この小説で一條次郎がどうにかしてにじり寄ろうとしているものも、このことだと思う。本作のキーワードのひとつは、途中に工場長からの手紙というかたちでかなりあからさまに出てくるが、「自我」である。「この現実世界の不確かさ」は「この私という自我の不確かさ」のことでもある。

そしてこの点は、レプリカから私が思い出した第二の作品とも繋がっている。それは先のTwitterでも書いた北野勇作の『かめくん』に出てくるレプリカメである。もちろんレプリカメはレプリカントを前提にしており、ここにはディック→北野という現代SFの重要な系譜が存在している。『かめくん』に限らず、北野SFの世界はどれもこれもあやふやでふらふらふわふわしている。それは小説のジャンル的条件付けによって、SFぽくもなれば幻想小説ぽくもなり、童話ぽくもなり、あるいはホラーぽくなったりもする。そしてこの『レプリカたちの夜』も、ふらふらふわふわとあやふやな語りが流れていくにつれて、ミステリーやSFのみならず、さまざまな小説ジャンルに変容してはまた次へと移ってゆくような感じがある。なんとなくうみみず以外の女性が出てくると俄(にわか)にコワくなるような気がする。どうしてなのかはわからないが。

現実・世界・自我、こんな簡単な言葉でわれわれが呼んでいるなにがしかは、こんな簡単な言葉で呼んでもみないといつまでもどこまでも曖昧にゆるゆると広がり出していってしまってキリがなく永遠に捉え切れないようなものである。そして、ある種の小説家は、それら厄介な何ごとかを相手取って何とかしようとする。ディックはそれをやった。北野勇作もそれをやっている。そして一條次郎がやろうとしているのも、間違いなくこのことだ。

私が本作を読みながら思い出した先行作品は、もちろん他にもある。たとえばこれもTwitterに書いたが安部公房。だがあらためて読んでみて「初期」と限定する必要はない、むしろ晩年の『カンガルー・ノート』なんかとも相通じるものがあると思った。不可思議で酷薄な世界に対して基本的に受け身であるしかなく、そして受け身であるがゆえに世界から更に罰されてしまうというあまりにも気の毒な人間のあり方は、安部公房が、またその影響源のひとつであるカフカが執拗に描いたものだが、この小説の往本もまた、次々と起こる不条理かつ不可解な出来事にパッシヴであり、その結果、現実もろとも、世界もろとも、自我もろとも崩壊する。

もうひとつだけ挙げておこう。本書の巻末には長い長い参考文献リストが置かれているが、そこでは『悪魔物語・運命の卵』が載せられているけれど、私は同じミハイル・ブルガーコフの『巨匠とマルガリータ』を思い出した。冒頭から畳み掛けるように謎めいた、というか謎そのものの事件が相次ぎ、それがどんどんエスカレートしてゆくあの驚異的な小説にも似たスピード感とダイナミズムを、本作には感じる。いつか一條次郎が『巨匠とマルガリータ』並みの超大作を書いてくれるのではないかと期待してしまう。

と、こう述べてくると、でも安部公房もブルガーコフもディックも昔の作家じゃん、などと思われてしまうかもしれない。もちろん『レプリカたちの夜』は、そんな偉大なる先達たちへのリスペクトを随所に感じさせつつも、れっきとした現代小説の最前線に位置する作品になっている。それは読めば一目瞭然だし、実にヴァラエティに富んだ参考文献リストからも窺い知れる。ハイブリッドでハイセンスな、紛れもない新しさを放つ作品である。だがその「新しさ」とは、いわば「レプリカたちの時代」の新しさなのだ。それはポストモダンと言い換えてもいいのかもしれない。つまり、もはや新しいものなどどこにもない、ということが当り前になってしまった時代における、逆説的だが瑞々しい、いわば生まれ直しのような「新しさ」なのである。

もうひとつ忘れてはならないのは、本作における音楽への目配せの絶妙さだ。頭の皿がレコードプレーヤーになっているカッパ（のレプリカ）が出てくるのだが、そこでスピンされるのは、ビーチボーイズやヴァン・ダイク・パークスやシェーンベルク。他にもさまざまな音楽や音楽家の名前が登場する。それらもまたハイセンスでハイブリッドだ。一條次郎は小説読みとしてだけでなく、音楽リスナーとしても相当に筋金入りの人物だと推察する。時々ついつい本筋を離れてマニアの蘊蓄ぽくなってしまったりするところも、かえって好ましい。

「ミステリー」であるかどうかはともかくも、本作は「小説」として無類の魅力を持っている。文体はデビュー作とは思えないほどこなれており、こんなにワケのわからない（笑）展開なのに、スイスイ読めてしまう。傑作である。一條次郎は、この作品だけでも本好きの記憶に残り続けたことだろう。だがその後、約二年半ぶりとなる第二長編『ざんねんなスパイ』が発表された。またしても冒頭の一行目が素晴らしい。「市長を暗殺しにこの街へやってきたのに、そのかれと友だちになってしまった……」。主人公は齢七三にして初の任務を命じられた老スパイである。本作を気に入った方なら、間違いなく面白いはずである。ミステリーでもスパイ小説でもないかもしれないが……。更にその後、短編集『動物たちのまーまー』も出た。この不思議な存在感を放つ小説家は、じわじわと歩を進めているようである。

ミステリーかどうかはどうでもいい

フィクションがヘコヒョンなら、リアルは何？

アート
カワイオカムラ『コロンボス』(二〇一二)

一九六四年生まれの自分にとって、七〇年代にテレビ放映されていた『刑事コロンボ』は懐かしい思い出である。私はあのドラマで「倒叙ミステリ」という言葉＝概念を知った。ピーター・フォーク扮するコロンボ警部は、冴えない風体としつこい言動がなんとも言えず格好悪いのだが、天才的な直観で事件の犯人を初見で見抜き、粘りに粘って彼もしくは彼女を追い詰め、最後には罪を認めさせる。倒叙ミステリとは犯人が最初から明示されているミステリのことで、『刑事コロンボ』の始まりは彼もしくは彼女が完全犯罪を企図して殺人を遂行する場面だった。だからテレビの前の視聴者はコロンボの捜査ぶりを安心して見守ることが出来る。ミステリといえば犯人当てだとばかり思ってたのに、こんなやり方もあるのかと少年の私はドキドキした。物語のいちばん肝心な部分がはじめから思いきりネタバレしてるのに、どうしてこんなに面白いんだろう。やや大袈裟に言えば、『コロンボ』から私は「思ってもみなかったフィクションのかたち」を教わったのだった。

カワイオカムラはふたりとも一九六八年生まれだそうだから、私と似た記憶を持っているのかもしれない。もちろん『コロンボス』（二〇一二）の話だが、私はこの作品を初めて観た時、いたく興奮した。何故ならそこには「思ってもみなかったフィクションのかたち」があったからである。誰が見ても元ネタは『コロンボ』だとわかるし（『コロンボ』を知っていれば、ではあるが）、むつかしいことは特にやっていない。にもかかわらず、この作品には妙にむやみとときほぐしがたいところがある。何度観てもよくわからない。そのわからなさが刺激的なのだ。だからもう何度も観てしまっているのだが、いまだにときほぐせていない。おそらくそれはそもそもときほぐせなどしないように造られている。いや、もしかしたらカワイオカムラ自身にとっては明解なのかもしれない。だが、われわれ観客にとっては、なんとも不可解で不可思議な内容になっている。そして『コロンボス』の魅力は、間違いなくその点にある。

十字に分けられた四つの部屋＝空間。だが四部屋は同じ時空間に属しているのではない。そのことは、各部屋に同じ人物たちが配されていることからも明らかだ。男が二発の銃弾で射殺される。別の部屋では、コロンボの前でその死体が浮かび上がり、空中へと上昇していく。先の部屋では時間が巻き戻り、殺人の瞬間がリピートされる。画面一番奥の部屋では、赤い服の女が鏡台に向かっ

フィクションがヘコヒョンなら、リアルは何？

ている。女はふたりの紳士と共に他の部屋にも居て、殺人を目撃している。だが最初の場面、手前の部屋で床に横たわっていたのは彼女だった。女の死体(?)を検分していたのは、ふたりのコロンボである……いったい何が起こった/起こっているのか、事件の成り立ちからしてまさにときほぐしがたい。更に、帽子に水玉のスーツ、ステッキを持った男の存在が、謎めいたムードに拍車を掛けている(この男が醸し出す雰囲気は、デヴィッド・リンチ的な怪しさを感じさせる)。

『コロンボス』は、二〇〇八年発表の『Fade out to murder』の拡張完全版。『コロンボス』にも副題として残されている「Fade out to murder」とは『刑事コロンボ』の第三八話「ルーサン警部の犯罪(Fade in to Murder)」のもじりである。シリーズとしては中期以降の作品であり、私は観たはずだがすっかり忘れていた。この機会に観直してみたのだが、『スタートレック』のカーク船長として知られるウィリアム・シャトナーがゲスト(=犯人)で、人気テレビドラマ『ルーサン警部』の主演俳優である彼がギャラを搾取していた女性プロデューサーを殺害する、という物語。ルーサン警部vs.コロンボ警部という構図が面白いが、ストーリーも個々の場面も『コロンボス』との直接の関連を(私には)見つけられなかった。もしかしたらカワイオカムラは内容よりも『Fade in to Murder』というタイトルに惹かれたのかもしれない。『Fade out to murder』は美術館でのループ上映を前提とする六分四〇秒の作品だったが、『コロンボス』は九分一五秒の完結した短編映像作品となっている。二作を見較べてみると、『Fade out to murder』から『コロンボス』への変化は、主として「語り

＝叙述」のレベルで為されていることがわかる。つまり物語の筋的なときほぐしがたさが『コロンボス』ではいや増している。

先にも述べたように『刑事コロンボ』は「倒叙ミステリ」の金字塔とされている。「倒叙」とは「倒立」した「叙述」ということであり、通常とは逆の「語り」の向きを採用しているという意味である。「倒叙ミステリ」の場合、捜査する側ではなく犯人の側から語るということだが、本来はそうした「視点」だけではなく、たとえばクリストファー・ノーラン監督の映画『メメント』のような、時間的な順序を逆行する「語り」のことも指す。では『コロンボス』は「倒叙」になっているのかというと、二重の意味で、そうはなっていない。

まず、射殺の瞬間はスローモーションでリバース＆リピートされるのに、撃った何者かの姿は映っていない。この作品には「犯人」が登場しない。従って「犯人の側から語る」ことにはなっていない。そして時間的な前後関係も、順行でも逆行でもなく、出来事を構成する幾つかのシークエンスが随所でクロスフェードしたりもしつつ並存している、という風なのである。そこには物語を論理的に理解する因果関係を成立させるための要素が決定的に不足している。つまり『コロンボス』は「倒叙ミステリ」ではない。敢えて言うなら「壊叙」すなわち「壊れた叙述」による「反ミステリ」だろうか。本物の『コロンボ』には絶対に出てこないだろう空中浮遊のシーンに顕著だが、ここにはやはりD・リンチ的な疑似オカルト的な志向が窺える。ここには「謎」だけがあって「解決」は永遠に宙吊りにされている。

「思ってもみなかったフィクションのかたち」と私が思ったのは、この点にかかわっている。重要なことは、かといって『コロンボス』は、思わせぶりや虚仮威しでミスティフィケーションを目論む、よくあるタイプの謎めかした「フィクション」とは完全に一線を画しているということである。そこにあるのは「正解を巧妙に隠したフィクション」でもなければ「失敗したフィクション」でもなく、かといって「空っぽのフィクション」でもない。では、それは何なのか。そもそも呼び名が違っているのである。そう、それは「フィクション」ではない。「ヘコヒョン」なのだ。

「ヘコヒョン」とは、言うまでもなくカワイオカムラの一連の映像作品に繰り返し登場する最重要キーワードである。タイトルに冠された作品としては、『ヘコヒョン・ドリル』(二〇〇二)、『ヘコヒョン7』(二〇〇四)、『ヘコヒョン・ナイン』(二〇〇六〜二〇〇九)等がある。ヘコヒョンは「FICFYON」であり、フィクション=「FICTION」の変形である(なんとなくではあるがフィクション→ヘクション→ヘコション→ヘコヒョンという流れが思い浮かぶ)。ならばヘコヒョンはフィクションと、どこがどう違うのか?

『四角いジャンル[二〇〇二年再編集版]』には、次のようなナレーションが流れる。

すべての物語は、後から出来上がる。ヘコヒョンにおいても然り。

視線そのものは快楽を求め続け、見たものすべてを肯定する。
そして見た後で、それは心の中に物語を浮かび上がらせる。

これは『コロンボス』がやっていることを、あらかじめ見事に説明している。「物語」とは実のところ、常に事後的に、遡及的に見出されるものである。あれはどんな話だったのか、という問いと把握と理解は、すべてが語り終えられた後になってから訪れる。あらゆる「物語」が有しているこの原理、この宿命を、もっとも純粋に表したジャンルこそ「ミステリ」に他ならず、そして「倒叙ミステリ」とは、その方向を倒立／逆転させることによって、ミステリと呼ばれるフィクションの可能性を押し広げるものだった。

だが、このことが「すべての物語」について言えることであるのなら、ヘコヒョンをフィクションから違える要素とは言えないのではないか。しかし、このような原理、宿命を、いまや大方のフィクションは忘れてしまっている、或いは忘れたことにしてしまっている。だからこそ、フィクションの、「物語」の本来のありようを、あらためて見つけ出して差し出すためには、違う名前が必要なのだ。それがヘコヒョンという何とも脱力させる語であったところがカワイオカムラのチャーミングさであるわけだが、しかしヘコヒョンの射程は存外に広く深い。

『ヘコヒョン・ドリル』で語られ、その後の作品でも何度か「引用」されているナレーションにおいて、カワイオカムラは彼らなりの「本音」を語っていると私には思える。

人間の心の中にある非現実こそがリアル。

人間の現実をどうしようもなく反映してしまう幻想という名のリアル。

リアルを現実の中に存在させる。

と、次の瞬間にそれは消え失せ、最後は観客の心の中にまた非現実としてもぐり込む。その結果、「実」の持つ予測不可能な動きと厚みは「虚」に非凡さと巨大な物語を与え、そんな「虚」の持つマグマが「実」の足もとを揺り動かし、変動させつづける。

こうして文字として引き写してみると、思いのほかシリアスに響くが（実際にはそれは大真面目であるがゆえに不真面目とも思える口調で語られる）、これと先の「物語」論を突き合わせてみれば、カワイオカムラが「ヘコヒョン」に込めている思考の何たるかが多少ともわかりやすくなるだろう。現実と非現実、実と虚、リアルとフィクション／ヘコヒョン。両者はぐるぐると廻転していて、片方が片方に燃料を与え、片方が片方のエンジンとなり、片方が原因ならもう片方が結果となり、その逆もまた然り、永久運動装置のように果てもなくフィードバックを続ける。「ヘコヒョン」シリーズは、初期の一発ネタ的短編オムニバス形式から、茨城県取手市の現「実」の風景をサンプリングして再構成し、「ヘコヒョン」ではお馴染みのおじさん人形（『コロンボス』で射殺されるのも彼だ）を配置した、緩慢な「虚」構の時間が流れる〝記憶のランドスケープ〟である『ヘコヒョン・ナイン［二〇〇九年再編集版］』へと長い時間を掛けて進化してきたが、『コロンボス』は、カワイオカムラの「ヘコヒョン理論」のひとつの到達点であり、と同時に新展開の先駆けでもあったということになるのではあるまいか。

何よりも肝要なのは「「虚」の持つマグマが「実」の足もとを揺り動かし、変動させつづける」ということである。それは遠い昔に少年の私が『刑事コロンボ』から感じたドキドキの延長線上にあり、そのヘコヒョン＝「思ってもみなかったフィクションのかたち」の追究にとっては、カワイオカムラが造っているものが「アート」なのか何なのか、ということなど、もはやほとんどどうでもいい問題だと私には思える。

視線の幽霊

アート

長沢秀之『未来の幽霊─長沢秀之展─』(武蔵野美術大学 美術館・図書館、二〇一七)

長沢秀之の絵画には、何体もの幽霊が写っている。

それは一種の、いや、幾つもの意味合いにおいて、心霊写真である。

だがしかし、絵画が写真であるとは、いったいどういうことなのか。そして、そこに霊が写っているとは、如何なることなのか。

紛れもなく「絵画」でしかないものが、同時に文字通りの意味で「写真」でもあるということ。

しかも、そこに写っているのが、正真正銘の「幽霊」なのだということ。

だがこれらのことへの説明は、必ずしも容易ではないし、一通りではない。順を追って考える必要がある。

最新作に至る長沢の近作群は、おおよそ次のような制作プロセスを経て描かれている。まず一枚の写真、それもいわゆる記念写真や肖像写真を用意し、その全体もしくは部分をドローイングで精確に模写する。題材／素材となる写真は、長沢個人の家族や係累に属するものもあれば、何らかのきっかけや理由で画家が強い関心を抱いた事象、出来事に関連した写真が、しかるべき手続きを経た上で使用されている場合もある。ドローイングは、それ自体、一個の作品となることもある。続いて、その像を画布に移す／写す。この時点で元の写真イメージは数倍に拡大される。この後、その上から、多数の色彩のドットを点描のように載せていく。それらは一見、生々しい筆触を留めており、形状も大きさも一定ではないが、ひとつの目安として、元の写真イメージに写っている人物の目の大きさに揃えているのだという。或る程度まで描いたら、画布を九〇度廻転させ、また作業を続ける。そしてまた九〇度廻転させて描き、また九〇度廻転させて描き、九〇度廻転させて正しい天地に戻る。これを何度か繰り返していくうちに、画面には無数のドットがちりばめられ、その下の写真イメージは覆い隠されてゆく。だが完全に見えなくなってしまうわけではない。それはちゃんと見えている。それは「写真」であった自らの過去の記憶を忘れ去ってはいない。

こうして完成した絵は、抽象画と肖像画の奇妙な二重性を身に纏うことになる。その大きな特徴は、観者と画布の距離によって見えるものが変わるということである。絵の正面に立って、適度な距離を取って見ると、それはそれが実際にそうであるところの、人物を描いた（この時点で、それがもともとは「写真」であったことは判然としなくなっている）上に色とりどりの点を振り撒いた絵に見える。だが、そこから画面に近づいてゆくと、ドットたちが俄に立ち上がってきて、人物画としての側面は後退し、抽象画の様相が前面に出てくる。だが更に接近してディテールに注目してみれば、ここは目、ここは口、ここは指先と、確かにそこには人物が描かれていることが確認出来る。ほとんど同じ大きさであっても、「目」と「ドット」の違いは明白である。では逆に絵から遠ざかっていくと、今度はドットたちが視界の中で溶け合って、画面の奥に沈んでゆき、代わって人物像がくっきりと浮かび上がってくる。かなりの距離を取って見ると、そこにあるのはほとんど色のついた人物画のように思える。つまり画布を前にして、それを見る者がトラックアップとトラックバックを繰り返すことによって、同じ一枚の絵が、かなり違ったイメージに見えてくるのである。

　このことは、いわゆるトロンプ・ルイユ、騙し絵と呼ばれるもの、図と地の反転を利用した錯視の絵画とも近いように思われるかもしれないが、実際の印象はそれとはまったくと言っていいほど異なる。確実に言えることは、長沢がこのような特異と言ってよい制作プロセスに辿り着くにあたって、観者を図と地のダブルバインドに誘い込もうというような騙しの意図は微塵も持っていなかっただろうということである。ここに潜在している作品生成のロジックは、そういうこととはまるで違う。では、それは何だというのか？　そこで「心霊写真」が登場する。

心霊写真とは何か？　それはもちろん、霊が写っている写真のことである。ところで、よく考えてみるといささか奇妙にも思えるのは、しかしそれらは、歴然と、あからさまに、ありありと霊が確認出来る写真ではない場合が多いということである。それはしばしば、実際には「霊らしき何かが写っているように見える写真」のことなのである。心霊写真がブームになったのは一九七〇年代のことだが、その背景には、写真カメラとフィルム現像が、より安く軽く使いやすくなって一般に普及したということがある。折々の機会に、あるいは特に機会的なものがなくてもひとびとはお互いに写真を撮り合うようになり、その結果、大量の記念写真や集合写真、人物写真が世に溢れかえるようになった。

そしてその中には、なんだかよくわからないモノが写り込んでいる場合があったということである。興味深いのは、このような「ほら、ここに何者かの手が写っている」とか「よく見ると女の顔に見える」などといった如何にも心霊写真的な心霊写真は、かなり日本的と言ってよいものだということである。もちろん海外にも心霊写真に相当するものはあるが、それらは「霊が撮れ（てしまっ）た写真」であるよりも、最初から「霊を撮った写真」であることが多く、つまりアクシデンタルな写真ではなく確信（犯）的な写真なのである（がゆえに見るからに信じ難いものが大半なのだが）。

すでに述べたように、長沢が使用するのは記念写真や肖像写真の類いが多い。だが、それが「心霊写真」であるというのは、特殊日本的な意味での、すなわち見方、見様によって霊（のような何か）

と考え得る像がそこに見出せる、ということでもなければ、海の向こうの「はい、これが霊です」的な証拠写真でもない。そうではなく、長沢は「記念写真」、「肖像写真」ということそのものを、もっと言うなら「写真」が「写真」であるということそれ自体を「心霊写真」と呼んでみせるのである。つまり、そこに立ったり座ったりしてカメラに向かってポーズを取っている被写体自体が「幽霊」ということなのだ。

もちろんそれは、それらの被写体がすでに死者であるという意味ではない。その中には、すでに亡くなっている者もいれば、生死の確認が出来ない者もいるだろうが、いまだこの世に生きているはずの者が写真に写っていることもあり得る。だが、そうした区別を越えて、長沢は、写真に写された存在はおしなべて幽霊なのだ、とするのである。あるいはこう言い換えてもいい。ひとは、写真に写された瞬間に、幽霊になるのだ。つまり人物写真とは、実はすべてが心霊写真なのである。

昔、写真というものがまだ珍しかった頃、ひとびとはカメラに写されると魂を抜かれると噂し怖れたという。実体から抜かれた魂は写真に定着されたその者の像に宿る、というわけである。それは写真黎明期であるがゆえの迷信に過ぎないが、そのような感覚が迷信とわかっていてもどこかで完全には振り捨てられないのは、そこにある時ある瞬間のその人が写っており、そしてその時その瞬間のその人は二度と再現されることがない、と誰もがわかっているからである。写真とは端的に瞬間を固定するテクノロジーである。カメラのレンズが向けられたのが生きた誰かであった場合、その瞬間に凍結された彼なり彼女なりは、撮られた直後から変異の過程に引き戻され、その瞬間に二度と回帰することはないし、そうすることは絶対に出来ない。こう言ってもいい。写真が定着する瞬間は実際にはどこにも存在していない。現実の世界の時間はひたすら切れ目なしに持続しているのであって、そこに無理矢理、不可能な切断を施すのが「写真」というものなのだ、と。

写真に写っているのは、常にすでに、いつかのその人、であり、そうでしかない。それが何年の何月何日何時何分何秒であるかがわかっていなかったとしても、それが絶対的な過去の内にあることだけは疑いを容れない。そして過去とは、もはや失われた時間のことである。当たり前だと思われるだろうが、この当たり前さに「写真」は介入してみせる。ある意味で、そこに捉えられているのは、シャッターが押されるまでは、どこにも存在していなかった瞬間＝時間である。誰も「写真」のように、世界を、他者を、自己を見てはいないし、そうすることは出来ない。写真に撮られることで初めて存在し始める過去。存在しなかったものを存在させること。失われていたはずのものをそこに刻み付けること。このような意味で、あらゆる「写真」は絶対的な過去、すなわち死んだ時間と空間、幽霊たちの時空間の証拠なのであって、つまり「心霊写真」なのである。

周知のように、ロラン・バルトは、その晩年の写真論『明るい部屋』(一九八〇)において、「写真」の本質を「それは＝かつて＝あった(ça-a-été)」という文で定式化した。だが、問題はもちろん、その「かつて」が「写真」においては、瞬間に、静止像に固定されるということである。そして、長時間露光のような例外を除き、基本的にその瞬間はカメラのシャッターが降りる瞬間のことである。つまり「それは＝かつて＝あった」という「写真」の本質は、その一瞬が「写真」という人工的な技術によって生け捕られた、いや、写真像への固定によって存在させられた、ということと繫がっている。そして、そのようにして得られた一枚の写真は、そこに、二度と戻ることの出来ない時間の痕跡と同時に、述べてきたようにそもそも存在してさえいなかった奇跡と呼ぶしかない瞬間を留めている。あらゆる写真がそうなのだが、このことに気づいている者と気づいていない者、このことを気に懸ける者とそうでない者がいるのだ。そして長沢秀之は、間違いなくこのことを、この真理を足掛かりにしている。すなわち「写真」とは、この世界の、そしてそこに棲む存在の幽霊なのである。われわれは心霊写真しか撮ることが出来ないのだ。

　しかし長沢は写真家ではない。彼は画家である。であるがゆえに、彼は絵の出発点となる一葉の写真を、まずは丁寧に描画へと変換する。たとえば写真それ自体を転写して、その上にドットを描いてゆくこともアイデアとしては可能であるわけだが、長沢はそれはしない。彼は「写真」をそのまま利用しようとはしない。しかしそれは、彼が写真家でなく画家であるから、だけが理由ではおそらくない。ここにはやはり「瞬間」の、つまり「幽霊」の問題がかかわっている。だが、ひとまず先に進もう。制作プロセスの最後の段階は、先に述べたようにドットの撒布である。長沢は、その作業におよそ二週間ほどを費やすという。私にはそれが長いのか短いのかはわからないが、ただひとつ確実に言えることは、画家にとって、そのために必要な時間が、何らかの仕方で元の写真が定着された瞬間と等価であるということである。つまり長沢は、写真イメージはこの世界に生まれ落ちた瞬間、実のところはこの世界のどこにも存在してなどいなかった瞬間ならざる瞬間を、二週間に引き延ばすという作業をやっているのだ。

こうして完成した一枚の絵画は、もはや写真ではない。そこには長沢の筆によって描かれたイメージしかない。だがそこには、それがかつて写真であった時の記憶が残存している。裏返せば、それはある意味で今なお絵ではなく写真なのだ。その絵には写真が描かれている。このプロセスは、元の写真とドローイングと完成した絵を並べてみれば、たちどころに了解されるだろう。では、あらためて問うてみよう。長沢秀之は、いったいどうして、このようなことをするのだろうか？　この不可思議で不可解でさえある作業には、そうして出来上がった絵画には、果たしてどんな意味があるのか？　彼の「未来の幽霊」連作とは、いったい何なのか？

ここでは私なりのふたつの考えを提示しておこう。ひとつ目は、すでに論じてきたように、瞬間と時間にかかわっている。一言でいうならば、長沢は写真機のシャッターが押された瞬間を、自らの絵筆によって時間的に引き延ばししながら反復する、ということをやっている。それは、その像がこの世に誕生したメカニズムを、逆向きに再生するということでもある。いつか誰かが、誰かに、誰かたちに向けて、カメラのレンズを向け、シャッターを押した。何人かが並んで、カメラマンに向かって微笑んだり神妙な顔をしたりしていると、シャッター音がその場に響き、魂が抜かれることのないまま、一枚の写真が誕生した。この瞬間とは、繰り返すが本来はどこにもなかったのであって、ただカメラによって存在させられただけであり、その証拠が当のその写真なのである。

長沢はその、いうなれば「瞬間の幽霊」を、固定から解き放ち、持続し変化し続ける時間の相へと、「現在」という「過去」以上にわけのわからない何かの内へと、投げ入れてみせる。それが彼にとっては写真をドローイングに移し/写し取るという作業であり、ドットの撒布という行為なのである。そこには常に、ある具体的な時間の経過が要請される。それは長沢が必ずしも自分で体験したわけではない、そこに描かれているイメージがこの世界に誕生した原初の瞬間、不可能な瞬間、奇跡の瞬間へと立ち帰ることであり、そしてまたその瞬間を、いわば長時間露光のように引き延ばしてゆくことでもある。

この「引き延ばし」は、時間的なことに留まらない。作品の元になっている写真は或る程度以上古いものが多く、従ってそれらはモノクロである。ドローイングも、画布への転写も、モノクロームで描かれている。だがドットには色彩があり、作品によってはかなりカラフルに見えるものもある。それはあたかも、モノクロ写真を拡大、すなわち引き延ばしていくと次第に粒子が露わになっていき、印画紙の具合や光の加減などによって、色のようなものがほの見えてくるのに似ている。また、それと共に、その写真が撮られた現実そのものには間違いなく色が付いていたのだから、長沢は資料や証言、そして自らの想像力を駆使して、モノクロ写真からさまざまな色を見出してゆくということもあるだろう。一枚の作品を仕上げるために掛けられる時間とは、彼がそのようなことを考える時間でもあるわけである。それはシャッターが降りたその瞬間を画家が脳内で仮想し夢想し想像する時間に他ならない。そしてそのような時間が、今度は絵画という静止した像に畳み込まれることになるのである。

もうひとつは、視線の問題である。カメラとはテクノロジーだが、同時にそれは「視線」でもある。記念写真や集合写真、人物写真の特徴は、そこに写っている人々が全員こちらを見ているということである。長沢は私との会話の折、このことが極めて重要なのだと話していた。カメラが誰かを見ている。その誰かがカメラを見ている。たとえシャッターが押された瞬間に、カメラのこちら側に誰もいなかったとしても、それでもカメラの向こう側にいる誰某は、まるでカメラのこちら側に今まさに誰かがいるかのように、そこに視線を向けてみせる、つまりそこには視線の交錯が起こっている。つまり彼ら彼女らは、とにかくこちらを見ている。その写真を見ると、彼ら彼女らと目が合ってしまうのだ。そしてそれは写っているのが自分自身でも同じことだと長沢は語っていた。自分が自分と見つめ合う場合が二種類ある。言うまでもなく、ひとつは鏡で、ひとつは写真である。前者は現在形の出来事だが、後者には必ず時間差がある。自分の幽霊と視線を交わすこと。

写真の中でこちらを見ている人々は、カメラと見つめ合っており、カメラのこちら側にいる誰かと見つめ合っており、そしてその写真を見る者と見つめ合っている。長沢はその視線の交錯の連鎖を残したまま、その像を「写真」から「絵画」に変換してしまう。その作業をしている或る長さの時間、画家もまたそこに写った彼ら彼女らと見つめ合い続ける。そして絵が完成する。数多のドットの隙間から、幽霊たちがこちらを見ている。私たちは、ただその絵を見るだけで、どうしても彼ら彼女らと目が合ってしまう。それは不気味な体験であり、と同時に魅惑的な体験でもある。それはついうっかり「心霊写真」を見てしまった時に、私たちが感じる恐ろしさと、それとまったく矛盾しない或る奇妙な懐かしさにも似ている。

こう考えてみた時に、長沢秀之の絵画に写っているものは、このような何重にも交錯し連鎖する「視線」の「幽霊」なのではないかと思われてくる。画家の目と手と筆によって引き延ばされた瞬間の向こう側から、視線の幽霊たちが、こちらを静かにじっと見つめ、不動の姿のまま、手招きをしている。それは私たちが、誰かを、何かを見る、ということ、そして「写真」と「絵画」という表現手段としての違いを越えて、そのことそれ自体を如何にして描けるのか、という、極めて原理的な問題へと思考を促してくれる。それは「表象」の問題であり、また「芸術」の問題なのだが、もっと素朴に言えば、われわれの「世界」と「生」の問題なのである。

私たちは皆、未来の幽霊である。それは誰もが生きて死ぬという誰もがよくわかっているだろう常識とは別の意味で、そうなのだ。長沢秀之の「幽霊たち」は、そのことを教えてくれる。

第六章

批評の反射神経

朝井リョウ『桐島、部活やめるってよ』／角田光代『八日目の蝉』／伊坂幸太郎『PK』／村上春樹『色彩を持たない多崎つくると、彼の巡礼の年』／阿部和重・伊坂幸太郎『キャプテンサンダーボルト』／ミシェル・ウエルベック『地図と領土』／山下澄人『ギッちょん』／J・M・クッツェー『サマータイム、青年時代、少年時代：辺境からの三つの〈自伝〉』／ローラン・ビネ『HHhH：プラハ、1942年』／ロベルト・ボラーニョ『売女の人殺し：ボラーニョ・コレクション』／山下澄人『ルンタ』／森達也『「自分の子どもが殺されても同じことが言えるのか」と叫ぶ人に訊きたい：正義という共同幻想がもたらす本当の危機』／栗原裕一郎・豊崎由美『石原慎太郎を読んでみた』／石原慎太郎『やや暴力的に』／千葉雅也『動きすぎてはいけない：ジル・ドゥルーズと生成変化の哲学』／多和田葉子『献灯使』／大江健三郎『晩年様式集（イン・レイト・スタイル）』／大澤聡『批評メディア論：戦前期日本の論壇と文壇』／保坂和志『朝露通信』

かなり昔のことだが、私は大学の講義で、いきなりハードでハーシュなノイズ・ミュージックを聴かせて、そのまま短い感想文／レビューを書かせるという試みを何度かやってみたことがある。とても面白かった。批評にはゆっくりじっくり考えることも必要だが、反射神経も大事である。ゆっくりじっくり考えるためにこそ反射神経が必要なのだ、と言ってしまってもいい。いきなり何かに遭遇させられた時に、すぐさま何かを思い立つ／考え出すこと、のみならず、思ったことや考えたことを、指定された文字量を使って他者＝読者に了解可能にすること。私はかつては膨大な音楽レビューや映画評を、近年は相当な数の書評を書いてきたが、それらは基本的に反射神経の賜物だと思っている。やや誤解を招く言い方をしてしまうと、私はそれらを書く際、考えてさえいない。考えるよりも前にすでに書き出している。書き終えたあとに自分が考えたことを知る。

この章はいわばボーナストラック集である。朝日新聞の書評委員を務めた期間と、それ以前にやはり朝日新聞でやっていた「売れてる本」というコーナーから、出来が良いと思えた書評をセレクトした。私は書評を書く時、ともかく「読む気にさせる」ことを第一に考えている。それから新聞という媒体の性質上、私が誰かを知らずにたまたま読んだ人にも訴求力があるものを書きたいと思っている。新聞書評には「あの誰某さんはこう読んだ」という書評者の知名度に頼ったものが多いが、私は自分のことをよくわかっているので、そうはしなかった。

朝井リョウ『桐島、部活やめるってよ』（集英社、二〇一〇）

一言でいえば「ダサい文化系がイケてる体育会に勝利（?）する話」である。ネタバレ？　大丈夫。もちろんこれだけの内容ではないし、このことを知っていても今から読むのに何ら支障はない。

現役大学生が初めて書いた青春小説、描かれるのは田舎の高校の日常、それも「部活」にフォーカスが絞られている。高校生の男女五人が一章ごとに語り手となって、エピソードを断続的に進行させせつつ、次第に互いの関係や、これまでにあったことがわかってくるという仕掛けは、なかなかに巧みだ。バレーボール部のキャプテンだった「桐島」が突然部活をやめたという小さな「事件」が出発点だが、最後まで「桐島」は登場せず、物語もそこには収斂しない。バレー部、野球部、ブラスバンド部、ソフトボール部、バドミントン部、そして映画部。クラスメイトだったり恋人同士だったりする彼と彼女たちが、高校生活の核心ともいうべき部活動へのこだわりや屈託を各々に語りながら、いま自分がその只中にある「青春」と呼ばれる季節の優しさと厳しさに、ふと思い至る、そのなにげなくもかけがえのない貴重な瞬間を、これがデビュー作である朝井リョウは、鮮やかな筆致で摑まえている。

青春小説というジャンルは、作者自身の青春時代と、どのくらい隔たった時点で書かれているかによって、そのあり方が当然異なる。本書の成功は、朝井リョウが、ほんの数年前は高校生だったという事実によって導き出されたものだ。ノスタルジーとはまだ呼べない、けれども確実に、もう二度と戻ることの適わない「あの頃」。

ところで、本書では高校生活が容姿やセンスで人間を選別するという残酷な原理が描かれている。著者近影を見ると朝井君は爽やかな好青年、大学ではストリートダンスのサークルに入っているそうだが、では彼はこの小説の中では、本当は「誰」だったのだろうか？

角田光代『八日目の蟬』（中央公論新社、二〇〇七）

角田光代のベストセラー長篇である。単行本が出たのは二〇〇七年三月で、TVドラマ化と映画化というタイミングに合わせた文庫化によって、ふたたび大きな話題となっている。実際のところ、この作品は角田光代という小説家の巧さと凄みを最も鮮烈に伝える、傑作中の傑作である。

不倫相手の家に侵入して赤児を連れ去り、逃亡生活を続けながら育てる希和子、彼女によって薫と名付けられ、血の繋がらない母親との三年半に及ぶ生活の後で、本当の両親の元に戻された少女恵理菜。小説の前半では、希和子と薫が遍歴の末に「エンジェルホーム」という謎めいた団体の施設で暮らした過去が物語られ、後半はそれから一七年後、大学生になった恵理菜の現在が描かれる。

大胆な二部構成によって作者があぶり出すのは、母性と呼ばれるものの矛盾に満ちた本質である。かつて薫だった恵理菜は、希和子との思い出を忘れようとしていたのだが、過去の方が向こうからやってくる。そしてそればかりか、自らの未来にも、希和子が犯したのと同じ出来事がほの見えてきさえするのだ。恵理菜の苦悩と葛藤は、まるで七日しか生きられないはずの蟬が八日目を生きているような、そこはかとない、だが底知れない喪失感の中で、何処に行き着くのか？

サスペンスフルでドラマチックな展開は、フィクションの醍醐味をとことん味わわせてくれるが、この小説がやろうとしていることは、けっして単純ではない。母であるということ、女であるということ、生みの親と育ての親、数多の小説において何度となく取り上げられてきたテーマが、驚くべき強度で俎上にあげられているとともに、そこで問われている「母＝女」という主題を、わかりやすいメッセージへと安易に収束させようとはしない、作者の真摯さと覚悟が、まざまざと伝わってくる。

伊坂幸太郎『ＰＫ』（講談社、二〇一二）

伊坂幸太郎の小説のテーマのひとつは、勇気である。登場人物が、物語のある局面で、勇気を試される。しかも多くの場合、それは自ら進んでというよりも、否応無しに、というか、本人の意志とは違った、もっと大がかりな成り行きによって、お前はここで勇気を出せるのかと問われるのだ。中編小説三つで構成された『ＰＫ』も、そんな作品である。

最初の「ＰＫ」は、文字通りサッカーのＰＫ戦のことである。二〇〇二年のワールドカップ最終予選で、それまで試合中ずっと不振だったエースは、どうしてPKのゴールを決めることができたのか？　この「謎」をめぐってストーリーは進んでゆく。一〇年後、ひとりの大臣が、この「謎」の解明を秘書官に命じる。彼は現在、ある証言をすることを党から迫られている。それと「謎」は、どう関係しているのか？　そして、ひとりの小説家が、謎の男から突然、原稿の膨大な改稿を迫られる。最初はどのように繋がっているのか判然としないエピソードが、パズルのように組み合わさってゆくのは、伊坂小説の醍醐味である。

続く「超人」には、予知能力を持った青年が登場する。彼には身勝手な理由で殺人を犯すことになる人物が事前にわかる。そこで彼は事件を未然に防ぐため、未来の犯人を抹殺する……。

最後の「密使」には、他人と握手するたびごとに、たった六秒間だけだが時間を止める能力が蓄えられる、という能力が出てくる。

このように、本作は一話ごとに超常現象的な要素を強めてゆき、最終的には一種のSFになる。だが、三つの物語が重ね合わせられてゆくにつれて、われわれは、ここで問われているのが、またもや「勇気」であることを知るのだ。登場人物たちと一緒に、読者も試されているのである。

村上春樹『色彩を持たない多崎つくると、彼の巡礼の年』（文藝春秋、二〇一三）

発売当日まで他の一切が伏せられていたので、このいささか奇妙な題名は、巷でさまざまな臆測を呼んでいた。だが、謎めいたタイトルは、この小説の内容をきわめて端的に表していたのだった。

多崎つくるは三六歳、独身。少年の頃からの駅好きが嵩じて鉄道会社の駅舎の設計管理部門に勤めている。名古屋で高校に通っていた頃、彼には男女ふたりずつの、親友と呼べる仲間たちがいた。五人は、それぞれタイプはまったく異なっていたが、むしろそれゆえに、まるで正五角形のように完璧な親密さを形成した。つくる以外の四人は、姓に色が入っていた。あだ名は「アカ」「アオ」「シロ」「クロ」。つくるだけ色彩を持っていなかった。そして彼だけが東京の大学に進学した。二〇歳を前に帰省した際、つくるは突然、四人から一方的に絶縁を宣告される。理由はまったく思い当たらなかった。彼は死を強く望むほどのショックを受け、現実世界に戻ってきた時には、ほとんど別の人間と言ってもいいくらいの変貌を遂げていた。

それ以来、一六年間、彼はかつての親友たちと一度も再会していない。だが彼は、仕事の関係で知り合った、二歳年上の魅力的な女性、沙羅から、遠い昔の、五人組からの追放の真相を、今こそ確かめるべきだと言われる。こうして、多崎つくるの「巡礼」の旅が始まる。

つくるは自分を空っぽの容器のように感じている。自分には「色彩」がないと。だが彼の名前には代わりに「多」の一字がある。空であるということは、多くのものを入れられるということだ。だがそれは良いものばかりとは限らない。「巡礼」は、思いがけぬことに、最終的にフィンランドの片田舎へと、つくるを向かわせる。懐かしい四人の友だちの、一六年前の秘密と、一六年の間に起こっていた変化と、一六年後である現在の姿が、いっぺんに彼に訪れる。痛ましさと優しさに彩られた真実と、それでも解かれることのない、おそらくは解かれるべきでもない謎が、幾つも浮かび上がってくる。

ふと思い立ち、最初の数行を書きつけ、先の展開は何もわからないまま書き継いでいったと、村上春樹はインタビューで語っている。だが、それでもやはり、この小説は、始まりから終わりに向かって、大きな渦を描きながら収斂してゆくように見える。「記憶を隠すことはできても、歴史を変えることはできない」。沙羅はつくるにこう言う。そう、過去はどこかに存在し続けている。だからいつかは必ず、勇気を出して、それに向かい合わなくてはならない。たとえそれが悲嘆と絶望、解けない謎に満ちていたとしても、そうしなくてはならないのだ。村上春樹は、おそらくそう言っている。

阿部和重・伊坂幸太郎『キャプテンサンダーボルト』（文藝春秋、二〇一四）

合作小説という試み、先例がないわけではない。だが、阿部和重と伊坂幸太郎という、当代きっての人気作家ふたりの合作となると、話は別である。期待するなという方が無理な話だし、ともすれば期待は膨らみ過ぎて、読むのが怖くなってしまうかもしれない。だが大丈夫。これは両者の才気と技術が見事に融合し、更にそれ以上のケミストリーも生じた、実に痛快無比な作品だ。

阿部の「神町サーガ」の舞台、山形と、伊坂小説の特権的なトポス（場所）である仙台の、ちょうど中間に位置する蔵王が、物語の中心に据えられている。東京大空襲の夜、B29が蔵王に墜落したという謎めいた史実。蔵王連峰が抱える火口湖「御釜（五色沼）」付近で撮影された戦隊ヒーロー物『鳴神戦隊サンダーボルト』の映画のお蔵入り事件。何らかの目的で過去の出来事を探っている正体不明の女性。彼女に秘かに雇われた、沈着冷静なコピー機リース会社営業の男。その幼馴染で、行動力抜群だが性格が災いしてとかく他人から誤解されやすい男。もう若くはないふたりの男は、かつて野球少年であり、ともに『サンダーボルト』のファンだった。そしてふたりとも、それぞれの理由で大至急、金を必要としていた。偶然に偶然が重なり、彼らは不気味な怪人に追われる羽目になる。次から次へと事態は展開し、やがて隠された巨大な陰謀が顔を覗かせる……。

とにかく物語が抜群に面白い。荒唐無稽と呼んで差し支えない内容を、ふたりの小説巧者が持てるテクニックを駆使してスピーディーに語り切る。好対照の主人公ふたりを始め、ほんのちょい役に至るまで、キャラの立ち具合もめざましい。夢中になって読み進めている内に、これが誰と誰が書いた小説であったのかも、だんだんどうでもよくなってくる。もちろんそれだってふたりの作者の術策に他ならないのだが。

ミシェル・ウエルベック『地図と領土』
（筑摩書房、二〇一三）

フランス現代文学の鬼才、いや、鬼っ子の『地図と領土』は、世界と人間への強烈な侮蔑と、それを自らに許す作家自身のあまりにも魅力的な傲慢という持ち味を遺憾なく発揮しつつ、新たな境地へと鮮やかに突き抜けてみせた、紛うかたなき傑作である。

主人公はジェド・マルタン、アーティスト。若き日の芸術的理想を捨ててリゾート開拓の分野で成功を収めたが、既に引退している寡黙な老父が買ってくれたパリのアパルトマンにひとり住みながら、孤独に作品制作をしている。だがジェドの孤独は彼自身が望んだことでもある。彼は一個人としては、他人にも社会にも興味を抱いていない。だが、にもかかわらず彼はフランスという国と、より大きな視野での現代文明と人間生活にかんする、独創的と言ってよい芸術作品を創り出し、本人の意志とは無関係に、あっという間に美術界のスターになってしまう。写真、絵画、ビデオと媒体を変えながら、ジェドは共感とは無縁のまま、世界を冷徹かつ克明に描き出すことで、それらと否応無しにかかわってゆく。まず何よりも、この小説は、一風変わった「芸術（家）小説」である。

だが、ここにもうひとりの人物が登場する。それはなんと「ミシェル・ウエルベック」である。世間のイメージそのままのスキャンダラスで嫌われ者のウエルベックに、ジェドは自分の展覧会カタログへの寄稿を依頼し、作家の肖像画を描くことになる。孤独な芸術家と孤立した小説家は不思議な交流を結ぶ。だが、そこに或る事件が起こる……予想もつかない展開に、読者の多くは驚愕することだろう。それはまるで、小説のジャンルが一変してしまったかのようでさえある。だがその後には、深く苦い納得が待ち受けている。完璧な、決然としたペシミズム。純然たる絶望。だが、それは何故か奇妙に清々しいのだ。

山下澄人『ギッちょん』（文藝春秋、二〇一三）

ギッちょんは誰にでも居る。彼は記憶の底で朧げになった、もはや実在したのかどうかさえも定かではない幼馴染、だがそれでいて、けっして完全に忘れ去られることはなく、人生の折々にふと脳裡に、いや、目の前に姿を現して、懐かしくも新鮮な、謎めいた何ごとかをおもむろに語りかけてくる、そのような存在だ。

デビュー作『緑のさる』には驚かされた。野性の小説。私たちが漠然と抱いてしまってる「小説とはこんなもの」という決まり事の数々を、思い切り素で破ってしまっているような奔放さ。かといって、いわゆる天然とは決定的に異なる凛とした佇まい。前衛ぶってさえない。これは傑物だと思った。そして山下澄人は思った通り、真に斬新と言うべき小説を順調に発表し、こうして短篇集が上梓された。芥川賞候補にも挙げられた表題作「ギッちょん」は、四〇歳を超えてからホームレスとなり、六二歳で死のうとしている「わたし」の数奇な人生が、細切れかつばらばらに回想される。章の初めにそこで語られる年齢が明記されているのだが、時間は行きつ戻りつを繰り返し、次第にその跳躍は極まってゆく。たとえばこんな具合。
「46・53・62・0・62・08・62・07・」。そしてその時々にギッちょんは出現する。だが、彼が本当に居たのかどうかわからないのだとしたら、「わたし」が本当に居るのかどうかだって、わからないのではないか。こうしてすべてが曖昧にほどけてゆく。あるのは時間だけ。いや、時間だって本当にあるのだろうか?

こう書くとなんだか難解みたいだが、全然そんなことはない。文章はとても読み易いし、読み終えた時には、ひとが生きて死ぬとはこういうことだ、と得心させられる。併録の二編も同様、山下澄人の小説は、他の数多の小説と呼ばれているものよりもずっと、私たちの人生に似ている。

J・M・クッツェー『サマータイム、青年時代、少年時代：辺境からの三つの〈自伝〉』（インスクリプト、二〇一四）

南アフリカ共和国出身（現在はオーストラリア在住）のノーベル賞作家による自伝的フィクション三部作。自伝的フィクションという意味は読み進むうちにわかってくる。

少年ジョン（クッツェーのファーストネーム）が家族と共にケープタウンからヴスターという田舎街に転居してくる。過保護の母親への反撥、クッツェー家の経済を崩壊させた父親への嫌悪、芸術への憧れと自意識の芽生え、南アではアパルトヘイトが刻々と押し進められている。人種や宗教や貧富にかかわる複雑な環境の中で、「彼」と記されるジョンが屈折と屈託を抱えながら育ってゆく『少年時代』。

念願かなって渡英した「彼＝ジョン」が、IBMでコンピュータ・プログラマーとして働きながら、詩人になろうとする、いや詩人であろうとする理想と現実の乖離と、恋愛に徹底的に不向きな自らを思い知らされる『青年時代』。

作者の年譜と照らし合わせてみれば、すでに幾つかの意図的な差異が物語に紛れ込んでいるのだが、それでも自伝的色彩が濃厚な連作が、一挙に「フィクション」へと跳躍するのが第三作『サマータイム』である。なんとクッツェーは亡くなっており、彼の伝記を書こうとする者が、前二作に続く青年期の、小説家として出発したばかりの「ジョン」を知る五人の人物にインタビューする内容になっているのだ。あからさまな虚構。だがこれは単なるフィクションとも違う。この手法を作者は「他者による自伝」と呼んでいる。肝心なことは、この「他者」は「自己」でもあるのだということである。

三つの小説の中から浮かび上がってくる「ジョン・クッツェー」の肖像は、あまりにも孤独で、孤独であるしかないような人物である。実際のクッツェー自身がどうなのかは重要ではない。ただ言えることは、小説家は自分自身の人生も容赦なく素材にするのだということである。

ローラン・ビネ『HHhH:プラハ、1942年』（東京創元社、二〇一三）

歴史小説と呼ばれるジャンルは、我が国の出版界においても、一大マーケットを築いている。それは事実と関係しているが、しかしノンフィクションではない。歴史小説の作者は、資料や記録を駆使して、過去に実際に起こった出来事を描き出す、あるいは物語る。そう、それもやはり物語なのだ。つまり歴史小説に描かれた「歴史」は、当然のことながら、ほんとうの事実とは違っているし、あちこちに穴が開いている。明らかに出来なかった欠落を、作者は自らの想像力や推論によって埋めてゆく。むしろそこにこそ歴史小説を書く、そしてそれを読む醍醐味があるのだと言ってもいいかもしれない。

だが、この小説の語り手である「僕」は、自分にそのような「作者の横暴」を許すことが出来ない。彼が書こうとしているのは、一九四二年のプラハで実際に起こった、ユダヤ人大量虐殺の発案者にして責任者であり、「金髪の野獣」と呼ばれたナチスの高官ハイドリヒの暗殺事件である。実行犯はチェコ人のヤン・クビシュとスロバキア人のヨゼフ・ガブチーク。ふたりの青年は当時ロンドンにあったチェコスロバキアの亡命政府によってプラハに送り込まれる。フランス人でありながら、この事件を小説にしようと思い立った「僕」は、可能な限りの調査を尽くして、この歴史上の事件を再現しようとする。だが、すぐさまたくさんの壁が彼の前に立ちはだかる。ハイドリヒという怪物の半生と暗殺計画の経緯は、かなりの部分まで辿ることが出来た。だが、クビシュとガブチークはどんな会話を交わしたのか、ふたりの心境はどうだったのか、彼らを助けた名もなき人々の肖像、等々、資料にも証言にも残っていない、だが確かに存在したはずの無数の出来事、いや、「過去」そのものが「僕」を苦悩と逡巡に陥れる。それでも彼は書き出し、幾度となく脇道に逸れながらも、なんとか書き続けようとする……。

　この小説の独創性は、何よりも「歴史を物語ること」自体を主題にしている点にある。「見て来たように語る」のが歴史小説家の課題であり権利であるとするなら、「僕」にはどうしてもそうすることが出来ない。なぜならそれは結局のところ嘘だからだ。すこぶる感動的なのは、にもかかわらず彼が書いてゆくこと、迷いや不安や怖れを隠すことなく、むしろそれらと共に過去に向かっていこうとすることである。そしてこの小説は、最後についに「その日」の一部始終を物語る。それがいかなるものになっているかは、ここで述べるわけにはいかない。だが間違いなく言えることは、それが限りなく誠実で、真摯で、繊細で、勇敢な行為であるということだ。読後、震えの来るような傑作である。

ロベルト・ボラーニョ『売女の人殺し：ボラーニョ・コレクション』（白水社、二〇一三）

　ロベルト・ボラーニョの小説を読んでいると、いつも強く感じさせられるのは、世界が終わっていっている、という印象である。終わりに向かっている、のではなくて、今まさに終わりつつある、という、進行形の感覚。しかし、それは終末論的などと呼ばれるような大仰なものとは違う。もっと仄かで、切なくて、甘やかでさえあるような、延々と続く夕暮れのような、それをずっと眺めているような、不思議な感覚。

　チリ出身の作家ボラーニョは、二〇〇三年、五〇歳で没した。その早過ぎる死の少し前から、著作が相次いで外国語に翻訳され、彼は世界から「発見」されつつあった。遺作として出版された『２６６６』は、長編小説五冊分という分厚さにもかかわらず、各国で読まれ、高い評価を受けている。日本でも、ささやかなベストセラーになったことは記憶に新しい。

　「ボラーニョ・コレクション」の第一弾は、生前最後に出された短篇集。冒頭の「目玉のシルバ」で、作家自身と同じくチリからメキシコに渡り、その後ヨーロッパへと向かった語り手の「僕」は、旅先のベルリンで、仲間内で「目玉」と呼ばれていた同性愛者のカメラマンと偶然再会し、彼の半生の話を聞く。それはインドから始まる、悲哀と絶望に彩られた物語だ。続く「ゴメス・パラシオ」、これはメキシコ北部のさびれた町の名前で、「僕」はそこの創作教室で教えることになり、「ぎょろ目で小太りで中年の女所長」と微かな触れ合いを演じる。そして「この世で最後の夕暮れ」と題された短編は、一九七五年、「BとBの父」がアカプルコに旅行した時の回想である。

　どの作品にも、他の誰にも似ていない魅力が滲み出ている。世界の終わりを、いつまでも終わりゆく風景を、平明で簡潔な、だがひどく感情を揺さぶる言葉が、鮮やかに描き出してゆく。

山下澄人『ルンタ』（講談社、二〇一四）

『ルンタ』を読む時は、生まれて初めて小説を読むような、いや、生まれて初めて言葉を読むような気持ちで読まなくてはならない。今まで読んできたあらゆる言葉を、文章を、物語を、小説を、すべて忘れて、まるでどこか遠い外国で路に迷っている内にふと辿り着いてしまった未知の風景が目の前にあるみたいなつもりで、まっさらな心で臨む必要がある。

　といっても別に外国の話ではない。「わたし」はある日、思い立って、独り暮らしの家を出て、山へと向かう。今はスニーカーを履いているが、やがては「裸足になり、ゆくゆくは着ている服も捨てて、思いつく限りにおいて何からも自由な生活をしようと目論んでいる」。なぜなら「わたしはもう人間としての暮らしのあらゆるにうんざりなのだ」。この小説は、そんな「わたし」の道行きを物語る。物語ろうとするのだが、いきなり死んでいるはずの叔母から電話がかかってくるし、過去の出来事、それも自分と自分でないかもしれない者の区別が甚だ曖昧な過去のあれこれが、次々へと入り込んできて、あっという間に「今」の方が、「わたし」自体が怪しくなってしまう。「中西」という友だち。二カ月前まで「わたし」と一緒だった「ユ」という女。老人。それから「ルンタ」という黒い馬。たぶんチベット語で「風の馬」という意味。

　確かに「わたし」の物語らしきものが、むしろ他の数多の小説よりもはるかに豊かな物語ぽいものが、ここにはある。だが本当に重要なことは別にある。生きていることと死んでいることの区別のなさ。「わたし」と「わたし以外」の区別のなさ。因果や辻褄の拘束から、ほとんどあらゆる意味で外れているこの小説は、しかし生まれて初めての気持ちで読んでみれば、必ず深い驚きと清新な感動をもたらすだろう。その驚きには叙情が宿り、その感動は少し哀しい。

森達也『「自分の子どもが殺されても同じことが言えるのか」と叫ぶ人に訊きたい：正義という共同幻想がもたらす本当の危機』（ダイヤモンド社、二〇一三）

　とても長い、しかも問いかけの形を採った題名。その言葉の響きは挑発的でさえある。では、いったい何を問おうというのか。ＢＳ放送の対談番組で死刑廃止論を展開した際に（森氏の死刑論は『死刑』に詳しい）一部の視聴者から寄せられた批判の多くが、「死刑制度がある理由は被害者遺族のため」という論調であったことに対して、著者はこう問う。「もしも遺族がまったくいない天涯孤独な人が殺されたとき、その犯人が受ける罰は、軽くなってよいのですか」。詭弁のように聞こえるかもしれないが、続けて読んでいくと、著者がこだわっているのが、いわゆる「当事者」性という問題であることがわかってくる。「被害者遺族の思いを想像することは大切だ。でももっと大切なことは、自分の想像など遺族の思いには絶対に及ばないと気づくことだ」と著者は続ける。もしも著者の身内が誰かに殺されたら、彼は犯人を憎み、死刑にならないなら自らの手で殺したいと思うかもしれない。それは当然だ。なぜならその時自分は「当事者」になっているのだから、と率直な感情を記した上で、著者はしかし、こう続ける。「でも今は当事者ではない」。

　二〇〇七年に開始されたコラムを加筆修正し、順序も入れ替えて一冊にまとめたものである。死刑制度、領土問題、戦争責任、レイシズム、9・11以後、原発事故、等々、扱われている事象は多岐にわたっているが、著者の姿勢は一貫している。副題に「正義という共同幻想」という言葉があるが、これを裏返すなら、著者の目には「共同幻想としての正義」と映る空気の蔓延に（まさに「空気が読めない」と誹られることを覚悟で）ストップをかけ、もう少しだけ各々が自分の頭で考えてみてはどうかと提言すること。死刑制度に限らず、幾つかの問題にかんして著者はかなり明確な意見を持っているが、それと同時に常に悩んでもいる、悩み続けている。正義とは正答の別名であるとするなら、一足飛びに答えを見出そうとせず、その場に踏みとどまって考えてみることの意味と価値を、この本は訴えている。

当事者ではない者が当事者を代弁してみせる行為の内には、まぎれもない善意と同時に、一種の無自覚な欺瞞が隠れていることがある。私たちは、自分（たち）とは絶対的に無関係な他人、文字通りの「他者」たちの悲嘆や絶望に共感する術は、実のところは、ない。だがそれでも、だから最初から諦めるとか、どうでもいいということではなく、それでも、それだからこそ、他者を思いやる能力が必要なのではないか。その能力を「想像力」と私は呼びたい。森達也はすぐれた想像力の持ち主だと思う。

栗原裕一郎・豊﨑由美『石原慎太郎を読んでみた』（原書房、二〇一三）

舌鋒鋭い書評家の豊﨑由美と歯に衣着せぬ評論家の栗原裕一郎が、石原慎太郎の小説を片っ端から「読んでみた」本である。もとは月一回で一年間続いたトークイベントであり、後半では映画評論家の高鳥都と作家の中森明夫がゲストに迎えられている。

確かに近年の石原慎太郎は、政治家としての顔が圧倒的に知られており、小説はいまだに芥川賞受賞作『大陽の季節』か、石原裕次郎を描いた『弟』ばかりが挙げられる。そこでふたりは入手困難な作品も含め、次から次へと「石原慎太郎の小説」を読んでゆく。ルールとされたのは、「政治家・石原慎太郎」と、「元芥川賞選考委員・石原慎太郎」をカッコに括るということ。あくまでもひとりの作家として評価しようというのである。そしてその結果、おそらく両人とも事前には想定していなかった「小説家石原慎太郎」の肖像が、じわじわと浮かび上がってくるのだった。

デビュー作「灰色の教室」から始まり、「『大陽の季節』は本当に芥川賞にふさわしかったのか？」、三島由紀夫との比較、知られざる長短編の数々、そして知る人ぞ知る傑作『わが人生の時の時』まで、毎回テーマを掲げて「メッタ斬り」してゆく様子は痛快であると同時に、ふたりの読み手の公平さと誠実さを窺わせる。「ひとりの作家として評価」と述べたが、正確には作品ごとに評価がなされており、つまり是々非々ということだ。

当たり前のことだが、埋もれた良作もあれば酷評されるものもあり、一編の小説においてさえ魅力と瑕疵が両方ある。ここで下される判断に異を唱える者もいるだろうが、ふたりとも自己の評価が絶対だとは思っていまい。だが確実に言えることは、本書を読んで「石原慎太郎の小説」を読みたくならない者はいないだろう、ということである。愛も尊敬も無関係な、これこそあるべき「文芸評論」の姿である。

石原慎太郎『やや暴力的に』（文藝春秋、二〇一四）

富士山沿いの樹海で、年に一度の自殺者の捜索団を仕切らされる男が、ふとしたことから既に死んでいた男、つまり亡霊と行き交い、男の自殺に隠された物語を探り当ててゆく一〇年越しの中編「青木ヶ原」を筆頭に、収録された六つの作品は、いずれも濃厚な死の匂いを放っている。五つの掌編から成る表題作にも、三人の男の長年の友情を回顧する「僕らは仲が良かった」にも、題名通りの夢日誌というべき「夢々々」にも、警官のひとり語りの「世の中おかしいよ」にも、末尾のごく短い「うちのひい祖父さん」にも、とにかく夥しい数の死者たちが登場する。病死、事故死、自殺、殺人、暗殺等々、死のヴァリエーションも実に多彩だ。やや極端に言えば、この一冊で描かれる人々のほとんどは、今はもう死んでいる。

だが、膨大な死者たちを物語る作家の筆は、すこぶる健康なのだ。壮健、頑健と言ってもいい。彼は時に異様なまでに淡々と、時に意外なほどの憐憫を込めて、彼が出逢ってきた死を語る。そこには、彼や彼女は死んでいったが私はまだ生きている、という謳歌とも、自分だけが生き残ってしまった、という慨嘆とも、全く異なる感覚が宿っている。それを仮に健康と呼んでみる。それは死の対義語でもある。とにかく私は健康であるので、こうして死者たちの挿話を書きつけているのだ。ここには無常観はない。ペーソスも存在しない。健康であるしかない者にとって、死は謎である。だがその彼の人生には、数え切れないほどの死が存在している。だから彼はいわば自分には不可解な謎を書きつけているのだ。

　しかしこの健康を生来の丈夫さと錯覚してはならない。「うちのひい祖父さん」は「生き抜くということは、わしの体験からのことだがね、執念というのは強くて美しいものだよ」と言う。執念こそ、死に対峙する健康のエンジンなのだ。

千葉雅也『動きすぎてはいけない：ジル・ドゥルーズと生成変化の哲学』（河出書房新社、二〇一三）

　思想家を論じるには大きく二通りの方向がある。「〇〇は何を考えていたか」と「〇〇から何が考えられるか」。もちろんどちらかを選ぶということではなく、両者は分かち難く絡み合っているのだが。前者を「解説と分析」と呼ぶなら、後者は「応用と展開」ということになるだろう。たとえばフランスの哲学者ジル・ドゥルーズであれば、その著作をつぶさに読み込み、別の言葉に丁寧に置き換えてゆくのが前者であり、そこから思い切って離脱し跳躍し、しかしドゥルーズを越えようとするのではなく、いわばドゥルーズと共に新たな思考を始めることによって、ドゥルーズの哲学から何が考えられるのか、いや、もっと踏み込んで言えば、実際にはそうしていなくても、ドゥルーズならば更に何が考えられたはずなのか、を問うことが、後者の試みの核心だと言える。

　刊行前から各所で話題となっていた気鋭の哲学者・批評家による初の単著は、明らかに後者に属する書物である。ジル・ドゥルーズという可能性を徹底的に押し開くこと。そこで鍵となるのは、書名にもなっている「動きすぎてはいけない」という文言である。今は亡きドゥルーズが、単独で、そして盟友フェリックス・ガタリと共に著した、輝くばかりの書物群に記された思考を簡略に述べることは出来ないが、日本への紹介にかんする限り、それは一九八〇年代前半に浅田彰や中沢新一が主導した「ニューアカ（デミズム）」と密接にかかわっていた。バブル景気へと邁進する時代であり、資本主義と情報化が凄まじい勢いで加速していた当時の日本で、「ニューアカ」が魅力的に導入したドゥルーズ（とガタリ）の哲学は、ひたすら動くこと、どんどん変化することへの奨励として機能した。それがドゥルーズ解釈として正しいのかどうかは必ずしも問題ではなかった。ただ、そのように受け取られたのだった。

しかし、それから三〇年の月日が過ぎ去り、ドゥルーズもガタリも亡くなり、日本も世界も、その姿を大きく変えた。そこで本書の著者は言うのだ。もちろん動くのはいい。だが、動きすぎてもいけない。そして繋がり過ぎてもいけない。グローバリゼーションとインターネットに覆い尽くされた社会で、いま新たにドゥルーズを読むこと。その思想を現在形に変換すること。こうして、かつて浅田彰の『構造と力』がそうであったように、本書は鋭利なドゥルーズ論であると同時に、私たちが生きる「いま、ここ」を明視するものになっている。そこでは「中途半端」であることが力強く肯定される。それは過剰と限界の一歩手前に敢えて留まることだ。スリリング、かつジョイフルな哲学書である。

多和田葉子『献灯使』（講談社、二〇一四）

本書収録の「不死の島」を最初に読んだ時の、深く暗い深淵にたたき落とされるような衝撃は、今も忘れられない。東日本大震災と原発事故以後の時間に小説家たちがどう対峙するかをテーマとしたアンソロジーに、長年ドイツ在住の多和田葉子が書き送った、ごく短い作品は、それ自体が彼女がこの出来事から受け取った衝撃の強さを物語っていた。多和田が行ったのは一種の予言だった。それもこの上なく不吉な。小説家の想像力とはこれほどまでに鋭く厳しくあり得るのかと、そこに描かれた異様な光景に震えを抑えることが出来なかった。

多和田は同一の設定のもとにその後も作品を書いてゆき、ついに一冊に纏まったのが本書である。冒頭に置かれた表題作「献灯使」が最も長い。震災後のある時、更なる大災厄に襲われた日本。政府は民営化され、鎖国状態に入っている。都市機能は完全に喪われており、外来語は禁止で、インターネットも使えない。「事故」時に老齢だった人々は死ぬことがなくなり、代わりに若い世代は脆弱で病みやすく、すぐに死んでしまう。老人が若者を介護する社会。一〇〇歳をとうに超えた作家の義郎は、曾孫の無名とふたり暮らし。無名は刻々とからだを衰えさせてゆくが、美しく賢い。やがて一五歳になった無名は、鎖国をくぐって秘かに海外に派遣される「献灯使」に選ばれる……。

多和田は日本に生まれた日本人で、日本語で小説を書いている。だが彼女はベルリンに住んでおり、ドイツ語でも小説を発表している。そんな二重の存在だからこそ、日本語と日本人と日本のおそるべき未来を描いた、こんな小説を書くことが出来たのだと思う。これは予言だと先に述べた。そんなことはない、あくまでも小説でありフィクションだ、そう思うのは勝手だ。だがそう思う人だって、この本を最後まで冷静に読むことは出来まい。

大江健三郎『晩年様式集（イン・レイト・スタイル）』（講談社、二〇一三）

「3・11後」と端的に表現される日々、作中で自らを「後期高齢者」と幾度となく記すことになる老作家は、およそ半世紀前に障害を持ってこの世界に誕生し、これまで彼が書いてきた数多くの小説で常に中心的な存在であり続けてきた息子を始め、十数年前に自ら命を絶った幼馴染の映画監督の妹でもある妻、気丈さと不安定を併せ持った長女、小説家が繰り返し物語の舞台としてきた、彼らが生まれ育った「四国の森のへりの谷間」に今もひとり住む妹、すなわち彼の「登場人物」たちによって「逆襲」されることになる。

具体的には、妹アサが妻千樫、娘真木と結成した「三人の女たち」が、長年にわたって彼の小説に一方的に描かれてきたことに対する「反論」を次々と書き送ってくる。そこで老作家は、彼自身が書き進める連載小説『晩年様式集』の各回に「三人の女たち」による文章を添えていくことを思い立つ。こうして開始された連載は、彼と家族たちの「3・11後」の日々を綴りながら、過去の小説で語られてきた幾つかの出来事の（何度目かの）再検討の様相を帯びてゆく。

やはり以前の作品の重要な「登場人物」だった「ギー兄さん」の息子で、テレビ番組プロデューサーの「ギー・ジュニア」がアメリカからやってきて、彼らへのインタビューを記録し出すと、そこで語られた証言や告白も自在に取り込まれ、小説は刻々とポリフォニック（多声的）になってゆく……。

「逆襲」などという、いささか強い言葉を使ったが、実際この小説は、大江健三郎の多くの著作に書かれてきたことを幾つも覆す。なにしろ息子のアカリでさえ、これまで描かれてきたものとは、まったく違った顔を覗かせるのだ。もちろん、これはこれまでのすべての作品と同じく「小説」なのだから、そもそもが事実そのままであるわけがないし、老作家自身が作中で明確に断っているように、これはいわゆる「私小説」ではない。けれどもしかし、それでもやはり、大江小説の長年の読者であれば尚更、この明らかに切羽詰まった、時として混乱してさえいるかに映る、畳み掛けるような「再検討」には、ひどく動揺させられるに違いない。これはどうしたことか？　いったいこの偉大な老作家に何があったのか？

大江健三郎が最初に「最後の小説」というフレーズを用いてから、長い年月が過ぎている。その間に彼は何作もの「最後の小説」を著してきた。だが、彼は今や正真正銘の「後期高齢者」であり、世界は「3・11後」である。晩年の様式とは、そういう意味だ。だがしかし、それでも老作家は、絶望ではなく希望を、最後の最後に記す。深く透明な感動が遺される。

大澤聡『批評メディア論：戦前期日本の論壇と文壇』（岩波書店、二〇一五）

本書の企図はある意味でシンプルだ。それは一行目に掲げられている。「言論でも思想でもよい。もちろん批評でも。それらの名に値する営為は日本に存在しただろうか？」。存在した、とも、存在しなかった、とも、著者はすぐには答えない。その代わりに、書名に冠されているように、とりあえず「批評」の一語に問題を代表させつつ、その歴史的な存立要件をひたすら掘り起こし、根本から問い直してゆく。発掘の現場となるのは、一九二〇年代後半から三〇年代中盤までの一時期、大正末期から昭和初期、いわゆる戦前期である。その理由は「現在もこの時点で構築されたパラダイムの只中に批評はあり続けている」からだ。しかし「獲得される成果の効力の射程は特定の歴史段階に局限されるものではない」とも著者は断言する。そうして膨大な資料と文献を駆使して、言説のメディアとしての「批評」の構成要素を、ひとつひとつ摑み出してゆく。

取り上げられるのは「論壇時評」「文芸時評」「座談会」「人物批評」「匿名批評」の五つのジャンルである。雑誌と新聞におけるこれらの発生から、黎明期／転形期ならではの混乱や摩擦や紛糾、その原因や結果や影響を

——あくまでも当時の「批評」の担い手たちの言葉に語らせつつ——描写し推理し考察する。そこから俄に、われわれがいま現在、ごく曖昧に「批評（＝言論＝思想）」と呼んでいる営みが、さまざまな外的要因や下部構造によって半ば無意識の内に強く規定されてきたという事実が、まざまざと浮かび上がってくる。有象無象の「証言＝言説」を鮮やかに整理しながら、その背後に形成される不可視のメカニズムを炙り出してゆく著者の論理構成は、短いパッセージを畳み掛けるような文体の妙も相俟って、ほとんど探偵小説的、いや、ハードボイルドだ。

それにしても読み進めながら、これは本当に戦前の話なのか、と何度も慄然とさせられた。本書に描かれてある風景は、現在の「批評」の状況に酷似している。マーケットと業界事情の変数によってふらふらと浮動し、内外の流行や圧力から如何ほども自由で（あろうとし）ない言葉たち。ここにあるのは反復ではなく持続だ。だとすれば無論、本書自体も現在も続く「風景」の一部であらざるを得ない。そのことも著者は当然よくわかっている。

じつに画期的な論である。野心的と言ってもよい。と同時に、何故この著者が登場するまで、このような画期を成す野心を表立った場所では誰ひとり持ち得なかったのか、という疑問も湧いてくる。そしてこの問いに解答を与えるためのヒントも、本書の中にある。

保坂和志『朝露通信』（中央公論新社、二〇一四）

「たびたびあなたに話してきたことだが僕は鎌倉が好きだ」。こんな印象的な一文から本作は開始される。だが呼び掛けられたはずの「あなた」はあっけなく姿を消してしまい、それから「僕」は三歳一一カ月から大学を六年かかって卒業するまで住んだ鎌倉での思い出を語り始める。しかしそれはすぐさま、それ以前に一家が住んでいた親戚たちの居る山梨から鎌倉への引っ越しの記憶を扉として、更にそれ以前の、つまり「僕」の生まれてまもない時間へとすべり落ちてゆく。以後、鎌倉と山梨というふたつの場所をあっちこっちしながら、思い出される時もあっちこっちめまぐるしく経巡りつつ、「僕」と名乗る人物の、主に幼少時から少年期の記憶が、とめどなく語られてゆく。そして冒頭に登場した謎めいた「あなた」が、そのあちこちに不意に顔を出しては「僕」を現在に引っ張り込もうとするだろう。

　保坂和志のすべての小説と同じく、これはメモワール、自伝、あるいは私小説と呼ばれるものに似ているようでいて、決定的に異なっている。その違いの最大の要因は、まさに「とめどなく」という点にあるだろう。新聞小説として書かれた本作は、見開きが一日一回分になっているのだが、次頁を開くと時間も空間も跳んでいたりする。だがそれは驚きを狙った唐突さというよりも、そういえば、そういえばと、思い出が自然に、とめどなく引きずり出されてくるという感じなのだ。読み進む内に読者は、記憶というものが、時系列に沿ったものではなく、いわば塊のような、海のような、雲のような何かとして、丸ごと提示されようとしていることに思い至る。

　「蓮の葉の上でキラキラ光る朝露の一滴が世界を映す」（あとがき）。だが、これは部分に全体が宿るということではない。部分と全体という区別が、ほんとうはないのだ。無数の、そして一滴の「世界」そのものである小説。

批評王の「追伸」

本書のアイデアを工作舎の石原剛一郎氏に最初に話したのは、かなり昔のことである。序文にも書いたように、私にはテーマ／ジャンルに沿った評論集や長編論考とは別に単発で発表した比較的長めの批評文を一冊にまとめたいという欲望があった。同様の趣向の本として『ソフトアンドハード』があるが、あれは二〇〇五年に出たものだったので、おおよそ一五年ぶりのアンソロジーということになる。勢い込んで石原氏を口説いたはいいが、他の仕事やら何やらに忙殺されているうちに思いのほか長い時間が経ち、結果としてこのように分厚い書物になってしまった。「遺言」なのだから、まあ許されるか、で済ますわけにはいかない。工作舎の英断に感謝する次第である。

それにしても本書を通読してみて、よくもまあ、あれこれたくさん書いてきたものだなあ、と自分でも呆れ、いや、感嘆してしまった。稿料生活者の宿命とはいえ、実にワーカホリックでプロダクティヴであったと思う。私は物書き人生の前半、主に映画と音楽のライターとして膨大と言っていいレビューやコラム、短文を書き散らしてきたが、その感覚のまま、長い文章や一冊の本を書くようになってしまった。だが、だからといって何でもこなせる器用なタイプでもない。むしろ私は出来ることと出来ないこと、やりたいこととやりたくないことが、かなりはっきりしているほうだと思う。しかしそれでも集めてみたら、こんなに（原稿はセレクトしているのでこれよりもっと）あったのである。

構成は石原氏と相談のうえ、敢えてジャンル別でも時系列順でもない、批評文としてのタイプに則した（とはいえ相当に感覚的な分類だが）バラバラな並びにした。頭から順番に読んでも、章を入れ替えて読んでも、気になったテクストから読んでいっても、まったく構わない。

批評対象は多岐にわたっているが、自分の物の見方、思考のありようは、良くも悪くも強固に一貫していると、あらためて思った。論じている物／事が変わっても、私はいささか頑固なほどにいつも私だった。私はこのことに呆れ、いや、感嘆するとともに、最期なのだからこのくらい言ってもいいかなと思うのだが、まぎれもない誇りを抱いている。私は確かに私の批評の国の王だった。

佐々木敦

二〇二〇年六月六日

J・M・クッツェー『サマータイム、青年時代、少年時代：辺境からの三つの〈自伝〉』	朝日新聞 書評	朝日新聞 2014.8.24
ローラン・ビネ『HHhH：プラハ、1942年』	朝日新聞 書評	朝日新聞 2013.9.8
ロベルト・ボラーニョ『売女の人殺し：ボラーニョ・コレクション』	朝日新聞 書評	朝日新聞 2013.12.15
山下澄人『ルンタ』	朝日新聞 書評	朝日新聞 2015.1.18
森達也『「自分の子どもが殺されても同じことが言えるのか」と叫ぶ人に訊きたい：正義という共同幻想がもたらす本当の危機』	朝日新聞 書評	朝日新聞 2013.10.6
栗原裕一郎・豊﨑由美『石原慎太郎を読んでみた』	朝日新聞 書評	朝日新聞 2013.10.27
石原慎太郎『やや暴力的に』	朝日新聞 書評	朝日新聞 2014.8.3
千葉雅也『動きすぎてはいけない：ジル・ドゥルーズと生成変化の哲学』	朝日新聞 書評	朝日新聞 2013.12.8
多和田葉子『献灯使』	朝日新聞 書評	朝日新聞 2014.12.14
大江健三郎『晩年様式集（イン・レイト・スタイル）』	朝日新聞 書評	朝日新聞 2013.11.24
大澤聡『批評メディア論：戦前期日本の論壇と文壇』	朝日新聞 書評	朝日新聞 2015.2.15
保坂和志『朝露通信』	朝日新聞 書評	朝日新聞 2014.12.7
批評王の「追伸」	書き下ろし	

お気づきになった話	core of bells 「怪物さんと退屈くんの12カ月：01 お気づきだっただろうか?」 公演の記録と批評ウェブサイト	core of bells 2014.2.4
「四分三三秒」のための約一五時間 からの約一万字	『ユリイカ』2012年10月号 特集＝ジョン・ケージ 鳴り続ける〈音〉 生誕100年/没後20年	青土社 2012.9.27
アンビエントの再発明	Warp Records CD：Aphex Twin 『Selected Ambient Works Volume II』 国内盤ライナーノート	ビートインク 2017.7.7
コード・デコード・エンコード	空間現代『Palm』 リリース時の空間現代ウェブサイト	空間現代 2019.5.10
詩人の新(しい)書	『現代詩手帖』2016年7月号 特集I＝吉増剛造、未知の表現へ	思潮社 2016.6.28
ミステリーかどうかはどうでもいい	一條次郎『レプリカたちの夜』新潮文 庫 解説	新潮社 2018.9.28
フィクションがヘコヒョンなら、 リアルは何?	福永信責任編集 オフィシャルブック 『ムード・ホール カワイオカムラ』1巻	京都市立芸術大学ギャラリー @KCUA（アクア） 2017.2.17
視線の幽霊	長沢秀之『未来の幽霊―長沢秀之展 ―』カタログ （武蔵野美術大学 美術館・図書館）	武蔵野美術大学 美術館・ 図書館 2017.9.4
第6章　批評の反射神経		
批評の反射神経	書き下ろし	
朝井リョウ『桐島、部活やめるってよ』	朝日新聞 売れてる本	朝日新聞 2010.4.4
角田光代『八日目の蟬』	朝日新聞 売れてる本	朝日新聞 2011.3.20
伊坂幸太郎『PK』	朝日新聞 売れてる本	朝日新聞 2012.5.6
村上春樹『色彩を持たない 多崎つくると、彼の巡礼の年』	朝日新聞 書評	朝日新聞 2013.4.14
阿部和重・伊坂幸太郎 『キャプテンサンダーボルト』	朝日新聞 書評	朝日新聞 2015.1.11
ミシェル・ウエルベック『地図と領土』	朝日新聞 書評	朝日新聞 2014.2.2
山下澄人『ギッちょん』	朝日新聞 書評	朝日新聞 2013.4.7

「ロボット」と／の『演劇』について	『新潮』2012年12月号 批評時空間［特別篇］	新潮社 2012.11.7
第4章　批評の右往左往		
批評の右往左往	書き下ろし	
ひとりの大音楽家	『なんとなく、クリティック1』	なんとなく、クリティック編集部 2013.2.25
「思考する声」の歌姫	『SFマガジン』2016年6月号 特集＝やくしまるえつこのSF世界	早川書房 2016.4.25
キング・アンド・ボブ・アンド・ミー	『KAWADE夢ムック 文藝別冊』 「キング・クリムゾン」	河出書房新社 2015.7.30
Vaporwaveについて、 私は（ほぼ）何も知らない	『ユリイカ』2019年12月号 特集＝Vaporwave	青土社 2019.11.28
激突と遭遇	南波克行責任編集 『フィルムメーカーズ18 期待の映像作家シリーズ： スティーヴン・スピルバーグ』	宮帯出版社 2019.2
ストーリーテラーとしての ダルデンヌ兄弟	『午後8時の訪問者』 劇場用プログラム	ビターズ・エンド 2017
「日常の謎」の原理	倉知淳『夜届く：猫丸先輩の推測』 創元推理文庫 解説	東京創元社 2018.1.22
ふたつの『トレインスポッティング』	アーヴィン・ウェルシュ 『トレインスポッティング』 ［新版］ハヤカワ文庫NV 解説	早川書房 2015.8.21
善行にかんするエスキス	『ユリイカ』2012年6月号 特集＝アントニオ・タブッキ	青土社 2012.5.28
美しい日本語	『群像』2017年1月号 大特集＝五〇人が考える「美しい日本語」	講談社 2016.12.7
「詩」の映写	松本圭二『詩集工都：松本圭二セレクション 第2巻（詩2）』栞	航思社 2017.10
第5章　批評の荒唐無稽		
批評の荒唐無稽	書き下ろし	
うたっている男	グルパリ『GLASS, METAL, PLASTICS』 リリース時のHEADZウェブサイト	HEADZ 2019.1.23
ホースにおける笑いの生成について	浜田淳編『音盤時代』Vol.2 特集＝ユーモア考：音楽の構造と力	フィルムアート社 2012.4.27

パラレルワールド・ライナーノート 第2回：ニール・ヤング 『フォーク・イン・ザ・ロード』	『STUDIO VOICE』 Vol.402 2009年6月号	INFASパブリケーションズ 2009.5.6
パラレルワールド・ライナーノート 第3回：グリーン・デイ 『21世紀のブレイクダウン』	『STUDIO VOICE』 Vol.403 2009年7月号	INFASパブリケーションズ 2009.6.6
パラレルワールド・ライナーノート 第4回：エミネム 『リラプス』	『STUDIO VOICE』 Vol.404 2009年8月号	INFASパブリケーションズ 2009.7.6
パラレルワールド・ライナーノート 第5回：マックスウェル 『"ブラック"サマーズナイト』	『STUDIO VOICE』 Vol.405 2009年9月号	INFASパブリケーションズ 2009.8.6
第3章　批評の虚々実々		
批評の虚々実々	書き下ろし	
永遠のミスキャスト	『ユリイカ』2009年10月臨時増刊号 総特集＝ペ・ドゥナ	青土社 2009.10.13
Our Empty Pages	『ユリイカ』2011年6月号 特集＝山下敦弘―『マイ・バック・ページ』の〈青春〉―	青土社 2011.5.27
映画は記憶を記録する	『IMA』2019 Summer Vol.28	アマナ 2019.5.29
♀の唯名論	『現代思想』2016年8月臨時増刊号 総特集＝プリンス 1958-2016	青土社 2016.7.22
カメラ vs. 峯田和伸	銀杏BOYZ DVD 『愛地獄』パンフレット	UKプロジェクト 2016
「小説」の「映画化」とは何か? 村上春樹「納屋を焼く」／ イ・チャンドン監督『バーニング 劇場版』	『バーニング 劇場版』公開時テキスト	ツイン 2019
「小説」の「映画化」とは何か? 吉本ばなな「白河夜船」／ 若木信吾監督『白河夜船』	『白河夜船』劇場用プログラム	コピアポア・フィルム 2015
SOS団はもう解散している	『ユリイカ』2011年7月臨時増刊号 総特集＝涼宮ハルヒのユリイカ!	青土社 2011.6.14
ふたつの時間の交叉点	『エッジ・オブ・リバーズ・エッジ：〈岡崎京子〉を捜す』	新曜社 2018.2.14

「音楽に何ができるか」と問う 必要などまったくない	『アルテス』Vol.01/2011 WINTER 特集[3.11と音楽]	アルテスパブリッシング 2011.11.30
「歌」の「禁」など不可能である	『別冊 note/off note vol.1』 記忘記同人編『日本禁歌集の宇宙』	メディア・ルネッサンス 2009.8.15
発生としての歌	『ユリイカ』2017年2月臨時増刊号 総特集＝矢野顕子	青土社 2017.1.20
幸宏さんについて私が思っている 二、三の事柄	『ユリイカ』2013年10月臨時増刊号 総特集＝高橋幸宏	青土社 2013.9.25
「ひとり」が「みんな」になる方法	蓮沼執太「作曲：ニューフィル」パンフレット TRAM-国際舞台芸術ミーティング in 横浜 2014 TPAM ディレクション／ 野村政之ディレクション	TRAM-国際舞台芸術ミーティング in 横浜 2014 実行委員会/蓮沼執太 2014.2.11
映画の野蛮について： イエジー・スコリモフスキ監督 『エッセンシャル・キリング』 ヒロイズムの終わり	『ケトル』Vol.01 2011年6月号	博報堂ケトル 2011.6.14
映画の野蛮について： イエジー・スコリモフスキ監督 『エッセンシャル・キリング』 ムハンマドとレオンのスラップスティック	『エッセンシャル・キリング』 劇場用プログラム	マーメイドフィルム 2011
映画の野蛮について： アッバス・キアロスタミ監督 『ライク・サムワン・イン・ラブ』 人生へと近づく映画	『ライク・サムワン・イン・ラブ』 劇場用プログラム	ユーロスペース 2012
映画の野蛮について： 北野武監督 『アウトレイジ ビヨンド』 皺と襞と溝	『アウトレイジ ビヨンド』 劇場用プログラム	松竹株式会社事業推進部 2012
映画の野蛮について： 真利子哲也監督 『ディストラクション・ベイビーズ』 ディストラクションとは何か?	映画『ディストラクション・ベイビーズ』 オフィシャルブック	東京テアトル/亜紀書房 2016.5.21
映画の野蛮について： 大森立嗣監督 『タロウのバカ』 暴発の不在と暴力の不発	『タロウのバカ』劇場用プログラム	東京テアトル 2019
タイムマシンとしての映画	仙台短編映像祭パンフレット	仙台短篇映画祭実行委員会 2012
パラレルワールド・ライナーノート 第1回：リリー・アレン 『イッツ・ノット・ミー、イッツ・ユー』	『STUDIO VOICE』 Vol.401 2009年5月号	INFAS パブリケーションズ 2009.4.6

初出一覧

（転載にあたって、変更・修正・加筆した箇所があります。）

論考	初出媒体	発行元 発行年月
批評王の「遺言」	書き下ろし	
第1章　批評の絶体絶命		
批評の絶体絶命	書き下ろし	
先生、それって何の役に立つんですか？	『大学出版』No.98 春号	一般社団法人 大学出版部協会 2014.4
美味しいという字は美の味と書くのだが、	『ユリイカ』2011年9月号 特集＝B級グルメ	青土社 2011.9.1
リトルピープルよりレワニワを！	『村上春樹『1Q84』をどう読むか』	河出書房新社 2009.7.30
弱い接続と別の切断	『週刊読書人』2014年9月26日号	読書人 2014.9.26
「例外社会」の例外性1	『小説TRIPPER（トリッパー）』 2009年6/30号 夏季号 季刊ブックレビュー	朝日新聞出版 2009.6.30
「例外社会」の例外性2	『STUDIO VOICE』 Vol.402 2009年6月号	INFASパブリケーションズ 2009.5.6
小松左京のニッポンの思想	『文藝別冊［追悼］小松左京』	河出書房新社 2011.11.10
「人間原理」の究極	『STUDIO VOICE』 Vol.349 2005年1月号	INFASパブリケーションズ 2004.12.6
ヤンキー論は、なぜ不可能なのか？	斎藤環『世界が土曜の夜の夢なら』 角川文庫 解説	KADOKAWA 2015.7.25
グルーヴ・トーン・アトモスフィア──『ニッポンの思想』と『ニッポンの音楽』の余白に。或いはテクノ／ロジカル／カラタニ論──	『ゲンロン』1	ゲンロン 2015.12.1
第2章　批評の丁々発止		
批評の丁々発止	書き下ろし	
偏見と偏愛の平成Jポップ10選	『新潮』2019年5月号 アンケート特集 平成ベストテン	新潮社 2019.4.5

『シチュエーションズ：「以後」をめぐって』(文藝春秋、2013)

『ニッポンの音楽』(講談社現代新書、2014)

『あなたは今、この文章を読んでいる。：パラフィクションの誕生』(慶應義塾大学出版会、2014)

『「4分33秒」論：「音楽」とは何か』(Pヴァイン ele-king books、2014)

『ニッポンの文学』(講談社現代新書、2016)

『例外小説論：「事件」としての小説』(朝日新聞出版 朝日選書、2016)

『ゴダール原論：映画・世界・ソニマージュ』(新潮社、2016)

『再起動する批評：ゲンロン批評再生塾第一期全記録』東浩紀との共編著(朝日新聞出版、2017)

『筒井康隆入門』(星海社新書、2017)

『新しい小説のために』(講談社、2017)

『「小説家」の二〇年「小説」の一〇〇〇年：ササキアツシによるフルカワヒデオ』古川日出男との共著(Pヴァイン ele-king books、2018)

『現代日本の批評 2001－2016』東浩紀監修・市川真人他と共著(講談社、2018)

『この映画を視ているのは誰か?』(作品社、2019)

『私は小説である』(幻戯書房、2019)

『アートートロジー：「芸術」の同語反復』(フィルムアート社、2019)

『小さな演劇の大きさについて』(Pヴァイン ele-king books、2020)

『これは小説ではない』(新潮社、2020)

『批評王：終わりなき思考のレッスン』本書(工作舎、2020)

『ジャン=リュック・ゴダール(フィルムメーカーズ21)』責任編集(宮帯出版社、2020)

『絶対絶命文芸時評』(書肆侃侃房、2020)

『それを小説と呼ぶ』(講談社、2020)

佐々木敦　著作一覧

『映画的最前線：1988－1993』（水声社、1993）

『カルト・ムービーズ：こだわりの映画読本』キーワード事典編集部との共編（洋泉社、1993）

『ゴダール・レッスン：あるいは最後から2番目の映画』（フィルムアート社、1994／新装版、1998）

『テクノイズ・マテリアリズム』（青土社、2001）

『ポスト・テクノ（ロジー）ミュージック：拡散する「音楽」、解体する「人間」』久保田晃弘他との共著（大村書店、2001）

『ex-music』（河出書房新社、2002）／新編集版『ex-music〈L〉：ポスト・ロックの系譜』（アルテスパブリッシング、2014）／新編集版『ex-music〈R〉：テクノロジーと音楽』（アルテスパブリッシング、2014）

『テクノ／ロジカル／音楽論：シュトックハウゼンから音響派まで』（リットーミュージック、2005）

『ソフトアンドハード：ラジカル・ポップ・クリティック1995－2005』（太田出版、2005）

『（H）EAR：ポスト・サイレンスの諸相』（青土社、2006）

『文化系トークラジオLife』鈴木謙介他と共著（本の雑誌社、2007）

『「批評」とは何か？：批評家養成ギブス』（メディア総合研究所 ブレインズ叢書1、2008）

『LINERNOTES』（青土社、2008）

『絶対安全文芸批評』（INFASパブリケーションズ Infas books、2008）

『文学拡張マニュアル：ゼロ年代を超えるためのブックガイド』（青土社、2009）

『ニッポンの思想』（講談社現代新書、2009）

『未知との遭遇：無限のセカイと有限のワタシ』（筑摩書房、2011）／完全版（星海社新書、2016）

『小説家の饒舌：12のトーク・セッション』（メディア総合研究所、2011）

『即興の解体／懐胎：演奏と演劇のアポリア』（青土社、2011）

『批評時空間』（新潮社、2012）

佐々木敦（ささき・あつし）

文筆家。一九六四年、愛知県名古屋市生まれ。ミニシアター勤務を経て、映画・音楽関連媒体への寄稿を開始。一九九五年、「HEADZ」を立ち上げ、CDリリース、音楽家招聘、コンサート、イベントなどの企画制作、雑誌刊行を手掛ける一方、映画、音楽、文芸、演劇、アート他、諸ジャンルを貫通する批評活動を行なう。二〇〇一年以降、慶應義塾大学、武蔵野美術大学、東京藝術大学などの非常勤講師を務め、早稲田大学文学学術院客員教授やゲンロン「批評再生塾」主任講師などを歴任。二〇二〇年、小説『半睡』を発表。同年、文学ムック『ことばと』（書肆侃侃房）編集長に就任。批評関連著作は、『この映画を視ているのは誰か？』（作品社、二〇一九）、『私は小説である』（幻戯書房、二〇一九）、『アートートロジー：「芸術」の同語反復』（フィルムアート社、二〇一九）、『小さな演劇の大きさについて』（Pヴァイン ele-king books、二〇二〇）、『これは小説ではない』（新潮社、二〇二〇）、『絶対絶命文芸時評』（書肆侃侃房、二〇二〇）他多数。

批評王——終わりなき思考のレッスン

発行日——二〇二〇年八月二〇日
著者——佐々木敦
編集——石原剛一郎
エディトリアル・デザイン——佐藤ちひろ
印刷・製本——シナノ印刷株式会社
発行者——岡田澄江
発行——工作舎
editorial corporation for human becoming
〒169-0072　東京都新宿区大久保 2-4-12 新宿ラムダックスビル 12 F
phone: 03-5155-8940　fax: 03-5155-8941
www.kousakusha.co.jp　saturn@kousakusha.co.jp
ISBN978-4-87502-519-1

めかくしジュークボックス

◆『ザ・ワイアー』＝編　佐々木敦＝解説
イギリスの先端音楽雑誌『ザ・ワイアー』の名物連載、音楽家たちへ試みた曲当てテスト。ロック、テクノからDJまで、32人の音楽家への貴重なインタビュー&ディスク・ガイド。
●A5判●348頁●定価　本体2900円＋税

書物の灰燼に抗して

◆四方田犬彦
タルコフスキーからパゾリーニまで論じた、著者初の比較文学論集。アドルノらに倣い、批評方法としてエッセーの可能性をとらえる表題作など、書き下ろしを含む全8編。
●A5判変型上製●352頁●定価 本体2600円＋税

女王の肖像

◆四方田犬彦
さらば帝国、植民地。されど切手は後まで残る。英国ヴィクトリア女王の肖像に始まり、国家の名刺であり、人を堕落させる蠱惑的な紙片、郵便切手をめぐるエッセイ集。
●四六判上製●300頁●定価 本体2500円＋税

本読みまぼろし堂目録

◆荒俣 宏
まぼろし堂店主アラマタが20年余にわたって書き綴った本読みの極意と書物の魔術。ビジネス書、博物誌、魔術書まで、古今東西の名著、怪本、奇書を紹介する大ブックガイド。
●四六判上製●520頁●定価 本体2500円＋税

新・文學入門

◆岡崎武志＋山本善行
人気古本ライターと関西古本業界の雄の痛快な文学談義。絶版文庫、随筆、詩集…埋もれた名作を古本めぐりで発見する楽しみ。架空の日本文学全集企画全60巻構想付き。
●四六判●456頁●定価 本体2300円＋税

遊読365冊

◆松岡正剛
1981年、雑誌『遊』誌上に一挙掲載された伝説のブックガイドが復活！「読書は男のケンカだ」の33冊から「読書で一番遠いところへ行く」ための31冊まで、百字一冊で駆け巡る。
●B6判変型仮フランス装●224頁●定価 本体1800円＋税